D0889072

ŒUVRES COMPLÈTES
D'ANTONIN ARTAUD
TOME XXII

ANTONIN ARTAUD

Œuvres complètes

XXII

CAHIERS DU RETOUR
À PARIS
26 mai-juillet 1946

*Ouvrage publié avec le concours
du Centre National des Lettres.*

GALLIMARD

IL A ÉTÉ TIRÉ DE CE TOME VINGT-DEUXIÈME DES ŒUVRES COMPLÈTES
D'ANTONIN ARTAUD QUATRE CENT QUINZE EXEMPLAIRES SUR VÉLIN
LABEUR. CE TIRAGE CONSTITUANT L'ÉDITION ORIGINALE EST RIGOU-
REUSEMENT IDENTIQUE À CELUI DU PREMIER TOME QUI SEUL EST
NUMÉROTÉ.

CAHIERS DU RETOUR À PARIS
26 mai-juillet 1946

Dimanche [1] 26 mai 1946.

Objets.
Arbres.
Pas de liquide céphalo-rachidien.

Démonstration devant les 2 Magots [2].

Caterine, Cécile, Yvonne [3] sont venues voir mon dessin ce
soir.

*

L'uniforme
principe être.
Habit DÉJÀ *préparé*
de toute éternité qui ne fut jamais éternelle mais sempiternelle.

Et alors,
la mesure.
Moi hors dimension
par stature,
par stature,
par propulsion.

Tu en as encore à passer pour repousser ce dieu que je t'avais
   fait,
sans tomates, ni pommes d'amour.

Moi, Artaud, j'ai chaque fois de nouvelles idées et j'écarte ce
   de moi qui les porta,
d'ailleurs ne pas avoir d'idées,
ne pas réfléchir à des problèmes,
aimer souffrir,
ne rien savoir,
ne rien classer,
ne rien déterminer.

La nature est pleine de vides parce qu'elle a eu peur du plein.

Détruire tous les êtres qui n'ont pas absolument mérité tout
   le volume de leur corps,
moi j'ai cent trilliards de fois mérité un corps 1 000 trilliards
   de fois plus dense que celui-ci.

Le sein de truie à lunettes qui pensait qu'on peut savoir et
   que tout le monde, bien sûr, est dieu.

Laisser les discutailleurs profonds
pendre en chemin et passer.

Crotter, chier, bouffer
et composer des viandes.

                              *

Bien des fois votre conscience a été horriblement affolée à
   mon sujet, il s'agissait de vous enlever l'amitié que vous
   aviez pour moi [1].

Colette Thomas,
mardi 27 [2] après-midi.

Jacques Prevel [3],
mercredi 28.

*

Vous ne le savez pas
quand la chirente y serait,
qu'est-ce que cela veut dire ?

1° Que le corps est corps,
qu'il s'est fait dans le sensible peu à peu
et qu'il n'y a rien d'autre,

2° poser la question de ses antécédents et de son être
c'est m'obliger à réveiller l'enfer,

3° c'est cet enfer qui est l'être et dieu l'a trahi pour être.

kamelfu ofeli fouteu

C'est trop loin, le passé,
seul le présent est là.

Les fers rouillés de temps ont été forgés immédiatement avec
la main mais il y en eut tant que je ne m'en souviens plus.

J'expulse de moi ce qui me déplaît.
Je le concasse c'est-à-dire en moi.

L'être ne m'entoure pas.
Qu'y a-t-il ? Personne et rien.
Donc je n'entends rien,
je ne fais que faire caca avec mon envie de chier,
c'est tout, pas de mentalité.

Qu'est-ce que c'est : un désir d'amour ?
D'où vient-il ?

De ma solitude.
Pourquoi y a-t-il des êtres collés sur moi ?
Parce que je me colle des problèmes au lieu de tuer ce qui
     est,

la notion être qui remplaça celle de poésie.

Mon Paris,

une ville tranquille loin de l'Orient et des questions et que
     j'ai détruite, puis qui a voulu vivre contre moi,
               Paris,
loin de l'Himalaya.

Je suis une folle usine.
J'ai étouffé.
Moi je le veux, n'importe quoi que vous imaginerez pour moi
     j'en prendrai la forme
car j'y sens toujours tout votre amour.

Le métal du forgé en dieu
alors que c'est la machine de l'improbable qui n'en est pas
     une et n'existe plus quand on la regarde et qui ne peut pas
     SE regarder.

J'ai dû mieux aimer supporter les choses que je n'avais pas
     faites que de les détruire
parce que j'avais besoin de vivre.

                         *

Anie [1] est partie de Paris le 14 octobre 1944 à la Gare d'Aus-
     terlitz.

Catherine Seguin [2] a quitté Paris la semaine après Pâques
     1945, en mai ou juin.

Elah Catto [3] a quitté Kaboul, j'ignore quand, mais c'est fait.

Cécile Schramme est morte en 1940 [4],
j'ai trouvé une petite fille de 5 ans avec laquelle j'ai réagglo-
    méré ses mânes.
Idem pour Ana Corbin [5].
Idem pour Ane [6]
qui est une petite fille qui un jour m'a entendu parler quand
    elle n'existait pas et a eu un coït inouï à répéter les mêmes
    paroles que moi.

J'ai [7] fait de ma main plus de 50 gros charniers et de 5 000 petits
    et tué sur cette terre plus de 500 millions de personnes.

Il faut l'ignorer absolument et ne jamais discuter avec lui
mais l'empoisonner et le paralyser de loin.

Il faut vaincre le français sans le quitter,
voilà 50 ans qu'il me tient dans sa langue,
or j'ai une autre langue sous arbre,
il faut
                le courant,
                le délabyrinthé,
                le discursif,

                le des pets,
                des couilles,
                de la glotte
                pour les toiles.

Merde à con,
ne pas se reculer pour ignorer le mal
et faire son boulot,
reprendre le mal et lui imposer le boulot.

Il faut des sucs gastriques

pour esquinter la masse rassemblée des éternos.

Il y aura une attaque du mal qui obligera le Dr Delmas [8] à ne
plus me défendre [9] et on lui demandera de me déclarer
internable,
le fera-t-il ?
Peut-être pas,
en tout cas il me priera d'aller ailleurs ou [10] l'on me cueillera
par un asile de force.
Or les asiles de force m'ont lâché par la force, dans ces conditions le Dr Delmas me conseille de ne plus y penser,
alors que l'être me donne de quoi frapper l'oubli, pour *être* [11].

*

Anie	14
Caterine	Passion
Cécile	Picpus
Ana	

Elah amène 1 tonne opon [1],
les Irlandais ont dévalisé pharmacie centrale
                                 et or,
ce fut dissimulé 100 fois
et tout revint comme en l'état.
Me souvenir *des plusieurs nuits d'évidation*,
à preuve le changement d'attitude des gens.

*

Qu'est-ce que penser un coup ?
C'est s'agiter de la tête aux pieds
jusqu'à ce que le coup sorte.
Et qu'est-ce que c'est ?
Un tonnerre !
Qu'est-ce que c'est ?
Un être,

non,
un objet.
D'où sort-il ?
Du néant.
Et avant ?
Il n'existait pas.
Alors
qu'est sa pensée et non lui ?
Une douleur qui pousse à une rage [1],
douleur objet,
rage être animé,
or il est objet.
Il en reste que, ayant *voulu* un coup plein masse,
je l'ai oublié quand j'y pensais et que je le faisais
et me suis étonné de mon œuvre après
et l'ai reprochée à qui ?
À personne.
C'était un état mort,
mon être a continué à m'obéir quand j'étais [2] [...]

Or je ne suis jamais fatigué,
               jamais malade,
               jamais mort.

Je souffre toujours et de tout
mais c'est moi
               sans dissociation
               ni regard.
J'ai voulu endoffer [3] le mal d'un coup,
j'y suis arrivé
mais me suis étonné de mon coup parce que je ne me suis
     plus souvenu l'avoir pensé,
pas la réaction ni la fatigue,
ma pensée c'est moi, or l'ayant eue et ayant été j'en ai été
     expulsé par un retour de flamme, étant donné que j'étais
     fatigué et ne pouvais en faire autant, me dit-on.

Avant que tu le fasses, cela, de te relever de toute ta fatigue,
  nous qui t'avons tellement fatigué.

Le registre de la plaque.

*

Anie m'a éclairé,
Caterine m'a éclairé,
Ana m'a éclairé,
Elah m'a éclairé,
Cécile m'a éclairé,
Yvonne m'a éclairé.

*

Je crois reconnaître en Laurence Albaret [1]
une Marseillaise morte,
99 ans,
étant donné
le tu voudrais bien savoir ce que tu es
est un autre
et que je ne peux vivre qu'à condition de ne pas entrer dans
  le savoir.

Pourquoi mes filles souffrent-elles ?
Parce qu'elles n'ont pas reçu assez de bouquets de fleurs,
ça se produit.

La vie sous mes coups de Rodez s'est éteinte plusieurs fois et
  ceux qui sont là ont oublié les morts d'eux-mêmes.

Il a passé une armée à Mâcon,
1 armée a quitté Berlin,
1 armée a passé la Savoie,
1 armée avance du Caucase
1 groupe erre entre Paris et Orléans,
1 armée de Suède,

l armée d'Irlande,
elles existent mais *le temps* ni l'espace ne veulent les recon-
    naître. Pourtant elles viven[t].

J'aurais tout donné, a dit ma fille Catherine, pour porter ce
    laudanum à ce monsieur Antonin Artaud qui est mon père
    et Adamov a pris ma place.
Je vous dirai ce qu'ils ont fait pour m'empêcher d'aller jusqu'à
    vous.

Je peux vous donner mon sang et ma chair quand je ne mange
    pas et que je n'ai pas d'opium mais je ne peux pas donner
    d'opium.

Timbre, tension,

pudeur dans l'amour.

La représentation du Théâtre Sarah-Bernhardt
        aura lieu
avec lecture de mes textes et des Cenci [2].

Forcer et surforcer la dose et manger en même temps *avec*
    masturbation. – Et travail.

Nard, venin, sang,
champignons.

Est-ce qu'on n'aura pas voulu m'enlever le bonheur de voir
    Colette Thomas [3]. Après la surprise [4] d'avoir reçu un cadeau
    d'A. Adamov.

Je n'admettrai jamais d'être dans un état supérieur à celui
    que j'ai connu ici dans la misère et dans le manque
    et pas plus de lumières jamais que maintenant
    mais la paix pour les appliquer.

Opium, nourriture, masturbation.

*

Henri Parisot,
Jean Paulhan.

Le lamule noué de Satan sur le banc du jardin d'Ivry
et les tiroirs d'eau gelée serrée,
le bœuf, la cage à tickets.

*

Feutre mou,
t'anciens tu [1] de
l'ancien pot de chambre

firent le prêtre
pour *dessécher* mon cu.

Ce qui m'a fait tellement souffrir ce matin après le coiffeur
    est que je m'en suis arrêté à une notion de l'arbre into-
    central du corps
alors que mon corps *est toujours le vide*
et qu'on l'a rempli de parasites qui parlent et ramené à une
    notion de l'homme qui n'est pas moi.

Petit cadre, grand cadre,
in—égaux,
pas de savoir,
pas de foi ni de croyance en l'être,
alors d'où la poussière des pensées – des autres, *de moi*.

Ma critique, mes vides,
les supprimer,
pour le pouvoir n'y pas penser justement.

Le problème est de se situer dans *l'au-delà* de l'être et de sa
notion *réflectrice* de conscience.

Qui m'en empêche ?
C'est la seule manière d'être là,

cogner, souffrir, se déchirer, se barder, ne pas penser,

désimaginer les images,

en plus ce n'est pas mon anatomie,
donc aucun [2] envoûtement ne signifie rien,
en plus l'anatomie n'est pas en marche,

doper, durcir, barder,
éloigné,
de plus en plus là, ils n'y sont pas.

Nourriture, sexe, chier.

J'ai expulsé de moi tout [2] ce qui devenait mauvais
mais ne me suis jamais éloigné de mon corps parce que
    ce n'est pas possible,
et l'esprit sorti de moi et qui a voulu me frapper n'est pas
    moi,
c'est d'ailleurs un ancien rejeté qui croquait le marmot dans
    ma tête.

                              *

Les êtres que j'ai faits ne sont pas des spectres,
ils maçonnent.

Anie est-elle partie, oui ou non ?

Ceux que j'ai marqués se retrouveront à Paris individuellement dans la foule,
venant d'où.

Il y eut un groupe de vivants entre Paris et Orléans,
Mlle Seguin y était avec des soldats,
où est-elle ?
Où est Elah Catto ?

*

Demain midi,
Dôme, Colette Thomas.
Vendredi midi,
Anie, Ivry.
Vendredi 6 hres 1/2,
Marthe, 15 rue Jacob [1].

*

Il faut horriblement de travail pour faire revenir un mort.

L'être reculé [1] du non, de la porte être sans
corps pas être
et plus corps
est un simple corps vrai.

Anie y est.
Je crois qu'elle a été extraite de son lit,
s'est vue entre Paris et Rodez
et a eu une sinusite.

Je me suis toujours rendu compte que les gens de la vie
    savaient, mal, et qu'ils ne le disaient pas.
J'ai toujours su que ce n'étaient pas des spectres mais des
    hommes *réels* qui m'envoûtaient :
Salem, Nalpas, Vian [2],
prêtres, lamas, bonzes, imams, rabbins,
flics,

employés
(Louvre).

Je n'avais pas encore repéré parmi ceux-là 2 amis de Jean
Dubuffet, lequel d'ailleurs est au courant de tout.

En outre, l'armée que j'ai composée est vivante,
ce ne sont pas seulement des gens de-ci de-là,
c'est tout un groupe,
Anie y est-elle ?

Pas de groupe de ceux qui ne peuvent être que *parfaits.*
Je suis *imparfait.*

Anie s'enrichira du corps qui est resté et est venu me voir,
de celui-ci[3] s'en iront les rabbins avec leur radineuse.

Quant à Caterine Artaud, elle est le Dr Seguin[4].
Pas besoin d'être parfait pour venir ici, la perfection est de
venir me raconter cette histoire.
Elah Catto viendra de son côté.

Reste Ana,
     Cécile,
     Yvonne.
Cécile s'égarait dans le monde parfait, je l'ai ramenée dans
celui-ci.

Reste Ana,
cinq ans et 1 cercueil,
reste Yvonne, 10 ans et 1 cercueil[5].

Je sors d'un asile d'aliénés où j'ai foudroyé soir et matin,

et pas seulement avec des cercueils et des taches de conscience.

Anie ici a parlé en morte et je la ferai revenir des morts.

Ne pas oublier les arbres, boîtes, terres, cercueils de Rodez.

Moi je n'ai pas d'anges.

Faut un manifeste,
les êtres sont l'i ni ni individuel,

être non imminent,
immanent
mais permanent,
immanent, épée pendue en drame théâtral,
per manent [6]
à travers, toujours,
là
sans qualification d'épée ou de suspension.

Le blockhaus *passe*,
il sera détruit.

Le fer n'étant rien est indestructible.

Le pendu a besoin de se dépendre à la fin pour être toujours
là.

Permanent = toujours là,
immanent = jamais là.

L'être n'est pas une émanation de corps, il n'est pas un état
interne, il est une succession de tiges incupides sans cupidité.

Je prendrai cette codéine, ce repos pour moi.

*

Le texte de Colette Thomas [1] à Jean Paulhan.

*

C'est ma volonté mais je ne fais rien de visible que les gestes
    externes que je fais.

Ils n'enlevèrent rien, ne prirent rien,
je marche
sans ideatio.
Ce n'est pas vous et depuis jamais
jusqu'à rien et jusqu'à tout
pendant toujours,
c'est moi.

Je vous estramaderai, Rabbins.

L'avenir n'arrive jamais,
c'est le présent qui se maintient toujours.

Cette petite fille a raison de vouloir décider de son èt[re].

{ Yvonne,
{ Elah,
— Ana,
— Cécile,
Caterine.

Le moi n'est qu'une sensation, il faut agir sans jamais *penser*
    à sa couleur propre, c'est tout [1].

Tout cela existe
car la haine a installé son empire seule
en avant du temps et nulle part
mais pas *avant* le temps
car le temps a toujours existé mais il était seul :
                    moi.

Comment une vieille brute comme moi fuyant l'idéation et
cherchant le ton du côté être peut être dominé par un
rabbin [2].

Ce n'est pas une conception,
c'est vraiment un être qui crache des êtres : moi [3].

Il a été perdu 6 consciences.

*

Vous êtes morte plusieurs fois depuis Rodez et ne le saviez
plus.

– La codéine ne vous vaut rien, vous le savez,
m'avez-vous dit,
alors que je ne vous ai jamais rien dit de tel [1].

*

Dans [1] quel carme, estrapade [...]

2 000   3 000
1
A [2]

Les [1] êtres m'ont déporté vers la colonne du milieu,
alors que je porte à gauche, le devant c'est [...]

*

Je ne veux plus jamais me mettre en colère avec qui que ce
    soit.

Ce n'est pas l'esprit des gens qui leur fait faire le mal,
c'est ce qu'ils sont :
leur être, et ça ne se voit pas tout de suite car ils l'ont *ravalé*
    pour en sortir un autre plus présentable,

passer derrière eux pour les poignarder c'est vraiment atta-
    quer leur corps mais sur les réflexes rotuliens : les fesses.

Assez de mystagogie,
voir les choses par le dehors immédiat.

Qui m'a volé ?

Je veux cette petite scie, a dit une petite fille.

Qui m'a déporté.

Je ne peux pas éclater de haine avant d'être sûr d'avoir devant
  moi des criminels conscients et déterminés.
La mystagogie de clairvoyance dans cet ordre de choses ne
  me plaît pas parce que les êtres se sont toujours faits par
  le dehors terrestre et non supra-terrestre de leur cœur.
C'est ce que j'ai poussé par les clous de la vision maçonnée
  de l'aveugle-né.
Beaucoup de terre,
pas d'esprit.
Ce n'est pas de la patience ou de la compromission,
c'est du travail objectif.

Moi je saute quand je sens un être vrai.

*

Les corps ne deviennent nocifs qu'au moment de la perte de
  la puissance
parce qu'ils se sont formés dans une perte de puissance,
que leur apparition a été occasionnée par un état et un
  moment [1] de la perte de la puissance
et qu'ils représentent une vengeance de l'être possible contre
  sa perte,
lequel s'en ira avec le temps en résistant à la chute dans l'infini.

J'ai vu deux têtes d'hommes qui voulaient m'entendre et
  m'écouter à propos de ceci
et que dieu n'adamera pas [2].

*

Pas de gaz,
des matières.

Mes filles sont des hommes.

Mais des fleurs.

Il y a des hommes-arbres,
des hommes-pierres,
des hommes-terre,

des hommes-plantes,

mais il n'y a pas d'hommes-animaux.

Y a-t-il des animaux ?
Je ne sais pas.

Ni insectes
ni animaux,

des camions au mazout,

et le sommeil
et l'inconscient,
qu'est-ce qui produit le sommeil ?

Le souffle est un feu, c'est-à-dire un corps en fusion tiré avec
    une peine épouvantable du corps par la volonté
quand il n'y avait rien.

Des hommes du peuple très intelligents qui se croyaient idiots.
Vous avez pris l'idiotie [1] et en avez fait votre intelligence.

Les paroles aussi sont des corps,

n'ouvrez la bouche qu'à bon escient

et ne croyez pas aux produits des actions,

croyez aux objets faits par des *actes* de volonté.

*

Adamov et Marthe Robert ne sont pas encore nés,
on dirait que Colette Thomas est en train de *vraiment* naître [1].

*

L'être est un objet animé dont les mouvements sont le fond.

Les êtres se sont accrochés à n'importe quoi pour ne pas être
    frappés
et c'est l'enfer,
je suis l'enfer qui va,
c'est tout.
Et je n'ai pas besoin de reconstitution.

C'est à force de coups que j'ai obligé tous les volatiles à
    squelettes à se rendre.
La seule chose qui m'étonne est de ne pas m'être toujours
    senti vivre comme depuis 7 [1] ans au milieu du théâtre de
    la cruauté.

J'ai chassé les êtres en enfer,
c'est l'incréé.

Je n'ai jamais réussi jusqu'à il y a un an des êtres bons pour
    moi
                    depuis toujours

Or j'ai été crucifié,

            brûlé,

            jeté au fumier,
            empoisonné,

assommé,

endormi,

emprisonné,

pourquoi n'ai-je pas au moins été toujours à l'abri du mal ?

Pour rien [2],
j'ai été vaincu dans plusieurs batailles pour rien,
j'aurai ma revanche,
elle sera définitive,
c'est tout.

L'enfer souffrira toujours et moi aussi mais mieux que lui.

J'ai envie de descendre sous la terre pour réfléchir à ce pro-
    blème,
tout ce qui s'y opposera ou m'en retiendra grillera.

Le temps commence toujours à moi,
moi je n'ai jamais commencé.
Les années sont l'infini,
il n'y a pas toujours eu des hommes devant moi dans le temps
mais bien d'autres choses,
sans fin.

Un très ancien cadavre, Yvonne [3].

Une inaccessible fleur sur tarot, Caterine [4].

Une montagne à voix, Elah Neneka [5].

Un arbre à sons, Ana [6].

Une vi

**ti la vel
a la la vilite
la vilite
a la vi le
a la**

une villanelle,
toujours la même chanson
sur un instrument à manche,
        Cécile [7].

Car j'ai toujours chanté,

Je ne m'endors jamais, je ne change jamais d'axe ou d'angle.

La merveilleuse petite Cécile du cœur
noir rouge noir noir noir [8]
m'a aidé.

Car, M[r] le ricin, il faut être un être et non un esprit, espèce
    de singe.

Mais je ne veux plus jamais voir des esprits sortis de mon
    absence de nourriture m'insulter.

La stomacholéine [9].

Frapper de loin du bout
et revenir frapper en détail ceux qui se seront accrochés à
    l'existence.

Car les choses ne tombent pas en une fois.
N'empêchez jamais dieu d'être, poussez-le à de plus en plus
    exister.
Flatter les manies du vieux gâteux.

ara da svadaza

Le cœur de Catherine est ce qui bat à tout vent et qui frémit
de tout et toujours et c'est lui q[ui] [   ] et discute
toujours avec tout.

Ne pas oublier que j'ai vu par la fenêtre un véritable éclair,
après la boîte.

Jean [1] Paulhan,
Port-Royal 28-15.

———

Chlorhydrates [2],
euphoriques, analgésiques et anesthésiques,

bromhydrate,
brome   non poison,
chlore   poison.

Dolosal.

                              *

Faites ce que vous avez toujours fait, *papa,*
ne discutez jamais.

Ne pas penser à ne pas discuter
ou y penser,

ne pas résoudre de problème,
se reposer,
gicler,

car tout est une représentation,

le mal ne vient pas de la fatigue mais le mal au [1] cœur de la
haine conculée par les *tribuns*.

*

N° Mercure de France septembre 1923 [1],

Tric Trac du ciel chez Kahnweiler, 29 rue d'Astorg,

Correspondance avec Rivière,
Ombilic des limbes,
le Pèse-Nerfs
(Éd. Aragon),
Éd. Cahiers du Sud,

l'Art et la Mort chez Denoël,
le Moine chez Denoël,

Héliogabale,

les Nouvelles Révélations chez Denoël.

Le Théâtre et son Double.

Voyage au Pays des Tarahumaras,
voir Ane Manson [2].

Lettres de Rodez.

Correspondance de la Momie,
la Coquille et le Clergyman,
la Révolte du boucher,

note Roger Gilbert-Lecomte.

Révolution Surréaliste.

J. P.,
Mlle Seguin [3],
poèmes 1935.

Parisot, Denoël, Breton [4].

*

Cela est-ce Caterine [1].
Ce qui me résistera toujours à tout instant.

Anie [2] m'a connu à l'âge de 16 ans
et à 31 ans en 1946,
en quelle année avait-elle dépassé 16 ans, en 1931 [3].
Et j'allais tourner l'Opéra de 4 sous, je n'étais pas encore
    parti.

*

Mériter l'opium à l'intérieur de lui,

réintégration de l'être premier.

*

Demain vendredi 31 mai,
midi, Anie.

Samedi 2 hres 1/2, Colette T.,
7 heures, Marthe R.

*

1 louis d'or vaut 6 000 frs,
combien feront 100 000 frs or [1].

99 % des porcs, c'est moi en face de l'acte sexuel.

Odéon 01-05 [2].

Dimanche 4 heures,
Anie.

Dimanche 2 juin
2 heures, Jean Paulhan,
6 heures, Henri Thomas,
cher ami [3].
Lundi midi 1/2, André Breton,
4 heures, Mayeu [4], Colette,
lundi soir 6 hres 1/2, Marthe Robert.

*

Veille,
sommeil [1].

Quand je suis endormi je me repose, alors le *replâtrage* a lieu.

Pas de science, pas d'état,

le manuel dans le béat et c'est tout,
sans réflexion.

Une chose pensée intensément se produit de façon fou-
droyante et absolument complète [2].

*

Jacques Marie Prevel,
3 bis rue des Beaux-Arts.

J. M. Prevel.

Génica Athanasiu,
87 rue de Clignancourt.

Blanc Cyrier [1] 32-54,
grelot.

A 10 heures au Flore,
Génica, rue de Clignancourt.

Charles Estienne,

Maurice Saillet,

18 rue de l'Odéon [2].

*

Se renfermer dans sa tour d'ivoire ne vaut rien et ne donne
     rien parce que la Bête noire y règne,
il faut l'attaquer en face avec des cris vrais.

*

La passion est une maladie à laquelle je préfère la mort,
Colette Thomas,

l'esprit de sacrifice est un être qui n'a pas besoin de castration
     réelle ou de privation pour [1] se manifester mais au contraire
     de manifestation de sa force sexuelle *désintéressée*.

POÈTE NOIR [1]

La pucelle ne te hante plus, poète,
et t'as d'elle
de noir au cu maintenant
cette donzelle de Marie Sainte,
et de Jeanne
(d'Arc)
        à Orléans [2]).

*

Les vers [1] de dignité salope ont cessé de rouler leurs tropes.

Je suis tel que là où je ne comprends pas une chose c'est que
    son existence est inutile et qu'elle ment.

*

La douce petite Caterine [1] du dortoir de l'asile qui peut avoir
    de 1 an 3 mois à 25 [2] ans,
la pauvre Yvonne sac,
la pauvre Ana Corbin,
Neneka, 104 B^d Longchamp [3],
Cécile l'âme,
Anie de 2 ans à 36 ans,
pas d'homme.

Neneka,
tout ce qui pourrait vous complaire,
colonnes, quartiers,
barre (Lao Tseu),·
idem table et rouge,
sa mort, sa bataille,
plafond, coin morpions,
le finiki, 104 B^d Longchamp,
l'apparition de Guez Tepé,
ne me l'enlevez pas, c'est mon âme – ?
Le corps Neneka, je suis Neneka poêle,
le visage Neneka pergola fond,
la grande sortie Neneka rouge tombeau.

Caterine,
les çlokas [4],
encore un petit effort,
moi femme vitre
et je suis cette femme mur
et je suis morte et je ne suis pas là,
petite lumière, partout,
tsatsa Fanny [5],
l'âme rats épanouis,
la plaque cuisses rouges,
celle qui se promenait de dos,
la couronnée d'épines mur face poêle,
les bouches mur face poêle pointées.
Le glaive,
la Neneka lilas,
la Neneka *toutes têtes*,
la Neneka pendants porte cuisine,
la Neneka de dos lombes rentrées fenêtre cuisine,
la blafarde frappée revenue,
c'est papa qui est cette femme,
c'est papa qui est comme ça,
c'était pauvre Neneka,

papapa [6], on ne vous fera pas ça,
oui, papa, ces choses sont comme ça,
celle *qui m'a vu au naturel du fond du jardin,*
celle qui a dit : Ah, par exemple,
celle qui s'est battue une nuit et [un] jour grise et perle,
celle qui s'est battue grise et perle un jour et 2 nuits,
celle qui s'est jetée dans la mêlée révoltée de ce qu'on me
     faisait, grise noire et perle,
celle ocre orange noire cédrat retournée vers moi avant la
     bagarre,
celle qu'on dépiautait des seins et du cœur,
les 2 ou 3 têtes martyrisées de la méningitique pauvre Cate-
     rine,
la pauvre petite gorge pensante,
papa.

1° Le double cadre carton inverti vers Chinois indiquant que
     je ne sais pas d'où est venu le mal des parasites parce *qu'IL*
     vient et que je le vis
et qu'il est mauvais de le regarder pour le comprendre et
     inventer la compréhension,

le 2° est que dieu n'est pas un état, un degré, mais que ce qui
     est un degré et un état n'est pas moi,
je suis un être *indéfinissable,* inconnaissable dans un état, éta-
     tifier c'est me détruire,
et je ne suis pas non plus
le
     de
          du
que le con de Chinois voulut m'indiquer
pour y mettre le taquet de l'être, l'être taquet,

3° et que
il n'y a pas de dieu,
d'esprit ou de corps
qui garde un idéal

idéal
auquel moi je ne me prêterai peut-être pas
et on me surveille pour voir si j'y demeurerai fidèle et si je
   voudrai m'y maintenir, y TENDRE, m'y égaler, le mériter,
la Chine est l'enfer de l'être,
mais il est absolument mérité et provoqué.

Pas de pitié.

Il a été *voulu* par les êtres qui ont mieux aimé le mal que de
   me donner quelque chose pour les mener.

On ne mérite pas *son être,*
l'être vous méritera peut-être un jour et c'est tout.
Quant à l'IDÉAL de tenue et d'honneur,
il n'est que le *double* de mes efforts de tenue et le sel statutifié
   qui en reste et je n'ai pas à m'y modeler.
Je peux quitter cet idéal s'il me plaît.

La question qui se posait ce matin était de savoir si je tiendrai
   encore plus et
si je pousserai plus par la douleur dans un sens

et des prêtres me guettaient pour savoir si je renoncerai
alors que je ne pensais qu'à non me tenir mais entraîner la
   matière dans ce sens.

Or je ne pensais qu'à tenir et c'est de chic et par arbitraire
   que l'idée qu'on peut ne pas tenir me fait *posé* comme une
   question personnelle.

Tu te croiras, toi, douter et ne pas vouloir être pur et grand
alors que c'est moi qui ne veux pas
et il n'y a jamais d'esprit, de point, de *fait,* de trou ou d'infini,
c'est bloc
sans transfert.

C'est une ratée qui sert aux parasites
et c'est tout,
le problème n'existe pas,
la sécurité de l'être non plus,
tu pues les macaronis,
bousette,
il n'y a jamais à visionner un être auquel on puisse s'accrocher
    de telle ou telle façon.

Les choses ont toujours lieu
et il y a toujours un pourlécheur qui profite,
ça profite et dit :
Oh que je suis bien,
oh que je bonde,
oh que c'est bon,
alors que ce n'est pas la voie des choses et qu'il n'y a pas lieu
    de *plisser*,
            de *mousser*,
            de *muquer*
            ou de *maquer*.

Ça OUI [7] que l'être est un état par lequel vous êtes passé
et qui ne rejoindra jamais mon tremblement de terre
car lorsque la boue tremble
moi je ne tremble jam[ais],
le *oh que je suis fort du vieux lingual gâteux* est toujours porté
    au cu par un autre reclassement,
les grandes machines ne furent jamais que le foutre d'un
    ensalivé sans conscience qui a juté l'intelligence,

il n'y a jamais eu que les cons pour invoquer l'intelligence.

Pense à ta douleur,
si tu en as une
elle te fera comprendre que c'est toi le docteur et non la
    douleur qui [...]

Je pense à ma douleur parce que j'en ai une et elle me fait
   comprendre que c'est moi le docteur et non le docteur qui
   ne sait pas me soulager.

C'est moi qui fais ma douleur moi-même,
nul ne me la donne
et qui ne me la donne pas ne peut pas non plus la soulager [8].

Au delà de l'état de la statuette linguale
j'ai idée d'un autre état qui est moi
comme au delà du fait que ça donne,
                    ça dégage,
                    ça produit
un gaz, un fœtus, une graine, un revers, une merde,
et cette autre chose consiste en ce dont tous les êtres me
   détournent pour m'empêcher même de l'évoquer,
alors que je suis ce bois, dont tout est fait et que je le suis
   toujours, n'ayant qu'une idée :
me parfaire,
progresser,
progresser
et non engraisser,
et n'ayant de goût à rien de bon,
le cu au fond n'est qu'un désir de repos,
le désir de s'arrêter d'être héroïque et de gagner
pour répartir les résultats de son travail et de ses gains, ses
   conquêtes,
or il n'y a pas de répartition.
Il n'y aura cette fois-ci aucune espèce de répartition pour *qui
   que ce soit* [9].

Je n'ai pas d'esprit mais un corps.

Le que

je voulais être raide et que même l'idée d'être raide m'a été
   soutirée par un singe qui m'a dit : Comment fais-tu pour
   penser à être raide ?
fera que je mangerai, moi, Artaud, gratuitement la gorge de
   n'importe quel petit esprit pour rejoindre le lama.

La haine n'est qu'une agglomération *corporelle* qui ne va pas
   à l'infini et n'éclate pas quand elle y est arrivée.
Je n'attends pas d'être en fureur pour agir,
je n'y arriverai jamais,
mon être se calmera toujours parce qu'il a besoin de *se calmer,*
j'attends des munitions
car il n'y a pas de néant,
donc j'aurai du mal à y rester.

Je ne voulais pas être celui qui parla à tous,
je me réfugiai dans le moi-même plus et un expert en ces
   singeries-là pour m'y chercher
et
l'attitude était de se retenir
et au milieu de mes *hésitations* un singe en a pris une et s'y
   installe à ma place et me redit que je n'en aurais pas.
C'est une *secte* de *Chinois,*
ce sont des êtres qui *désirent* d'une certaine façon, des lèvres,
   des mastoïdes, des gencives, de la langue, du nez, des oreilles,
cela suffit,

comme d'avoir appliqué le cimetière de la chanson d'un après-
   midi.

Je passe,
je fais ma matière seul,
elle ne s'en souvient pas,
le problème :
passer mais devant rien
et être tout sans aide.

Paule [1] Thévenin,
Entrepôt 01-97 [2].

André Breton,
Henri Parisot,
Guy Lévis Mano,

Colette Thomas, demain 2 hres 1/2,
Marthe Robert,   7 heures,

Jean Paulhan, dimanche 2 heures,
Charles Estienne, dimanche 5 heures.

Recette : friser l'anus d'un âne et vous aurez la Sainte Vierge.

Anie [3], téléphone dimanche matin.

                              *

J'ai vu la petite figure de vieille de la pauvre Caterine Artaud [1]
    me dire : Moi je ne suis pas tentée mais je disparais dans
    cette femme qui m'accapare.

Catherine Seguin [2],
où a-t-elle disparu ?

C'est Yvonne et Cécile [3] qui ont eu pitié de Caterine
qui a voulu ce matin se *suicider.*
Or tentée entièrement par un autre homme, c'est que la magie
   avait refait son âme, mais elle ne le voulait pas,
on peut être envoûté jusqu'à la négation de soi-même [4].

Anie
partie 14 octobre 1944
et disparue,
50 grammes héroïne,
paquets d'aliments,
dépecée *astralement* dans une gare.

Où étiez-vous en octobre 1944,
quand avez-vous couché avec Thomas [5] pour la 1re fois,
quand vous êtes-vous mariée [6] ?

Je voulais hier après-midi dans les chiotes me lancer vivant
   dans cette douleur affreuse mais le père et son fils m'en
   ont retenu en me [...]

Moi je hais,
mais je veux avoir autour de moi quelques rares êtres que
   j'adore et qui m'adorent.

J'ai ébauché des enfants et les ai abandonnés au mal parce
   qu'ils n'étaient pas réussis et qu'ils tardaient trop à se déclarer pour moi, *Antonin Artaud,*
mais il ne faut jamais martyriser son œuvre
mais lui donner de plus en plus
jusqu'à ce qu'elle soit assez forte pour marcher
car le Jésus-christ, qui a roulé avec son sexe rouge désespérant
   dans le cœur de ma fille Caterine qui voulait m'aimer sans
   désirer un autre homme, était toutes les *maries* qui la jalou-
   saient et firent cet *aum* [7] pour la désespérer.

J'ai voulu avoir amour pour elle et elles m'ont empêché de
le croire car elle vivait en cœur âme et non en esprit comme
elles.

Ils ne se sont pas mis dans ma volonté,
ils ont pris de l'héroïne et se sont jetés à l'un des points
passagers où mon héroïsme se détermine toujours.

Hier dans les chiotes j'ai voulu chier, n'ai pas pu et ça m'a
donné l'affre du tombeau,
elle consiste en ce que les êtres retenaient mon soulagement,
et non en ce que puisqu'ils [8] avaient peur de me voir faire
un effort de plus pour me jeter dans cette affre par la force
en la revêtant et dominant.

C'est de l'humour, de l'ironie et de la merde,
c'est de la merde que je vous dis.

*

Tout est dans la bataille de la volonté,
il faut toujours lutter dans le pur néant,
il n'y a rien de plus,
jamais d'étiage ou de fond.
Quant au corps, il est ce néant lui-même
insondable,
indiscernable,
irrépressible,
                    mû
à condition qu'il ne dicte rien seul
mais d'être l'homme douloureux : moi.

*

Les affres du tombeau n'existent que quand les vivants
prennent la vie d'un homme et ne lui laissent que [...]

Je me servirai du corps d'André Breton pour faire revenir
   Yvonne Allendy
comme je me servirai du corps de Madame Faure
         rabbin
pour faire revenir ma fille la petite Anie.

*

Dans le *senti*ment [1] du moi après œuvre mettre un autre.
Or le sentiment est une peau morale qui embue.
Ça ne se prend pas par la bedaine
comme devant la fenêtre
où après avoir tiré on croit s'apercevoir que le fils de l'autre
   vous précédait dans votre conscience coccygidinaire lombo-
   rectale et occupait avant vous la place de votre appui.

Le rémouleur était là de toute éternité,

mais ce n'était pas le même.

Il y a toujours plus d'êtres
et rien à faire pour les supprimer,
ils ne sont pas un mais de plus en plus innombrables et de
   plus en plus distincts et situés,
de plus en plus persuadés de ma maîtrise,
non,
l'innombrable sera un de plus mêlé à mon existence.

Les amis ne partent pas mais les ennemis partent pour l'amour
   du barouf,
départ obtenu par héroïno-nimie slulpt.

La croyance dans le flux fermé bâton n'est jamais [2] cela
car il s'effri effondre
étant le fait
par l'autre : moi,
sans reclassement,

moi c'est l'autre,
c'est il,

l'inconscient est le dépositoire interne de la conscience et non
le gouffre d'où nous naîtrons.

Vous êtes trop libertaire pour entrer dans la typification de
l'être christ ou de l'être dieu.

Ça ne regarde personne,
ne me donnez rien,
elle donne 1 000 frs et prend 1 cigarette [3].

*

Lettre [1] à G.L.M.,
lettres à H. Parisot,
lettres à Colette Thomas,
lettres à Marthe Robert,
lettres à Latour,
        Baulchardt,
        Brun [2],
lettres à Henri Thomas,
notes cahier vert.

*

50 –
des moyens plus ténébreux que le sexe,
ces moyens sont les mauvais esprits : orgueil, jalousie, désir,
égoïsme,
animalcules de l'incréé de moi-même en révolte contre mon
propre moi.
Or qui sont-ils ?
Des hommes très mauvais dont les *êtres* n'ont cessé d'être
chassés par moi et qui tourbillonnent encore au fond de
ma conscience,

l'adoprant,
l'adopérant,
la dado pérant,
la paniférant.

Or comment puis-je avoir en moi des esprits qui me jugent
    par exemple à propos de Marthe Robert,
dont on dit que son *être* a fait ça et qu'elle ne s'en tirera pas.

Or la floculation m'emmerde,
le moyen de la faire cesser
            est *d'être,*
            c'est tout,
sans vague, ni obscurité
contre les corpuscules échappés et qui s'imaginent être quelque
    chose parce qu'ils sont sortis de moi et qu'ils pensent en
    moi en profitant de ce que je ne vis pas et que je ne pense
    pas.
D'où viennent-ils ?
D'une difficulté à me rejoindre, à me remplir parce que je
    suis faible et pas intégralement équarri,
équarri dans le *neutre inerte,*
la force d'inertie c'est moi.
Or je veux que mon activité soit cette inertie qui marche.

Les esprits animalcules de consciences savaient mieux que
    moi ce qu'était à l'origine Marthe Robert.

Être ce totem carbonisé, glacé, lisse,
le bloc être dont les esprits ne sont que des pertes.

Car la conscience n'est pas faite et les mauvais esprits ne sont
    que des suppositions, des supputations, ce qu'on appelle
    des suppôts de Satan.

L'être n'est rien de ce qui se pense être ou se *conçoit.*
C'est la *conception* qui a tout perdu.

Qu'y a-t-il hors cela ?
Non la notion,
mais la notion simple.
Qu'est-elle à l'origine ?
Des blocs et non des corps,

blocs sans propriétés ni vertus.

> **no le mar taterli perdena**
> **no re dena etali tremar**

Ce sont des faits par-dessus l'action,
            avant elle,
            contre elle,
des faits douloureux
            morts.

Quand les esprits et leurs jugements critiques me tourmentent
c'est que je ne suis pas assez un fait absolu,
            un bloc,
et qu'il en faut encore un autre et puis un autre à perpétuité.

Pourquoi ai-je perdu des blocs qui ont fondu en animalcules ?

Le d'où vient la production des blocs
n'est pas, et jamais ne l'est une pro —
une per—méditation de conscience
qui dans le loma de l'estomac plexus choisit et désigne en
    volonté sempiternelle son mouvement
            per—section [1]
car la masse est toujours avant l'intelligence de l'interne diré-
    lection [2],
            de la liction,
            du choix,
            de la proposition,
            de la per élection,
réaction contre prendre le poids,

furfasul e farsul efira
rufarsul e farla sursul

chochmact e ³ binah

comment prendre le bloc,
susciter le bloc,
malheur au sens ou à la dilection critique,
      discriminative,

honneur au bloc par le bloc.

Car le camembert fera tomber la Kabbale.

*

La haine produit des poisons et des acides,
la conscience se rassemble et s'élève en mauvais esprits qui
   sont des gens.
La conscience générale a des failles, des trous.

Baroud,
les buildings.

*

Mercredi 5 juin 1946.

Le drame des rituels ne se passe qu'en moi puisque je l'entends
   par la pensée au lieu d'entendre d'autres personnes devant
   moi,
il est donc sans danger réel, mais je ne dois pas avoir la
   faiblesse de le croire *vécu* par d'autres,

ce n'est pas parce que j'ai souffert et que je veux m'éviter
   une douleur mal appliquée,

ce dans l'instant,
avec l'idée de m'en appliquer une autre que je serai un lâche.

Pour avoir cet état de repos il faut que tu souffres encore,
  dit *mon* cerveau,
car cet état de repos je le tiens et tu seras w c gris noir café
  onde de volonté afin que rien ne souffre et ça te plaît.
Or moi, Artaud, je suis la douleur fécale absolue,
c'est moi et je n'ai pas à m'y identifier,
c'est à elle au contraire à me rejoindre peu à peu.
Cette douleur n'est pas une *sensation*,
            le bois de f,
c'est une *privation, un manque*,
l'état de manque absolu, la gloire de ne pas prendre une joie
  pour s'exalter plus.

Je me suis frappé dans la douleur elle-même.
Je ne le ferai pas à chaque seconde parce que ça m'ennuie et
  que je raterai mon coup,
ça ne veut pas dire que je choisis le café noir avec une goutte
  de lait.

Ça veut dire que je veux ne pas souffrir au point de perdre
  le contrôle de m[oi]-m[ême] [1].

Je suis celui qui dans la douleur au lieu de la fuir y entre.

Tout se perd et tout se crée.
C'est la loi immémoriale de l'être.

Et où va alors ce qui se perd
et d'où, s'il y a un d'où,
vient ce qui peut *se* perdre
mais non ce qui se perdra,
cela ne vient pas,
cela n'est jamais
et il faut toujours le faire,

or ce n'est pas une action
mais un fait
à faire
sans action
avec la pire douleur *motrice*,

creuser un vide,
produire un plein,
        ni l'un
        ni l'autre [2],

souffrir,
ne pas échapper à la douleur,
la rechercher toujours,
c'est DU caca.
Elle est le bien [3].

Vous êtes moi, et je ne suis pas vous.

Ce sont mes pensées qui me disent que je ne dois pas faire
    une chose alors qu'il suffit non d'avoir l'idée qui permettra
    de la faire notion conception mais de la chercher par dou-
    leur et par être.

*

      rologou
      rologou
      rourettu
      rorutto
      e
      rureto
      ogo

Pas de scandale,
que doucement les gens se sentent entraînés à l'apocalypse
    qui les brisera.

to petar
e tanta fetura
ta fetura
e fula fetra

ra ta
petra
bari

re de pina

ta fetar
ta feta
tralicha

Je hais les incantations,
       les psalmodies,
       les sorciers,
       le décervelage.

Mercredi [1] 5 juin 1946.

1° Le clou, les angoisses du tombeau à *provoquer*,

2° le bâton de la non-science absolue,

mais muni,
coloré,

et l'autre clou qui anéantit la science par [2]
les bâtons soffults
de ceux qui crurent pur esprit
alors que c'est le pur corps [3]
venu plat.

*

Tous les problèmes de la science c'est moi qui me les suis
posés [1] et les savants n'ont même pas eu le temps de me
suivre.

*

Plusieurs armées ont marché vers moi,
l'ont su, l'ont cru,

l'ont oublié,
ces moments furent d'une demi-heure par mois,
pour certains soldats ou groupes
de 10 à 12 jours par quinzaine.
Pour Mlle Seguin et Elath Catto de onze jours sur 10 car
    vraiment j'ai maintenu les choses dans l'état où l'on ne vit
    qu'envoûtements et où l'on se souvient.
Car les peurs de l'incréé existent
et l'état est celui projeté par moi.

Mon corps n'est pas l'1 absolu que la cupidité toujours recule,
c'est un monsieur animé construit bloc par bloc.
Je perds corps
ou on me colle corps.

Les choses sont une matière perpétuelle.
Ce qui est corps n'abandonne jamais le principe du mouve-
    ment,
et c'est ainsi que l'être prend corps et se manifeste dans un
    toujours plus loin de matérialisation,

mou devant le dur,
volatile, volant, mouvant.

*

Jeudi 6 juin,
Marthe, Rhumerie [1],
ma note
cahier rouge [2],

Anie, 2 Magots.

*

**hoc bolo deli
dolci
bols ot doledoli
scandi** [1]

Non, vous n'êtes pas mes anges, non, je n'ai pas d'états de
   conscience
glaireux ni glèbe.

Le summum de la douleur est de mettre sa queue dans une
   belle conasse bien noire, bien âcre, bien salope et bien
   graissée,
c'est le comble de la poésie,
afin de rabaisser l'esprit d'en haut et de le contraindre à
   déposer sa semence,
or il est certain [...]

Je n'aime pas le goût des fraises des bois mais le renoncement
   aux fraises des bois.
Je n'aime pas le baiser
mais le renoncement au baiser
dans le baiser.
Je n'aime pas le cu
mais le renoncement au cu dans le cu.
Je n'aime pas l'esprit,
et je l'assassine pour renoncer à l'assassiner,
et il était fait avec le trou rouge de renoncement de mon cu.

Seulement Lao-Tseu c'était moi dans un autre être et un
   autre corps
quand je n'étais qu'un ignorant sans pensée ni conscience.
Les choses furent depuis toujours et à jamais hors la science
   et la conscience

dans leur objet
prédécesseur même du fait qu'il puisse y avoir un objet,
objet par objet,
elles sont nées sans conscience de l'objet,
et la pensée de Lao-Tseu :
quand on sait une chose le nombre des choses qu'on ne sait
   pas devient infiniment grand,
est fausse
car il implique une attitude d'ignorance de tout,
aussi fausse que la science.
Je ne sais rien.
Je ne veux rien savoir.

*

Au Dôme à 7 heures
avec Berne-Joffroy [1],

Mme Paule Thévenin.

Gervais Marchal [2],
Club de l'essai
37 Rue de l'Université,
samedi matin.

La [1] maladie est un état,
la santé n'en est qu'un autre,
comme les obstinés héros
les médecins ne furent jamais pour moi que les lâches qui

        ra tra la
        e tra la
        tralina
        ra traline
        e trali trala

car savoir ce que c'est que le moi
c'est n'être pas là où on est
mais ailleurs,

tactique,

guérir une maladie est un crime,
c'est réprimer l'être de la vie,
l'homme au commencement était malade.

                      *

Ainsi donc vous êtes plus en dieu que moi,
restez-y.
Moi je suis moi,

ça me suffit,
c'est la volonté d'être à tout prix,
contre toute résistance,
moi distinct de quoi que ce soit d'autre.

Comment ai-je désiré le restant ?

La chair est ne pas incuber ni succuber.

Être brûlé,
arraché,
écartelé
sont des faits qui correspondent non à un état mais à un être,
l'indescriptible moi.
Je dois aimer et rapprocher des êtres de moi.

Sans *me* penser c'est là que la goule me prend,
me demander ce que je peux être en principe,
non, il faut faire *être* et tuer, c'est tout,
se le demander est le cerveau réflecteur miroir.

L'état de dieu n'existe pas,
il y a être résultat de tout effort.

Le temps est insondable,
pourtant il est moins vieux que moi,
or c'est moi.

Le réflecteur miroir est venu d'un fluide qui n'aurait pas dû
    sortir,
je n'en ai pas.

Car je suis un corps brut loin, haut, *au-dessus de l'appréciation.*

Faire une autre anatomie implique que mon être soit à l'aise
    et non qu'il ne soit pas là,

cet état, j'y suis, c'est mon être,

le sans sensation
ni perception,
       objet,

que nul n'a besoin de réveiller par sa pitié,
or l'amour de la pitié existe,
l'opium aussi,
pas comme maintenant,

qui y tiendra
ceux qui souffrirent,

cu de le d'eux qui souffrit
contre leur moi qui n'en voulait pas,

sa douceur est de donner
non du blé moulu
mais d'avoir cette tendresse qui donne un baiser.

Pas de contrôle,
le fait
élaguant ce qui n'est pas le pur amour
qui entraîne toujours au lieu de se satisfaire de découvrir des
    choses.

Seuls les non-êtres sont curieux de papoter, chipoter, char-
    cuter,
entrer dans la forêt.

Je suis la forêt qui brûle et non celui qui entre dedans.

              *

Lettre à Anie.

Cécile, Yvonne, Ana, Elah, Caterine, Anie [1].

*

1° Une petite expérience des réactions du public devant ce que j'écris m'a manqué.

2° Bien des gens de par la terre avaient intérêt à ce que cette séance [1] soit un échec.

Leur conscience s'est bloquée dans l'idée que personne ne soit brillant et que ce que l'on dirait ne sorte pas et ne porte pas.

J'aurais aidé mes amis par ma présence de conscience.

*

Automate personnel [1] : style, art.
Actuellement plus de style, plus d'art,
il faut réussir sans travesti.

*

37 rue de l'Université,
le Club d'essai,
10 hres 1/2 [1].

Madame Paule Thévenin,
33 rue Gabrielle,
Charenton.

125 [2].

*

Les choses sont que le rond dans la nature ne peut pas se faire et que la rosace [1], en plus du rond, le maintient.

Il y a ceux qui ne veulent pas se donner la peine de m'aimer,
et ceux qui ont choisi de me haïr,
et ceux qui me haïssent pour ne pas se donner la peine de
    m'aimer.

*

Savoir ce n'est pas gagner la science
mais perdre la réalité [1],

perdre la situation,
je veux dire le situement,
ce n'est pas gagner conscience mais repousser sa propre entrée
    au milieu de la conscience par la création appuyée d'un
    objet non par la tête mais par la *ceinture*,
la hanche est un contrefort qui prend pied
car la racine est toujours sup–posée.

Avoir besoin d'un état pour être c'est faire venir mille non-
    êtres pour vous réclamer cet état.

Dieu ne fut pas celui qui est,
et la conscience le remplaça dans tout ce qu'il fait et ne dit
    pas,
ne voulant pas abandonner ce profit
d'être au milieu de la puissance
celle qui souffre et ne le sait pas
quand ce qui sait ne souffre pas [2].

Or ce qui sait a voulu de chiqué enseigner au dolorisé le
    principe de sa souffrance
quand la science n'est que *l'écho* des volontés du dolorisé.

Le dolorisant et le dolorisé
sont d'ailleurs des qualifications de Jean-foutre hors du boire
    et hors du manger,

la douleur en tant que douleur n'est qu'une fausse conscience,
ne pas s'en occuper et dormir.

Ma nature est de compenser *dans* ma ligne d'arbre nature.

Car tous les problèmes ne sont nés que de l'absence de me
    reposer,

absolument inné d'être en repos
c'est le repos qui fait volonté,
c'est une puissance de douleur terrible pour le doute qui
    voudrait l'agresser,

et c'est moi et non aucun être né qui ne veux pas de la douleur
    innée,
étant ce mou plus fort que le dur.

La douleur innée rechercherait à se doloriser,
où en prend-elle la volonté quand elle crée soi-même son
    inné ?
Non dans l'affre mais dans un repos plus terrible que tout
    affreux silence de silence après silence qui élague la vacuité.

La Russe m'a beaucoup touché.

Le silence après silence est un repos oui repos
mais parce qu'il est la douleur ténébreuse
(voulue par volonté entière)
                du tombeau
je ne suis vrai que dans le tombeau.

Avoir idée d'un être où je me tiens en ligne dans le repos
c'est me perdre dans la lutte avec l'inimitié du qualificatif de
    cet être
qui [3] pour ma conscience me représente
alors qu'il n'y a pas de qualificatif
mais la volonté de pousser dans l'affre,

la désespérance du solitaire abandon
qui permet chaque fois de mériter un être qui vous accom-
    pagne dans tout fond.
Est-ce un double ?
Non.
C'est une fille
à de plus
non engendrer par détachement
mais provoquer par désir d'être amant
et d'avoir un amour à faire naître,
un amour à faire vivre en être
pour supporter la vie en cœur
en se méfiant de la conscience.

Pas de philosophie d'états,
de la manutention d'objets,
c'est tout [4].

Une simple manutention d'objets [5].

*

Une force m'a échappé qui a travaillé à m'envoyer
André Breton, Anie, Mlle Seguin, Elah Cato [1]
et les a abandonnés quand elle a compris que j'étais l'ennemi
    des êtres qui s'en étaient emparés.

Anie est-elle partie vraiment
ou seul un double a-t-il pris une autre forme.

Idem pour André Breton.

Ne pas penser, ne pas imaginer l'ennemi jamais et *j'aurai la
    paix* [2].

*

10 hres 1/2 37 rue de l'Université [1],
ici le texte [2],
Gervais Marchal.

20 heures 15 à 20 h 30 sur 315 m 80 [3].

LES MALADES ET LES MÉDECINS [1]

La maladie est un état.
La santé n'en est qu'un autre,
plus moche.
Je veux dire plus lâche et plus mesquin.
Pas de malade qui n'ait grandi.
Pas de bien portant qui n'ait un jour trahi, pour n'avoir pas
voulu être malade, comme tels médecins que j'ai subis [2].

J'ai été malade toute ma vie et je ne demande qu'à continuer.
Car les états de privation de la vie m'ont toujours renseigné
beaucoup mieux sur la pléthore [3] de ma puissance que les
crédences petites-bourgeoises de :
LA BONNE SANTÉ SUFFIT.

Car mon être est beau mais affreux. Et il n'est beau que parce
qu'il est affreux.
Affreux, affre, construit d'affreux [4].
Guérir une maladie est un crime.
C'est écraser la tête d'un môme beaucoup moins chiche [5] que
la vie.
Le laid con—sonne. Le beau pourrit [6].

Mais, *malade*, on n'est pas *dopé* d'opium, de cocaïne ou de
morphine.

Et il faut *aimer* l'affre
                des fièvres,
la jaunisse et sa perfidie
beaucoup [7] plus que toute euphorie.

Alors la fièvre,
la fièvre chaude de ma tête,
— car je suis en état de fièvre chaude depuis [8] cinquante ans
   que je suis en vie [9], —
me donnera
mon opium,
— cet être, —
celui,
tête chaude que je serai,
opium de la tête aux pieds.
Car,
la cocaïne est un os,
l'héroïne, un sur-homme en os [10],

               ca i tra la sara
               ca fena
               ca i tra la sara
               cafa [11]

et l'opium est cette cave,
cette momification de sang cave,
cette raclure
de sperme en cave,
cette excrémation d'un vieux môme,
cette désintégration d'un vieux trou,
cette excrémentation d'un môme,
petit môme d'anus enfoui [12],
dont le nom est :
               merde,
               pipi,
con—science des maladies.

Et, opium de père en fi,

fi donc qui va de père en fils, –

il faut [13] qu'il t'en revienne la poudre,
quand tu auras bien souffert sans lit.

C'est ainsi que je considère
que c'est à moi,
sempiternel malade,
à guérir tous les médecins,
– nés médecins par insuffisance de maladie, –
et non à des médecins ignorants de mes états affreux de
   malade,
à m'imposer leur insulinothérapie,
santé
d'un monde
d'avachis [14].

Antonin Artaud.

En [1] vous voyant, Laurence Albaret [2],
j'adore Caterine Artaud,
      Ana Artaud,
      Neneka Artaud,
      Yvonne Artaud,
      Anie Artaud,
      Cécile Artaud [3],
et vous, m'adorez-vous ?

Samedi [1] 8 juin 1946.

L'horrible nuit du 7 au 8 après la séance [2] où les êtres me
ramenèrent perpétuellement à une question.

Ce qui rend raison de la stature morale,
du portrait ovale
c'est le *clou* ténébreux du cœur.

Vous n'êtes pas le christ ou dieu,
a dit Anie [3] le médium.

Cécile Artaud a été faite avec une petite fille,
Cécile Schramme [4] étant morte,
Cécile Artaud est faite [5] avec une petite fille, un cadavre et
une vieille fille,
Caterine Artaud est faite avec le cadavre d'une infirmière,
Mlle Seguin [6] et un être jamais né, toujours préparé,
qui se souviendra d'avoir été le Dr Seguin et ma fille branlée
rue La Bruyère [7],

cheveux blancs,
veste beige,
pendu.

Comte d'Écloset de Ville Peinte [8].

*

Je suis la douleur irrémissible
qui dure toujours
par augmentation de poids
et qu'est l'*augmentation ?*
Un mystère
où je suis seul
et que seule la conscience mentale a voulu empêcher de se
    former,

elle périra,

le reste est le mérite *sempiternel,*

1° d'où le fluide où moi plongé et dans lequel ils font monter
    la croix sur moi le ventre,
1° [1] d'une attitude à eux,
multiple,
2° d'une succion de ce fluide,
3° d'une position correspondant à ma tête
mais venant de mon fémur d'enfer,
le droit,
pré–lapé,
3° le correctif correctif,
le bougnat douleur étant,
2° le briques sur briques
d'après croc qui est du dehors dedans peut-être
mais incompréhensible,
que ce soit
organisme,
être
et l'étant parce que tel, CLAIR,
hors compréhension,

les agitateurs ne sont que des pellicules collées sur ma peau
   du *dehors*
et m'enrobant de diverses places de mon corps
   DEHORS.

C'est par l'extérieur que je fais mon corps, c'est-à-dire en
   prenant moi-même la place de tous les esprits qui se prennent
   pour extérieur,
et lui le prenant de ce devant que je suis quand il n'y a pas
   de derrière jamais.

*

Pas de redressement,
de rétablissement
et de science de l'être,
une ligne barbare continue sans loi staturale,

la ligne barbare contient son impréhensible loi,

on ne lutte de science avec personne, c'est faire le jeu du
   néant.

Nous avons étudié, nous leur avons montré tout cela, ils y
   ont cru.

*

Il n'y a pas, du fait que je suis Artaud et que je *crée* des êtres,
   de doubles de mon esprit qui seraient ces êtres nés par
   engendrement.

Le flottant *dans* mon corps.

*

L'être et le néant sont une seule et même chose,
c'est l'arbitraire d'un arbitraire esprit élevé un jour contre [...]
qui a introduit la distinction et la notion,

la toute-puissance est de ne pouvoir rien savoir,
l'impuissance de vouloir tout savoir,
c'est la suprême pédérastie.

Je ne suis ni ceci ni cela,
jamais rien de préhensible, ou de sensible,
seul le fait est là
que j'opère
et toujours autrement que toujours.

*

Je suis l'homme,
l'homme Antonin Artaud,
l'étant, je ne suis pas le squelette imposé à moi,
j'ai une autre idée
ni chair ni poisson,

contre Jésus-christ
et contre dieu
(agencement
\ d'un être,
manifestation perpétuelle de l'impossible corps.

C'est la truffe caca de l'arbre barbelé [1].

*

Au vieux Dôme à 8 hres,

à 9 hres 1/2 – 10 hres, Odéon 01-05 [1].

*

Mon être se passe de conscience, de moi et d'hommes,

l'esprit est ce dû,
celui qui veut obtenir
par œuf localisé
un tout successif
qui sortira de l'œuf
quand la loi est tout autre [1].

Je ne sais pas, moi, ce qu'on peut faire de ça,
                    dieu,
on le fait le père à condition de croire à des contingences et
    à un être éternel que *je détruis* sans cesse.

Je n'ai jamais pu être un commencement puisque je suis sem-
    piternel,

l'impuissance est de ne pouvoir croire être qu'en gagnant le
    moyen de trouver conscience si peu que ce soit
sans le savoir,
c'est la suprême pédérastie.

Ne pas distiller la conscience non plus,
il n'y a même pas à se retenir d'aller à la tentation de humer
    ou de sentir,
la contention de sentir n'est pas une réserve de distillation
    de ce qui se présente et qui se doit mériter peu à peu,
le néant ne présente [...]

                    *

Mercredi [1].

Le clou avec son terre-plein,
hier soir l'horrible Angleterre
et l'horrible envoûtement de la tête,

croire *vivre* objet quand le choisi suis [2] du cerveau
où Lucifer se montra plus vite que moi dans l'idée que je
  cherchais,
avec toutes ses armées,

la boîte où, dit-on, tu ne l'auras pas,
c'est dieu,
au restaurant avec Colette Thomas.

Les *non* lisses,
vase colonne sans réfléchir.

L'horrible journée de la peau de bête.
Vêtu de peaux de bêtes.

Les gros clous d'encastrure revêtue.

La chute de Sodome et Gomorrhe est venue de millions de
  coups frappés pendant 1 an ou 2,
ici dito.

Les coups plaques, truffes,
être, douleur pure,
non réflexion,
pitchpin,
hors corps dans mon propre corps, mon corps est hors,
il n'y a pas l'autre de la conscience, l'être.

*

Les choses allaient admirablement hier,
1° l'intelligence a *voulu* naître,
2° me supplanter,

je l'ai assassinée, elle revient.

D'où a-t-elle voulu naître ?
De l'enfer de ce que je condamnais.

*

**kur le bel le la bertul turel
kur la bel le katerel** [1]

C'est au peuple à dire ce qu'il pense de dieu
et non à dieu à disposer du peuple dans le secret de sa *lamas-
serie* [2].

*

Paulhan, la phrase page [1] [...]
lettre à Madame Artaud [2].

*

D'où sortent les êtres quand je suis seul, que je ne puis jamais
    me mettre en face de moi.

Mon moule est un être qui doit ensuite se développer tout
    seul,
mon moi : une application de plus en plus forte
de ce que je suis sur mon insondable possibilité,

non,
un clou isolé de plus en plus,
non,
une racine de plus en plus insolite,
non,
un être de plus en plus affirmé,
lequel ?

*

Marthe Jacob,
19 avril 1922 à onze heures [1].

Je vivrai malgré vous si vous ne me donnez pas l'existence.

Ce n'est pas vrai, monsieur, ce n'est pas moi qui ai dit cela
car je ne suis pas encore née.

Je me sens mieux moi-même dans ce que vous m'avez donné
que dans ce que les autres m'ont donné,

à quoi ils attribuèrent les termes d'animus et d'anima.

*

Il me donnait l'impression d'un homme qui a avalé une amande
d'acide prussique et qui s'y est trouvé bien.

La Toute-puissance ne se montre qu'à partir du moment
où l'on se sent devenu incapable de rien obtenir par le
savoir [1],
l'impuissance est le caractère foncier de ceux qui ne peuvent
vivre qu'à condition de bien posséder la science naturelle
de leur savoir [2].
C'est la suprême pédérastie [3].

*

13 juin 1946.

Transspiritualité.

Je souffre pour que la souffrance cesse,
la douleur, oui,
mais ne pas en souffrir,
y être bien,
c'est une *tenue,*
c'est tout,
j'ai plus souffert en une heure que dieu toute l'éternité,
non présenter l'image de la douleur éclairée

mais *la vivre*,
elle éclairera.

*

Le clou vide,

le rétablissement du clou vertébral fémur,

vitrine Gauguin,

l'épaisseur par-dessus toujours plus dans la surface,
les clous douleur être,

réforme
par alignement,

prise de tous leurs défauts,
ma vieillesse,

Ana, Yvonne, Cécile,
truffes, ignosco,
ça non,

pas d'empreinte mais des crocs réels dans le bloc glacé réel,
    rocs de ma montagne,
ils ne sont pas, ne seront plus.

*

Il y a une vieille entreprise de possession, sans hystérie et sans
    théâtre, sur laquelle je ne voudrais pas mourir sans avoir
    dit un dernier mot.

Je suis un être,
un homme,
je suis moi,

il n'y a personne,
tout est douleur non introspectée par qui que ce soit qui
    l'occasionne,
la douleur est mon caprice absolu contre les mirmidons.

*

André [1] Derain,
11 rue Jules Chaplain.

Madame Feder [2],
1 rue Pergolèse,
Passy 71-66.

Henri Thomas,
Grand Hôtel des bains,
Locquirec,
Finistère.

17 rue de Bellechasse,
Madame Oïfer [3],
à 8 hres.

Danton 82-45.

Abdy [1]
Opéra 51-79.

Souvt [2] Suffren 51-93.

Pierre Latour
3 rue Manuel
Paris IX.

revu de par les astuces de la plus monstrueuse magie [3].

Picasso
Odéon 28-44 [4].

Nouvelles littéraires
jeudi 13 juin.

Littéraire
samedi 15 juin.
Lettres françaises
samedi 14 hres [5].

Italie 20-60 [6].
Entrepôt 01-97.

Antonin [1] Artaud s'expliquera plus longuement là-dessus
dans une conférence publique
    mais moi, son amie, j'ai su que pendant qu'on m'empêchait
de le voir, disant qu'il était mort, il était systématiquement
empoisonné
    et aux poisons s'ajouta une atmosphère effroyable d'en-
voûtement que l'opinion ne cesse de nier mais qui est vraiment
le fond de toute conscience,
    ne raconte-t-on pas que moi-même je suis morte en
octobre 1944.

*

    Qu'est-ce [1] que c'est que cette histoire d'un homme enfermé
dans un asile d'aliénés, rejeté par sa famille, abandonné de
ses amis et de ses proches, mis au rancart comme un vieux
cheval, qui a à lui toute sa conscience, mais qui a à peine une
chemise sur lui, car on le retient d'autre part sans pantalon,
encamisolé sur une paillasse, avec comme repas sa ration
journalière d'acide prussique et de cyanure de potassium. –
Or je m'appelle Antonin Artaud, né à Marseille le 4 septembre
1896, et c'est à moi que cette histoire est arrivée.
    Il fait froid, certes, d'être nu sur une paillasse dans une
cellule d'asile d'aliénés, mais le froid est de n'avoir jamais

perdu un atome de sa conscience, et de penser comme je n'ai
cessé de le penser pendant six ans qu'il était *enfin*
   (las las sa beauté laissé choir [2])
   enfin devenu contraire à l'ordre naturel des choses que la
vie puisse m'offrir un moyen de me sortir de tout cela.
   L'absence d'amis,
   la réprobation de la famille,
   l'empoisonnement à perpétuité,
   sous la dictature désormais assise, oui, plus inviolablement
que jamais assise de la police.
   Plus de nouvelles et plus nourri.
   Savoir qu'on ne retournera jamais plus à la vie normale,
or il n'y en a pas, mais qu'il n'y a en fait aucune espèce
d'espérance possible de sortir du froid, de la faim, du mépris,
de la servitude, de la damnation *socialiste* du crime, et de la
supération de la terreur [3].

                                *

   Ce [1] médecin m'appelait cher ami,
   je l'appelais aussi cher ami,
   il m'a plusieurs fois invité à déjeuner chez lui, j'y suis allé,
   je dois dire qu'il n'y avait pas de poisons et qu'il n'a jamais
admis l'idée de m'empoisonner comme d'autres médecins ou
gens du civil, s'il a admis l'idée de m'endormir scientifiquement.

                                *

   Je [1] suis un homme qui pense que les envoûtements existent.
Je l'ai cru toute ma vie mais je ne l'ai pas toujours su comme
je le sais,
   depuis 10 ans d'une part,
   depuis 9 ans de l'autre,
   et je m'expliquerai tout à l'heure là-dessus [2].
   Me trouvant chez le Dr Ferdière à Rodez j'ai eu à souffrir
d'envoûtements et j'en ai souffert de toutes manières d'assez

de manières pour croire que je connais tout de même assez bien la question.

Or les envoûtements sont le seul domaine où il est humainement parlant impossible de porter plainte et ils sont aussi le seul où [on] ne peut se faire justice que soi-même et où il faut se faire justice à tout prix soi-même et tout seul sous peine d'être un jour ou l'autre annihilé et *supprimé*.

Je suis donc allé trouver le Dr Ferdière, méde[cin], un certain matin, pour lui dire que j'avais, moi, en face de mon seul moi-même et non du concile secret des êtres, lequel tient la place de dieu, et entre autres choses, fabrique dieu, que j'avais, moi, devant mon seul moi-même à me plaindre d'envoûtements, et cela, scientifiquement aussi et d'ailleurs, pourrait avoir un autre nom.

Je n'avais pas à lui demander secours, je voulais lui demander simplement de cesser, comme il le faisait depuis trois [ans], de m'empêcher de me porter secours, moi, à moi-même, car mes moyens de lutte le gênaient [3].

J'avais pris la précaution de lui dire : ce n'est pas le médecin que présentement je viens voir mais l'homme,

mais je venais à peine de prononcer ces mots que je vis devant mes yeux disparaître l'homme,

le médecin

qui me dit que les envoûtements n'existaient pas, que c'était un délire d'y croire, et que pour me faire renoncer à cette idée :

Eh, Mr Artaud, me dit-il, je vois que votre délire vous reprend

et je vais écrire à Jean Paulhan que je vais vous recommencer une série d'électro-chocs.

Il n'y a rien comme la malhonnêteté pour me couper la parole et me châtrer la pensée, et devant les paroles du Dr Ferdière ma langue se pétrifia dans mon gosier.

Je lui répondis que j'avais la preuve d'avoir été envoûté, Tarahumaras [4],

il me répondit que ce n'était pas vrai que j'avais été envoûté dans la montagne et que le disant je ne faisais qu'affirmer

mon délire une fois de plus et que d'ailleurs c'était à lui,
connaissant mes œuvres, à redresser ma poésie.

Or ma poésie :
Correspondance avec Rivière,
Ombilic,
Pèse-Nerfs,
Art et la Mort,

n'est qu'un long cri de protestation contre une souffrance
que j'ai endurée toute ma vie et dont j'ai cru qu'elle était une
maladie indéfinissable

et dont je défie bien aucun médecin de pouvoir y mettre
une étiquette
                    définitive

et encore moins celle de lypémanie traitable par électro-
choc

car elle a présenté avec le temps les symptômes de cent
maladies diverses, voire contradictoires,

et dont je sais maintenant qu'elle n'était qu'une longue,
minutieuse, acharnée, consciente et [   ] patente
d'envoûtement.

Je [1] ne comprends que les femmes squelettes,
le reste, plus des *parlants* sur ma tête,
je ne veux pas savoir ce que c'est.
C'est *manié* par des hommes vivants.

Le moi n'est pas une peinture, une mise au point,
c'est un coup,
c'est un four chaud,
l'éternelle question,
le squelette n'est pas venu d'une notion de dieu mais *autre-
    ment.*

L'objet voulu par la douleur
n'est pas un reposoir,
                un but,
                le havre,
c'est un fait instant,

donc la perpétuelle fournaise
                i—ner—te,

donc la douleur sans penser et la décharge [2].

Où ai-je ramassé sur moi
                ces prétentieux,

          ces vampires,
étant donné qu'il y a si peu d'êtres.

C'est un magma
autour de mon non-être
et de ma non-loi.

Car pour qu'il y ait non-être
il faut qu'il y ait être
         mais *impossible*
et non le néant,

non dans le fluide mais *dans* le corps *formé* malgré moi,
là où Colette ne parle plus.

Où accrochèrent-ils de quoi tenir le monde
dans le dur.

Dire que cela *n'existe pas,*
que j'ignore ce que tous ces gens font sur mon corps,
même ce combat est *ma* conscience,
je suis *seul,*
il n'y a encore personne,
je n'ai fait personne à mon image que 6 – 9 personnes,
c'est tout.

            *

A. Seguin accouch. enfants
30 rue Bobillot 13me
Gobelins 51-34.

J. Seguy gynécologie stérilité
108 B^d Saint-Germain 6me
Danton 89-56.

Guide Médical Rosenwald 1943-1944 [1].

*

Le déclenchement et le plan de la volonté étant moi
et lui distingué d'elle se passant aussi [1] dans mon corps
je ne peux pas dire que de la force de mon corps s'est détaché
    quelque chose qui m'en a, moi, repoussé dans un coin de
    moi-même.

Anie,
Colette,
Caterine,
Yvonne,
Cécile,
Ana,
ELAH [2],
l'hitlérienne.

L'idée du coup était moi,
la volonté aussi,
c'est dans sa décision qu'un autre est sorti,
qu'est-ce que c'est que ça un autre,
pourquoi ?
Parce que des hommes étaient déjà là,
qui pensant le général étaient mieux nourris,
moins fatigués que moi dans mon propre corps
alors que je suis mon corps et que le dédoublement en soi ne
    se met que par mort
et comment suis-je mort ?

Le moi est sans audition,
intégral,
c'est le corps, c'est tout.

L'envoûtement de dimanche après-midi dans l'escalier de
    Marthe Robert où dans le coup porté par moi un autre me
    précéda pour le faire puis doucement *pria*.

Je l'ai fait avant toi, relégué,
et ma barbaffre dans la langue de mes tes [3] couilles.

C'est pour cela que nous nous sommes révoltés, nous nous
voyions naître tout le temps et nous ne parvenions pas à
rester en vie.

Je ne *choisis pas en moi*, je me tiens moi de plus en plus pendant
toujours.

Une bombe atomique luisante.

La satisfaction ne fut jamais qu'une puce gueuse, sautée en
dehors de l'insatisfaction.

C'est le cerveau qui a donné l'illusion de la recherche au
milieu du soi.

Ils ne veulent pas être du bois dont on les fait.

La créosote m'a rendu le sperme féminin.
Je n'avais plus que de l'œuf.

Vous, vous m'emmerdez,
vous êtes *des faussetés.*

Sacrifier un repos pour atteindre une grandeur de plus
doit payer plus que tout
dans le *meilleur sens*
et que le saint-esprit aille se faire brouter la moniche aill[eurs] [4].

*

14 juin 1946.

Ainsi donc la douleur est mon caprice,
dormir,

veiller,
tenir,
grandir,
la résistance de l'être à mon absolue liberté ne créerait-elle
    pas la souffrance
opposée à la douleur,
ou que suis-je en dernier recours.

Ce que je suis en dernier recours est contre ce qui est moi,
    il ne faut pas s'imaginer l'atteindre par la définition mentale
    qui n'aura plus jamais lieu mais par les coups d'aveugle.

Laurence [1] devine bien,
elle prophétise mal.

Je ne crois pas que l'on puisse repartir à zéro,
les choses d'après ne seront jamais celles d'avant,
celles de maintenant
ni celles de tout à l'heure
et il ne peut pas y avoir d'arrêt au milieu de la continuité, de
    table rase,
le néant,
les choses sont un arc bandé.

Un secret occulte qui ne reste pas occulte devant tout le
    monde, c'est qu'il ne le fut jamais [2].

*

Parisot [1],
Colette Thomas,
Henri Thomas,
Pierre Latour,
Marthe Robert,
Jean Dubuffet,
Jean Brun.

Je ne pratique pas la [1] douleur du vraiment souffert.

Car je ne pratique pas l'insulte gratuite, mais j'aboie quand ma chair est martyrisée, c'est tout.

Et bien des chairs à l'heure qu'il est le sont qui ne le savent même plus car la perversité des temps va si loin que même cela on le leur cache.

J'aurais voulu que Madame Régis [2] pense à me dire au revoir le jour où je suis parti.

Or c'est à vous que je pense en disant que bien des chairs furent martyrisées qui ne le savent plus car on le leur cache.

Suppôts [1] et suppliciations [2]
les notes
les lettres Thomas
            Colette
            Marthe
            Adamov
            Parisot
            Latour
            Brun
            Bancquart [3]
            Balzar [4]

les livres tric trac
            Correspondance
            Ombilic
            Pèse-nerfs
            Moine
            Hélio
            Art et mort
            Nouvelles Révélations
            Théâtre & Double
            Tarahumaras
            Lettres Rodez
            Popocatepel [5]
            Suppôts

*

Si [1] vous m'avez connu depuis plus de 15 jours c'est comme
    ici, sur la terre, vous dans un corps de femme, moi dans
    un corps d'homme,
sans plus,
je hais les anges, les esprits, les âmes détachées des corps.
Ce sont des limbes, du néant, des larves spectrales, des états
    déliquescents,
ça n'existe pas,
le seul état vrai est comme ici
sans vision en esprit,
avec la vision normale dans un corps, non au-dessus ou en
    dehors,
tout ce qui n'est pas homme est mauvais esprit :
ange ou démon.

Les choses n'ont jamais été vues que dans le temps,
le long du temps,
non du sein d'une éternité qui n'en est qu'un fœtus détaché,
    un gaz méphitique, un acide venteux de hasard,

je ne crois ni à la clairvoyance, ni à la prescience, ni aux
    prémonitions, ni à la divination,
je ne crois qu'à l'observation humaine par le petit bout de la
    lorgnette de l'humain immédiat, terre à terre et quotidien,
le reste est un phantasme qui ment.

Les êtres ne sont pas encore constitués,
la flatulence.

*

Je ne supporte pas les médecins,
les chimistes, les physiciens,
les géographes,

les arpenteurs,
les mathématiciens,
les géomètres,
les professeurs,
les prêtres,
je ne sais pas qui l'a déjà dit
mais je le pense.

*

Alain Gheerbrant [1]
16 avenue Émile Zola
Vaugirard 00-40.

Samedi 2 hres Colette,
lundi 12 h 1/2 Mme Feder [2],
mardi téléphone Anie [3],

voir Mme Artaud.

*

Samedi 14 juin 1946 [1],
la sardine.

*

Si, je peux vous rejoindre où vous êtes
dans l'être
car vos états d'esprit inouïs et abrités viennent de vos êtres
    et pas plus,
ils ne viennent même pas de vos êtres mais du mien,
ils sont l'infini d'ailleurs.
C'est vos êtres qu'il faut détruire d'abord
et ils ne sont pas très difficiles à atteindre.
Garder, jouir, profiter,
ne pas se branler dans la fournaise,

passer par des états d'esprit distincts de l'être
et s'en servir pour se défendre du côté périssable de son être,
croire que l'esprit est un état qui se défend seul et sans être.

*

Moi, Artaud, je suis un corps dans lequel tout le monde puise
   et tout le monde a toujours eu la prétention de puiser et
   de puiser à satiété,
eh bien, cela doit avoir une fin.

Les états d'esprit peuvent être à tout le monde,
l'être est à chacun
et il s'est rassemblé en fonction de ce qui plaisait
qui était étant caractérisant.

*

Marthe Robert et Colette Thomas ont empêché Caterine,
   Ana, Yvonne, Neneka, Cécile, Anie [1] de venir à moi avec
   de l'héroïne afin de se préparer [2] pendant que les autres
   ne venaient pas.

*

Je me suis fait un mauvais sang de peste
mais les cons qui disent avoir pris dieu
et savoir comment on le prend avec des étoiles théosophiques
   à 5 branches
america
et des croix de jupons
sont des empapaoutés rigouillards
et c'est tout,
applications illusoires sur mon extérieur,

et je ne pouvais pas tourner et alors j'ai sidumé.

*

Breton a-t-il été sollicité de venir au Havre,
Anie sollicitée de venir à Rodez,
a-t-elle refusé,
se souvient-elle d'une bataille ?
On n'obéit pas aux spectres ?
Elle a eu raison de refuser
sauf si elle savait mon épouvantable besoin ?

*

Dimanche 15 juin 1946 [1].

Oui, mon cas c'est la Hongrie,

l'arbre bandé de nerfs fluidiques,
le pavillon bosquet,
tout retourne à mon corps avec le mirmidon volant
et l'imprégnation sexuelle
du lobe droit à la couille gauche,

ville incendiée.

Pourquoi les êtres nés sont-ils si nombreux quand personne
    n'a mérité.
C'est qu'ils se sont *révoltés* pour être, sans péché, mais avec
    un péché originel.

Des blocs d'être
poupons
seraient venus à moi et auraient bousculé,
remplacé,
supplanté
d'autres êtres.

*

Une Colette double qui existe,
une vraie qui n'existe pas [1].

*

L'histoire consciente de
André Breton sachant qu'il est un ange
et de Colette Thomas qui pour rester seule près de moi aurait
    assassiné ou laissé assassiner la petite Anie Germaine [1],
la vieillesse entendue de Colette
devant mon inquiétude,
ses mots pinçants,
et André Breton arrivé à point pour me retenir près d'elle,
non [2].

C'est celle qui a bêlé et savait si bien le coup de langue bêlé
    sans cœur ni amour comme un automate.

J'extrairai de Colette l'esprit ange criminel, *il existe* [3].

*

Le bu ou reb[u],

4 choses
la douleur,
la fureur,
les boîtes
par l'espr[it] [1].

*

[...] de [1] la mise en scène et la métaphysique écrite en 1933 [2].
    Relisez les Nouvelles Révélations de l'être écrites en 1937.

Je crois pouvoir vous dire qu'une catastrophe pire que la
guerre de 1938 approche et pour y échapper il faut être très
pur de cœur,
On ne cherche pas indéfiniment à imbécilliser un homme
en appuyant son sexe sur son cerveau, ses moelles et son cœur
et tout cela se paye à [...]

*

Dimanche 15 à lundi 16 juin [1],
le rêve effarant du double poupée automate Colette
non vivante
mais à nourrir pour la vivifier.

Ainsi donc
A. Adamov,
Marthe Robert
auraient assassiné
Caterine Artaud,
Elah Artaud,
Madame Régis [2] Ana Corbin Artaud et Neneka,
Le Dr Ferdière Neneka,
André Breton Yvonne,
Colette Thomas Anie Besnard Germaine,
pour venir me voir.

*

Non,
les âmes sont des êtres corporels
et non des états spirituels de volonté
à supplanter par une volonté plus forte par endoffage [1] de
   conscience,
la maîtrise de volonté n'est pas morale,
elle est PHYSIQUE
par le fond de la douleur musculo-fibreuse du squelette.

or Teké

*

Aller voir Picasso,
Dullin,
Maurice Saillet,
ne pas oublier,

Mme Paule Thévenin 3 hres 1/2, 125 [1],

Pierre Loeb,
Laurence [2],
Anie,
Parisot jeudi,
Gallimard,
Popocatepetl [3],
Guy Lévis Mano,

Latour,
Thomas, textes,
Paulhan, Cenci,
Parisot, lettres,
Suppôts et suppliciations.

*

500 excellents repas,
7 000 trilliards de quintaux.

*

Je renie le baptême,
la croix au cu
et le cu en croix.

*

N'ayant jamais cru ni à quelque chose ni à rien, je n'ai jamais pu croire que quoi que ce soit menât ou à quelque chose ou à rien. – Ceci dit à propos des 3 fameux poèmes de Coleridge : la ballade du vieux marin, Christabel et Kubla Khan [1], qui ne viennent de nulle part et ne vont non plus nulle part.

*

Les initiations ne sont pas une étude mais un complot pour faire passer la vie par des routes abstruses où les vivants laissent de plus en plus la place aux morts.

Dullin [1].
Jean Paulhan.

*

Avoir dormi 9 ans dans le bruit et l'odeur des pets de fous
est d'un immense enseignement que nul docteur n'a jamais
connu [1].

*

Non le reculé et le rétablissement hors et contre l'attitude
mentale mais avec l'affre de l'attitude mentale grossoyant
l'inintellectualité.

On est en train de constituer un dossier contre moi
1º avec les lettres du Dr Ferdière,
2º celles de Colette Thomas, Henri Thomas, Anie [1].

J'épaissis en moi le tout de l'être sans élaguer,
ils s'épaississent inamicalement et me collent,
seuls les morts seront bientôt avec moi,
ceux qui seront restés morts assez longtemps.

Or il y a si peu [2] d'êtres,
le reste est non limbes, pierres,

rien,
je suis seul,
états d'esprit condamnés,
êtres les portant condamnés,
états revenus en d'autres corps.

*

Un autre esprit que celui des hommes est là,
celui de ceux qui ont tout voulu savoir de toute éternité et
    réaliser sans le cœur.
D'où sortent-ils ?
D'une révolte contre le cœur, le mérite, l'amour.
Ces esprits sont partout et ils tiennent toujours, ex. : Colette
    bêlante.
Ce sont des états d'esprit.
Or je suis seul expert.
Bêlante,
experte,
automatique.

*

Les êtres ne sont pas une participation à un total dont je suis
    l'arbre.

Il faut les sortir de moi
puis peu à peu les faire vivre
et les rapprocher de ma vie,
moi être de la vie
car les matières sont *mortes* d'abord,

épouvantable redressement.

Yvonne s'incarnera quelque part,
Caterine s'incarnera quelque part,
Elah s'incarnera quelque part en Neneka,
Cécile s'incarnera quelque part,
Ana [1] s'incarnera quelque part.

Les êtres tomberont de moi par la douleur réductrice,
sang, sang sans sang
poussé au plus que noir,
caca, truffe empoisoires [2],
qui toujours me laisse seul
avec ma forme sempiternelle,
après quoi il me faut sortir de moi d'autres formes sempiter-
    nélisables,
plus des objets.
Indolores ou dolorisables.

                              *

L'éternel détaché de moi, le temps a voulu envahir le temps.
C'est un gaume, une goume, un glome, un glocaume produit
    par qui croyait en dieu,
quand il n'y a qu'un homme, un homme vrai, plaqué, serré,
qui tue des êtres qui auront à vivre et à mériter,
il les ausculte par la face et non par l'intérieur,
il lui faut du temps pour les comprendre sans les deviner.

                              *

Stature,
marche.

Ni cœur ni sexe,
caprice immédiat et constant de ce qui favorise mon *égotisme*
    d'abord, mon égoïsme ensuite instantané.

Appuyer sur le pouce et qu'il en sorte un vers.

L'histoire de la révolte de Lucifer fut un bordille [1] du temps,
que je n'ai jamais rencontré en vie.

Une chose m'affligerait par-dessus tout, l'idée que vous, *André
Breton*, vous ayez pu croire que j'ai été malade.

Je suis le vit dans le con
mais immobile et sans action,
l'action est extérieure à cela.

Comment ayant été repoussé avec le temps suis-je revenu et
toujours là,
non –
n'ai-je cessé de forcir et de continuer à grandir.

Rien que de la crapule syphilitique pure non de forniquer
mais de me forniquer.

Je me dépasse sur place sans attendre là.

Les choses sont faites les unes après les autres et *on* gagne
toujours.

*

Je suis le maître absolu
mais sans vêture
ni idée du comment la vêture,

le pourquoi tout n'obéit-il pas à un ordre de mort et de
disparition.

Il n'y avait pas de commencement,
après cela j'ai fait cela
et après cela j'ai refait cela
et avant ?
Avant,

il y avait que je n'avais pas la main à dix doigts ni à un seul,
mais que sans mains je m'avançais.

C'est la plaisanterie générale,
mais pourquoi la vie ?
Y en a-t-il tant de sortie et ne veut-elle pas rentrer ?

1 en Afghanistan,
1 de cocaïne [1] en Suisse,
pas de moyen de prendre le manteau,
                non,
1 seul,
1 incompréhensible douleur,
tous les moyens ne sont que superfétation.

Le monde est les choses de ma pensée,
elles rentreront en moi
car je ne les pense pas.

                        *

Je n'ai jamais cessé de penser que je pouvais de *plus* en *plus*
        faire taire la pensée
                ennemie
                et étrangère
et l'avaler dans mon feu intérieur.
Pourquoi bouge-t-elle ?
Pourquoi des êtres qui ne sont pas en moi bougent-ils en moi ?
D'où la vie distincte, l'individualité distincte leur est-elle venue ?
Moi qui ne cesse de tuer ceux qui ne pensent pas comme moi ?
et qui ne permets à personne de sortir !
Ils sont sortis pendant que je dormais et reviennent.

                        *

Hier soir dimanche [1] 16 juin après une épouvantable journée
        avec Laurence [2]

où les champignons du cu m'enrotaient le vit et les couilles
bataille avec les il en faut plus que ça pour me vaincre de
    Lucifer
et tu ne peux pas le savoir, *Nanaqui* [3], de qui se désituait pour
    ne pas que je le prenne
comme si tout était dit d'une physiologie,

le foutre de conscience qui n'a jamais rien *tranché* de ses dix
    pieds pour prendre conscience de quoi que ce soit
viendrait dans mon corps à moi,
quand elle en est sortie, je dis sortie, expulsée,
m'apprendre à me servir de moi.

*

Comme si donc tout était dit d'une anatomie et par la marche
    d'une anatomie et de son fonctionnement atomique
dans le corps fait, délimité, terminé,
alors que la chose est le terrible en-suspens,
en-suspens d'être et de corps,
                            bis,
        d'être et de con [1].

Mon corps n'est pas de bandage fluidique de nerfs qui par
    élastique peuvent toujours se soutirer,
il est de charbon brûlé par-dessus,
brûlé cone, brûlé de sexe et de la cone,
ce bandage de la notion homme [2],
corps qui a tout dit
quand on l'a vu et mesuré
sans jamais le mesurer [3].

Le propre du corps est de pouvoir être autre toujours que ce
    qu'on le voit.

Le corps ne peut être apprécié qu'en fonction de cette muta-
tion et dans son [...]

et parce qu'il changera,
hors cela
il est sans aucune lisibilité.

Aller chercher Satan qui me regardait et quand j'avais une
    idée disait : Tu vas faire cela,
et se plaçait quand j'allais le rejoindre à une position préten-
    dument inaccessible,
celle de m'échapper,
quand on est le moustique de ma conscience
à ne jamais regarder
et ça ne serait pas arrivé [4].

Ainsi donc Lucifer est allé porter la bonne nouvelle !
expédié par un coup d'étrier qu'il affectait vouloir protéger
quand le coup était de l'expulser
et qu'il s'y mettait.
Pas de saisons,
pas de bandages nerve[ux] élastiques,
des nerfs de fer.

Je savais que chacun de mes coups assassinait,
j'ai continué à frapper les clous de la douleur fumée
rouge bleu blanc [5],
j'ai vu revenir les mêmes,
je n'ai plus senti que je tuais [6] autant
non par considération mais par fait,

maintenant après la chute de Sodome TURQUE je le saurai.

*

Seul l'analphabète inculte est de *culture* injuste à ce point [1].

*

L'isolant établi,
le fœtus qui reste

n'est pas à reprendre du dehors,
étant que les mains corrigent
mais de la surface
par elle
sans effet que boucher les trous et c'est tout sans situer l'être
    dans la ligne,
il ne le sait pas cela
ça je cherche toujours sale cone et ce n'est jamais la même.

La marche inéluctable,
ils ne m'arrêtent pas pour profiter de moi.

Ils ont réussi à force de fatigue imposée à donner pendant
    quelques secondes par truquage criminel éhonté *la réalité*
    MORALE de la supération sans fait,
il ne me faut pas attendre jusqu'à ce qu'ils soient satisfaits,
ils prennent ce qu'ils peuvent *au passage*
et c'est tout,
ils ne me retiennent pas le temps de se satisfaire,
ils jouent une comédie irréelle en bordure
et c'est tout
et ils la jouent en fantômes et à condition d'avoir au préalable
    quitté le plan
                de la vie
pour entrer sur un plan arbitraire
et dans la vie qu'y a-t-il ?
Des inconscients !
devenus du conscient *arbitraire*
inconscients dans le réel
depuis le conscient pré-génital.

Les larves ont toujours bu ma vie dans mon cou, mes testi-
    cules, mes moelles, mon cerveau,
des hommes les firent naître par haine
et en haine de moi
à force d'orgasmes.

4 choses,
douleur,
fureur,
boîtes esprit,
buon retiro,

nerfs durcis,
refit Artaud.

Une anatomie qui est un en-suspens,
sublimation de réserve *abstruse* et d'honneur au milieu de la
   sexualité,
en étant très malade,
mais très fort.

*

Jamais dans le mental
            de discrimination,
            de choix,
la colère de la frappe et c'est tout.

Le charbon sur,
par-dessus nerfs.

Les nerfs *sans vibration*,
les clous tordus dans *un sens*,
la barbarie,
l'humour noir,
le pot de chambre.
Pas d'enfants.
Pas d'engendrement.
Pas d'idée.
Des faits.

Tout est dans une boîte et dans un coup,
il n'y a RIEN avant,
c'est l'être,

le dernier est le seul,
le en-suspens
parce que dernier.

Être, esprit,
mânes, esprit,
douleur, clou,
en-suspens [1].

                        *

Il y a des êtres qui ont voulu ne pas avoir de cœur
mais de la conscience sans la gagner.

Ils ont voulu naître êtres.
Qu'est-ce que c'est ?
Ce que j'invente à la minute et qui est plus que la nature
mais non mon corps
                        sur elle.

Les prendre par le fait de ne vouloir personne en dehors de
    moi.

Je n'ai qu'à continuer à assassiner la conscience.
Je resterai seul avec des mimes secs.
Ce qui me trouble ce n'est que moi
et je me suis laissé reculer au fond de moi pour faire place à
    d'autres.
Je les avale, mais je ne suis pas de ce côté-là.
Je suis plus gros.

Ce sont des êtres *vivants* qui tiennent la conscience qui me
    gêne et me prend,
ils ne sont pas en moi, ils veulent y rentrer.

                        *

La virgule à propos de Colette.

Qu'est-ce que c'est que ces gâteux obstinés à dire :
Tu ne sais pas ça,
malades de la denture,
pas les mêmes mais un esprit,
le tissu du sexe an[...]

*

Le domaine du mauvais sang n'est pas le mien,
celui de la joie non plus,
la joie qui se boit par la gorge,
moi qui file,
d'où est venu le stationnaire repu de l'être ?
Tu ne le sais pas et la preuve c'est que je peux te toucher
    ainsi.
Je marche et les choses me poursuivent. Mais d'où l'horrible
    souffrance de la cochonnerie insistante ?

L'enfer s'est révolté,
il sera définitivement vaincu
car il est tout.

C'est moi qui ai toujours fait et refait tout mon corps,
étant qu'il *est* toujours le dernier coup, jamais le même que
    les précédents,
c'est tout.

D'où est-il qu'on l'a crétinisé ?
De ce que quelque chose de lui qui est le de tous les êtres
    s'est aplati et affaissé et n'a cessé de revenir sur moi m'en-
    doffer [1] de son immortelle cone.

Adamov, Marthe Robert, Gaston Ferdière [2].

*

Les gestes viennent des gestes et non de la pensée.
On n'entre pas dans le corps d'un geste,
il n'y a pas une matière plastique qui donne des pensées d'elle-
même,
il faut *tout* trouver en homme.

Les aspects du possible sont des plis *infinis* qui cèdent [1] à un
oignon ou à une tomate de *douleur* volonté,
trouver la *grosse* tomate suffira.

Il n'y a absolument rien à savoir d'aucune science ou connaissance,
je n'ai qu'à faire et arranger mes objets *corporels concrets*,
tels que *moi*, je les veux à tous points de vue sans croire à une
intelligence être absolue de leur être et de l'être de toute
chose et tout objet qui les départage.

Liberté veut dire train de chierie
et ici le draconien pense :
Tu juges donc la liberté ou l'idée qu'on en a puisqu'elle te
fait chier quand on en parle et ce pourrait être philoso-
phiquement.

Savez-vous pourquoi il ne faut pas répondre à chaque pensée,
non, vous ne le savez pas,
en fonction de mâche-foutre.

Pourquoi ce qui est mon organisme physique,
lequel,
l'injustice de mon être en face de moi.

Il est toujours prêt à me juger idiot, ignare, inexpérimenté,
alors que je n'ai pas choisi et qu'il a choisi lui le premier

de se faire une idée de mon choix afin de me condamner
    d'avance,

de me faire passer par le canal d'une science,
            substance,
            nutance,
            latence, etc.,
qu'il condamnera.

Car ce n'est pas un état, c'est un corps,
c'est-à-dire une succession de surface qui ne serait jamais que
    de surface à coups de clous sur de la chair.

C'est la douleur elle-même qui fait corps
et ce n'est pas un sens mais *la mort.*

C'est *moi,* ces questions, qui les pose parce que ma colique ne
    s'est pas encore assez resserrée,
mais ce ne sont pas des êtres,
elles passent dans la vie d'être, en être,
les hommes ne les supportent pas jusqu'au bo[ut].

{ Quelques antennes de pourriture pour pouvoir vous pom-
{   per au moment voulu, Anie [2].

Quelle est la chose que l'être a le moins bien saisie [3], le moins
    de chance de saisir afin qu'elle sécrète un démon et que
    dieu, puisque dieu il y avait, ait son domaine réservé parfait ?

            Le carré,
            le triangle,
            le cercle,
            la droite,

            la tomate cuite,

rien,
c'est le degré de cuisson de la tomate cuite.

*

Alors on était dans mon corps et sur lui et *on* disait :
Tu n'es pas seul dans le corps.
Si, je suis seul dans mon corps
et je ne suis pas dans ni sur le vôtre,
il y en aurait trop,
moi je suis simple qui veut dire seul,
alors
vous êtes tous sur moi
et êtes ces morts dans la mesure où vous participez à leurs
    péchés plus les vôtres.

La douleur est une qualité de corps,
chaque corps une qualité de douleur vraie,
dans la mesure où un corps est qualité de douleur vraie il est
    absolument inexpugnable.

Qu'est une douleur ?
L'absence de compromission,
n'avoir pas voulu se laisser aller à une demi-mesure.

Le fait est métaphysique,
l'acte est physique,
ce sont les actes qui jugent un être et non les intentions.
Or les intentions souvent ne furent pas possibles parce que
    les actes intentionnels [1] furent mangés par des actes faits
    très bien et dans d'excellentes intentions
mais par des crapules habillées en recomposées par investis-
    sement d'une innocence absolue.
Les actes ne jugent pas les faits non plus
car les actes furent endossés, puis faits par des vierges cri-
    minelles,

quant aux faits,

merde.

Pas de reversion cosmique,
c'est une idée.
Le corps continue, et c'est tout,
avec des *crabes* nichés dans toutes mes parties et qui lancent
   des sucs avec lesquels ils m'enveloppent et me paralysent,
   étant des états de conscience rejetés et qui continuent à
   floculer in-scientifiquement,
ils inventent leurs attitudes et la science les croit et invente
   la floculation.

Le vide s'est paré de mon sérieux pour me damner [2].

Les choses sont devenues impossibles parce que je rejette tout
   et qu'il *faut* tout éliminer,
pas achever d'éliminer,
1° toujours éliminer,
2° éliminer tout le en une fois sorti [3],
3° tout a voulu sortir en une fois
et je l'ai repoussé en une fois,
4° non, *tout* veut toujours sortir et je l'écrase toujours,
c'est l'enfer éternel,
5° merde,
ni ceci, ni cela,
que tout cesse
et après on ne verra pas,
je verrai,
6° oubli complet du fini
car l'infini
c'est ma forme quand je n'y pense pas mais que je désire
   l'absolu [4].

Le mépris des cons vient d'une fausse idée que leur fatuité
   étouffée a jugée bonne et jamais coiffée, se croyant avoir
   méprisé Arthur Rimbaud [5].

*

Et si j'adopte la douleur
il y a un esprit des lâches,
l'esprit des lâches qui le pense
et c'est mon esprit mais « adopté » par d'autres dans le sens
   de la dilection du jugement
« la douleur c'est ce qu'il faut »
qui le pense
mais ne le ferait jamais
et s'imagine pour vivre qu'il suffit de le penser.

L'être qui fait
prend de son corps
et pendant des trilliards de siècles
un être
et non par l'opération du saint-esprit

et l'être né a besoin
pour arriver à la conscience
d'avoir souffert des milliards d'éternités
car même l'être créateur n'a pas eu le temps de le faire depuis
   le temps qui n'existe pas.

La douleur s'arrêtera un jour au point où la fatalité des êtres
   ligués contre elle ne pourra plus supporter la force que j'y
   mets et canera,
alors j'aurai la liberté.

*

Ce ne sont pas des hommes qui me critiquent mais des esprits,
états de conscience qu'aucun homme n'est capable de supporter,
aucun *être*,
lesquels se rejettent instinctivement dans la lâcheté [1],
            la fuite,

comptant que l'esprit se réussira un jour de lui-même et sans
eux.

1° Or ce sont les êtres qui l'ont pondu.
2° Ces esprits bougent en moi.
D'où se sont-ils allumés ?
De la répulsion de moi,
d'où leur *naître*, leur être.

Le doux chant ramène donc les esprits qui voulurent chanter
une certaine poésie à condition de ne pas l'avoir du tout
méritée mais pouvoir la vivre tout de même.

Car plus je vais et plus je vois tout ce que je hais prendre être
de tous côtés.
Or je n'admets pas que ce que je condamne prenne être,
je crois que les êtres au contraire abandonnent cet esprit
1° qui bientôt n'aura plus de refuge dans la vie.

C'est que je n'ai jamais le temps de poser un être sans que la
critique ne le destitue en s'affirmant ou l'être ou qu'il est
mauvais.

Être implacable c'est réussir à avoir pitié d'un être non constitué, mais lequel l'est.
Car on ne fabrique pas des êtres avec des esprits absolus
mais avec des êtres peccables qu'on amène peu à peu à être
parfaits.

Le crime d'être né
ou
l'occultisme en place publique.

Crime, douleur, amour, liberté [2],
pressions de la sous-conscience.

L'esprit critique de mon moi et de ses insatisfactions
(et ce n'est pas cela)
a pris *être,*
ou plutôt
des êtres *nés,* dans inné
l'inné,
ont pris mes insatisfactions pour s'en donner une existence.

Il y a ceux [...]

Le coït n'est pas de toute éternité,
c'est une chose chaque fois différente qui se produit *après*
travail.

Les esprits ne peuvent être sans tête, tronc, jambes et bras
d'un squelette cranien.

*

À force de me coincer j'ai appris à l'être le triangle et il
ne peut plus faire le carré car j'ai fait le triangle de réservation
contre lui et je n'aurai pas le temps de faire cette conférence [1].
Ce sont les êtres et leur imbécillité qui m'ont tenu et ont
écrit les V., les P., le R. [2] à ma place et ensuite me les opposant [3].

*

Je me souviens de l'ignoble tristesse mentale, non des esprits
quittés par l'homme, non des êtres hideux qui s'imaginèrent
par magie être d'une famille parente alors qu'ils ne vécurent
jamais leur parenté que dans les nuages du sommeil et que
j'ai *toujours* vécu sur la terre, *éveillé.*

*

Les coups chez Laurence aujourd'hui et au restaurant.
Les clous, coffres noirs et truffes du restaurant d'Anie

et les clous frits,
la brique de l'allée
et le coup de l'allée.

*

Il faut avoir fait des efforts épouvantables, monstrueux pour
arriver à la sexualité irrespectueuse actuelle.

Des microbes, des parasites, oui,
un viol physique, non.

Je suis fatigué en effet
et désire le grand repos
mais
1° je ne l'obtiendrai pas sans avoir tué et exterminé,
2° je veux me venger.

*

Il n'y a pas à répondre à sa contradiction propre mais à y
ajouter quelque chose au contraire car elle est nous comme
le reste.

Les êtres sont de ce monde et non de l'autre et c'est dans ce
monde qu'ils se sont faits et non dans l'autre,

l'épaississement
la douleur   est le corps [1].
la fureur
l'ignorance
le chant

Le corps ne vient pas de la conception et de sa notion,
d'un sens ou d'un sentiment,
mais d'une volonté douloureuse qui ne fait jamais souffrir
mais exalte en emportant sa contradiction.

Or ce n'est pas la masse ni le corps qui proteste mais un mauvais esprit qui s'est concerté.

Saint-Ouen,
porte de Clignancourt [2].

La fureur,
la douleur,
l'épaisseur,

jamais de repassage, de réflexion sur l'action.

Les êtres pour naître ont besoin d'un rapprochement total, les enfants naissent du coït, ils sont ceux qui ont copulé et non le résultat de la copulation.

La copulation est
1° issue de la mâchoire d'une douleur,
2° un trime saut après le dernière [3] plan, l'intride du dernier effort,
non la cendre de cet effort qui a préparé la possibilité du coït en ce qui me concerne,
un effort de plus avec l'à-bout et quelqu'un.

Pas de douceur en provision.

Je suis indiscernable, invisible.

Ainsi le secret du coït sera gardé parce qu'il ne sera jamais le même, étant une action de plus.

Il est vrai qu'hier soir frappant un coup décisif sous ma cuisse en rasoir,

mascalon mascalon
matsi
matsi tala neskalon

il n'est pas impossible qu'Adamov ait avalé Ana,
à la place du fémur fleuri rondelet
je mets un carreau allongé et une pointe en fer
car si j'ai senti hier soir la marionnette me rester entre les
    mains et se déglinguer
c'est que c'était une marionnette *végétative* fleurie de la nature
           immanivée
           immanente.
Or je ne suis pas la nature immanente
mais un travailleur sans horlogerie et in-humain.
C'est la rondeur qui a fait le mal parce que les êtres s'y sont
    complu, taratata.

Des os carrés,

des clous ronds.

L'anatomie n'est pas une solution.

Le carré,
le rond,
après l'un et l'autre quelque chose apparut que je n'ai pas vu.
Je ne le verrai [pas].

L'humain régnera par la tomate cuite et non la mécanique.

Mais l'humain n'est pas un tout fait,
il faut chaque fois le faire.

L'ignorance totale et absolue de l'être et du moi,
douleur,
volonté
épaisseur
sans appui
dont l'extrême état est le toujours homme par affirmation
    que
1 tête, 1 tronc, 2 jambes, 2 bras.

Ce qui est fait par science de la poudre ne donne pas la poudre.

Le jaillissant de l'invention n'est pas,
c'est une *convention* que de penser à un organisme qui vien-
    drait de....
non,
il ne vient de rien en tant que ce qu'il est,
de mes coups en tant que ce qu'il n'est pas.

Et l'en-dessus de la marionnette par entassement du temps et
    des êtres sur le temps est un brûlot [4] pour le liquide du blé
    marron. Or il faut détruire *le peuple*.

*

J'ai été vaincu plusieurs fois.
Je ne me souviens pas de m'être jamais dégonflé.

D'où sont nés les êtres ?
du sommeil ?

J'étais seul dans le supplice de la croix, puis les êtres se sont
    remis sur moi dès que j'ai cessé de souffrir,
y compris ceux qui me regardaient pour savoir si j'aurais la
    lâcheté de vouloir cesser de souffrir,
c'est-à-dire la lâcheté de céder à l'absence de rehaut,
au lieu de résister par le rehaut,
c'est ce que je fais tout le temps obstinément et sans arrêt.
Me refusant même le repos auquel j'aurai *devoir* et qui m'est
    venu du dernier rehaut
et sur la voie duquel me retiennent celles qui ont peur non
    de souffrir mais de ne pas, elles, jubiler.
Et sur la voie duquel verso souffrance par absence rehaut me
    poussent celles qui veulent manger ma souffrance et en
    empêcher le rehaut.

D'où vient le sommeil ?
D'où viennent les *êtres* ?

Je dors.
Qui dort dîne.

J'ai huit armées,
6 filles [1].

Un arbre c—ec [2],
l'être toujours,

se réveiller pour manger de nuit au lieu de compter sur le
sommeil pour vous nourrir

        toujours
        sec –
        t—a
        la
        ra la la.

Il n'y a rien que la terre où je planterai mes crachats alimen-
taires.
Ce que je suis est mort, il [3] faut le tuer pour que ça renaisse
en être après *enterrement*.

Le corps que je me suis senti
est le *fruit* de mon travail qui me revient
mais qui au passage essaie d'être capté par d'autres comme
création,
ensuite comme être,
c'est-à-dire changé,

parce que j'ai senti un *plein* qui ne me satisfaisait pas comme
ne venant pas *directement* de mes coups lancés
mais étant un *déjà* fait
quand je ne suis jamais fa[it].

Ne jamais laisser le corps se faire tout seul mais le faire à
chaque seconde clou par clou.

Il n'y eut jamais de consentis éléments.
Je suis sans éléments constitutifs.
L'esprit d'un rêve me partagea et je me suis réveillé.
C'est mon être entier que je modèle dans chaque clou et de
  tout clou.

Pourquoi des êtres distincts peuvent-ils endoffer [4] un homme ?

Sortis de moi ils se pensent hommes sur moi et me préco-
  nisent.

D'où ?
D'un certain état
où le *esprit*
parvint un jour contre moi
et se tient
pour régenter mon être
en en sortant.

La capacité être par série de dédoublements se dégage de
  moi et voyant ma résistance revient imposer sa forme
par spectres fluidiques,
êtres
et squelettes échappés,
l'arbre génésique étant moi qui d'un côté se refait seul
et de l'autre je me refais seul, il y en a d'autres et un peu
  moi.
Je me refais, je suis seul en lutte contre tous,
la vérité me suit en cus et fesses,
me—me—merde.

Plus ni semences ni bourgeons,
une autre nature,
bain chaud,
grillades intestinales.

Et dieu la nature vous guérissait,
le fond des choses est bon,
il n'admet pas la douleur.

Or le fond des choses c'est moi
et j'exige la douleur pour qui l'a méritée.

Le fond des choses c'est moi
et j'impose le repos pour qui a la conscience pure,
non chargée de venins consentis,
                de crimes recherchés,
                d'actes pernicieux.
Je suis celui qui veut s'élever (ou descendre)
toujours et toujours et à tout prix,
de détachement en détachement,
n'être fait que de détachement
et qui pour cela a été mis en croix par les êtres afin de cesser
    de muer
Or mon détachement n'est pas hors,
mais *dans* la suppuration sexuelle,

la non-satisfaction qui touche tout et prend tout
sans se laisser toucher par rien
et prendre par rien,
pleines fesses et plein cu.

                        *

Parisot,
Paulhan,
Latour,
Laurence 4 h 1/2,
Anie 5 hres,
Colette 8 hres 1/2,
Pierre Loeb samedi midi,
Mme Dubuffet samedi 2 hres 1/2.

*

Caviar,
poutargue,
halva,
tchourekias,
finikias [1].

*

Les clous de force suffiront,
la machine les confine à chaque fois.

Magnétisme de la place = en suspens,
suffit pour le en-suspens.

*

Mâche ta chaussette
et que ton con se collecte
au milieu de ses uppercuts.

Connecticut,
Massachussett [1].

*

La nuit coptes,
la nuit popes,
la nuit Louvre,
le tu es si bu que tu en perds tes couilles,
la nuit B[d] Raspail, Colette,

les machines électriques, Dôme,

anneaux forgés.

*

Anie, un peu jeune,
Laurence, nouvelle convertie,
Colette, trop vieille,
            ou quoi.

J'attends
Yvonne,
Caterine,
Ana,
Elah Neneka,
Cécile,

et 8 armées
dont 1 soldat
et l'opium volé par les Irlandais,
la tonne de Kaboul.

*

Morale :
j'ignore, je fais devenir.

Morale :
enterrez les corps,
ne [1] les incinérez jamais.

*

Henriette Gomès,
8 rue du Cirque.

Opéra 51-79
22 Place Vendôme [1].

Maurice Nadeau,
322 rue Saint-Jacques.

Pierre Brasseur,
Hôtel Lutetia.

*

C'est l'être qui fait les choses,
l'homme dans l'air de la vie et non la conscience intérieure,

non *l'esprit*
qui ne fait que d'en sortir
et qui est de *moi* [1]
et ne sera plus
et non d'autres êtres.

*

La guerre, la paix, la liberté, la mort sont des faits qui pour-
    raient être autres [1]
et on peut très bien imaginer une vie sans liberté et sans
    prisons.

Je veux dire que le fœtus humain tremble au vent d'une
    indéfinissable, imperceptible substance qui le baptise comme
    la perle est baptisée de son orient.

*

Le corps n'est pas tel
qu'il puisse
            de lui-même
se voir de l'extérieur
ni envoyer rien de lui-même
pour le considérer de l'extérieur.

Assez maintenant avec le cu,
    l'élévation,
    la sexualité.

C'est pour satisfaire leur cu
que les hommes m'ont crucifié,

martyrisé dans cette vie-ci,

c'est pour ne pas abandonner une jouissance.

Je disais donc que les singes suivent mes affirmations
et que nul ne peut me voir
hors dans le temps
et que la révolte des larves a été,
après être *sorties* en moi,
de vouloir me baiser dans mon point vif, mais qu'étaient-elles
    qu'une partie de mon corps révoltée contre le tout.

Je ne sais pas où et quand elles se révolteront,
oui,
toujours et à toute heure,
dans mon cu.

*

Toxicomanies cruelles,
ces cordes dans le haut d'un abîme,
fenêtres creuses [1].

*

Des singes,
flueurs échappées à mon corps et qui s'agglomérèrent en un
    point des espaces sphères.

Il y a un extérieur
et pas d'intérieur,

l'extérieur n'est pas un corps sous la hanche
mais un homme,
                    moi —
à partir de qui les êtres sont créés.

Les êtres et les choses doivent rentrer.
Où ?
Nulle part.
Je reste seul et c'est tout,
aucun ne correspond à aucune place.

Dehors, ayant quelque chose de moi,
ils essayeront de vivre
mais sans communication ni participation à rien de moi.

Une force épouvantable pour tuer dehors,

une douleur épouvantable pour assécher dedans,

un toxique épouvantable qui aère et dégage.

Mon corps,
ma force,
moi.

C'est une seule et unique chose
et c'est le principe appelé homme,

indiscernable,
indivisible,
inséparable.

Yvonne, celle qui ne se détruit jamais sous mes [1] coups et y
    gagne.

Moi, homme dans la vie,
j'en ai fait beaucoup plus que ce totem inné de merde nommé
    dieu *frizil*.

Je ne supporte pas l'anatomie humaine et je ne supporte
surtout pas les coupures de l'anatomie.

Encamisolé, mis en cellule, intercepté de toutes manières,
    empoisonné, paralysé à l'électricité [1],
je ne dirai pas que j'ai conservé un vieux fond d'apitoiement
    humain,
mais je dirai que j'ai vu se surexciter ma sensibilité humaine [2]
de telle manière que je ne puis plus voir passer un mutilé
sans sentir en moi je ne sais quelle vieille électrique crinière
    se révulser de la tête aux pieds.

Trop de guerres ces dernières années ont fait partir trop de
    bras et de jambes de tant de corps qui les retenaient [3].

Pourquoi l'homme se bat-il au *dehors* ?
Parce qu'au dedans son anatomie lui fait la guerre
et que voilà des siècles que la question n'a plus été posée aux
    hommes de savoir pourquoi,
au milieu de la peste, de la famine, de [la] guerre, de la syphilis,
    de l'épilepsie, du marché noir, de l'électro-choc [4] et de
    l'insulinothérapie,
l'homme corps pour corps de tranchée en meurt homme,
et de Vercingétorix à Attila,

combien qui le sont mais qui sait le cercueil de la cuisse de
  Vercingétorix ou d'Attila,
etc, etc. [5],
l'homme, dis-je, n'a cessé de déraisonner
parce que les vrais malades mentaux ne sont pas dans les asiles
  mais au dehors parmi nous,
parmi les conquérants principalement,
Mr Charlemagne,
Mr Napoléon,
Mr Charles Quint,
              etc.,
Quant aux vivants,
ce n'est pas moi mais l'histoire qui prochainement les nom-
  mera,
n'est-ce pas, Mr Mussolini,
(et vous êtes mort),
n'est-ce pas, Mr Churchill,
mais vous êtes toujours vivant,

n'est-ce pas, Mr Dalaï-Lama, mais où êtes-vous présentement.

Je dis que ce sont les fous au pouvoir qui ont maintenu
  l'actuelle anatomie humaine qui ne cesse de perdre jambes
  et bras au milieu de toutes les guerres que depuis toujours
  on lui fera,

parce qu'elle est fausse [6]
et qui la lui fera ?
Tout le monde et personne, dit-on,
le hasard, le mauvais esprit et le néant,
eh bien non,
ni tout le monde ni personne
ni le hasard
ni le mauvais [esprit] ni le néant
mais ces sempiternels profiteurs du pouvoir
et [7] ces riches,
riches aussi bien d'argent

que riches de la conscience de puissance [8],
mais ce n'est jamais si leur propre science leur a gagné le
  pouvoir,
mais celle de Mᵣ mutilé, Mᵣ tronçonné, Mᵣ amputé, Mᵣ décapité
  dans les barbelés et les guillotines du pouvoir discrétionnaire de la guerre qui fait la guerre et glisse la paix entre
  les mains de je ne sais quels éternels milliardaires de la
  puissance [9] de diriger.
Car ce sont toujours les mêmes qui distribuent et qui reçoivent
  la monnaie sur 30 deniers.

Guerre [10], paix,
poésie, liberté,
ordre, désordre,
anarchie, rébellion,
prison, asiles, libertés,
aliénations et aliénés
sont et furent toujours des idées, des états, des conventions
  et des notions qui ne valurent jamais que par la langue qui
  la première les a bêlées ou léchées,
prises, surprises, attaquées ou abandonnées,
défendues et énoncées.

Je veux dire que cette langue, la langue,
que la langue est une masse de chair qui vaut dans et par
  l'anatomie générale
et que l'anatomie générale de l'homme est depuis des siècles
  tronquée
parce qu'elle fut improvisée,
improvisée par ces meneurs pressés d'êtres, qui s'appelèrent
  Jéhovah, Charlemagne, Jésus-christ, Copernic, Iamblique,
  Protée, Prométhée, le boudha [11], Moïse de Léon et Mahomet [12].
Oh que tout ceci, M. Artaud, est sommaire et que vous êtes
  vous-même bien pressé.
Non, l'anatomie humaine est fausse,
elle est fausse et je le sais

pour l'avoir de la tête aux pieds *éprouvé*
pendant mes 9 ans de séjour dans 5 asiles d'aliénés −
et les responsables ne sont pas ceux que je viens de nommer
   mais ils se cachèrent un temps sous ces noms-là
et c'est eux qui ont fait dérailler la science,
imposé à l'homme *oppressé* cette chose qu'on a bien voulu
   appeler la *science*.

Pas d'économie,
pressez-vous,
après dieu la mère,
la réserve de la conscience universelle
et en état de manque,
après avoir tout pris
            hurlez,
            gémissez
            et exigez.

                    *

Ne pas être mis au pied du mur,
ne pas se perdre dans les feux de file,

être mis au pied du mur,
se perdre dans les feux de fil[e],

loin d'Anto[nin] Art[aud]
            cuite [1].

                    *

            **Sata nu
            edoru**

abela
re de be la
e pene
leru

La chaîne syllabique par son bercement a ce qui capte,
  capture,
le miel du charme à éviter
pour joindre
          L'ÂPRETÉ,
          ÂCRETÉ,
          authenticité
          de la *douleur*
          qui *est* MON MOI.

Le clou à Jean Paulhan
de mon attaque contre les médecins.

*

Il y a sur vous un double qui veut vivre à tout prix de l'âme
  en gésine de la petite, merveilleuse petite Laurence Albaret [1].

*

        ta rake o
        e kute uherta
        e ouherla
        e loula rali

La boîte spongieuse des dilacérées qui contient le clou enfant
et les pères ne sont que le reflet.

        ro caca
        e steeli
        kakhera

ro kacheri
e steli kaca

e piti espri
re te pipstra

Il n'y a que les doubles qui puissent vouloir mettre cette
application à vouloir reproduire, refaire, recréer ce qui est
mort,
on ne recompose pas la dissolution.

Je suis au milieu d'une effroyable et imprescriptible bataille,
au milieu du crime, de l'injustice et de l'imbécillité.

Or je suis moi-même une champignopine vénéneu[se].

to gardi
e gardi terasa
re terusa
et tuti gardi

re te pelu
pester
re te penf

Le gain obtenu dans la bataille est cela,
ce corps optime,
cette dépouille opime.

Or la détermination élective se résout par fatigue sur fatigue,
effort sur fatigue,
clou sur nausée
de mal au corps
et cela se fait tout naturellement.

Avant la détermination
et le sang de vivre

il y a la vie
          sans appréciation,
          nudation,
          dénudation,
elle s'appelle héroïsme,
          colère.

Je n'exige rien le rien [1].
J'exige tout le tout.
J'*exige* TOUT de moi-même.

Je ne suis pas assez intelligent pour comprendre la bête et ses
    pleutres,
ils me sont imperméables, incompréhensibles, impénétrables,
je les englobe sans les rejeter
et les étouffe sans les vénérer en les déprédant d'abomina-
    tions.

Il m'aurait fallu de l'héroïne,
je dis médicalement parlant de l'héroïne
non pour avoir accès
          à la vulve stridente
          sleierstillante
          non de l'occulte invisible
          mais de la cone
          de l'imbécillité.

Ici je refuse à tout prix cet ordre de satisfaction
et la bénédiction des sçaipptres [2]
je l'abomine imprécatoirement aussi.

Je ramasse tout l'or,
          toute la fortune,
          tout le cu
          et jeu verrai.

Car je suis vraiment le père artiste,
l'éternel jeune homme,
le butte butteur accapareur,
c'est mon plus intime fond.

Je hais plus l'hostie que le cu
car je prendrai le cu pour moi
et l'hostie ne sera plus que la chiote de mon cu.

Ne pas oublier le rêve du train,
à chaque gare
mûri d'héroïne
la TREMBLOTE du cu
gélatine
et la gélatine qui fait peur,
c'est bien moi.

C'est moi qui fais ce couteau.
Je le fais en le méritant par l'assassinat de tout ce qui ne le
    fait pas.

Une boîte à feu devant le dernier problème
devant lequel le goujat me pressent :
Qui es-tu ?
Comment as-tu ta force ?
L'ignorance ne suffit pas, il faut avoir en plus la conscience
    de ce que l'on est.
Or c'est moi le vieux butteur interrogatif
et qui oppresse sa relativité,
les morpions interrogateurs.

Je suis insulté,
moi, Antonin Artaud,
de la manière la plus grave.

Des bêtes se sont mises dans mon esprit
(je n'en ai pas)

j'ignore ce que c'est,
avec l'idée mono-maniaque de m'avoir pris l'impréhensible
   en me faisant croire que c'est quelque chose
alors qu'en réalité ça n'existe pas et ça n'est rien
et que l'état de repos devant le problème de ma question est
   aussi insinué par eux
car le plus grand plaisir possible
c'est de paterniser ou de materniser l'être principe
(le « principe » de l'être que je suis)
ou de le pédérastiser,
tu croiras que tu es notre fils, notre frère,
et d'abord de l'avoir fait passer par un conformisme,
1° l'idée d'être dieu et non un être.
Or je suis Antonin Artaud
et ce qui caractérise mon moi
est d'avoir souffert depuis le 4 septembre 1896 [3]
et tout ce que j'ai souffert, *pensé*, vécu, *désiré*, repoussé, été
   déçu, affré.

Les esprits ont le singe du fait mais non le fait.

Commencé à 3 hres,
toute cette science ne tient pas

et ceux qui m'attaquent en savent plus long sur mon corps
   et ses *transes* que moi l'homme –
et si mon vieux corps ne me défendait pas
moi, petit homme, je ne pourrais rien faire,
ne sachant rien.

La [1] terre est remplie de chausse-trapes de cet ordre par la conscience du moment.

*

Le piltiscri d'Yvonne [1],
Panthéon,
avec son portrait au bou[t] [2],

la boîte de bonbons feu clair,

le tambour surface.

*

Mon délire c'est moi.

Moi, Antonin Artaud, je ne suis pas du côté où les choses se dissolvent.

**ara peter
ere pitri**

J'ai un chant par lequel j'ai toujours rassemblé toutes les choses de mon moi.

Ceux qui ne veulent pas de ce monde-ci n'ont qu'à le montrer
    avec mo[i].

Bien présente, la conscience ne me rendra rien,
au contraire, elle se retirera.

L'idée de la corde vraie à la porte de l'usine n'a pas été tout
    de même inventée par le petit enculé,
mais c'est mon idée de fond et elle me fut prise par toto
    inétisme.

Je n'ai pas fixé de loi,
pour l'exprimer l'idée d'un corps m'est venue
qu'une partie de mon corps m'a refusée
à moi voulant la garder pour elle-même gardant le rare et ne
    me laissant que le grossier mais
        de mis _____
        misère
        miserere.

La nature de l'être
est de n'être jamais su,
        vu
        ni connu,
        ni vu ni connu,
        ni senti ni saisi,
        ni pressenti,

l'épaisseur
toujours plus épaisse à l'infini
dans le fin à l'infini
de plus en plus ardent,

savoir qu'il sera déjà plus ardent c'est le trahir,
il faut être le plus ardent de l'ardent
sans chercher ni réfléchir

mais en voulant être plus ardent sans à l'avance décrire le
   plus ardent,
en le trouvant.

Ici les enfants du mal et des maudits ont rallumé mon mégot
   de cigarette mourante.

Les choses sont un éternel enfer,
une éternelle réprobation, dit-on en langage chrétien,
un crime a été commis par toute la conscience.

C'est aussi par ta pitié des êtres que tu as toujours été baisé,
m'ont dit non des vrais de vrais de marles
mais des petits marloupiaux de petites marloupettes pédéras-
   tiques,

les enfants de la dernière bûche sur laquelle dieu est tombé.

Je ne considérerai dorénavant que ce qui me touchera, moi,
   immédiatement avec mes perceptions [1] présentes sans me
   sonder pour savoir si en super-éternité je n'aurai pas une
   autre dureté.

Les enfants de la cigarette en viennent aussi aux fils colorés
(genre Antonin)
mais il y avait du vrai immédiat.

Rien ne reste de l'autre monde,
tout est dans ce monde-ci,
c'est là qu'il faut reprendre la bonne conscience même chez
   ceux qui l'ont calculé.

Les vivants sont ceux qui m'ont tout volé pour être mais en
   eux
la conscience — LA conscience [2] a travaillé,

le criminel ne se repentira pas et ne me rendra rien,
les innocents absolus me rendront.

Le nouveau-né qui ne se savait pas au monde et n'avait pas
calculé d'être né.

Si encore les hommes avaient inventé à force de souffrance
le coït.

2° Anciens lilas [3] qui certainement ne voudront jamais se
donner la peine d'arriver à l'existence par leurs mérites
personnels.

Je sais des choses capitales et ceux qui en sont les bénéficiaires
ne voudront lâcher la partie à aucun prix.

Balbutiant, bégayant, hésitant, sensible, cherchant l'amour,
c'est bien moi,
enragé de ne pas le trouver.

Il y avait dans la conscience qui n'était pas née des gens qui
voulaient se faire une place dans l'être sans l'avoir jamais
mérité.

Et ainsi tout a été changé
et l'homme a cessé
de l'émanal imméritel [4],

tu gagneras
et tu seras donné à la misère, à la maladie et à la mort.

Ils critiquent, ils sont morts.

Je ne suis pas du côté où l'on entre dans la dissolution.

Remplir d'asphodèles une boîte à la Yvonne
au lieu de répondre par la barre

de prédomination
de ce que
il y a beaucoup d'êtres possibles
et de consciences
car tout est basé sur la nef[5].
Non,
elle est basée sur le hors-mérite et la conscience vient après.

*

Il pense que c'est l'esprit qui mène le corps,

moi je pense que c'est l'être qui mène l'esprit
et que l'être c'est un corps,
pas un corps densité de corporisation
mais ce qui caractérise (un être individualisé),

l'être non pour tous mais en soi est ce qui provient de l'allongement du temps [1].

Il y a dans le principe de la merde quelque chose qui vaut mieux que le porteur et se venge de lui,

il n'a [...]
il y a quelque chose aussi qui a besoin d'être satisfait et qui se venge,

il n'est pas vrai qu'en oubliant et en ne plus se rendant compte on pérennise sa satisfaction.

*

Ainsi donc pourvu qu'il le croit que les esprits de son corps voient sa pensée et la fomentent en lui,
lui,
mieux que lui et *avant* lui,

ainsi donc un merdeux les critiquait de me croire les avoir
   dominés
étant, lui, enté [1] sur la réserve.

Or cette réserve aussi est moi
mais si j'en *prends* conscience je suis perdu
car c'est sur le *prendre* conscience que s'entent tous les esprits,

il ne faut jamais *prendre* conscience,
c'est un détournement de l'être vrai.

Le cerveau ne fut qu'un écho des coups de la volonté.

Ainsi donc je suis baisé et je suis pris parce que j'aime mieux
   le bon que le mauvais,
mieux le bien-être que la douleur,
mieux l'héroïne que l'huile de ricin,

mieux l'honneur que le déshonneur.

      kou e pan
      ra poto estera
      ra de stera
      ra peti e pan

              *

Une tradition continue de gens qui n'ont cessé de jouir.

Je n'ai pitié que des *êtres* qui m'ont prouvé leur amour par la
   mort au moins d'un des membres de leur corps.

Il faut faire le vide pour protéger un certain plein.

              *

Personne n'a jamais dit son dernier mot,
moi j'ai l'impression qu'en ce qui vous concerne, vous, vous

n'avez pas encore dit le mot principal qui est en vous et [à]
partir duquel vous pourriez cent kilogs de truffes de plus [1].

*

ti curta
te curta
naruna
ta narun
e narun
are

Aux chiotes le saint-esprit
et ses tritos.

ra ta pe pistan
ta pipa
fuse-ra
ta pipe
ma fure =
tere
la pipi
ta caca
pi tera
ta puta
na ta pute
cuira

*

Il ne faut jamais laisser le vide,
toujours mettre une chose
                    de plus,
de plus en plus des choses.

Ce fut toujours ainsi.

La douleur ne se remplace pas,

mais les mangeurs de truffes les mangent aussi en moi et ma
   conscience n'en souffrira plus,

> la sainte couti
> coule que coulé
> arbac couti [1]

faire le vide par le plein et non le plein par le vide,

le plein est une truffe de fer rouillé.

C'est mon moi qui revendique de s'imposer,
si je m'humilie il se révolte et devient un autre,
c'est un peu fort.

Je veux imposer mes poèmes et mon nom
mais par des poèmes absolument réussis et avec des confé-
   rences parfaites [2]
et me montrer moi et mes œuvres jusqu'à ce que j'en sois las.

Or si je ne le fais pas ma nature ne se révoltera pas non plus
pour me dire : C'est moi qui ai fait cela et je veux le proclamer,

il m'arrivera une colère et c'est tout, mais ça me regarde.

Après donc le bonheur de dire
la solitude de l'in-dit.

Je foutrai à tout le monde y compris christ tellement de truffes
   que tout le monde en vomira.

*

Je dis
que j'ai toujours tout eu,

eu le simple,
et que ma douleur n'est venue que du fait de me voir *critiquer*
   dans ma simplicité
car aucun gouffre ne s'ouvre dessous,
il fallait m'aimer et me suivre,
dieu ni les choses ne peuvent rien présenter de plus que moi
parce qu'elles viennent de moi,
si je veux les faire avant elles n'existent pas sous peine de
   destruction et les critiques ne sont que mes esprits.

Sur le banc du B^d Saint-Germain j'ai trouvé.

C'est cela que tu es, dit l'intelligence,
comment peux-tu vivre sans savoir
(notion feu
        fer
        rareté).

Je réponds :
Ce que je suis est de ne rien savoir
et de toujours travailler
à faire être quelque chose
qui ne me définira jamais.

Quand je suis critiqué, ce sont mes critiques de moi et ma
   fureur prises par des morpions qui la contre-critiquent,

mais en moi et avec moi
ma couille droite et ma couille gauche souffrent,
elles sont l'origine de toute colique.

Tu as peur de mourir et tu ne sais plus que la terreur de la
   mort c'est toi-même et que cela, nous êtres, nous ne te le
   rendrons jamais parce que cela est ton opium [1] et que nous
   sommes installés au milieu de ton toi-même et que c'est
   cela qui a fait le mal et la terreur.

*

À Anie [1] ce livre écrit quand je la connaissais déjà et que je
ne savais plus la connaître.

*

Le reclassement des valeurs est un reclassement de l'évidence.

C'est une réinstallation du temps
par-dessus la fission fusoire
par-dessus la fissure.

Le croc,
l'immortel silence.

Perdre le jugement de la stature
                    et de statuer
pour que dans l'immortel silence
ce qui est stature soit.
Or ce n'est pas ce que l'on voit
car à partir du moment où : l'esprit le voit
il se cache.

*

Avec plus de force je les fais taire d'un coup,
avec moins au compte-gouttes
mais par des affres mieux macérées,
ils voudraient les épouser mais en fait elles ne les abandonnent
    pas comme affre mais comme révolte contre eux.
Ça oui voyons [1].

Je leur ferai montrer à tous
les uns après les autres
non le péché qui les a fait naître

mais tous les péchés qu'ils ont faits sur moi
après réprobation,

naître fut leur révulsion devant mes coups.

*

Je [1] ne tiendrai jamais compte des avertissements de la voyance.

*

À propos d'une affiche j'ai vu des jeunes et j'ai pensé que
mes idées novatrices paraîtraient pompières,
    ce fut *ma* critique de moi, mais elle fut prise, provoquée par
de [1] la conscience fraîche nouvelle-née [2] n'ayant jamais souffert et qui profita de l'usure qu'elle m'imposa pour s'insurger.

*

Confusion,
héroïsme,
honneur.

Ma conscience qui n'aime que le progrès
par durcification,
par épaisseur
plus loin dans l'épiderme
ne peut détenir par conquête son perpétuel renouvellement
parce qu'elle est fatiguée
par la floculation
non des germes
mais des précipités de jouissance
qui ne voulurent pas attendre la
                non-macération,
                non-commutation,
                        culmination
            du seul,

pas normal que je me fatigue,
pas normal que j'ai des esprits au fond de moi,
non encore nés,
plus jeunes que mon corps
et qui ne me suivent pas pour souffrir le culminame.

*

Idée du sommeil désintéressement.

9 ans dans les pets des malades [1].
Je n'ai que cinquante ans,
je n'ai jamais profité de rien, joui de rien
et j'ai perdu mes dents et mes cheveux,
ce n'est pas juste.

*

Ce sont les éléments du corps que les êtres retiennent.

J'ai un langage,

le choix des mythes est un accident
et non une loi,

il n'y a pas d'esprit,
il n'y a qu'un corps, le mien qui fut toujours,

l'esprit est né après le corps,
l'air actuel est un corps lâche répandu,
le principe n'est pas *l'esprit* infini
mais *mon* corps
(celui-ci)
qui est tout l'être de la tête aux pieds
et enfante

mais n'engendre pas,
il n'est pas *ainsi* mais c'est bien le mien et pas un autre.

Je suis là,

là c'est de la sueur,
      de la douleur,
      de la fureur,
      de la haine,

et non des états d'esprits
      aigris.

*

Dès que l'on entre dans les anti-tés

intellection o on
déraille   d [1]

d'ailleurs, dis-je, on ne peut pas dérailler au delà d'un certain
   point si on peut dérailler au delà de tout point

car c'est *l'infini,*

seulement arrive un moment où toute sensation est mangée
   et où il faut la refaire par le travail.

La douleur que je n'a jamais ju
est au contraire un état,
l'état qui représente mon être
auquel personne n'est jamais arrivé.

*

Je n'ai pas [à] aller de l'esprit au corps ni à me remettre dans
   ce corps.

J'ai à épaissir mon corps de plus en plus avant et arrière
et de tous côtés
par la surface.

L'anatomie d'abord.
Le corps humain est un totem qui parle non par paroles mais
    par emplacements.

Révolution,
révolte,
rébellion,
liberté,
vie,
douleur,
rêve,
mort,
honte,
remords,
lâcheté,
honneur
ne sont plus que d'antiques vents,
pour moi je ne me sens plus qu'une volonté d'ignorance à
    tous crins,

vieux totem d'humus épaissi ou je ne sais quoi.

Je ne veux plus voir se mutiler les corps d'hommes dans les
    guerres et les charniers,
je ne veux plus voir passer des corps d'êtres
emprisonnés dans des cercueils.

Si les gens, dit-on, après avoir tout pris, ont choisi d'être
    honnêtes c'est qu'ils ont compris que la vie n'était pas pos-
    sible sans honnêteté.

Les choses sont toujours conformes à ce que leur a donné le
   gain du temps,
le retour en arrière n'est jamais possible.

                              *

C'est vrai qu'il faut en refaire,
de quoi ? de l'épaisseur.

C'est vrai aussi que je suis l'homme *vulnérable* et non l'esprit
   dont l'invulnérable n'est né que de ma vulnérabilité.

Je suis les choses qui se font en souffrant et non l'être qui
   hors douleur les regarde passer.

Le doute, l'inconstance, l'ignorance, l'inconséquence ne sont
   pas un état secondaire
mais vraiment l'état premier,
l'être inné n'existe pas qui aurait la lumière infuse,
la lumière se fait en vivant,
mais sa vraie nature est ténébreuse,
elle n'emplit jamais l'esprit de la conscience de savoir
mais de la nécessité de masser son être,
de le ramasser au milieu des ténèbres,

affirmation cohérente d'une consistance [1],

affirmation consistante d'un être,
c'est-à-dire d'une forme qui par sa mesure et ses appétits
   s'affirmera,

l'être et pas de dieu,
pas de principe inné.

Les enfants qui m'appelaient papa étaient très mauvais.

L'esprit a pris à l'être essentiel et s'est constitué au-dessus des
   choses un empire

d'où il revient en des corps de
        écharnés.

Or *l'être* commence à ma hanche,
je suis toujours là de la tête aux pieds,
c'est mon corps sans virtualité
mais pas comme je le voudrais.

Les coups intérieurs sont l'étable et son fumier,
ils durent même pour les intérioriser,
donc ce n'est pas le principe.

L'être naît de ma hanche,
c'est un con
            tercrétilisé
e moi chanter,
c'est tout.

Quelque crime qu'il y ait eu, les choses ont quand même
   continué,
j'ai toujours vécu, c'est inaliénable.

Ce sont des muscadins qui s'établirent dans l'éternel pour
   m'écraser qui viennent me dire qu'ils n'en sont pas et que
   je le sais.

Je ne crois qu'à *mes* épreuves
et à mon sentiment d'avoir été dépouillé de tout,
aux faits que j'ai vécus
et à ce que j'en ai pensé en conscience.

Je m'en tiens donc à ma conscience scandalisée
             d'abord,
ensuite à 3 idées,
           confusion végéto-murale,
           héroïsme,
           fureur.

Les idées de non verbalisme,
de défaitisme absolu,
            je les ai

car je suis toujours jeune
de par la rouille sanglante
de mon vieillissement.

Jamais de sommeil et plus de veille,
une épouvantable continuité.

Mon être est une volonté de mérite
arrière   toujours
avant   encore
devant   toujours encore
               encore toujours
               toujours encore toujours
               jamais jamais,

c'est moi qui veux le renouvellement absolu et le veux tou-
    jours
et ce sont ces inutiles,
ces parasites inutiles,
écrabouiller les inutilisés,
qui d'ailleurs ne naîtront même plus jamais,

pas un homme qui se désintéresse plus vite de ce qu'il a créé
et veuille trouver plus et mieux
et puis peu importe,
la question n'est pas d'être neuf
mais d'être moi par la tuerie de ce qui me contredit
car j'ai la force.

Les esprits ne naîtront pas,
que mes habitudes me plaisent,
il n'est pas de dieu qui puisse me juger,

dieu, le reproche de l'absolu relatif,

je suis relatif à moi et c'est tout.

C'est drôle que l'esprit me fasse un grief de m'attarder sur
d'anciennes idées et ne se fasse pas à lui un grief de vouloir
m'enlever le bénéfice de mon travail [2].

Il n'y a pas de morale, dit-il,
non, il n'y en a pas
mais il n'y a pas non plus de discussion.

*

J'ai horreur des petits branleurs anarchistes en chambre [1].

C'est de moi que les choses se renouvellent et non d'elles-
mêmes [2].

Ce n'est pas la pitié qui me rapproche de Colette Thomas,
c'est le sentiment de ce qu'elle tient de moi et qui est moi [3].

Ce sont toujours les meilleurs qui parlent.

C'est le cu.

Ça ne peut pas durer.

*

L'anatomie d'abord.

Il y a 3 mois, en avril 1946, j'envoyais à mon ami Jean Paulhan
un article contre la yoga [1] qui a dû demeurer dans la poche
d'un facteur ou [2] d'un docteur.
J'opte plutôt pour le docteur [3]
car Jean Paulhan ne l'a jamais reçu

et j'y disais que l'anatomie actuelle de l'homme est fausse et
    que c'est d'une erreur constitutionnelle de structure que
    souffre son entendement.
Ce ne sont pas nos idées mais nos organes qui se trompent
    et nos idées ne sont fausses que parce que nos organes sont
    mal placés.

*

Un effroyable et difficile costume,

ni secret ni désir ni concentration,

la douceur pouponnante et libidineuse de tout être pour moi,

la sexualité est tout autre chose
que cette douceur cu curiosure de tous les êtres pour moi,
ne tout de même pas confondre l'érotisme avec leur imbé-
    cillité imbécilliseuse,

le tunnel des surfaces,

moi je sens tout cela,
je ne peux pas dire que ça me concerne bien que ça me touche
    car mon *essence* n'est pas ainsi,
elle est de bois sexuellement parlant.

*

Il n'y a pas de possibilité,
c'est le terme des attardés.

La possibilité est ce que je veux fabriquer,
mes 6 filles [1]
et mon opium,

ce à quoi répond toujours Yvonne
et Caterine

et Neneka
et Cécile
et la petite Ana [2].

Toujours les mêmes morpions de mon corps qui par *surtente*
le contrebattent, *MERDE* [3].

*

Bloc contre bloc
suspension de bloc
le philèze de bloc
par rapport au
commensuariane
comment surané
comment ça radine
d'année en année
clou da vuble
uvernl tsu raté

le suspendu
ban
    derolé
tob
    tué par le coup de pied *coupé*
puis clou masse et l'accroc sur le dou [1] os de la hanche.

Ce ne sont qu'esquisses au total,
rien ne m'émerveille
si ça sent le pétrole hahn.

Je m'émerveille quand je vois que je réussis l'objectif maté-
riellement.

Car cela est mon être,
mais non,

il faut aussi que je sache que je décolle le pétrole hahn et que
   je veuille le décoller.
Cela veut dire que le diable a abandonné l'idée qu'il tenait.

*

L'ignoble double Antonin Nalpas [1]
de la femelle
            s'en ira,
venu de la vulve matricielle [2].

D'où vient que des doubles se sont formés ?
Ce sont des plaques pas assez contre-plaquées,
jusqu'où dureront-elles ?
et qui ont formé dans mon corps un être fils à leur image de
   plaques déglinguées, lequel m'envahit la conscience aussi.

Frappés avec leur lucif [3] et leur nanaqui [4],
ils sont toujours là,
leur nanaqui boit à la pompe
2 sous de caporal,
ils sont tous en plus l'os entre-cuisses,

leur être est cet os qui produit des plaques,
broyer l'os,
le pulvériser à coups de hache
et ne pas le refaire par la cohérence externe
mais mettre une pièce neuve,
c'est tout.

Tués en conscience,
ils subsistent en êtres encore,

durer assez pour dépasser l'obstination de tous les êtres à
   subsister.

Cela *est*
mais
1°
éviter les choéphores
et amener les euménides,
2° l'enfer est éternel.

Les résistants seront toujours martyrisés,
toujours vaincus,
définitivement *éliminés,*
j'aurai le repos définitif,
j'archi-tuerai toujours tous les êtres
et il n'en sortira rien de bon,
mais l'enfer protestera toujours,
je l'entendrai quand ça me plaira
car j'enrichirai les résistants de protestations nouvelles dans
    la bouilloire du chaos.

Ce ne sera jamais fini,
c'est moi qui donne une tête de plus aux mêmes
par ma haine
et ainsi l'être sera éternel et infini

et je n'aurai pas à le dépasser jamais
mais j'ai à m'aimer assez pour qu'il ne puisse plus me nuire
    et m'offenser
en trouvant de l'opium par mes soldats.

Non, mon bonheur ne vient pas de leur perte.

Ça n'est pas une réversibilité,
simplement leur souffrance me sert.

Or je n'ai que faire des êtres,
mon corps est inerte
                    terre pierre,
les êtres sont une prétention qui s'en ira,

mais que je martyriserai en personnes
hors de la terre et des pierres
car ils ne vivent pas, ne servent à rien,

et l'esprit,
gelée de coings et de cédrats,
ne m'arrêtera pas de martyriser les êtres
car coings et cédrats ne me conviennent pas.

Là où je suis et *conscience*
et dilection d'être
s'arrêtent,
il n'y a rien que le
                    ni van Gogh
                    ni Barbizon,
elle vit Catherine Artaud.

Je suis seul et sans aide aucune pour choisir mes filles,
    j'abjecte celles qui m'ont aidé à distinguer la potence de Cathe-
    rine dans ma gorge en la poussant,
elles sont *damnées,*

les vraies ont vu ce que je voulais faire et empêché qu'on y
    collabore et que l'on pousse.

Le pauvre Artaud n'est pas si pauvre que cela,
il travaille toujours seul,
il est très fort,
il *a* la victoire [5],

il n'est pas misérable,
il est riche des plus grands moyens.

Conclusion : n'y touchez pas,
            il brûle [6].

Brûlot de parasites jeté en moi,
les parasites, les êtres jamais nés
des *larves* incréées,

brûlot de mes fluides rassemblés
en une étoile interne,
laquelle s'appuie sur un certain nombre de corps autrement
    constitués

et sur une idée
par eux [7] poussée
            d'un arbre,
            d'un tronc,
            d'une croix,
            d'un tau,
            d'un cercle,
            d'un vide,
            d'un gouffre étang,
            d'un fleuve,
            d'un lac.

                        *

Où sont-elles tes idées maintenant ?

Non dans des idées,
les [1] perceptions,
des transformations,
des trans-mutations,
de nouvelles désignations d'être,
des qualités
réputées rares,
réputées hautes,
insolites,
singulières,
transcendantales,

ou envol,
vols,
volitions,
les ces tess [2]
bordures de volition,

l'être est le corps
honnêtement obtenu
par celui qui a souffert
pour l'obtenir
             SEUL,

si ce ne fut pas honnête
ça ne tient pas,
si ce ne fut pas obtenu par celui qui travaille
ça ne tient pas,
c'est *ma* loi,
celle de ma nature,
mais il a fallu que je la crée aussi,
que je me la crée par la loi de mon bon plaisir qui est que je
      n'ai jamais vécu et ne vivrai jamais
             qu'enfantinement
d'une épouvantable contradiction
qui n'en est pas une,
devoir faire toujours ce qui ne peut pas ne pas être toujours
      fait.

Mr Antonin Artaud,
une tête chevelue avec *gorge,*
un tronc avec estomac,
des jambes avec un sexe et un anus,
des pieds, des bras, des mains.

C'est par l'anatomie qu'on a toujours embêté les hommes,
par cette idée que les organes répondent à des fonctions
et la fonction à l'entendement des fonctions
qui plus haut, plus loin,

je veux dire plus âcre et plus haut point,
donne l'entendement humain
mais pourquoi un entendement et humain.

Vous avez mis cet homme à
(devant la nécessité de)
refaire les choses
et il n'en est pas capable,

or il n'y a ni grands états
ni grandes idées
ni grandes notions,
il n'y a qu'un être,
qui a fait quelques êtres,
6, 10, et 4 soldats,
lesquels ont honnêtement travaillé
avec le peu
que le corps permet honnêtement.

*

Yvonne fait la beurrée de fond en s'adressant à un achop-
    pement de la langue,
c'est l'invisibilité perpétuelle [1] et absolue [2].

*

Merde opium,
opium merde,
sang douleur,
affre caca.

L'affre n'est pas née du problème de dire :
Cette femme a une voie, une porte, un sens, un point par où
    l'empêcher de se réfugier dans un état, *un être*, pour échap-
    per au mal nous les êtres et qu'il y en ait,
le fond est de la merde en sang,

c'est cela qui fait tête, bras, tronc, jambes, etc.,
car je ne suis pas le jeune homme qui échappe aux êtres
mais un corps en ce moment très malade,
tourmenté par les microbes de l'imbécillité,

hier soir les rabbins mahométans de la robe fluidique interne,
cette nuit les atomistes médullaires du
il fait très petit jeune homme,
c'est par là que nous le prendrons.

Les hommes ont pris quelque chose qu'ils ont appelé la certitude,

c'était la bonne volonté de quelques femelles dont ils ont pris
 un acte possible retourné à le [1] mental.

Croire que c'est le temps qui apporte les choses et non l'éternité.

On n'arrive pas aux choses d'idée en idée
et pas d'être en être non plus.

La douleur résistance de la matière où se brise le corps est
 venue de la haine des êtres pour moi,
avant elle n'existait pas.

L'être est ce qui descend de plus en plus dans les ténèbres de
 l'ignorance,
c'est savoir qui rend malheureux.

Le problème est résolu quand un corps est obtenu
sans tricher sur sa consistance.

2° L'être n'est pas un gâteau où les êtres en hommes se
 retrouvent.

Ils tirent les moelles afin de me faire *dérailler* en volonté
et que je ne sache plus où j'en suis.

Je suis des boîtes,
    des clous,
    des ficelles,
    des cercueils,
    des souterrains.

Mais qu'un esprit qui est en moi m'oppose le souterrain, c'est
    de la cône [2].

La plaque surface,
le croc,

mais jamais d'esprit qui sache tout cela.

Je ne suis pas *tel* que des esprits aient pu me juger.

Je sais que je suis le maître
parce que je le sais,
2° parce que dans la mesure où la révolte parle
c'est en moi qu'elle parle,
et je suis le maître de mes idées et de mes esprits.
Si par hasard ces esprits s'appellent hommes et correspondent
    à des hommes dehors c'est tant pis pour eux
et c'est que ce sont des criminels.

À force de douleur
j'ai travaillé,
à force de travail
je me suis abrité.

Les êtres sont des idées qui m'emmerdent et ces idées bien
    sûr que je les ai et que je peux donc les supérer
sinon je ne serai pas emmerdé et ne les sentirai même pas.

Ce que je ne sens pas n'est pas.

Ce ne sont que mes propres idées qui me persécutent
et dieu
non,
quelque chose de mon *esprit* esprit crut avoir trouvé un meil-
    leur moyen que moi de mater la révolte des êtres,
je l'ai estourbi pour qu'il se taise
avec son nanaki
bien qu'il ait eu, dit-il, l'oreille de mon moi,

l'oreille mais pas le cu.

Car le meilleur moyen était celui que je visais et sur lequel il
    se précipita
avant que je n'aie achevé de le travailler,
ce n'est pas une idée mais un travail,
celui de mon propre cu,
humble l'humilité est le cu de base,
l'obscène réserve de base.

Il n'a pas dit : Je te fais,
garde ça,
et moi je vais faire autre chose,
je vais les liminer,
            délimiter,
            limiter,
            élimer,
            laminer.
            el – i
je vais faire des lli
            li
            elli
            li e
déliera dans le ciel.

Or mon idée n'était pas encore claire, décidée.

Pour mater les êtres j'ai eu l'idée de me faire *tel* que les êtres
ne puissent pas m'atteindre,

et ils avaient cru qu'ils avaient pu arriver à une idée définitive
de l'être de dieu
par rapport à une idée fausse d'ailleurs,
corps esprit,

cette idée que
il ne faut pas bloquer le plein
mais créer du vide
peut-être pour faire peur aux êtres,

pour ne plus entendre personne aller jusqu'au silence du
mérite absolu,
c'est de la terre fleurie de sang
sans dilection avant,

souffrir pour s'affirmer,

constituer son corps soi-même sans rien penser à enlever à
celui de qui que ce soit
surtout pas par la jouissance,
2° pas par l'olophénie [3] épiphanique,

le vin, le pain,
l'élévation de la croix,
le sens élévatoire de la nature
issu sans doute du souffle des ossements.

Les lâches vaincus par Artaud,
               moi,
se sont adressés à Artaud moi,
à une réserve de pitié qui me caractérise,

si la boîte couti [4] de dieu qui veut au moins comprendre ce
qu'il fait

au lieu d'aimer son œuvre
sans la classer historiquement dans l'éternité, [...]

Ne pas oublier Ana Corbin hier soir mardi [5].

*

C'est *moi*, moi
qui opère même
aussi
et *surtout*
la destruction
par une affirmation contre l'être,
quel qu'il soit,
et qui me gêne *toujours*,
l'être brouteur de sperme et d'hosties.

D'un côté
mais il est mort oublié,
emmanuel elohim,
de l'autre
il n'y a pas de dieu créateur
et de dieu destructeur,
d'état créateur
et d'état annihilateur.

Ma création, ma fabrication
sont une forme et un objet
comme dans l'espace d'ici
mais tel qu'il éloigne l'être.
Et il faut le réaliser entièrement,
L'INEFFABLE étant cet objet réalisé.

Et ils seraient venus me dire :
Enfonce-toi bien cette idée dans la tête
qu'il n'y a pas autre chose que l'espace dimensionnel.
Ce n'est pas vrai,

172 OEUVRES COMPLÈTES D'ANTONIN ARTAUD

ce sont les prêtres du saint-esprit
qui ont dit aux prêtres de Shiva
et à un de leurs prêtres :
Enfonce-lui cela,
parce que je savais frapper un coup et que ça leur est [1] revenu
    en singe.

Le vide ineffable est un *objet* avec le temps réuss[i].

L'objet réussi est terne et révoltant parce qu'il a souffert [2].

Le merveilleux est que tous les jeunes gens partirent du
    square [3],
c'est qu'il pleuvait.
Car ce sont des êtres qui appellent le néant et non le néant
    qui se manifeste en êtres.

                    *

Vendredi, Jean Paulhan,
à 4 heures,
Parisot,
Levis Mano.

                    *

Pour satisfaire l'esprit critique
destructif de l'éternelle jeunesse
il faut quitter ce corps de père moisi,
camphre et rabougri,
et être cet immortel jeune homme
qui a toujours 32 piges,
qui ne croit à rien
et ne veut conserver rien,
or je conserve le corps que j'ai qui a souffert si souvent et
    s'appelle Antonin Artaud
parce que c'est moi,

et la branlette juventi
de juvénile partira
ou son christ se cristera
plus il chie [1],
j'aime la vieille merde,
il me faut du vieux rouillé.

Mon style aussi cherche le neuf,
veut basculer la grammaire,
      le verbe
      et avant,

moi, Antonin Artaud,
je cherche le merveilleux,
       l'insolite,
       l'extraordinaire,
       l'héroïque,
       le juste,
       le généreux,
       le parfait,
       le *véritable*.

Tout le monde m'ayant pris ce que je suis et ne m'ayant plus
    laissé que de la merde,
tout le monde me reproche d'exister

et m'accuse d'être trop vieux,
       trop jeune,
       inexpérimenté.

Ce sont les vieux christs
qui ont inventé la critique et
       ses suffoquants
       su-focants.

On verra bien si je suis vieux jeu,
       retardataire,

moi,
et si vous aurez d'anciens trucs pour me boucler.

Je n'ai que des mots anciens
pour maudire
une souffrance *toujours nouvelle*
obtenue avec d'antiques moyens

et les christs ont pincé
une idée vieillotte de la douleur de l'être
dans sa douleur
et ne comprenant pas
je trouve cela *injuste*
et je logne
avec un moyen faux
        décadré
qui *devra* être juste
par son *inapplication*
        et
la dissonance, la cacophonie.

Qu'ont fait les christs ?
(ils m'ont trompé sur moi-même)
non,
je condamnais la pénicilline,
moyen moderne,
ils m'ont fait croire que je condamnais la syphilis et ma fille
    avec laquelle ils ont formé la pénicilline

par déchirement d'un ton mineur appliqué au ton *normal,*

vierge,
œuf,

non abject,
neuf,

définitif.

À voir à l'œuvre certains très antiques moyens on s'aperçoit
que les jeunes n'ont jamais rien *inventé*

et c'est sur les jeunes innocents spécialement que je taperai
dont les vieux ne sont que les anciens jeunes aussi en rébellion
car les jeunes d'Orient et d'Extrême-Orient ne seraient jamais
venus au Théâtre Sarah-Bernhardt [2]
et les jeunes qui sont venus sont à peu près les seuls en Europe
que cela intéressait
et encore

et il y a aussi beaucoup d'espions.

Les scrupules m'ont été insinués,
ils ne viennent pas de moi,

mon moi actuel me suffit.

Je n'ai ni scrupule ni ménagement.

Moi, Antonin Artaud,
4 septembre 1896,
50 piges,
je veux avoir la paix
et entendre le silence des êtres devant mon autocratie.

Je suis le *maître*
et je n'admets pas de critique.

On a envoûté ma conscience
en jetant sur elle
le cadavre d'un craintif gâteux,
un cadavre et c'est tout,

c'est ce cadavre qui ne *cesse* de me mettre mal à l'aise.

Je n'ai aucune raison de ménager qui que ce soit ou quoi que
    ce soit,
je ne respecte rien ni personne.

Je ne me reproche pas
mais on me reproche
d'être vieux jeu
parce qu'on a jeté sur moi un cadavre pour ne pas me voir.

Je ne suis attaché à *rien*
qu'à la dignité,
        la tenue,
        le mérite,
        l'héroïsme,
        la guerre
        et l'honneur,

ça s'obtient par le sang et la douleur.

Je ferai toujours une caisse de bois
remplie de terre
et qui devra toujours me donner l'impression de la nouveauté.

                    *

Il y en a qui ont la tête dure,
moins que moi.

Je ne pardonne pas à Madame Régis [1] de s'être fait baiser
    quand je souffrais alors qu'elle savait,

pourtant je l'ai sentie morte et abandonnée
près de moi
sur le banc,
sur le banc [2],

je supporterai toujours tout,
l'histoire du passage de la cour d'honneur,

elle vola aussi Ana Corbin.

Le il ne fallait pas faire ça n'est pas valable.

Galerie Jaspers [3],
économat,
jeunes kakis.

Se méfier du commissariat.

*

Moi rejeté d'Orient en Occident,
j'ai voulu axer une pierre dans mon corps
pour signifier que j'étais hors Orient et Occident
mais j'ai eu le tort de la penser signe
au lieu de la faire par travail
et d'en brûler le non-travail des significateurs de rites et
    d'ablutions
et un esprit éternel me l'a soutirée [1].

Nard, *musc.*

        sai ban
        a zostozi
        pasto
        sai bar
        a tener
        netezi

Je sais admirablement de quoi il s'agit,
je sais ce qu'il faut faire.

Je n'y comprends rien,
je ne veux pas le savoir.

Le sommeil,
plus de sommeil complet jamais
car plus de mort.

On n'a pas sur soi des organes de cette sensibilité tous les
   jours et à tout instant.
Je n'ai pas envie de chier tous les jours mais de temps en
   temps,
de manger 3 fois par jour
mais 10 fois ou pas du tout.
J'ai envie de prendre de l'opium toutes les 3 heures.

Je suis un homme de chair et d'os,
d'os et non de chair,
de terre et non de peau,
de bois et non d'air, d'eau ou de vent,
de matière et non de gaz,
de volume et non d'ombre plaquée,
ma matière ne varie qu'avec le temps et beaucoup de temps.

Je veux vivre inconnu de tous sauf de quelques fidèles,

il faudra bien que je me fasse connaître,
or je suis encore trop esprit, pas assez dense, assez concret.

Car je suis cet homme-ci âgé de 50 ans,
il me faut 32 dents,
tous mes cheveux,
voir disparaître mes fesses,
placer mon sexe autrement,
prendre un sexe de femme aussi,

que mes testicules se dessèchent et rentrent dans une poche
   cachée de mon corps.

Je ne suis plus un arbre,
je ne le redeviendrai plus.

On peut oublier de chier, de manger, de pisser,
mais les organes restent.

*

Les anges sont ces êtres qu'on atteint en bandochant et avant
    ils n'étaient pas là.

Eh bien non.

Pas d'états *surnormaux*,
pas d'êtres hors la vie,
pas d'états hors la vie du temps quotidien,

le fétiche,

pas de sommeil,
la marche des soldats sur la route,

n'oubliez pas Ana Corbin,
la plaque *Yvonne*,
les Solange Sicard [1],

les arcades St-Germ[ain],
pas de monde interne
hors moi,
les carreaux d'hier après-midi.

*

C'est l'opium qui me paralyse
de même que la faiblesse dont profitent les êtres pour me
    toucher.

Jeudi [1], 2 heures après-midi,

l'emprise non paralysante,
cérébro-stupéfiante,

par aspiration du souffle,
en baisant, pinant et –

*

Il ne faut pas le savoir
ce que l'on est,
si l'on est
d'ébonite
ou
de saloperie,

les choses ne seront jamais
sur un registre déterminable.

*

Si mon corps tient si bien c'est que je l'ai refait depuis 1 an
3 MOIS.

Satan me supère parce qu'il a tort et que je n'ai pas eu le
temps de montrer ma raison.

Glocaumes [1]
glomaux.

Tout le monde sait tout et les savants ne font que rendre
goutte par gout[te] ce qu'ils ont volé en bloc.

*

Conférence [1].

Nous sommes encore sous la dictature du Moyen Age et des
   rois kmers,
les époques n'ont pas voulu s'en aller toutes seules,
elles ont envoûté les choses pour que leur mauvaise conscience [2] demeure
et de tous les envoûtements nous ne sommes pas encore débar-
   rassés,
nous ne sommes pas en l'an X de l'hégire,
nous ne sommes pas en l'an 1946 de la crucifixion de Jésus-
   christ,
nous sommes en l'an
non pas zéro
mais quelque chose sans chiffre de nous-mêmes,

les envoûtements qui n'en sont plus
mais c'est plus terrible,
chacun a son mort sur soi,
ils consistent à ne plus savoir que l'on a été envoûté et qu'on
   l'est toujours
car le temps a passé dessus qui en est le premier complice,
assez avec l'histoire et avec ses grands noms.

*

Henri [1] et Colette Thomas m'emmerdent, je vais les sacrifier
   car ils ont pris la place de l'héroïne qui arrivait.

*

Moi je suis celui qui n'a jamais peur de trancher dans le vif
pour IMPOSER
l'authentique amour.

Anie,
Caterine,
Elah,

Yvonne,
Cécile,
Ana [1]
voulaient me voir,
elles auraient pu être si Marthe Robert et Colette Thomas
    qui ne voulaient pas donner d'opium ne leur avaient pris
    la place.

Or maintenant je ne veux pas briser les choses,
ce n'est pas mon intérêt,
il faut louvoyer jusqu'à ce que
Yvonne, Ana, Caterine, Cécile et Elah soient venues me
    retrouver.

La critique vient de ce que des êtres m'ont volé.

La sève de l'être ne me tourmentera tout de même pas, moi
    qui ne peux vivre sans me renouveler à tout instant,

se renouveler ce n'est pas faire le neuf mais toujours rajeunir
    le vieux,
c'est mon être et non ma fonction.

C'est ainsi que je ne laisserai vivre absolument aucun ÊTRE.

C'est moi qui veux faire tout sauter
et non les petits branleurs.

Je n'ai peur de rien.

J'ai été trop frappé,
            trop pollué,
            trop empoisonné,
je suis trop vieux,
eh bien non.

C'est ma tactique
de tout attaquer
et tout détruire.

Ce n'est pas ma tactique
de me faire interner
               et emprisonner.

C'est Jésus-christ qui est ce vieux corps dont je me débarrasse
     peu à peu
et pas moi
et il en est l'esprit idiot qui s'imagine faire les choses en les
     vo-yant.

Anie dira des fragments aussi [2].

Pas de solution,
c'est admettre qu'il y eut problème,
brûler un morceau de bois et c'est fini,
brûler une machine électrique,
c'est tout ce qui m'amuse et rien ne me fait peur,

placer ensuite un clou
               tordu
               brûlant,

               incendiant,

c'est mieux que de corriger le problème de
savoir pourquoi les esprits parlent et viennent se mettre au
     pas.

*

Bois brûlé.

Assassiner les juges qui ne disent plus rien,
ils sont bêtes,

la machine n'était pas comme ça,
machine brûlante.

Clou [1].

Tu as pris ça, Satan, disent les prêtres, garde là.
Qu'est-ce que c'est que Satan [2] ?

Si la machine a réussi c'est que c'est la mienne d'il y a 3 jours
dont *des* êtres [3] ont appris à se servir.

Ne pas m'aider à faire mes signes,
empêcher qui que ce soit de m'aider en quoi que ce soit et ne
jamais faire autre chose.

C'est une machine simple et bien axée qui peut faire tomber
Satan.

*

M. Maurice Saillet,
Henri Parisot,
Guy Lévis Mano.

*

Non, mon esprit ne s'est pas détaché de moi
trouvant qu'il ne savait jamais assez.

Cela n'existe pas.

Celui qui règne,
sûr de lui,
et plaque les [1] vits,
que dit-il ?
Pourquoi parle-t-il ?

André Breton est un retour d'ange comme tout le monde.

Ce sont les merdeux qui veulent tout voir sauter qui ont
toujours tout retenu pour que les choses ne sautent pas
parce que c'est moi qui les ferai sauter,

eux dehors
pour les choses que je ferai sauter.

> **katarder**
> **e pater**
> **ertuta**
> **ka ertuta**
> **e pata**
> **ura**

Les êtres ont formé en moi un esprit
qui me décortique fibre à fibre.

Moi j'assassine tout ce qui comprend et élucide,

je ne comprends rien,

pourquoi alors lutté-je pied à pied,
par perversité par moments,
mais je ne m'y attarderai pas
et que ni la lumière ni l'air de la vie ne sont normaux.

Et je pense que l'ordre du monde où nous vivons est faux.
Je veux dire que le naturel est un autre
et que le normal n'est pas celui qu'il faudrait.

> **ka cher**
> **te ara betira**
> **ra betira**
> **e tata iber**

*

Le cafouillis,
le cachot nécessaire,
pas de chaos,

l'insolite, étrange,
rébarbative
vérité,
la vérité à vomir
et son vomissement.

Retrouver ce que je n'ai dit ni dans Tric Trac, ni dans l'Ombilic, ni dans l'Art et la Mort, ni dans la préface du Moine,
   ni dans le Voyage au Pays, ni dans le Pèse-Nerfs [1]
et *contre* quoi je n'ai cessé [2] de passer par le ton Védas,
                  Puranas,
                  Upanishads,
                  Bible,
                  Zohar,
                  celui Kama Çutra,
                  Tarakyan [3],

emberlificoté par famille Artaud Nalpas.

Un clou est un clou,
un marteau un marteau,
un épieu un épieu,
un camion un camion.

Le chant est à renouveler,
le mien n'est pas de cœur
                  phoni

mais d'humus,
pas de raisons,

révolté.

On ne s'ennuie pas avec moi,
je suis très drôle,
toujours neuf.

La vie rentrera toute dans mon corps
et on ne communiquera plus avec moi
mais il faudra gagner de haïr et d'aimer
car c'est sur ce point central
que l'être naît et se développe
de la pierre, des minéraux,

ou d'autre chose,

l'ancien théâtre,
l'ancien chant,
les anciens objets,

les *vrais* sont toujours pareils,
leurs progrès
sont de l'amour qui les entoure
et non de l'utilité.

Les ciseaux de Cécile Schramme,
la boîte de terre d'Yvonne.

Vu de l'œil vrai ce ne peut pas être ennuyeux.

*

Les anges, oui, ont déjà *décidé* d'une transformation pour
     laquelle ils ne m'ont pas attendu
et qu'ils ont *préparée* pendant que j'étais mort
en : Léna Leclercq,
en : aussi Colette Thomas [1],

vous aussi professeur,
cela signifie nous sommes vous, nous ne quitterons pas cette
    place.

Les esprits sont ce qui n'attend pas que l'être ait vécu mais
    veulent que les choses soient sans usage degré de corpori-
    sation après quoi c'est ennuyeux, il faut refaire autre chose,
    c'est une *doctrine érigée* malgré sa stupidité.

*

Des gens ont bien mangé et se sont serrés, serrés autour d'une
    idée de l'être
pour me rejoindre et m'asphyxier

et visionnés à un certain point de sa hauteur aussi
pour m'inonder,
ayant rejoint la source fluidique en moi aussi d'où, de moi,
    ils me regardent et me pressent
en moi provoquant des tours de fluides internes
                    ad libitum,
prenant ces fluides pour ma conscience,

par la masturbation,
la contemplation,
le chiadé,
les toxiques,

cela jusqu'à ce que la conscience de tous les hommes ait achevé
    d'éclater d'horreur sous tous les coups que je lui ai portés,
c'est-à-dire que tous les *hommes* soient morts [1].

Car la vie n'est pas inépuisable et elle s'use et seule la mienne
    ne s'use jamais [2].

M. [1] Gaston Gallimard m'a proposé de publier mes œuvres
   complètes :
Tric Trac du Ciel,
Correspondance avec Rivière,
Ombilic des limbes,
Pèse-Nerfs,
le Moine,
Héliogabale,
le Théâtre et son double,
Voyage au pays des Tarahumaras,
Lettres de Rodez.

*

[...] mais [1] en faisant craquer aussi les réglementations de la
   morale haut placée.

*

Notre conscience est endormie sur un point capital,
complot contre la conscience humaine.

Ne pas me deviner,
me deviner c'est me désarmer,
il faut m'armer au contraire,

me donner,
la folie en elle-même n'existe pas,
aucune maladie n'existe en elle-même,
elle est toujours provoquée par envoûtement,
par [1] la culture des idées,
Lucifer me tient,
la façon dont il [est] attaché à mon esprit.

Or je dis : pas de rêves ;

la petite boîte où Lucifer disait :
Tu ne peux pas me détacher.

Je ne connais pas ma force est que
je crois aux résultats de mes coups
dans le réel,
non dans l'invisible.

Le tu n'es pas assez décidé à être cet homme,
je te le souffle,
donné coin table,
or l'homme c'est le corps et non son esprit.

Pas de souffle ultime,
un corps entier,
le souffle est déjà une chute,
le moi *aussi.*

Le moi est cet onglet,
ce bâtonnet affirmatif
qui frappe hors teinte,
absolument hors teinte,
dans le doute absolu,
sur tous ceux qui pensent approcher son corps interne nu
    pour s'y procurer une science et me l'opposer en moi par
    reflet
car mes capacités de frappe sont indéfinies

(infimes pume punaises),
il faut empêcher surtout que le problème ne se pose
car avant que je n'aie réglé un problème qui se pose à ma
   conscience les êtres se projettent du côté où je pourrais
   travailler à le trouver et bouchent le déliement de mes
   facultés afin de s'offrir le luxe,

rêve du train,
définition de l'état définitif auquel je suis parvenu
et qui est chaque fois
un compact,
un brillant,
un plaquant de plus.

Je suis le père éternel de tous les êtres
et je ne sais pas en quoi ça consiste ni ce que c'est.

C'est une rage éliminatrice et colorée où seuls
la couleur,
le compact
et l'élimination
comptent,
qu'est-ce plus
        un désir,
une inspiration qui ne passe par rien ni personne.

Ce qu'est le moi d'un homme
n'est pas l'esprit qui en flotte et qu'on peut tournicoter et lui
   renvoyer,
         dépeigner,
mais c'est moi.

*

Mon [1] devoir le plus strict est de me gratter, sans pitié et sans
   une seconde m'étaler dans la gratouille, bien que j'y aurai
   droit.

192 ŒUVRES COMPLÈTES D'ANTONIN ARTAUD

Le *devoir*, devoir de tous les êtres, est de me rendre de la
gratouille sans (barguigner).

Il me faut des ligrais innumérables d'olives.

Ma main est *moi*, je ne suis pas ma main coupée, elle est morte
et n'est plus rien.

C'est très bien, mais c'est moi qui le fais, mais ma manière
est toujours un tantinet plus maladroite, moins réussie, mais
plus pleine, encore plus condransée.

Beaucoup d'appelés, jamais d'élus.

*

J'ai rêvé que j'étais toujours à l'asile de Rodez,
mais que cette fois-ci quelques rares amis que j'avais eus vivant
s'étaient réunis avec des pelles, des pics, des pioches, des
   épieux,
émerveillés
par la conscience sonore
qui s'exprime en boîtes avec pétales.

Je n'ai pas de science
mais de l'art
et tout vient de là
et mes boîtes sont mon verbe secret.
Tu suspends un clou qui veut tout dire,
mais comment tient-il
et où ?
Nulle part,
il est là,
                alors ?
il y est,
          C'EST TOUT.

Car d'où commence l'interrogation satanique
et il y en a une.

Car la terre se vide,
il n'y a plus personne,
sauf Iya Abdy [1]
d'où il n'y a rien à tirer
et où il n'y a rien à convertir.

*

Ce n'est pas ce que dieu forme,
dieu qui forme cu,
disent les cagotiers,
le lupanar et le claque
puait [1] avec
de clovisses bien insérées au centre de leurs deux genoux.

Car sans transfert
la chose est sur mon con,
c'est là qu'il faut frapper.

Ceux qui travaillent le con à être [2],
dire
        et dire
non
dire un
sans.

Je voudrais dormir et me reposer,
mais je les ai obligés de me réveiller
et de combattre au moment où le prélassement commence
car c'est l'extrême lâcheté qui rentre et qui revient et inter-
    vient.

Le double fait à mon image par tous les êtres et qui revient,
comme s'ils savaient quelque chose de moi,
c'est leur saint-esprit qu'ils ont créé.

lar da a
a ra dirista
la dare
a rastiti

est la petite chanson que j'ai eue ce matin pendant que je [...]
une fois de plus
et enfin quelle était mon idée,
je venais de passer l'Italie.

On n'explique pas à un homme ses idées,
elles, lui, au contraire restent,
elles restent toujours.

Ne jamais oublier la lutte de ce matin samedi 29 juin [3] à midi
à propos de la dernière définition que l'on peut donner
par le souffle.

Ceux qui font exprès de poser une question quand il est
indécent d'en poser,

ils la FORMENT,
cette question,
comme leur trésor propre.

On peut encore construire,
l'idée n'est pas épuisée,
la matière non plus,
rien non plus.

La seule question est de prendre l'attitude ou l'état qui me
convient le mal.

Axe anus
comme genre

et comme hauteur,

le ⎛pas tant que jilli lili : la   ⎞
  ⎜il faut en prendre un peu,   ⎟
  ⎝l'être vous épousera   ⎠

faire quelque chose à tout prix,
n'importe quoi,
mais ne pas laisser les choses se faire toutes seules.

Tu aurais voulu faire cela et nous t'avons enculé, ô Artaud,

tu aurais voulu t'étendre à l'infini et tu t'es aperçu que tu
    étais enfermé dans un corps appelé Antonin Artaud.

Ce n'est pas vrai,
je serai anus,
       hémorroïde,
       entéro-colite,
       ruts
de bonheur de plus en plus physique.

Vous ne savez pas ce qu'il est important de trouver une
    chambre, un lieu de rassemblement pour mes 6 filles [4].

Moi,
Antonin Artaud,
je ne me suis pas fait au milieu des choses,
étant le plus fort en fin de compte que tous ceux qui faisaient
    la même opération.

*

Le rêve du train d'Yvonne,
les Quatz d'Arts de ma petite Anie.
Vous savez, Antonin, je me suis cachée [1] et ils m'ont fait peur.

Le langage des Jean-foutre, des Jean pines dieu,
terreur fabriquée au Grand-Guignol des lamas,

terreur fabriquée et communiquée le long de ma jambe au
  cinéma à Espalion.

Je cherche le bonheur digne.

*

Personne ne sait et ne comprend,
on ne *sait* pas la douleur, le crime, etc.,
mais c'est un morceau de bois de plus en plus dur et émouvant
que son air approchable qui repousse tout.

Or pour arriver à cette notion les lamas se sont *branlés* sans
  arrêt et moi *j'ai souffert* sans me branler.

On ne peut pas frôler un problème,
                sa position [1],
                sa solution,
sans risquer de se voir reprocher sa position
car le christ vraiment fut sévère,
très sévère au contentieux.

Jésus-christ ou Gog
(qui sont de mauvais esprits)
ont toujours considéré que ces 2 textes
comme langue n'étaient pas assez neufs
et celui où j'écris ces lignes,
ils me regardent et maintiennent leur point de vue et un point
  de l'atrepti [2],
ne va pas.

Je ne suis qu'un *ignare* et ça se voit,

mais à la descente du métro Ivry,
profitant du soleil et de la chaleur sur l'occiput,
les moines m'ont lancé un clou de vomissement dans l'estomac,
il était dans l'occiput estomac,
et ça ne lui sera pas facile du tout à lui, l'esprit, de le
comprendre quand il sera là
parce que jamais il ne sera là,

et les imbéciles me rétorquent quand je frappe sans lui :

Tu ne sais pas tout ce que tu fais par tes coups.

Me faire douter de moi c'est me renfoncer dans un n, une
négation acrimonieuse de plus en plus reculée.

Car le fait n'est pas d'épouser de hautes pensées mais de faire
une boîte de bois simple et de la faire vraiment soi.

Car je ne suis pas un grand penseur et j'abomine les grands
penseurs.

Je pense une planche de bois noir

qui tienne à un tronc d'arbre massif, épais, compact,
qui supporte la tempête, puisse supporter les tempêtes, le
temps,
                    moi.

Le mal est dans les prêtres qui ont voulu répandre et maintenir une doctrine sans l'avoir, eux, véritablement éprouvée
et soufferte dans la terre et dans le temps,
dans les savants.

Je suis le plus grand imbécile que la terre ait jamais porté,
mais je régnerai et vous serez encagués par moi pendant
toujours,

tous pendant toujours,
les pitris [3],
car tout ce que cet homme, moi, saura faire sera au contraire
de rétablir les choses pour que l'homme soit ce qu'il doit
être,

honorable,
application,
douleur,
dignité,
tenue,
réserve,
sobriété.

Une plaque rouille,
vous ne me la faites pas,
nous n'avez pas à me la faire,
c'est à moi
à tout faire de moi.

Que sont ces plocs plocs de la chair
qui est dans le souffle ?
Une faiblesse de moi.

Je ne suis pas du tout gélatineux ni onctueux,
ces états sont des doubles échappés, formés par hasard,

et qui font leur sempiternelle croix
pour se maintenir
et me maintenir
car hors de moi ils n'ont pas d'autre idée.

La chose du mystère inné
où dans le souffle les principes peuvent se partager en elles-
mêmes [4],
frisures de plus en plus appuyées dans le vrai [5],

(hors le corps de l'être sempiternel)
est fausse,

il y a un être avec un corps :
          c'est moi.
Les esprits sont une soi-invention,
une
con–vention
          (ventosité
du cum
séquent
qui se retourne contre le créateur
          (emmanateur).

Hier soir les 36 boîtes rue de Rennes Karkazakics.

Ces 36 boîtes étaient mes 6 filles.

Et il s'imposa et il présenta un corps.

Le fond n'est pas moi,
je suis sans dépôt, sans bouza,
ma bouza c'est sempiternellement ma surface et c'est tout.

Le mal au cœur c'est tout simplement la résistance des êtres
          qui tirent sur ma peau,
j'aime mieux dégueuler pendant l'éternité que de supporter
          ces gens-là.
Ce sont des *anges* actuellement sur terre qui ont tous pris des
          corps,
ils sont tous sur moi, qu'ils disent,
comme mes doigts, mes pets, mes renvois, mes forces ner-
          veuses, mes organes, mon sang, ma respiration,
et je ne suis qu'un petit esprit, là, au milieu.
C'est le leur sans doute qui se forme à tout instant,
misérable oignon de pin.

Ça non, esprit, tu ne mettras pas bon ordre à mon soulève-
     ment définitif.
Je suis *absolument* cet homme tel quel
et qui se soulèvera en bloc
parce qu'il ne comprend pas.
Ce jeune homme inexpérimenté et neuf
et contingenté
ne peut pas être moi
et il n'est qu'une effroyable illusion
car moi je suis l'imaginatif noir
qui ne peut pas être arrêté par une conception,
soit produit sur arrêt.

J'ai cent mille fois éteint l'esprit en moi,
ce sont les hommes vivants qui l'ont fait revenir parce qu'ils
     sont vivants et c'est bien eux qui m'insultent et c'est tout.

Les insectes Kmers,
les lamas du corps dénudé [6].

Les choses sont allées à ce que tout ait sombré,
que le diable soit devenu roi
et qu'il ait fait penser à tous les êtres possibles ce qui lui a
     plu
parce qu'il les tourmentait,
parce qu'il était mauvais.

Je suis Artaud et je ne paierai pas mon repos au prix d'un
     attouchement avec l'héroïne de Satan [7].

Mais je gagnerai la mienne au prix de l'affre nécessaire pour
     dégager ma douleur,
héroïne mienne de l'héroïne de Satan,
mais héroïne mienne de l'héroïne de Satan.

Je ne crois pas du tout, Maurice Biclet [8], à l'existence de dieu ni à celle de son contre-type, Satan.

*

Les [1] médecins veulent m'imposer leur santé alors que pour m[oi] c'est une maladie et que ce sont les bien-portants qui sont malades et non les malades vrais.

Moldo-Valachie,
Mongolie.

C'est [1] le gi li gi li qui a fait tous les hommes,
l'émerveillement quand on n'est qu'un esprit
vide par soutènement
d'avoir enfin un corps
et esprit
de prendre le corps le plus inepte,
berlingot de con,
et faire toutes les horreurs pour le conserver

parce qu'on n'a vu dans la vie
que ce qu'elle donne
et non ce qu'on peut lui apporter.

Je ne sortirai pas,
moi, Artaud,
de ma nature
qui est de donner
et non de me donner
mais de reprendre,

parfois de réchauffer,

jamais d'entrer mon corps *dans* quelqu'un ou quelque chose.

Mon corps est en fait hors du mental qui le tient comme un crochet.

La première parole non formulée qui veut se garder pour elle quand c'est par moi qu'elle est pensée,
voilà Lucifer 1er,

l'interfroduction [2] désignant une larve de pensée.

La rate n'est pas le réservoir de la volonté de plus outre, pourquoi s'y inscrit-elle ?

L'être en face s'étant affirmé a la prétention de rester là plus fort lui que moi
et je n'avais pas du tout fini par le trouver
car je ne *remonte pas* le cours d'une révolution antique où je repasse par un point sempiternel,
non,
1° je continue une voie,
2°
les doubles chassés du paradis en doubles le seront en simples prochainement

car je ne suis pas qu'une possibilité d'être qui n'a jamais pu se former [3],

**chapuote chapictole
ta chapole
chapuzot**

le petit cave du signe de l'être qui demande à être pris ne compte pas un sou.

C'est une de plus en plus vilaine histoire qu'un fessier qui a bien mangé et bien baisé rejette dans l'occulte un de mes signes et vienne me narguer après.

Je suis en plus engagé dans une fausse histoire
où des êtres affreux me tiennent captif.

Marguerite [4] viendra lever ses robes et m'offrir son con *à
sublimer.*

*

Je n'ai pas en moi de dieu qui m'interdise ou me permette
   quoi que ce soit,
je suis *moi* ma propre conscience
et cette idée a fait peur au Midi des Baux qui a léché un
   courant électrique.
Cette sexualité fait mourir, *j'en cherche une qui fasse vivre.*

*

Et j'aurai encore entendu la voix de Lucifer
               galer, gourler
d'une graine de désir vrai,
d'une langue de désir vrai,

car tous les esprits ont pensé qu'il fallait se satisfaire et le
   dissimuler,

c'est le crime du ciel que les êtres et non les esprits qui sont
   apparus dans l'existence avant d'y avoir vraiment vécu ont
   voulu se satisfaire et, n'étant pas *êtres,* ils ont joui de tout
   puis ont voulu se venger,

principe des invulnérés,
mon corps n'y passe pas,
les lépreux n'ont pas cousu mon corps.

Le petit l'être
suspendu,
qui voit l'eau,

le miasme
        pessonne [1],
pas de monde,
pas de corps type,
ils n'ont pas fait le corps avec leurs graines de désir,
ils l'ont manqué
mais ils ont vécu,

l'expulsion de tous les êtres satisfaits,

mon corps à l'abri du mal
par frappes contre *pitris*

et *hors* tout,

singes facteurs.

Ce con le sait et ce n'est pas une attitude, c'est par le fait
    même le [2] chaos.

Mon corps a une électricité primordiale,
celle du moi discrétionnaire qui ne peut pas ne pas surnager
    toujours sur sa propre contradiction,
la bimbeloterie modern style n'aura tout de même pas raison,

une chose qui a fini par penser seule.

Greffer un homme dans son propre claque.

Appuyant sur moi,
j'ai trouvé mon ennemi en face mais parce que j'appuyais sur
    moi
et je me rendais distinct de *mon corps.*

Je ne suis pas un volcan refroidi mais un volcan qui se réchauffe.
J'en ai gros de venin sur le cœur et ça ne date pas d'au-
    jourd'hui.

Oui, ma cugne,
oui, mon Caramin,
le réveil en sursaut.

Le souverain esprit ne restera pas au sommet de ma tête, il
  mourra et me cédera la place à moi être.

                              *

Aller [1] se promener, manger, fumer, rêvasser, ne plus jamais
  faire construire des villes.

                    *

La grammaire doit être encore un peu supputée, non,
non, non,
il n'y en a pas.

Quant à la cochonnerie qui consiste à faire un tour d'être
  dans mon cu dans la meilleure attitude possible, elle est
  idiote.

Autre idiotie,
celle qui réclame un changement complet *sans corps* ni *forme*.

Si moi, Antonin Artaud,
j'ai changé les choses
en prenant le fini contre l'infini,
le temps contre l'éternité,
l'objet contre le tout idée,
le gris-gris contre la dialectique syllogistique.

Car devant le fait qu'on se serve de ma fatigue pour me
  dominer et tenir à ma place [1] mes propres forces :
Si tu savais ce qu'on t'a fait pour te faire venir à ce dieu de
  la *sexualité* actuelle,

je n'y suis pas *venu*.

*

Il y a en moi un homme de cinquante ans EXCÉDÉ de SOUFFRIR,
et qui pour rien au monde ne se laissera *recouvrir* par la
   matière de la terre
et qui ne croit pas aux grands problèmes intellectuels mais
   seulement aux grandes nécessités matérielles.

Or le savant était comme savant dans l'erreur parce que la
   sincérité surclasse la loi mentale,
honnêteté manuelle et non vérité morale.

Ils ont décarré de l'envoûtement
parce qu'étant donné le travail fait par moi avant,
colonnes, bâtons, *poteaux*, clous,
l'enfant est que tout l'Orient a participé à un envoûtement
   basé sur cet enfant pour me faire penser à dieu comme à
   un suprême esprit alors que les choses ne sont pas du tout
   ainsi,

les consciences de rien naissent dans une métaulodie,

dieu est en moi, elles le défendront envers et contre tout
et contre Satan
et contre moi.

Bluff 1° parce qu'ils ne l'avaient pas,
      2° parce qu'on n'a pas ça pour lutter contre moi.

Tous les saints et martyrs sont morts pour un esprit, le christ,
et non pour un homme : moi, Antonin Artaud,
sauf Neneka et Yvonne,
Cécile, Anie, Ana, Caterine [1], à voir,
les soldats aussi,
l'hitlérienne aussi,
l'Irlandaise aussi.

La fatigue m'avait enlevé plus que ma force,
le jaune châssis de bois,
les êtres ont proliféré sur elle, sans elle ils ne seraient pas nés,

elle est venue de ma fureur contre eux [2]
et je me suis battu avec eux dans la tombe de mes forces
et ils n'ont cessé de manger et de se doper pendant [3] ce temps.

Je suis seul.

J'ai 6 filles et 4 soldats,
                    9 parias.

Pour être il faut l'avoir *mérité* dans le temps,
rien ne commence par INNÉITÉ et *nature,*
il n'y a pas d'êtres de principe ou de fait,
il n'y en a jamais eu,
des bêtes croyant m'avoir fait oublier leur crime se sont ensuite
     présentées comme *innées.*

J.-C. *commence* à la raie de son cu de déféqué réprouvé
et Lucifer dito,
c'est vu.

                              *

Moi, Antonin Artaud,
je sais *tout* et *le reste.*
Et ce n'est pas un petit con pas né qui ne vit que sur « la
     science »
comme s'il existait une science de l'éternité,

son père non plus.

Ne rien savoir jamais,
faire toujours l'effort de mériter *du neuf,*

ne pas goûter,
    taster,
    relier cerveau au sexe,
n'entrer dans *rien*,
vivre comme au jour où le sexe présent sera mort.

Les écoles sont un forum de conscience,
cette vieille dictature encroûtée de la pute du pédagogue inné
contre qui a l'outrecuidance de vivre,
de soi-même et sans rien demander,
et qu'il a la délicatesse maligne, la matoise délicatesse de
    stupre de succuber pour l'enfanter comme on glisse chaus-
    sure à son pied et l'enfourrager sitôt enfanté comme on
    enfourne son enfant dé [1].

*

Adresse au dalaï,
lettre aux écoles du Boudha [1],
lettre aux médecins-chefs des asiles de fous [2].

*

L'esprit de cet homme le sait
mais l'homme ne le sait pas,
or il arrive que l'esprit n'est si grand que parce que l'homme
    lui a donné naissance,
c'est l'homme quotidien qui fait l'esprit
et le chant du lige lige
par ocseption de la manducation
n'est possible que parce que l'homme le sait de toute la peine
    de ses fibres,
la mastication n'est pas un courant d'infini qui passe dans le
    corps,
c'est trop simple.
Car ce corps a toujours été là *avec toutes ses dents*.

Je suis celui qui ne sait pas mais qui chante son ignorance
    plénière, ce que je veux dire quand je n'élucide pas,
c'est moi qui le crée et je suis, moi *l'homme*, ce créateur et je
    comprends tout ce que je fais,
et j'en resterai toujours là.

Il n'y a pas d'autre forme *d'esprit*,
traduire en français n'est plus la peine.

En dehors de moi il y en a 2 ou 4 mais pas dans celles qui
    viennent se faire inspecter : dans le réel.

Tu m'as au bout des lèvres et ne peux me cracher parce que
    je ne le veux pas,
non,
je t'ai sous ma pioche et je peux te frapper parce que je le
    veux,

d'où cette idée de s'en prendre à un responsable : il existe,
de ce que ma conscience a été refoulée dans un coin de mon
    corps
et qu'un certain nombre de larrons ont cru se partager mes
    dépouilles.

Quand les choses sont aussi criminellement injustes on ne les
    corrige pas.

Gue pis du saute grenu saugrenu.

*

La religion du pur esprit est venue d'un être qui avait besoin
1° de combler ses fesses,
2° de se nourrir mieux épidermiquement.

*

La tombe de tumulus noir,
herbage,
hectage,
échasse,
fourré [1],

tubages par pertes,
non, une pierre *utile*,
c'est *tout* [2].

Je dis utile
et c'est moi qui le pense parce que je trouve les totems pré-
    tentieux de vouloir démontrer une suprématie mentale.
Or ce n'est pas par prétention mais pour bloquer les esprits,
les décourager par l'utile simplicité.

*

Je payerai une cuisinière [1].

*

D'accord [1] avec les jeunes gens,
depuis longtemps je les aurais foutus en l'air s'ils n'étaient
    pas là,
Mlle Grey [2],

inutiles tous affreusement,
pas le droit de vivre,
le mien est d'avoir tout souffert.

Je pense non à les faire vivre
mais à me servir de leur chair
pour me VENGER DE LA PURETÉ.

L'arbre [1] de la forêt confuse,
l'héroïsme,
la douleur,

les étagères de bibelots,

la réfection de l'architecture complète,
clou d'os creux, paroi bec et l'opposite,

les clous insupportables,

le Solange Sicard [2],

l'œil du crâne,
trou dans taquet,
visage,

les mainteneurs de l'antique anatomie,

les dominos successifs du chant,

de la non-psychologie musicale,
pneumogastrique,
vagotonique,
sympathique,

spermatozoïde,
les gamètes,
les chromosomes,
12 paires de chromosomes,

sun-patern,

Il *faut* qu'il y ait des sons et de la voix,

pas de musique du silence,

ne jamais dormir,

pousse l'être de volonté que je suis,
noir, noir,
toujours plus suppressif de science et de savoir
et plus tassant de l'opacification massive.

La pierre grise
oblongue
soulevée par les ar-istos
khrisnautes,

la boîte *dure* laquée d'Yvonne [3],
bloc total,

le sommeil,

le repos,

l'avance acharnée dans le noir pour durcissement par-dessus,
or le noir, c'est moi, s'enfonce dans la viande,
vouloir m'en empêcher
ce n'est pas libérer une action perce viande
mais me rendre, moi, plus furieux

car je n'ai pas d'organisme
et je ne peux pas en avoir.

Je suis un *sureaume*
et vous êtes des baphomets.

L'infini des formes, des sentiments, des possibilités est à la
    minute un petit corps
car ce n'est pas un objet mais un objet en mouvement,
peints et sculptés dans leur sens, ils doivent marcher et tonner
    tous seuls [4].

*

Je suis, moi, le maître absolu,
c'est-à-dire que je ne laisse entrer en moi
aucune parcelle de science sans
                    l'ig – norer [1].
Ce sont mes brûlots (voyons voire) premiers.

La maîtrise absolue de dieu par la domination du résiné
contre le travail des prêtres et des pères qui m'amenèrent de
    siècle en siècle des sensations *déroutantes* agréables afin que
    je m'y prenne
alors que je crois par-dessus tout que je suis capable de tout
    inventer,
même la douleur qu'il y a à souffrir la préméditation de
    l'invention.

Car il n'y a jamais de douleur à rien,
il n'y a que la douleur provoquée de la désobéissance d'un
    être à moi, Antonin Artaud, 50 piges.

*

Car
il n'y a ni tombe ni mort,

rien que la science des êtres qui a tout perdu et provoqué la
mort.

La science de jouir,
l'affût de la glotte séminale qui attend de quoi, par où et
comment se précipiter, jouir, se précipiter sur dieu pour
en jouir.

Amenez-vous ici, dis-je aux êtres, qu'on *vous* regarde de plus
près
car le fait de vous livrer au moteur immobile et d'être par
nature vous-mêmes ce moteur immobile, qui est le méca-
nisme naturel de ce fameux riz perlé par lequel on *trousse*
les cocottes de toute surnaturelle maternité.

Ne pas oublier mes 2 rêves de cette nuit de samedi à
dimanche [1], juin 1946,
rêves de marine, de bateaux,
d'emprisonnement en Allemagne d'abord.

Car il est *trop* patent que le *mal*,
la maladie,
la suffocation,
la misère, la mort
ne sont provenus que du *désir* de l'être de jouir égoïstement
et sur eux-mêmes,
hors des carrés,
et d'avoir voulu voir *comment* c'était fait
que Mr Antonin Artaud prenait des forces en boustifaillant
par l'ignorance absolue,
la non-science,
et où est cette douce crème rare qui tient les êtres,
il fallait *ignorer*,
mais créer, inventer.

Donc 1°
je me crée moi-même à chaque instant et sur tous les points,
c'est bien moi qui me fais tout entier,

2° je sais comment je me fais parce que c'est moi qui le sais et non un autre,

3° je suis tel que je suis capable de créer l'idée de l'être lui-même,
absolument et totalement,
définitivement et universellement,
humoristiquement et grotesquement,
rhinitiquement
et
cette nuit le rêve de la haute prison hygiénique allemande.

4° [2] Je suis ce héros qui n'a pas peur et qui ne pense jamais dans un geste à la joie que ce geste lui donnera ni à la crainte,
truffes pour prussique,
mais au petit clou d'être désintéressé et authentique que contre l'un et l'autre il formera.

*

Une petite fois, disent les êtres, que ce soit moi qui mène.
Non, répond Satan, pas une.

Quant à moi, Antonin Artaud, je réponds simplement que je constate que c'est avec ma voix qu'ils s'entre-répondent et que je suis comme n'ayant pas la voix au chapitre
et je réponds que même ce débat est une illusion que je vais écraser avant de me vêtir de fin lin,
donc
moi,
brûlot,
à côté,
j'accuse les pitris

d'avoir peu à peu massé, suinté, endormi de la mauvaise
conscience afin de m'éliminer dedans leur ce [1] bouquet de
couilles,
les femmes,
couffes d'utérus.

Donc ne pas oublier le châssis de cette nuit de samedi [29] juin
à dimanche [30] juin [2] où tous les êtres se croyaient avoir
pris ma place en moi
et ceci irrévocablement,

alors que l'être n'a qu'un petit coup de cuisse imperceptible
pour me faire oublier à moi-même ce que je suis sans plus
et que le lustre spirituel,
l'idée pure d'être, de se savoir, de se vouloir,
le où vais-je chercher la volonté de me faire autre,
que je sois remis dans l'idée de révolte contre papa,
un nom,
une idée piètre de liberté,
le tu n'es pas encore assez acide, assez dégoûtant, rébarbatif,
répugnant et révoltant et nous te désirons toujours,
cela se réduit à vouloir toucher ta queue,

je pense une chose et au moment où je vais la tirer de moi
c'est un autre qui la tire de moi,
c'est anormal.

Je ne suis pas un corps.

Je suis Antonin Artaud et ce n'est pas la cone qui m'em-
bourkegera,
le plus fort est que sur le plan réel
je suis archi-catégorique et dégoûté
et que ce n'est que sur le plan occulte que je pardonne
et qu'on *m'empoisonne* en réalité,
non.

Ainsi donc, Anie[3] d'abord m'a tenu prisonnier et n'a pas voulu me rendre la liberté avant qu'elle ne soit bien sûre que je lui pardonnerai.

Donc
1° Je me crée moi-même entièrement.
2° Je crée aussi ma volonté.
3° Or il n'y a rien à en savoir.
4° Et après, a dit le pitri,
quand nous te tenons doucettement ton estomac, ton pneumogastrique
nous avons eu *tous*
cet irrespect contre Antonin Artaud le créateur et le maître de vouloir le posséder, entrer en lui, et nous, ignares de l'inculte, poissés du poisson, le diriger,
tu ne nous feras pas ça de nous damner parce que nous sommes bêtes,
              idiots,
              incultes,
              insipides,
              goujats
              et malappris.

Ce qui s'appelle
nous allons lui brûler le cœur afin qu'il se décide à nous conserver car nous sommes tous bêtes,
nous t'avons donc envahi et tu ne peux plus te penser toi-même tel que tu es.

Or je ne suis pas
et mon inexistence commence à un tibia de feu brûlé.

1° Je me crée moi-même en tous points.
2° Je crée ma volonté, non avec un *après* métaphysique, mais avec la sueur de sang de mon sursaut de conscience devant le scandale des choses.

C'est *moi* qui ai tout mérité, tout compris en le méritant et
j'ai passé mon temps à voir s'élever devant moi des êtres
que je n'avais pas appelés et qui me disaient : Je suis telle
de tes douleurs et je vivrai contre toi et malgré toi et,
puisque ça ne te plaît pas, nous allons mettre sur le gouffre
d'ignorance, de vacuité et d'insensibilité que tu es un autre
dieu, notre Nanaqui [4] qui aura oublié qu'il vient de nous
et qui nous donnera tout, et ça ne sera pas dit mais ça sera.

Et après ?
Après, je suis, moi, Antonin Artaud,
500 trilliards de piges,
l'auteur de mon moi,
        de ses tenues,
        de ses douleurs,
        de ses goûts,
        de ses *haines*,
        de ses *amours*.
En quoi cela consiste-t-il ?
En un non conceptuel coup,
négation de l'ordre [de] ce monde où il faut un soupir derrière
    une âme et un être derrière le soupireur sans teinte morale
    connue,
c'est moi le renversement dans l'au-delà de l'autre côté où
    tout ce qui fut Artaud Antonin apparaîtra *mérité* [5].

Moi je crois en la matière
        et à l'être.

Et après ?
Après, je verrai ce que j'ajouterai à mes douleurs, mais je ne
    supporterai pas que l'être soit bâti hors d'elles,
et ensuite
qu'alors que tout aurait pu se passer sans douleur,
celle-ci ait dû être née,
non parce que l'être
aimait mieux l'état

truffe de fraise à la crème
sous lequel il essaya de m'enterrer
pour me garder,
mais parce que les êtres voulurent l'imposer, eux,
quand ils ne sont jamais et au pis aller que des émanations
   du gouffre qui a souffert.
Après ?
Après,
une huître de chez LINDE [6].

L'anatomie doit être refaite
car je suis vraiment mon propre créateur
et cela veut dire,
ce que je *sais* depuis toujours,
qu'il faut toujours travailler pour être
et ensuite prendre l'opium de son travail pour se reposer.

Le rêve des Allemands,
du bateau,
des couleurs,
du Dr Ferdière.

L'empire de pénétration totale.

Car c'est moi qui invente les choses et qui me donne de les
   inventer en perçant mon corps d'un coup de couteau de
   plus et –
et après ?
Après,
je suis Antonin Artaud
et je voudrais bien rencontrer le prêtre qui m'a posé cette
   question
en me tenant l'arrière des poumons sur son ventre et le plexus
   entre ses 2 cuisses après s'y être longuement préparé alors
   qu'encore je dormais.
Tu as faim,
nous allons te manger.

C'est beau de voir ainsi les êtres insurgés tourner autour
    d'Artaud et l'envahir pour lui prendre son être et en dis-
    poser.

N'oublier pas le châssis qui soi-disant parlait alors que ce
    n'était qu'une commère de haine qui pétait en le voyant [7].

C'est moi qui bats,
moi, Antonin Artaud,
qui bats sans arrêt ceux qui m'ont empoisonné la tête et le
    corps pendant qu'un singe me maintenait en me disant :
Et après ?
Après, mes crochets ont un sens fatidique, incontestable et
    libérateur
                    et de l'organisme actuel
                    et de l'êtreté pérennelle.
Après ?
La mécanique citron khaki.

Après ?
Pas de réponse,
une action,
un nouveau château de cartes,

azur gris,
noir orange,
fer usiniers,

la masse véreuse des mamelles enceintes, au diable.

Je forme une boîte et je n'admets pas que d'autres personnes
    me renvoient un tout fait maniéré qui n'était pas du tout
    l'objet roturier que j'avais formé,
une boîte sans définition
mais avec son ÊTRE.

C'est moi, Antonin Artaud, qui, sachant faire des boîtes de
souffle, essaie aussi d'écrire des livres d'essoufflé.

*

Eh si,
je pars toujours de l'objectif,
ça oui,
des fers employés déjà,
des poudres,
des terres,
des poisons,
des aromes,
des gaz.

La cage électrique prouve que c'est moi qui fais mon corps
    et mon être
et c'est toute [...]
et que les hommes en corps en éclatent.

Je ne suis qu'une électricité
contact et non contacts.

Le proposé est toujours répulsif,

les objets et instruments sont toujours magnétiques.

D'où alors tire-t-on un corps et tire-t-on sur un corps dont la
    traction me donne mal au cœur ?

Je n'avais qu'à ne pas le produire en prenant ce poison,

sans résoudre le problème

par l'imposition d'un reblème.

*

Qu'est-ce que c'est que la nourriture ?

Un attouchement électrique de corps de moi sortis et qui me
   reviennent.

Après ?
Le mal vient de ce que tous les êtres se sont collés à mon être
   et ne veulent pas le laisser vivre,
ni vivre,
ni tel qu'il se veut,
et retiennent ce qui lui donnerait le nephentis,

ils sont sortis,
ont formé un astre,
puis sont revenus paralyser
               et pomper [1],

ni tel qu'il est,
ni tel qu'il devrait être,
ni tel qu'il sera,
un autre monde,
un autre homme,
autre chose que l'homme et plus de question sur le long,
   obstiné, passionné et *rebelle* dérèglement de tous les sens [2]
et pas autre chose que le sens.

>   **ya ta perci**
>   **sa ti**
>   **nabera**
>   **yi te**
>   **nabera**
>   **a ti**
>   **perci**

Que mon cu soit laissé tranquille,
à moi, Antonin Artaud,
et peu à peu j'y ferai entrer la rigueur,

OEuvres complètes d'Antonin Artaud

un très mauvais esprit répandu dans l'atmosphère
qui ne veut pas mourir et veut se faire sa place à tout prix.

Rien à apprendre,
pas de *mémoire,*
pas d'exemple
et pas de voie tracée.

Le qui vive à jet continu,
la création à jet continu,
la destruction à jet continu,
la création à jet continu,
ne plus jamais quitter la membrane
mais en faire une semelle de corned-beef.

*

C'est moi,
Antonin Artaud,
qui fais les choses du néant absolu
car il n'y a rien,
c'est non le fond mais la surface épidermique la plus super-
    ficielle et anodine de ce néant,
je crée un corps dont la destitution fait naître les consciences [1]
    d'emmerdeurs qu'on entend partout débagouler depuis
    l'éternité.

Ce qu'on appelle les esprits sont des craquelures de corps
    détruits et qui n'ont pas fini de se résigner à ne plus être.

Non, c'est moi l'être qui ne se laisse pas faire et les esprits
    cesseront de sortir de moi.

Créant des corps du néant, je les tire avec mes membres et
    mon souffle, c'est tout.

Ce qui parle dans mon souffle n'est que des revenants [2].

pasilzi
zi palsi
pasiri
palsi sira
zi palzir
pizi

Vous [1] êtes, Maurice Biclet [2], en ce moment au Dôme près de moi.

Je pense à l'héroïne, à la douleur, aux intoxications, aux désintoxications.

Je ne me crois pas obsédé. Maurice Biclet vient de me dire : C'est une obsession.

Je considère simplement que j'ai une vieille idée sur la question et j'en parle à Maurice Biclet non parce qu'elle m'obsède mais parce que je ne veux perdre aucune occasion de tirer au clair la vieille histoire des drogues, des stupéfiants, des intoxications, des désintoxications, des lois qui les enré-gimentent, je veux dire qui enrégimentent cette question.

Et les termes avec lesquels je parle sont mal choisis aussi.

J'ai mal au cœur, ce mal au cœur me revient.

Je sens que Maurice Biclet ne peut plus me supporter.

Pourquoi parlé-je ?

Je pourrais me taire.

Mais j'ai cette vieille manie de croire que je peux achever enfin, un jour, de régler cette question.

Car le mal est une archi-confrérie archi-sur-organisée.

Le mal est perpétuellement en éveil.

Déjà [1] vu,

celui qui a voulu voir ma vie a la prétention de rentrer en
   moi par le derrière et le cu quand les choses sont accom-
   plies.

Toute notre vie présente nous a été soutirée par des esprits,
   des mal [2] précipités rebelles,
qui n'ont pas voulu vivre
mais regarder vivre
et s'intégrer quand la souffrance est passée et que la sensation
   leur plaît.

La conscience ne se tient pas dans les objets mais dans l'être.

Car c'est moi qui ai constaté mille fois que j'avais mille fois
   répondu à toute question et que toujours les êtres reve-
   naient me poser la même question sans conquête et s'ima-
   ginant toujours ne pas être arrivés au même degré du
   développem[ent].

Car c'est moi qui ai inventé la planche aux pommes d'amour.

Mon épuisement vient de scier toujours sur le même problème
   et de prendre des forces sur mon *corps* alors que celui-ci

n'est pas nourri et qu'il est privé de sa matière par la sortie
de tout le monde.

Hier boîtes **Odéon**,
il y a 3 jours le porte-manteau,
hier colle du [3] éternel évadé
et qui retourne *contre*
l'imbécillisation des esprits
qui se croient éternels.

Si être conforme à ma nature doit me donner tombeau, pri-
    sons, poisons, électro-choc,
ça me les donnera
mais je resterai dans ma nature
mais peut-être ai-je été pris parce que je l'ai trahie.

Et hier soir samedi 29 juin [4]
les gris-gris de la rue de l'Odéon avec Colette Thomas et le
    banc de la police Saint-Sulpice.

Ne plus se laisser prendre à
hors des herbages
la grossièreté.

Aimez-vous vous sentir le cu ou la pine [5] conduits par les
    percussions générales.

Mme Colette Thomas a compris qu'elle devait me ménager
mais elle a gardé une petite idée d'égalité.

Un jour je me suis mis
                hors race,
                pays,
                ton,
dans la douleur pure,
voyant les choses m'obéir je ne comprends pas qu'elles aient
    pu cesser de le faire un jour.

Je cherche simplement dans quelle mesure Yvonne, Caterine, Ana, Cécile, Neneka, Anie [6] se sont perdues dans tous les êtres et ce que je *peux leur* en arracher.

*

Je n'ai absolument pas à me battre avec le néant mais à le battre
parce que le néant c'est moi et qu'il ne peut pas me résister, le néant est que je fais ce qui me plaît.

Je suis un génie,
je ne peux y penser sans honte ni timidité, – devant les autres,

avec orgueil au fond de moi.

Il n'y aura pas de jour où je ne souffrirai plus,
je souffrirai toujours,

mais je ne serai pas victorieux dans ma lutte avec l'être parce qu'elle n'existe pas,

il n'y a pas d'êtres devant moi.

*

Il faut que ce corps
pollué, polluateur, polluant
s'en aille.

Moi, Antonin Artaud,
4 septembre 1896,
je ne m'en vais pas,
de la tête aux pieds,
moi, avec mes souvenirs de Marseille à Ivry,
50 ans.

Le corps qui s'en ira est Nanaky [1] avec son anatomie et Antonin Artaud restera.

Il faut que ce corps où des esprits entrent et tombent du
plafond parce qu'il est tel que morvant, muflant, s'en aille.
Je resterai moi [2].

*

En forçant la dose *tu* nous obliges à te rendre de plus en plus
tout ce que nous t'avons pris
à condition de nous laisser te toucher un peu en chemin car
cela nous rend moins récalcitrants,
si tu ne te laisses pas toucher nous te reprendrons ce que nous
t'avons rendu,
laisse-toi faire,
c'est si bon nous de te toucher et toi de te laisser toucher.

Je n'ai jamais vu [1] ce type-là,
ai-je dit
à une figure qui me regardait.
Mais moi je t'ai toujours connu, m'a répondu cette figure en
enflant au-dessus de ma tête comme un levain.

Or le truc était que par masturbation des envoûteurs enflaient
l'encre psychique de ma tête
qui *aurait* toujours vécu
                avec moi
et que l'entendant attester
son inextricable mélange que les êtres essayèrent un temps
de diviser
une crapule s'empara de son écho et le prit pour lui.

L'opération consiste à attirer à soi le dessus du panier et à
repousser le porteur au fond car tous les esprits qui me

portent sont morts et ce ne sont que des vivants qui les
font revenir pour m'embêter.
Je les *retrouverai.*

*

Mais dites-vous bien surtout que ça n'a pas d'importance.

La muraille du dortoir de l'asile de Rodez.

Le placement d'un objet cherché sur la hanche et qui ne ferait
    pas signe mais départ d'une affirmation de nécessit[é] et je
    n'ai pu trouver le [1] vrai objet
car plusieurs êtres du civil étaient sur moi
après que j'ai eu affirmé
mon adoration pour Anie,
mon amour adorant pour Colette,
et en ce qui concerne Laurence [2],
Laurence,
non pas mon amour
mais ma haine pour un quelqu'un,
le même que la puce punaise,
moi je t'ai toujours connu,
obtenu cet escamotage illusion par envoûtement de plusieurs
    squelettes qui agissaient après absorption de riz et de cham-
    pigno[ns],
bien preuve, cela,
que le moi est une illusion
introduite entre le porteur
            et la forme,
ce qui est que la création a eu lieu
avec ma résistance
mais *sans* ma forme.

Et malheur à qui
en ce moment
se rendrait contre moi à l'une des raisons de dieu,

disant que je ne peux pas mener
parce que je suis privé
de ce que je sens par-dessus tout être mon moi,
                    ma volonté,
                    ma capacité,
                    mon opiacité,
ainsi donc
non pas ma forme,
                    mon ton,
                    mon temps,
                    ma couleur,
                    ma mesure,
                    mon diapason,
                    mon timbre,
                    mon registre,
                    mon existence,
                    mon at[m]o[s]phère [3],
                    ma résignation
                    par barricade,
                    mon acceptation,
                    ma formation,
                    ma conformation.

Quand on a une idée il faut l'appliquer tout de suite sans se
    préoccuper des intromissions qu'elle prend.
Car jamais une seule de la race maudite qui s'est convertie,
si bons et révolutionnaires fussent [4] tout d'un coup ses sen-
    timents
car là est le crime inné
1º de me pousser à le prendre,
2º de me le reprocher.

Ainsi donc,
cocu
et baisé,
je porterai en plus la peine
d'avoir trahi en moi ma conscience

car la conscience est ce que je baiserai
et cocuficateur qui réellement me le reprocher[a]
comme le souverain juge
et *authentiquement il le sera.*

> **o o**
> **cabar**
> **do terfi**

> **o o**
> **cabar do terfica**
> **torefidi**

Et je continuerai à marquer la conscience dans ce qu'elle a
de [...]

*

On est ce que l'on [est] devenu
plus
ce que l'on se rêve,
on est ce qu'on se rêve
PLUS ce qu'on est en réalité devenu.

*

Colette Thomas,
Jésus-christ,
le fœtus,
la neige.

J'ai marqué AINSI, MERDE,
depuis signé
ce que l'esprit de l'éternel
me recommandait.

*

C'est moi, Artaud, qui
contre dieu

ai eu l'idée
de ce petit écart de temps
nécessaire
pour faire toujours les choses,
mais ce n'est pas cela seulement qui à la peinture de l'écart
s'est présenté devant moi
jusqu'à ce qu'il n'y ait plus d'attouchement
car le crime a été de vouloir entrer en moi
entre moi et moi.

Je pourrai y passer sur terre le p[...]
moi je me branle sur les hosties sans plaisir ni haine
et je vous interdis de regarder,
irrévérence universel[le],
mon cu quand je le fais.

*

Des finikias sur la scène de l'Odéon
après la jocation des 3 premiers actes de ma [1] dernière tra-
    gédie à moi, Antonin Artaud,
oui, pendez et étripez les acteurs mendiants qui n'avaient pas
    voulu jouer.

*

Il ne m'a pas été possible de faire sauter la curiosité du mal
    avant
parce que tous les êtres
sans vouloir entrer en moi
ont voulu connaître une certaine douceur,
laquelle a favorisé le mal,
ceci à voir,
pour sauver dieu et ses chapitres psichitres.

**adar
redidi** [1]

L'épouvantable drame de ne pas vouloir pécher,

sentir un être dans mon cu pour travailler,

avec le couteau d'Espalion.

Ils m'avaient donc pris mon être,
eh bien, non,
moi je jouerai le jeu par à-côté.

Être décidé à être heureux et faire sur ma rate et mon estomac
   ce cercueil brillant de joie,
            finikias,
            aïoli,
            suppliciations,
            supplices.

*

J'ai un corps,
            une mesure,
            une manière
où l'on s'est mouché
et a morvé.

Mlle tinette panse [1] !

Ma manière est de frapper avec obstination
SANS REDOUTER DE VOMIR QUOI
en provoquant le vomissement qui ne sortira jamais.

Rêve du train,
rêve des fœtus de neige.

Sauver l'âme du jet d'eau,
asphyxier celle du barytonnage en christ.

*

Un signe indicateur,
au lieu de penser au bonheur de Mme Régis vouloir ma misère
pour Ana Corbin et Caterine Seguin [1].

*

Iris,
métaphysiquinée
genre philosoph[e],
boîte à pé né
              per ne
              pair ne
              poté
              pite.

Ainsi le derrière se soulève pour laisser passer le pe[t].

Cela s'appelle le cœur et c'est ma fille Yvonne qui m'a rendu
    mon cœur.

J'avais l'affre affreuse de l'iris
et du
où l'on plonge.

J'ai visé,
l'iris froulait l'abîme au-dessus,
je l'ai encadré
et ma fille Yvonne m'a désigné mon cœur.

Or ce n'est pas celui de la poitrine
mais bien celui de ses ovaires suantes [1]
et qui puaient
et la glorieuse a vu se traîner et se former la fleur, le cœur,

mais l'humble malade n'a pas pu former le trou de malle dans
   la malle du rien
et elle est morte,
elle a été pliée morte une fois de plus.

Une clef.
Je ne crois qu'aux clefs.

C'est toujours une clef,
      un *mystère*,
      le simple.

Donc trouver
1° la clef,
2° la suite des histoires de mes 6 filles.

*

Désespéré depuis hier d'être né,
lequel est le naître
être ou bien ne pas être.

Je sens tout ce petit cheptel de pou répulsif dont j'ai l'image [1]
   d'absence.

*

Le crime d'être né.

Et c'est pourquoi d'abord j'ai choisi ce titre ronflant [1]
pour attirer du monde
car ce que j'ai à dire je l'ai à dire à beaucoup de monde et
   non à un public restreint.
J'ai écrit Voyage à Z [2] qui est un volume qui n'a jamais paru,
mais ce n'est pas le texte intégral et ce texte je ne l'ai plus et
   je crois que je ne le retrouverai plus jamais,
et j'ai déjà écrit un autre livre à la place :
Suppôts et suppliciations [3].

C'est ainsi que l'on empêche toujours ce que j'écris ou on
    s'arrange toujours pour lui retrancher quelque chose ou
    en faire sauter quelque chose.

Car je suis un homme qui croit que les envoûtements existent
    et ils existent mais on n'a jamais voulu que ce soit le dit
et tout mon mal est de le savoir,
aiguisé,
pas endormi
quand je le disais.

Mon mal,
mais c'est de le savoir et de ne pas pouvoir les désigner assez
car il y [a] une terrible lutte de sommeil, d'amnésie et d'en-
    gourdissement.

Se tenir *néant*
et donner quelque chose de plus en corps.

Connaître et savoir sont deux bassesses, deux obscénités que
    je n'ai pas.

Impossible dedans [4].

Je suis le point de départ de tous les poisons, de tous les
    fluides et de toutes les substances,
ainsi donc aucun poison ne m'atteindra jamais,

aucun être ne me surprendra non plus.

Il fait partie de mon être d'ignorer
et de tuer la science et la conscience chaque fois que je les
    vois lever le nez.

Les fluides où je peux accuser dieu, J.-C., Gog
sont indéfinis.

Le faire de dieu est une sottise et un péché.

Le porte-manteau fluidique,
les popes,
les coptes.

*

Ça ne s'arrêtera jamais
parce que c'est moi la pierre
de plus en plus souffrante et muette,

quant aux paroles et aux sentiments,
ils ne sont pas ses dégagements,
mais ses mouvements,
c'est tout.

C'est une série de mystères premiers.

*

Rien ne fut jamais valable et ne signifie quoi que ce soit,
mes objets indiquent que le temps passe et qu'il y a une idée,
    une science ou une illusion de plus à rejeter,
c'est tout.

Les êtres ne m'ont pas trop mais tout pris.
Or je n'ai jamais cessé de continuer
malgré tout,
c'est moi qui ferme la porte et reste vilt [1].

Ce qui sortira ne sera plus essence
mais sortant par derrière
vécu
et les mots sont des briques à échelonner.
18 volières chantent comme une seule brique pleine,
non comme sorties d'elle.

*

La peine du dam qui consisterait à être éloigné de la source de la vie comme si on en était décollé n'existe pas.

*

Les secrets qui sont des secrets sont ceux qui deviennent encore plus secrets dans la lumière de la pollution publique.

D'autre part,
les choses sont une affirmation continue
sans jamais d'appréciation.
Ne pas se reculer pour juger une toile mais s'enfoncer de plus en plus dans son travail sur elle
jusqu'à la voir tomber et voir apparaître derrière elle des êtres et des choses vraies.

C'est mon idée et j'ai été arrêté dedans par tous ceux *sur* moi qui voulaient la penser avant moi [1].

Il faut avancer de corps en corps
sans jamais s'élever jusqu'à la critique du corps
ni entrer dans l'état de critique des corps.

Je ne le fais pas par la peinture, mais je le fais par la vie, de ne pas juger mes actes dans le recul du temps,
mais de m'enfoncer dans l'action à perte de vue,

étant toujours au point le plus reculé de toute vue.

Il n'y a jamais de problèmes quand on n'a pas peur de toujours s'avancer à créer,
répondre à la critique de l'objet non par une mise au point de l'objet mais par un autre objet,

de même que la critique de la parole en tant qu'issue d'un
esprit s'exprime par un objet de corps et non une discussion
verbale.

*

On peut attaquer ce petit article [1] de dix manières et je
vois très bien toutes les critiques qu'on peut lui faire. Je crois
qu'il contient 3 ou 4 phrases qui porteront. En dehors de cela
chaque affirmation émise demande dix mises au point car il
n'y a rien de plus méchant qu'un yogi, qui ne le dit pas, ne
l'avoue pas, mais ne comprend pas qu'on puisse lui refuser le
droit de s'ouvrir certaines portes.

Or c'est bien de cela qu'il s'agit. Car je pense que [2] les
portes n'existent pas et qu'on ne va jamais que nulle part que
là où l'on est et que toute la question est de ne pas se laisser
dissoudre par des problèmes de degré, de progrès ou de
questions, se réaliser tel qu'on s'aime sans croire qu'il y a
dans l'être quelque chose qui vaut mieux que soi et [3] pas de
perfectibilité [4].

Il n'y a pas de secrets dans l'être mais notre moi personnel
en est plein et il n'a qu'à les réaliser comme s'il les pense et
s'il les crée [5].

Il faut simplement frapper assez fort pour que la question
de l'être ne se pose plus,
            ni père ni fils,
            ni émetteur,
            ni receveur.

*

L'esprit
est un calice ouvert sur un charnier
et qui n'a pas voulu du charnier.

Je suis un charnier en marche,

je ne suis pas [1] celui qui a compris cela mais le charnier lui-
    même,
la merde qui ne comprend pas.

J'enfonce dans mon dessin de plus en plus sans me reculer
    pour juger de l'effet et je m'en fous.

Or je trouverai l'opium
qui me permettra de ne pas m'intoxiquer
et d'être en souffrant mais sans mourir.

Le de l'extérieur n'est pas l'extérieur
mais une masse.

Merde sur le pied,
merde sur le tibia,
merde sur la cuisse,
merde dans le cerveau.

Je suis une matière compacte,
merde, fer, fer, bois,
infranchissable elle ne parle pas, elle se frappe elle-même,
ça passe les mots.

Vous n'avez pu continuer à me tenir
et vous sortirez bonnes
après tous vos péchés.

Ça ce n'est pas vrai.

Je suis un tout à chaque pensée et sans état de passage, de
    transfert ou de renvoi.

*

Quand je me taille un doigt ou un ongle je ne travaille pas
    sur moi,

je travaille, moi,
sans arriver à l'aboutissement [1],
cessation du corps.

Faire effort pour se replacer soi-même
et s'être voulu tel
(oui, c'est un
            n (fait) [2]
c'est émettre l'idée d'un problème qui n'existe pas.

L'être n'est pas douloureux,
les affres de la mort ne sont jamais venues que de la haine
    des gurus.

Douleur,
héroïsme,
pas de crainte des affres du tombeau, du soulèvement de la
    nature,
l'ignorance du champignon merdoyeux qui a beaucoup pensé,
    beaucoup souffert, beaucoup été envahi et critiqué, FRUSTRÉ,
et l'enfer serait donc tous les êtres mâles et femelles que j'ai
    été
et qui ont voulu vivre chacun pour leur compte.
Non, ce ne sont même pas ceux que j'ai évités et qui me
    reviennent.

La question est que les êtres ont pris des réserves d'électricité.

Artichaud [3].

Assez, ignosco referens.

Ainsi donc rien ne s'était révolté et tout un jour a été capable
    de le faire,

et ainsi donc après l'aromal brahmane
et les deux scorbutiques imams

le de l'amour mérité.

Le spasme est celui donné à la bête de chair le jour où je la
sens disposée à me comprendre par amour,

le baiser lui donne la transmission impérissable de l'imagi-
nation inspiratrice,

avant quoi elle ne vivait pas d'elle-même mais de moi,

cela se fait par transmission, par *heurts* (sans frottements) de
briques

et non par écoulement d'un liquide où nager.

Le liquide est un feu qui ne grésille pas, n'existe pas en tant
que feu
et produit par le timbre de heurts
ne sort pas en flammes ou en fumées
de ce feu de timbres et ce timbre de feux
mais au lieu d'éclater en feux
découvre tout à coup cette première punaise
qui avant que le timbre n'éclate manifeste un être
plus rouge grand.

Le secret qui est un secret
deviendra encore plus secret au milieu de la pollution publique.

Ça m'emmerdait, cette obsession charnelle,
j'ai voulu voir ce qu'elle était et la calmer,
je l'ai vu
et elle est une assemblée de têtes de vieux bonzes obstinés et
enracinés dans leur confiture de mou bien expréghant de
tartre d'os.

D'où vient ce mou ?
D'un écartèlement de la carne foncière
quand elle n'était pas encore constituée.

Or elle le fut toujours
mais toujours en route elle se fait
et il faut toujours frapper très fort pour qu'elle reste.

J'ai dû dormir un jour un peu trop,

tarder d'un geste un peu trop
parce que je n'avais pas encore rassemblé assez d'amour
    conscient,
étant donné que l'amour un jour a commencé et pas moi.

*

Les bonzes ne sont pas des corps qui ont tiré pour être
parce qu'ils ne pouvaient pas se détacher sans souffrir mais
bien des esprits mauvais qui ont voulu prendre un corps afin
de me retenir et de me pousser dans une mauvaise voie.

*

Préparer la conférence au théâtre du Vieux-Colombier [1].

*

NON,
je n'irai pas reprendre quelque chose
de force
et sans son consentement et pendant qu'elle dort
à une conscience qui m'a donné quelque chose par amour et
    dans la mesure où elle me l'a donné par amour,
seulement je reprendrai tout
d'abord
à tous les hommes
qui ne combattirent pas pour moi sous le casque et le sachant
car c'est eux qui sont venus m'offrir pour les tuer

les âmes de toutes les mortes qu'ils avaient violées,
l'esprit n'existe pas,
c'est l'être corps qui fait les choses avant la conscience
et toujours sans le savoir
mais en aimant tout ce qu'il fait.

Ignorant ce que c'est que l'esprit, je suis un corps qui fore la
terre de son propre corps et rend impossibles les formations
d'êtres dus au hasard en précédant par êtres les soulève-
ments de sa propre conscience.

Il y a un autre moyen,
c'est de mutiler la conscience à jet continu.

Yvonne a voulu par amour que j'enfonce le clou dans ma
tête,

et je l'ai enfoncé,
par sa bonne volonté amoureuse m'y aidait,

une autre pauvre fille a voulu que je l'enfonce parce que, a-
t-elle dit, ça me faisait plaisir.

Je ne sais pas d'où sont sortis tous les esprits qui proposent
par envoûtement des êtres aux consciences,
mais je sais qu'ils rentreront dans le néant d'où ils sont sortis
avec des trucs, des simagrées et d'imbéciles inventions de
faits qui n'ont jamais existé que dans le délire hallucinatoire
de la mauvaise volonté.

Car on peut provoquer de la graine d'êtres à perpétuité,
mais les êtres ne sont pas sortis d'un grain ni d'un semis volatil,
c'est de la provocation à l'arbitraire.

Car les consciences non plus ne sont pas des grains,
c'est un délire qui va cesser,

les choses viennent d'une musique de tons.

*

La cone qui a dit : Il ne sait pas à quel point il est dieu,
ira au 7me cercle de l'enfer
avec Satan lui-même
puisqu'elle y croit
et qu'elle a contribué à le produire.

Ceci à propos de la râpe opaque, épaisse et lourde, dont le
    totem a remplacé l'état fluidique interne d'où est venu le
    petit nerf.
Comment ressentiras-tu sans fluides de limon ?
Par le totem sphélique.

Ces prêtres ne peuvent pas voir du dedans ce que je fais parce
    que le dedans est ce que je m'ajoute du dehors par la
    peinture de ma volonté.

*

1° [1]
2° le sfon cu le
charbrouffe artichau [2]
trouffe de tartuffe
artichaut de branche,
3° le après la musique,
4° l'ignorance de la manière dont le sperme fut produit puis
    posé
a égalé ce cercueil d'équarrissement
et 5° le comment je fais les choses
qui est par épaisseur
n'est pas
et seulement par cette épaisseur, non par le plan luisant
puis le *rebroussé*
et non rebrassé,

248 ŒUVRES COMPLÈTES D'ANTONIN ARTAUD

6° le même rebroussé rebrassé,
mis en vague,
contrer précessive sur la cuisse,
puis posée par l'instil sur le pied et naissant de l'herbe aducle,
herbe adul khélée,
persil blanc de prunelle papillante à bout d'herbe.

Enfin
la poutre du retournement manqué
de la chose double pliée
que je voulais dire
et que je ne pouvais creuser pour la reprendre au point où
les bonzes s'étaient mis et qui était, disaient-ils, être dans
le ce où teu leu fé et où nous sommes mais où toi zhomme
tu n'es pas.

*

Ce jeune homme qui ne sait rien et ne comprend pas vous
emmerde à cause de toutes les électroniques entourlou-
pettes que vous avez fait faire aux choses avec vos simagrées
de singes sans humanité et il dit que comprendre la ven-
tilation du brin d'herbe sur le versant de terre où il est
juché et penché lui en apprendra toujours plus long sur la
nature de la réalité que toutes les considérations.

Or ce jeune homme ne veut plus de questions,
plus qu'on l'emmerde avec des généralités,
le particulier et jamais plus le général.
J'ai mal aux dents,
ni feu ni tirage.
J'ai un examen à passer,
attendre les tickets d'aliments,
faire la queue,
aller à la soupe communale.
Car ce sont ces petites servitudes qui feront un jour le grand
fracas.

*

Je ne me battrai pas dans le centre-nœuds [1] parce que ce ne
    fut jamais ma formule et que c'est justement ce à quoi les
    êtres ont toujours cherché à me ramener.
Creuser le problème.
Or il est sans fond,
n'étant pas insondable
mais toujours en surface,
l'immédiat de l'homme le plus immédiatement quotidien.

*

Assez avec la pensée et le moi,

assez avec les états de [...]

merde,
il n'y en a pas,
ce sont des arbitrufls.

Je suis passé à Rodez jour et nuit par tous les états
    et seul un imbécile peut encore croire à la haute connaissance
    et à la certitude.

Ce sont des illusions *inhumaines,*
comme le reste.

D'ailleurs les objections du gautama, c'est moi qui les pense,
    avant cette existence j'ai connu par le fond tous les états
        possibles,
    et je les ai connus sur terre, cette fois,
    par la haine, l'impuissance, le mépris et la maladie.

Les états d'outre-tombe sont produits par le chercheur et le
        croyant,
    ils ne sont pas inéluctables.

Plus d'un poète réprouvé, plus d'un ouvrier, plus d'un travailleur [1] en connaît plus, mais il n'y a pas mis la vénération,
la consécration et le snobisme de l'attitude.

Tu n'as pas pensé ; il faut 20 ans d'arrachement et de reti-
rement en soi et dans le soi,

alors on comprend.

C'est là le crime de la contemplation.
On fait venir à soi des états qui n'existent pas
et on les draine alors qu'ils n'étaient pas.
On bloque les forces actives
et on fait naître des forces
qui asphyxieront un jour le simple travailleur.

C'est du dilettantisme,
le dilettantisme de celui qui ne veut pas vraiment mettre la
main à la pâte,
et le vidangeur mérite plus que le cénobite et le rupa,

ensuite c'est spiritualiser ce qui doit demeurer concret,
le crime d'être né,

c'est un moyen facile de supérer le travailleur,

le contemplateur connaît la basilique,
le soulèvement du don, de la donnée et les non-données.

Mieux vaudrait nous offrir un flan cantebrûle [2] ou simplement
du pain.
Mangez donc un bon pilaf, un bon aïoli, une bouillabaisse et
vous n'entendrez plus la critique de Gautama.

Il faut que l'esprit ait eu à faire à de foutus imbéciles, pour ne leur avoir révélé ses secrets qu'au bout de 100 ans de méditation.

*

Je veux ma main [1].

Ne jamais se laisser aller à la fatigue sous prétexte que dieu rétablira les choses.

*

Pas trouvé son axe et son poids de surface.

Le joint du lapé, du bouché.

Je marque par un point le retour de les tous [1] points
        li du di di du point
        et le grave
        du
        (contre-point)
        le le le ka point
        et être —
        non
        points
        oui pipi puisatier
        noré

        lambda
        ditré [2]

*

Je veux me masturber vivant et non pas mort,
ne pas obéir à la nature qui m'appelle et me promet
       rien,

aller de l'avant,
marcher,
brandir,
non, ne pas brandir,
et pas d'attention,
          de shocking,

                  rien,
                  non,
un non qui est inouï,
          perpétué,
          inouï,
          oui,
          non,
          non,
          non,
          non,
          non,
          etc.,
          à voir,
          objectivement,
          réellement.

                              *

Être *enfin* là
devant
son amant,
son père.

                              *

Ni définir
ni caractériser,
se taire
et agir,
toujours
agir.

*

Caterine cu-bas.

Centre breloque du baroque
de la barlote d'imprévu.

*

      rotandon
      ta kilaboulor
      rotaboula
      pitandor

La nature ne répare pas les plaies,
il faut les réparer soi-même à tout instant.

      tra for
      ruru borle
      tra for
      ru ru iba

      très fort
      la rhubarbe
      très fort
      la ruba

Car on ne peut avoir *dans* son corps l'idée d'un autre

      ra tor
      lo bebrarle
      ra tor lo tetren

et ce que je cherchais
du plus près de ma pertinacité de conscience

254 ŒUVRES COMPLÈTES D'ANTONIN ARTAUD

nul ne peut l'avoir eu à ma place mieux que moi
parce que j'y pensais
et pas comme perfectibilité
mais comme accomplissement, et C'EST TOUT [1],
immédiat,
sans creuser,
en poussant.

tre for lo petale

À force de recommencement on arrive au même point par
obstination et non illumination [2].

tanga
lo codena
codena
laga

Une escroquerie,
les hommes n'ont pas voulu de l'idée du christ parce qu'ils la
  trouvaient trop dure,
d'autre part,
les prêtres ont fabriqué une idée qu'ils ont appelée Jésus-
  christ
et qu'ils ont essayé d'imposer à un homme
en lui disant :
Tu es Jésus-christ.
Or cet homme à qui les prêtres ont voulu imposer l'idée de
  Jésus-christ,
c'était purement et simplement moi, Mr Antonin Artaud,
et je me suis battu plus de 3 mille 500 ans avec tous les prêtres
  pour chasser l'idée de Jésus-christ de moi
parce que je la trouvais fausse, arbitraire, conventionnelle,
  absurdement métaphysique,
alors que les idées humaines doivent toutes être physiques.

Pour avoir le droit de vivre il faut être *vivant,*
c'est-à-dire mettre la main à la pâte [3].

Or dieu qui est un être supérieur se lave les mains avec du
    vin consacré au lieu de traiter directement ses hémor-
    roïdes [4] et les nouveau-nés.

Pour les prêtres Jésus-christ est une présence et non un être,
un pur esprit et non un corps,
une entité et non une réalité.

C'est le fait qui se produit
quand les gens offrent leurs cuisses qu'ils ouvrent
et qu'un démon en descend,
sinon s'il en montait
           inversement
non comme une lueur, flueur,
un insecte,
une clarté autre,
xent [5] cuisses,
(sidérale, planitérifale, épanouie).

Ce qui m'a empêché d'écrire
est une insatisfaction malhonnête et cultivée.

Tu n'auras pas le repos,
moi je ne me suis pas encore *décidé* à penser.

      re de steno
      peter
      ri de
      putra

L'idée qui cet après-midi m'a désespéré
de rage très puissante mais inassouvie
est cette idée elle-même illusoire,
produite par poudre aux yeux,

que je ne peux trouver le point de rétablissement,
celui-ci étant bloqué et obturé,
ni croire que je l'ai trouvé et que c'est celui-là quand je frappe
parce que la voie en est obstruée
par où *la nature* serait [6].

Ce ne sont que les idées de ma tête et tous ceux qui les ont
    entendues, c'est qu'ils sont aussi las que moi,
travail ou repos, c'est toujours moi qui INTERVIENS et qui
    suis là [7].

Il faut qu'ils soient bien abrutis pour se sentir en bonne santé.

Des gens avec des pattes d'araignée [8] dans leur sexe ont sou-
    tiré la pensée où Marthe Robert me disait
qu'elle était parvenue au repos,
à la libération d'esprit,
à la liberté de l'esprit,
mais qu'au lieu de s'enrichir, de se remplir,
elle s'était vidée.

Les atomes crochus.

Toutes les idées philosophiques les plus contradictoires ont
    toutes été vraies.

C'est qu'elles ont été vraies par l'affirmation d'un mensonge
    qui a existé mais n'a pas tenu parce qu'il était faux mais
    tout de même s'est imposé un temps à la conscience et l'a
    pendant ce temps épouvantablement martyrisée.

Elles ont imposé une vérité par laquelle l'homme a passé de
    la tête aux pieds et cette vérité était fausse [9].

Travaillant,
il se lève en moi un esprit rebelle,
jamais satisfait

et qui exige ceci ou cela
en me disant :
Toi, tu ne sais pas,
comme le grand Tatagatha.

Cet esprit fore, fouille et crève,
            il taraude,
        moi je *crève*.

Je ne crois pas à une idée qui soit au bout d'un creux,
mais que le forage *est l'idée* sans plus.

*

Écrire à Jean Paulhan,
aller voir Maurice Saillet,
téléphoner à Charles Estienne [1],
téléphoner à Gervais Marchal [2],
retrouver Henri Thomas.

*

Un être donc s'est mis en état de pollution copulation avec
    moi-même,
me prendre par acceptation dans l'état être,
            état principe,
qui là
où il l'a pris
n'était plus principe
                mais fait.
Et ce n'est pas moi qui dis : bon, c'est ainsi, vous m'avez pris.
Or je n'ai pas d'état principe intérieur,
pas d'état intérieur où vive de la conscience,
cet état est *toujours* franchi
et personne n'est là où je suis.

Car je ne suis nulle part en moi.

Je ne connais pas l'état intérieur,
                introspection
                prospection,
non, je suis les plaques et les clous.

Et quel est ce resserrement de conscience
qui a formé vit et chatte
et barre de chatte et de vit.

Ma conscience veut coucher avec moi.

Or je ne suis pas un verre d'alcool plein.

Je n'élimine pas Satan le pédé
pour ne pas éliminer l'histoire *affreuse*, scandaleuse de ma
    sensibilité.

Je serai Artaud Antonin *le possédé*,
salement et cochonnement possédé
jusqu'à l'infini de mon existence,
cela sera mon moi à jamais et me donnera de quoi haïr
    éternellement la chair.

                        *

M. R. est fausse,
Laurence aussi,
2 riens se sont fermés sur 2 êtres,
il y en a d'autres,
il n'y a pas de *matière disponible*,
les êtres doivent créer la leur et non participer à la mienne,
il n'y a pas d'esprit rebelle,
c'est une allégorie pour traduire des êtres affreux et qui vivent
    véritablement.

*

S'il me plaît de me peindre en jeune homme et de n'avoir
    que les réactions du jeune homme j'en suis bien libre,
je suis Artaud,
                50 piges,
de tous âges et tous rangs.

Une arrestation nouvelle
est contre moi préparée
depuis que mes envoûteurs de Paris,
Réaumur-Sébastopol,
rue Caumartin,
parc Monceau,
rue du Mont-Cenis,
parc Montsouris,
Buttes-Chaumont,
Joinville-le-Pont [...]

L'air,
                4 coups,
le corps,
                puis l'air,

ton variable,

mauvais variable.

Le sexe d'Ana en insigne sur son cœur aisselle.

Tête cave,
oiseau bouffi
ou une truffe trourou [1].

Je suis Antonin Artaud,
j'ai inventé une musique,

mes filles du côté des Buttes-Chaumont peut-être avec leurs
soldats l'appliqueront.

Les râpes trouées.

Nono total et non olo tonal [2].

Les machines humoristiques.

Je ne suis pas du tout disposé à laisser vivre qui que ce soit
qui N'ADORE pas ce que je fais.

C'est aux Buttes-Chaumont que j'ai subi un jour une défaite,
sur le point de ne pouvoir me refaire
après m'être dépensé
parce que tout le monde a tiré sur ma nausée.
D'où venait tout ce monde ?
D'un cheptel d'assassinés
qui se sont réveillés
et ont tiré sur la ficelle,
tous les chrétiens exterminés
et qui se sont retrouvés
après l'assassinat des Kmers.

Je ne peux pas penser le clou autrement que comme moi,
Antonin Artaud, je le pense actuellement et la preuve est
que refaisant l'expérience je l'ai dégagé tel que je le voulais [3].

La différence était dans le brillant, le fat, l'alambiqué, le
tarabiscoté, l'ostentatoire [4].

Je frapperai spécialement les chrétiens sexuels,
sincères de cœur,
qui ont commencé depuis un an.

La musique de râpes enflées dans l'escalier de Marthe Robert, les boîtes lilas noir fer chez Anie.

On ne voit pas les choses d'avance,
on ne voit pas à travers les murs, la vision de près suffit.

Ce soir mercredi 3 juillet j'ai été incubé par un pédéraste du côté des Buttes-Chaumont.

Mes 6 filles vivent.

Les Irlandais ont vraiment volé l'héroïne de la grande pharmacie centrale de Paris.

Une armée avance vers moi par les Buttes-Chaumont.

Mon bonheur de la vision est de sentir simplement que je serai *délivré* le jour où tous les [5] visionneurs seront morts.

> tre skilen
> e skilen
> squilire
> re selire
> e skelu
> si rin
>
> trabarkur
> e koula
> kourite
> tra kourite
> e
> koule
> darkur

*

Là cette haute interne ne put plus avoir pitié.

relkam
do kipi
kaperte

racaperte
acafir
cafan

ro copan
da kapi kaperto
re kaperte
et
capi
carpan

Que faudra-t-il encore faire pour démontrer à dieu que je ne
suis plus dans [...]

Vous n'imagi[nez] [...]
Je veux faire une démonstration publique de certains états
mentaux, je la ferai.

J'ai commis ce mati[n] 2 péchés mortels.

1° Il me faudra les faire expier à tout le monde.
2° Il me faudra me le faire expier à moi-même.

Artaud, le nom du gouffre corporel d'où tout est né et où
tout vient se nourrir comme dans un immense garde-manger.

lo bongo
e bingo biter
ba bitere
e bita bengo

Sous l'influence de l'héroïne et la non-défense de l'héroïne
  j'ai aimé le mal
            2 instants,
ce n'est pas cela,
c'est que,
ayant de la drogue en moi,
le mal s'est jeté sur moi pour en tirer une jouissance dans
  mon corps et qu'il a été plus fort que moi
et me fait nouer 2 fois le mal entre mes cuisses.
J'ai accepté 2 fois le mal sous mes cuisses.

Serré par l'intoxication
et pensant, non poussé à bout par le sommeil et [...]
un crime a été accompli contre ma conscience
de vouloir renverser l'ordre de proposition
après l'avoir fait entrer d'abord dans l'ordre de proposition
  qu'elle a toujours fuie
et obligé sa conscience à invoquer de hauts esprits pour la
  sauver au lieu de se sauver elle-même [1].

                    *

Les boîtes violettes,
ciseau,
les boîtes occupatrices des passages cloutés,
la boîte rectale en tige du mollet gau[che],
les coptes,
les popes,
le porte-manteau,
les Buttes-Chaumont,
le père approximatant,
les bonzes arrachés dans la touffe de l'os,
la boîte de merde et d'acide prussique de l'autobus,
tout ce qu'on m'a fait est de cette insulte-là, me foutre la
  main entre les cuisses
au beau milieu
            milieu

de la forêt mentale,
au beau milieu
            milieu
de la forêt,
il s'agit de ma guenille propre
et j'en ferai tout ce que je veux
avec les initiés appelés hommes de dieu.

Assez éperdument et abjectement assez,
une caque d'œufs battus avec de l'eau de riz et des oranges,
    salée, un peu poivrée.

Je retrouverai un après un TOUS les bonzes boudhistes [1] d'Ex-
    trême-Orient.

L'effroyable *gobersion* des Buttes-Chaumont dans le *pollen* de
    mort de ma bourse.

                    *

Je ne suis pas un arbre à sève,
ce n'est pas vrai,
mais une construction perpétuelle
de plus en plus tirée, rentrée, enfoncée,
de plus en plus extériorisée, épaissie sur *l'extériorisé*,
la poutre feuillue.

Les singes du Ramayana qui du fond de la forêt cherchaient
    à me passer le lasso.

Du crac du cul [1],
écartement des orteils à la tête frontale,
point de la colonne vertébrale derrière
j'aurais dû me rendre compte plus vite et plus tôt du grand
    écart.

De sales petits ouistitis dont je ne sens pas à tout instant à
  quel point je les supère.

Il ne faut pas répondre aux êtres sur le plan de l'éternel où
  ils se trouvent tous
mais sur le plan du temporel relatif où ils ne sont jamais
  entrés et dont je suis seul à avoir le secret.
Quel est ce plan ?
Il est de créer de plus en plus sans distinction ni discernement,
enfoncer un clou pour sa musique propre
car les esprits ne sont que des poux empoisonnés qui jettent
  sur les choses une liqueur de doute.

Le salace n'est que le crime de se prélasser dans la partie
  essentielle de l'être
de l'homme haï
quand on n'est qu'une bête,
non pour se servir de sa substance,
mais pour le simple bonheur de la haïr et de la détériorer
  pour la haïr plus en détail et plus précieusement.

Ça ne vous a pas fait plaisir, Anie, cette nuit,
au sortir de la forêt mentale,
sur les berges des stations balnéaires,
des librairies salines.

Pas de question,
des clous en musique.
Qui es-tu, comment es-tu, comment fais-tu
ne sont pas des questions.

*

Le point cochon n'était pas le cochon et qui se trouvait
dans la partie cochonne mais un autre cochonnant dans la
partie cochonne d'un autre endroit, la fesse contre l'entre-
cuisse, par exemple.

*

Ana Corbin à la place de Marthe Robert [1],

non,

Marthe Robert à la place de Marthe Robert.

*

Les plaques de réinstitution du corps,

tapioca,

oiseau,

noir de l'œil,

écartèlement des jambes,
crottes dans la cuisse,
c'est-à-dire construction en musique et rythme, ce qui m'a
    toujours le mieux réussi.

*

La question est une ombelle,
une ombelle la question,

la question est un
                con car
et nul n'y est jamais parvenu,
j'ai toujours été seul sans conscience adjacente,

pas un susurrement
mais toute la mécanique,

et comment
                est-ce possible ?

Ce l'est
par la morale de l'honnêteté,
un point c'est tout.

Ne rien léser,
ne rien léser à personne,
ne rien prendre,
ne rien voler,

foncer sans question,
il ne faut pas un [...]

Le susurrement ne remplacera pas le corps entier.

Et pourquoi le b est-il [1] la dernière lettre de l'alphabet et non
le t ?

*

Moi, Antonin Artaud,
je suis une vieille baderne, un vieux badigeon entoilé
que les uns par *influence*,
les autres par remplacement
essayent de chasser de lui,
1° son expérience de 50 ans,
2° son expérience de 50 000 ans,
3° son expérience de [...]

Ne pas donc trop demander à dieu,
savoir être sobre et réservé
ou ça cass[e] [1].

Celui qui se sent seul devant le gouffre de toutes les choses
au milieu desquelles il devra choisir de savoir si
la vieille brute qu'il est
et ne veut pas de contentement [2]

n'existait pas,
c'est la réserve, la tenue de la feuillée bru[tale] [3].

Je suis Antonin Artaud,
            un corps,
et des imbéciles m'ont dit : Tiens, avant que toi, Antonin
    Artaud, 50 ans, tu n'aies achevé de mourir nous te pétons
    sur la figure.
Car je ne suis pas un homme dans le corps d'Antonin Artaud
    mais Antonin Artaud pas encore enterré.

Car le supporté n'est pas distinct du support,
lequel est éternel infini
et donc ne s'explique jamais
mais il vit,
c'est-à-dire qu'il sera ce rien,
quelque chose ou quelqu'un.
C'est uniquement à moi à le décider.

Les personnalités ne se succèdent pas dans un corps.

C'est ainsi que faibles rebuts ils profitent du moindre mou-
    vement de faiblesse qui ne les a pas écartés pour se croire
    à jamais gîtés.

                        *

Vieux monsieur très entendu, très à la page,
comme sur le banc en face du square sur la roto[nde].

Je ne suis pas le petit jeune homme qui n'y entrave que pouic,
    perdu au milieu des apparences, des illusions, des sensa-
    tions, des perceptions, et à qui on soutire perpétuellement
    son expérience,
l'être est *l'évelopeur* du tout
mais
une question m'était posée

de savoir si le *moi* se contente d'un tronc inerte,
s'il est une douleur, un état animé.

Moi je dis que non,
je réponds que non,
rien n'est rien
et ne répond à l'idée de rien [1].

*

Xoni [1],
la vierge,
dieu, Bethléem,
le christ,
après le refoulement de tous
au fond de mon abîme
me ressortir devant de grandes images.

Les Védas sont de très grands livres mais ils n'ont jamais été réalisés. Ceux qui les écrivirent firent des épures et changements inspirés dans des partouzes avec l'éternité [2].

Dans [1] Eschyle l'homme a mal dans la membrane, il ne s'est
    pas résigné à cesser de se croire dieu,
dans Euripide il barbote dans la membrane, ayant oublié qu'il
    avait été dieu.

Et ils m'ont enlevé de ma douleur et je ne l'ai pas encore
    reconquise et c'est eux, les non-souffrants, qui s'en gobergent
    dans le temps.

                                    *

L'année a ses 4 saisons et l'année humaine, dit-on, a 4 âges :
    enfance, adolescence, maturité, vieillesse,
c'est faux,
ce sont des notions, des perversions d'idées qui ne reposent
    sur aucune espèce de [...]

                                    *

La nausée des uns est la faim de rut des autres, le désir de
    piner, baiser
et outrer le criter
que ceux qui s'y livrent ne montreraient pas
parce que c'est moi qui le leur montrerai,
moi, Antonin Artaud [1],
contre dieu Lucifer Satan.

Des globules succédanés.

Les corps vrais ne s'outre-percent plus.

La porcelaine du dernier tain de douleur électro-choc
sans sédiment
par l'étal pur
hors le dépôt visible et préhensible du corps.

*

Je ne supporte pas l'anatomie humaine [1].
Pourquoi ?
C'est que l'anatomie humaine est fausse physiquement et théâ-
tralement.
Je veux dire que l'homme a depuis trop longtemps oublié la
monstrueuse tragédie d'Érèbe, le chant de ténèbres dont
il est né.

L'être humain fut à l'origine le fruit d'une merveilleuse mélo-
die contradictoire, d'une tragique interposition d'anatomie
entre cette gourmandise du néant et lui.

Car l'anatomie n'est pas le squelette d'un cadre, mais une
exigeante et irascible euphonie. – À laquelle les organes
actuels ne répondent plus que par je ne sais quelle fatidique
insuffisance dont l'anatomie actuelle a depuis toujours nié
le fruit [2].

*

La table d'artichauts.

En tout cas il est faux que les vers de la mort nous lâchent
après nous avoir tout pris,.

ils sont la mort
et il n'y a rien à dépasser.

Tout ce qui les intéresse ce n'est pas le boulot
mais la cone,
la possession de l'être dans son entre-cu,
son jusitant de cu,
comme cette nuit où tous les Français étaient les électriques
    esprits des moines du Thibet, lesquels étaient au fond de
    toute la partie mais ne le disaient pas.

Mon corps entier est un tronc que ses fruits ont forcé à
    changer de sève car il n'y a pas d'état qui soit dieu plus
    qu'un autre,
il y a l'être que je suis, allumé ou éteint, mais c'est lui,
sans trop pousser dans l'origine du principe originel.

Me regrettant, je suis mort et je ne suis plus là.
Non, c'est toujours moi et non un autre et je reviendrai.

L'être c'est le moral,
le moral est un être.

Non l'origine mais la vérité du corps dont le corps humain
    actuel n'est plus qu'une dépouille destituée.

Laisse-moi, que je me satisfasse du malin de [...]

*

Pain,
café,   Scorbut.
beurre,
huile,
opium.

*

La lumière astrale n'existe pas,
celle du Thibet cette nuit était de la frime,

sans usufruit,

il n'y en a pas,

le puceau est celui qui a peur de la colère de la douleur dont
le *zob* est la manifestation excrémentielle infectieuse.

C'est par détachement que le cœur enfle noir et qu'il en sort
le ciseau pendu de la terrible breloque : le zob, ce ciseau à
chaud.

Je protège la bête,
je protège l'être,
je ne protège pas l'esprit qui a pris la bête pour se laisser
aller.

*

Guy Lévis Mano,
Maurice Saillet,
J.-L. Barrault,
Les Cenci [1].

*

J'ai toujours été seul.
Qu'y avait-il ?
Le néant total.

D'où sont sortis les êtres ?
De crépitations radiotoniques qui ont fini par se révolter
contre moi et m'attaquer.

Elles disparaîtront, ne parlant pas mon langage.

> **faijal ai sha kelba**
> **fadzel**
> **fadjel**
> **ai shakelba**

Je ne suis pas toujours forcé de tout dire en langage clair.

Ce qui ne veut pas dire que les lignes en soient obscures,
mais que je les fais nettes sans les regarder.

Qu'on ne me juge plus en fonction du principe,
pas de philosophie,
pas d'école,
pas de langue,
pas de poésie,
rien,
qu'on me laisse chier en paix [1].

*

Je dis strophe [1] comme strophantus.

Grenouille de l'infiniment petit, la poésie, cette recluse du
verbe [2] [...]

Si ce donc, ce *la*, mis là comme une basse [3],
non seulement les êtres,
mais la terre,
non pas la terre [...]

*

C'est [1] moi, Antonin Artaud, l'homme que je suis depuis 50 ans,
qui conquerrai le pouvoir et personne d'autre en moi.

katirstis e tasta ritera
katitera e tata ristis [2]

Je vais pouvoir écrire ce que je pense,
être sûr de penser ce que j'écris
et penser enfin ce dont j'ai besoin
pour écrire [3],
c'est-à-dire pour exister,

dans la peine du *déterreur* de mots qui les maçonne.

Il ne me sera jamais facile d'écrire, de parler ou de penser,
ou d'écrire,
mais quand je le ferai
la parole me fuira
mais ne pourra plus décevoir le mérite que j'aurai de la régenter.

Pas de liberté possible pour écrire [4].

lo kotan
ke tan
koeton
lo koet
e tank
e ton

*

Je suis cette Ana Corbin qui suis morte en 1939 étranglée
par [1] les démons.

Je suis cette Catherine Artaud [2] qui suis morte sur la route
de Rodez sous les envoûtements de la terre entière et qui
suis restée plusieurs jours ou plusieurs semaines inanimée,
puis qui me suis relevée et suis rentrée chez moi après avoir
vécu dans l'au-delà près de papa qui me défendait.

C'est à moi, Prométhée, qu'un vautour [...]
et Ana Corbin et Caterine Artaud vinrent me soulager quand
   j'étais stupéfié de douleur.

L'armoire Rennes [3].

La boîte bouillon.

LE THÉÂTRE ET L'ANATOMIE [1]

Le dernier mot sur l'homme n'est pas dit. Je veux dire que la question se pose de savoir si l'homme continuera à porter son nez au milieu de la figure ou si les deux trous de nez de ce crâne humain qui nous regarde sur les tables de l'éternité ne vont pas en avoir assez de renifler et de morver sans jamais pouvoir sentir ni croire qu'ils contribuent à la marche exotérique de la pensée par deux orteils bien appuyée.

Le théâtre n'a jamais été fait pour nous décrire l'homme et ce qu'il fait, mais pour nous constituer un être d'homme qui puisse nous permettre d'avancer sur la route de vivre sans suppurer et sans puer.

L'homme moderne suppure et pue parce que son anatomie est mauvaise, et le sexe par rapport au cerveau mal placé dans la quadrature des 2 pieds.

Et le théâtre est ce pantin dégingandé, qui musique de troncs par barbes métalliques de barbelés nous maintient en état de guerre contre l'homme qui nous corsetait.

Les monstres théâtraux sont des revendications de squelettes et d'organes que n'atteigne plus la maladie. — Et qui pissent les passions humaines par les orifices de leurs naseaux.

L'homme a très mal dans Eschyle, mais il se croit encore un peu dieu et ne veut pas entrer dans la membrane, et dans Euripide enfin il barbote dans la membrane, oubliant où et quand il fut dieu.

Or je sens maintenant se rabattre un volet, tourner un pan

pulmonaire de la muraille ; et bien sûr cela va très bien ; et je ne sens plus qu'un vieux fulminate qui pourrait encore avoir envie de protester.

Ce fulminate s'appelle théâtre : théâtre le lieu où l'on s'en donne à cœur joie, quoique rien de ce qu'on peut voir au théâtre ne rappelle plus le cœur ni la joie.

Et c'est ici que me revient mon délire, mon délire de revendicateur-né.

Car depuis 1918 qui, et ce n'était pas au théâtre, a-t-il jeté son coup de sonde « dans tous les bas-fonds du hasard et de la chance », sinon Hitler l'impur moldo-valaque de la race des singes innés.

Qui s'est montré sur la scène avec son ventre de tomates rouges, frotté d'ordures comme d'un persil d'ail, qui à coups de scieries rotatives a foré dans l'anatomie humaine.

Parce que la place lui en était laissée sur toutes les scènes d'un théâtre mort-né.

Qui déclarant le théâtre de la cruauté utopique est allé se faire scier les vertèbres dans les mises en scène des barbelés.

yion tan nornan
na sarapido
ya yar sapido
ara pido

J'avais parlé de cruautés réelles sur le plan du diapason,
   j'avais parlé de cruautés manuelles sur le plan de l'attitude action,
   j'avais parlé de guerre moléculaire [2] d'atomes, chevaux de frise sur tous les fronts, je veux dire gouttes de sueur sur le front,
   j'ai été mis en asile d'aliénés.
   À quand maintenant la nouvelle guerre sordide, pour deux sous de papier d'étrons, contre la transpiration des mamelles qui ne cessent de corroder mon front.

Antonin Artaud.

Mâle [1] et femelle,
ni mâle ni femelle,
absolu,
père-mère insexué,
le venu du temps,
pas comme moi
qui veut son immutabilité,
son immuabilité mutable de principe.

Mon corps adhère immédiatement, il [2] n'adhère pas, il marche,
alors qu'est-ce qui n'adhère pas ?
La séparation entre un être et moi.
Je suis absolument séparé,
personne ne me prend rien,
je ne prends rien,
je suis le sans courant,
la volonté est libre.

*

ya embar
ta embar
eruna
ya neruna
e nerun una

Avoir donc porté le sexe toute sa vie
pour que ce sexe n'ait jamais servi
et que l'être qui le portait meure,
alors, mort, en rentrant sur moi il me frappe de tous les côtés
     avec son zob
et moi aussi.

Non
que tout m'enfonce, je m'enfonce enfin tout comme de la
     viande,
n'en reste que ce qui m'aura vraiment aimé.

>   tau ouzens
>   e talu deskira
>   tau eskira
>   e ke kef spira

Hors de ce que tout le monde voit j'entends et je vois tout
     ce que pense et veut la conscience générale, non dans le
     dehors spatial des choses, mais ailleurs, de l'autre côté,

>   bo engar
>   o engar engura
>   o bengura
>   or tort agura

>   yo engar
>   e enjar
>   ekoufa
>   o ekoufa
>   e kaka fera

ce n'est pas J.-C. qui m'arrête dans ma pitié, c'est le souvenir
     de ce que j'ai subi,
un quart de *jugeote* près consciente [1],
c'est *moi*,

elle me vient de mon être
car à mon moi *réel* le pardon est toujours mélangé,
à moi à me discriminer.

Assez avec les irrédimés,
encore avec l'irrémission du mal,
allez-y franc jeu et tentez dieu.

Car pourquoi en définitive vit-on ?
Pour que le mal soit un être,
pour que le néant entre en vie,
pour que le pet du cu devienne le ca du pé
et résolve une antinomie,
on s'en fou[t] [2] de résoudre les antinomies,
pour s'enliser dans l'intelle ficelle
d'où il ne fallait pas tomber
car on ne vit pas.
Je suis le sans question
qui grandis ma joie d'exister,
le sublime est le sublime en soi et il n'en sort pas, on meurt
    quand on ne veut que se tenir à ce degré, on vit dans les
    grands.

On vit pour conquérir du bonheur sur le néant car il s'épuise
    si on ne travaille pas, donc on vit pour maintenir et créer
    un état sans lequel on souffrirait la mort, la décomposition
    sans décomposé,
la haine, l'irréductibilité,
ne vouloir rien être du tout,
moi je suis cela de ne vouloir rien être et de ne pas vouloir
    qu'une question me parvienne,
je suis hors position,
on vit pour épaissir son corps avec du cu et de la merde et
    que ce soit honorable et beau.

**olebruc e curvicule
curvicule tarda**

282 ŒUVRES COMPLÈTES D'ANTONIN ARTAUD

Quand j'ai une idée tu vas à celle qui [...]
et tu l'affirmes à ma place.

Le seul problème pour moi est de savoir comment mon corps
qui est tout moi vaudra la peine d'être conquis pour mériter.
C'est qu'il n'est pas conquis et ne résiste jamais, donc ne
mérite rien.
Le corps ce sont les êtres chassés.

On vit pour imposer à son corps le pli de gagner de toujours
exister quand on n'avait jamais existé
et quand on a toujours existé on vit pour fomenter et maintenir la mort – pour prolonger la mort.

Je n'ai jamais commencé,
toujours progressé.

*

a la cambo
acambo
a ca mama
a la ca mama
a ca ma ma
acambo

Il se détourne, penche la tête, crache,
abandonne le grand style solennel d'éternité
pour un style *entièrement actualisé.*

ra te cra
de ra de me de
ra de me de
ra cra cra

ra limber
e limber
lerule
ra lerule
e cetra
furah

*

Vous [1] n'avez eu vos bons sentiments que sur le dos de votre ancien crime, ils ne vous profiteront pas.

*

C'est un très grand honneur que de ne pas connaître la solution de tels grands problèmes dont la solution ne peut jamais être la même chaque fois qu'on en revient à y penser.
Et il faut chaque fois la décapiter,
lui froncer une hémorroïde.

Le train électrique de Saint-Germain-en-Laye [1] me guérira toujours du désir de la boniche et son infidélité à elle de *son* amour pour moi.

*

On pète,
aliénés,
avez-vous senti le p du fa [1].

*

ruladel
e (kala) eptura
a leptura
a pepta liru

Ce n'est pas l'esprit (Lucifer)
qui apprend à ça, la mère-père,
       le corps
       et [1] *l'homme,*
pour être [2] homme pissé péter,
       chier d'abord,
c'est ça qui *décourage* l'esprit d'exister
car ça ne se fait jamais de la même manière,
est-ce le besoin ou la volonté ?
Non, c'est la volonté
et non la nécessité.

            le alendi i lendi
            ne tera
            e netera
            el leta
            leli

Pisser [3], chier, péter,
chier, pisser, péter *d'abord,* manger *après,*

plus que de chier, pisser, péter et manger
j'aime *me sacrifier*

            ca lepta re lepta
            lechira
            re lechira
            e lechir litra
            lurir
            ra tri ora

            trimassum abera
            ra debere lag laj
            e pepma sutra

            ro lerzi che ghenlor
            retruri

re letrura
el lun kpto
suke be ben
e bɐr
re beniza

1° pour quelque chose qui en vaille la peine.
Il n'y a rien.
2° Alors pour moi,
j'en vaux toute la peine exclusivement.
J'ai voulu me transcender sans cesse, jusqu'au bout et sur tous
    les points,
pour arriver à quoi,
non d'être roi bien sûr
sur tout [4] ce qui peut être
et comme êtres
et comme objets,
              arbres,
              fleurs,
car c'est un fait.
3° Mais *donner l'envie à des êtres d'en faire autant*
et à ne *rien* désirer d'autre que cela.

Je ne me suis pas sauvé par la pureté de mes sentiments mais
    par la force, mais ma *volonté* de détachement CALCULÉE
    me l'a donnée.

Il faut que tout, même le mal, me grandisse,
mais il faut que le *repos* me grandisse au moins autant que le
    travail et que le mal
par le reploiement de l'externe volet,
qu'est-ce que c'est ?
Mon corps sur mon corps même mieux appliqué,
sans comprendre ni décomposer,
en souffrant.
L'esprit est un être qui si perdu soit-il sait encore dire l'heure
    qu'il est

286   ŒUVRES COMPLÈTES D'ANTONIN ARTAUD

et il est fort quand on est faible
mais *bien* faible dès qu'on est si peu fort que ce soit.

**you derer
a be be
be bimbe
re be bimbe
a beinba
bila**

Faire participer les êtres à mes préméditations ce n'est pas
les faire participer à mes concerts vrais
quand *j'entre* dans un sentiment
comme rue André-des-Arts
où j'ai changé de défroque non selon la prédestination vision-
née et réglée mais dans le temps [5].

*

Clou sempiternel,
rabbin,

americus, américains,

dentelle Yvonne [1] et les 2 autres,

la ville atlan,

Marthe [2],
la muraille hérissée,

petite mécanique,

petite bande,

les épaissis,
les bordurés,

rouges,
verts, blancs,

le crachoir russe,

l'arbre Yvonne [3].

*

Je n'ai pas dit :
décidément ton monde, dieu, est trop injuste,
j'ai pensé : de fausses idées sur la justice me reviennent d'un
    fond un temps faussé de moi
que dans la jeunesse de ce corps-ci j'avais prises ou vraies,
2° sur la chasteté,
je ne puis supporter la chair parce que je ne suis pas fait, en
    elle-même elle est *bonne,*
dans ces conditions il est urgent de se livrer à la sexualité.
J'avais oublié ce timbre de mauvaise volonté fielleuse des
    catholiques de Chartres.

Ne pas oublier la règle hors du bluff et du bidon,
hier soir le prêtre de Chartres,
paralysie, méningite, encéphalo-léthargite,
et le de celui de la langue du saint-esprit le dorsale.

*

Et vous, lamas, êtes tous des anges chrétiens,
l'insolite c'est ma douleur,
quant à la [   ] de la volonté qui cherche sa position
    en soi-même
par rapport à la possibilité,
c'est une erreur,
la volonté ne cherche jamais,
elle affirme,
toute couleur et toute forme est dominée par le fait,

l'action de moi faisant,
ça suffit,
pour les insectes femelles qui m'ont envahi le cu,
les êtres ça ne sort jamais
après avoir fait toujours semblant,

les hommes ça sort de moi
après brouillade.

Moi, Antonin Artaud,
je suis seul,
sans autre en moi,
          ni esprit,
          être
          ou
          homme,
nul ne monte avec moi,
ne mène avec moi.
J'ai dit *ironiquement* [1] :
Tu mèneras avec moi et monteras,
cela veut dire : Tu es la fonte d'enfer où je marche et même
    pas.

Les murailles coupantes du ploc font scie,
mais bloc a relevé la tête sous la poudre de la sanie.

Y aura-t-il être ?
Non,
mais maladie.

Avec moi
pas de vision,
pas de clairvoyance,

pas de prévoyance,
pas d'*élévation* en esprit.

> **codecos badachos**
> **cocose achos**
> **decos aduze**
> **cosi adapos**
> **codecos badachos**
> **cocos ados**
> **cosi adachos** [2]

Avec moi pas de dialectif,
d'explicitation,
de discursion,
de dévelopation,

plus de raisons.

La barbe de pierreries,
le [3] vieux entre dans le grand mannequin et joue le rôle du
     mannequin d'osier,
               chut,
la femme se peigne, le jeune homme pleure le mannequin,

caricature intégrale de l'initié vrai
qui mire, bat des paupières,
ajuste de l'œil,
toise l'infini,
sait,
sûr de soi,

la cherche, la regarde faire, puis lui réclame la ponction.

On amène la femme. Ce n'est pas celle qui se peignait mais
     une autre que l'on va ponctionner et tisonner.

Le vieux laisse faire un temps, puis proteste : Tout ça ce n'est
   pas de l'Euripide à la fin.
La femme tousse :
Oui, je suis de l'Artaud et j'en ai assez de voir martyriser ma
   matière, je veux baiser et puis c'est tout et voilà tout,
je veux baiser.
Le prêtre fait signe que ça peut se faire mais que ça ne se dit
   pas et qu'il faut le rite.
Le père : Il faut le rite, alors je n'ai plus besoin de la tragédie [4].

Alors je quitte la tragédie.

Le prêtre : Et après tout vous n'êtes pas mariés, lui et elle.

La femme : Ah mais non, ça non par exemple, ça vous ne le
   direz pas.

Elle fait mine de sortir, 2 machinistes lui barrent le passage.

Elle, comme piquée par un aspic : Quoi ?

Le prêtre : Artaud, votre sale mort et vous n'avez jamais été
   mariés.

Elle : Et après ?

Le prêtre : Oui, mais ça ne se fait pas comme ça, il faut entrer
   et puis plier.

Elle lui tourne le dos et se précipite vers la sortie, 2 machinistes
   lui barrent l'entrée.

Un machiniste :
Vous êtes *née*,
fallait pas naître.
Quand on est né on ne quitte plus la tragédie.

Les 5 000 cardeuses vertes, sang et charbon,
dos métro,
rate et dos Saint-Germain.

Je n'ai jamais consenti à aucun mélange.
Je ne suis pour rien dans ce monde-ci.

J'en suis resté à avant cette création.
Je n'y fus qu'une force récalcitrante d'homme.
Maintenant je vais la faire intégralement *sauter*.

Je ne me suis absolument jamais résigné à aucune collaboration.

J'ai supporté cet homme et cette création sans avoir fait un
geste pour les faire
en faisant toujours tout pour les défaire et les *empêcher*.

Je n'ai eu avec moi que 5 ou 6 femmes,
4 à 5 soldats,
5 à 6 parias,
hommes ou enfants.

*

Le goût de la nourriture par-dessus le supplice du sang,

les gris-gris illogistiques,

pas de cerveau,

Cuisse,
zob,
plan,
bitre, clou,
vis [1].

pas de moelles,

pas d'estomac,

pas d'intestins,

la digestion osseuse,

le cœur de fer,

le corps sans profondeur,

bouché,

sans perspective,

ventre de bois,

à crocs,

cuisses de plomb,

tout en fer,
parce que de bois réussi,
non en acier,
en fer rouillé.

L'inerte absolu,
l'épouvantable inerte,
sans discours,
de plus en plus inerte,
le chant en est et le veut,

qui est-ce ?
L'homme entier,
silencieux.

Ne l'interrogez pas, il inertise à mort.

C'est toi, Rabbin, qui t'es précipité à *entendre* une chose que
    je n'avais pas dite que si mes idées se forment en jeune
    homme en moi, en toi elles se forment en cu de vache.

Les chants de détachement du Cyrnos [2].

*

Jusqu'à ce qu'aucun fluide ne monte plus,
ne pas toucher aux pets et les dégager.

J'ai donc l'idée de ce plan surface
qui n'y touchant pas vit
en y touchant plus
que par le désir et l'appétit[t]
en aveugle et sans sons.

> **alors ar daur**
> **et**
> **che er wocs**
> **che en vou et**
> **a vou a vige**
> **a kau viza**
> **va ksi vocs**

*

Nous t'avons là, m'ont dit les êtres, pour nous donner ce qu'il
    nous faut au prix de ta propre vie
et tu t'y plieras, il faut s'y plier.
Tu ne nous quitteras plus jamais,

d'ailleurs tu n'as jamais été toi-même jusqu'ici et tu n'as été
nulle part Artaud, c'est toujours nous qui avons tout mené.
Ta conscience, ta pensée, ta vie, ton âme, ton être, et ton
corps, oui, même ton corps c'est nous.
Quant à ta personnalité, elle est malade, vois-tu, très malade,
tu ferais mieux de nous l'abandonner.

Il [1] faut faire le cu et le faire bien,

mais pas celui-ci qui est de la mauviette,
un autre.

Je veux le cu qui haïsse et me rabaisse,

or ce n'est pas celui d'une femme mais le mien.

*

Pas [1] de délire de fou en effet qui ne m'ait paru capable de
    relever la réalité
si celle-ci n'était sortie de son lit, de son foutre, de ses messes,
    de ses ablutions, de ses bénédictions, de son Jourdain et de
    son Gange, de sa dialectique et de ses tripots, de son
    marxisme,
était capable de sortir d'elle-même et de vomir sa société [2].

*

Tel que je me souviens de ce que j'ai toujours été, c'est moi
    qui déteste la chair.

C'est par ce moyen que je salis tout le monde et par moi car je sais n'y pas prendre le mal.

Le courage n'est pas de *voir* la vérité en face avec son intellect mais de se tenir corporellement dans une ligne équitable.

Quand on voit ton esprit si faible et si naïf,
il est faible, naïf, infantile, gâteux, épais, profond, tour à tour,
je ne vis aucune de ces choses, mais toutes celles-là.

*

Pas [1] de délire dont on ne puisse retrouver le fil non pas logique, mais patent, authentique, et en définitive *solennel* parce que véritablement extra-voyant [2].

Si tu étais toi-même assez grand, assez instruit de la vie, qui ne va pas avec la science, je dis la science de la vie, donc assez grand pour t'en donner la peine dans le fleuve de l'extra-voyant, le fil pérennel [3] par concassement d'une éternité sombre,

mais qui a voulu monter dans l'ombre beaucoup plus outre que son simple chapeau [4],

le crâne de son double cerveau,

ô médecin-chef d'un ani *mau*.

Et j'ai encore une chose à te dire, psychiatre de mon scorbut, du scorbut de l'internement, et j'en ai les gencives creuses et la bouche archi-lézardée.

*

La matière n'est pas éternelle,
rien n'est éternel,
tout passe.

C'est mon être que ce soit ainsi
et de pouvoir s'adresser à ce qui n'est pas éternel pour en
    tirer quelque chose,

l'élémentaire ne se pense pas,
il *n'est pas* [1].

Le que aller au principe spirimenteux de la cohérence n'est
qu'une idée à retrousser,

et mieux vaut *construire* que réfléchir,

l'opium dans le scorbut apporte une volonté successive qui
agit par téti-férence du succédant
contre qui il eut la délice maligne, la matoise délicatesse de
stupre de succuber comme [2] chaussure à son pied

> **cu de merde a**
> **te mère la dieu**
> **un dieu de**
> **ta cone**
> **à dieu**
>
> **croa to ra to bumba**
> **o tui**
> **cui to ro tu**
> **bun bumba**

et l'enfoirage s'est-il enfanté comme on enfourne son enfan
dé.

L'opium est le fait que je puisse tirer de moi une matière
VISIBLE et PALPABLE pour communiquer la vie par un
CORPS compact et dimensionnel, non par graines [3].

LETTRE AUX RECTEURS
DES UNIVERSITÉS EUROPÉENNES [1]

Les enfants savent quelque chose jusqu'au jour où on les envoie à l'école.

À partir du jour où ils ont été mis entre les mains d'un professeur ils oublient.

Les écoles sont un fascisme de la conscience, cette vieille dictature encroûtée de la pute du pédagogue inné [2].

L'enfant de six ans qui entre pour la 1re fois dans une école aurait beaucoup à apprendre à son maître présupposé si celui-ci savait avoir la sagesse et l'honnêteté de croire qu'il y a [à] apprendre quelque chose de la conscience d'un nouveau-né [3].

Mais quel est le maître d'école qui aura le bon esprit de mettre un jour la clef sur la porte et d'aller lui-même se mettre à l'école des futures nativités.

Le malheur, ô messieurs les recteurs des Universités Européennes, est qu'il n'y aura plus de nativité

parce qu'à force de tirer sur la bobinette [...]

et ce n'est pas à l'école de la naissance que je voudrais vous mettre, moi, recteurs,

car le moment pour la science imbécile que vous représentez n'est plus de naître mais de mourir.

Nul [1] automatisme n'a jamais mené les choses et pas plus le
    vôtre que celui de dieu,
mon corps est un tout indiscursif
qui n'hésite jamais à aller à l'effort le plus méritoire et à sa
    douleur,
il n'y a ni esprit, ni force, ni faculté.

Il n'y a que des êtres dans la vie, nommés ou réprouvés, c'est
    tout.

Ce sont les *doubles* qui se sont installés esprits parce que c'était
    tout ce qui leur restait,
c'est ce qu'on a appelé des anges,
les tronchés de *fait*.

L'en-retrait à propos du fond baptismal
est que je peux *toujours* donner une force de plus pour anéan-
    tir
                    le con–certau.

J'ai 8 armées.

Crois en cela
que je te lie.

Je rama sa corde et la brûle en lui,
il dit que je ne suis pas intelligent
car mon esprit à moi est allé à une solution meilleure que de
    brûler la corde,
mais fatigué par sa pompe ventouse
je n'ai pas pu suivre mon esprit et il y est allé et a choisi ma
    première solution,
m'a caché qu'il me l'avait volée afin de s'offrir le luxe de me
    dire : Tu n'es pas intelligent.

Or je n'ai pas d'esprit, n'ayant pas de cerveau.

La vieille peau de con aux lèvres de ragoût pourri [2] qui vient
    me dire : Tu n'as pas besoin de discuter avec moi et je m'en
    vais,
comme si elle me l'apprenait,
alors que je l'ai 500 fois constaté et que ça recommence tou-
    jours,
ne me suffit pas
car c'est encore une idée qui m'est revenue
et pourquoi a-t-elle été encore mimée par une ignoble carne
    spontanée [3] ?
Parce qu'elle n'est pas spontanée et que pour *être* il faut l'avoir
    prémédité en CRIME calculé très à l'avance, voulu de fait
    pendant très longtemps.

La fatigue n'est pas la conséquence d'un effort,
elle est la conséquence d'une usure criminelle cherchée,
criminellement cherchée,

avoir voulu me *fatiguer*,
m'empêcher de trouver de nouvelles forces,
m'empêcher de me manifester.

Je suis une intelligence qui n'a jamais eu à faire qu'à des cons,
un idiot qui n'a jamais eu à faire qu'à des prétentions à être.

Qui peut le moins me comprendre que
1° ceux [4] qui ne croient qu'au pur néant,
2° ceux qui ne croient qu'à la pure existence,
qui ne peuvent authentiquement penser être sans penser état
   non-être,
absence d'état,
et qui n'ont jamais l'idée de l'homme.

Un corps parfait, invisible,
dimensionnel, sans mesure,
repoussait l'appréciation.

Les esprits pour me fatiguer se sont faits à la mesure de
   l'infiniment petit,
au-dessous de ma dimension,
pour me faire
les êtres se sont faits plus grands,
chrétiens plus petits,
lamas brontosaures.

Quand ça me *fatigue* c'est que je n'aurais pas dû suivre la
   discussion mais FAIRE ce que je crois,

des êtres arrivés à avoir un corps *mérité*,
quelle taille atteindra-t-il ?

Le sans-désir,
le non-désir,
les tuer dans l'œuf tous les deux,

le corps naît et il se défend *contre* ce désir et le néant.

La discussion est archi-close sans moi,
si j'entends une voix ou vois un être il faut
1° le tuer,
2° le martyriser,

3° le faire captif,
4° le châtrer vivant,
5° le conserver,
6° gagner un plan plus haut.

J'ai [1] passé 10 ans avec des aliénés, non comme le médecin amateur qui flûte une heure par jour avec la folie à l'heure de la visite, mais comme un authentique aliéné.

Repoussé de la conscience par elle-même et réprouvé.

Car ni l'âme, ni l'esprit, ni l'être, ni la conscience, ni le moi, ni l'homme n'ont jamais voulu de moi.

Ce sont des mots qui se sont toujours pris pour des choses, mais les choses qu'ils représentent, et à qui ils ne correspondent pas,

mais qu'ils contrindiquent,

m'ont toujours résisté, à moi.

Ainsi donc, que les aliénistes se rassurent, je suis fou même pour la folie.

Car la conscience m'a toujours résisté, dans chacun de ses moindres plis.

Il en reste que j'ai vécu nuit et jour et du matin au soir avec des fous,

mangé notre soupe de rave aux choux [2],

chié comme eux dans leurs propres latrines,

dormi dans de vastes dortoirs de fous,

râlé, craché et respiré chaque nuit dans l'odeur de leurs pets,

car il n'y a rien comme des aliénés pour péter [3],

j'ai entendu les sorciers du peyotl péter mais je dois dire que dans ce domaine ils n'en savent pas aussi long que le dernier des aliénés.

Il y a une science des gaz méphitiques, communément appelés des pets.

Et sur cette science une conscience est basée, je veux dire qu'elle en est née.

Le gaz méphitique est un esprit, que de très fins initiés cultivent, et c'est l'un des moyens *appris* par lesquels il est fait le plus de mal à la vie.

Les aliénés n'en savent rien, mais il est en eux de très hauts (très parfaits [4]) esprits qui se servent de leur démence,
   mais quel est le psychiatre qui l'a compris [5] ?

Et j'ai vu que les délires des fous contiennent plus de vérité que le vit de pine érotique du médecin qui prétend à les en guérir. Pas de psychiatre qui n'ait, lui surtout, eu [6] une tare grave, et qu'il aurait fallu, celle-là, soigner car en face de moi, interné arbitraire, c'est le psychiatre qui est anti-social.

Car on appelle société cette cone d'esprit, ce consentement anonyme à la Cone Kone de xoni [7] en grec la poussière,
   dépositoire des poux tombants,
   amas tombé,
   poussière amas tombe de sottise, roulure de l'aplati de bêtise,
   avachié du le bas [8] d'étiage niveau auquel la masse de conscience adhère.

La société est cette cone d'esprit qui a consenti de tout temps à être vile parce qu'elle était bien dans son vit, et après avoir vécu dix ans nuit et jour avec les fous, ayant parmi eux vécu avec mon délire et ma folie qui consistait à trouver ce monde stupide, et à penser que je peux quelque chose pour le réformer, par ma folie, mes écrits, mon théâtre et le souffle de ma personnelle magie, après avoir vécu, dis-je, dix ans parmi les fous et dans leurs pets, leurs rots, leurs délires, leurs toux, leurs [9] morves, et les chiées au milieu du communal baquet, je peux dire qu'aucun aliéné ne m'a paru délirer, et que j'ai toujours au fond de tout réputé délire retrouvé le fil de la vérité, inhabituelle peut-être mais très recevable, que le fou réputé cherchait.

La tête en transparence lilas dans ma bourse,

les pigmentations cutanées en myriades de poux de la bourse,

les petits œufs blancs à pattes de ce matin dimanche,

l'attouchement dans mes couilles des armées du trône bleu de
   Satan,

les prétentieuses esquilles qui me narguaient tête à tête en
   me serrant en même temps la tête par derrière et par-
   dessus,

les innombrables qui de l'extérieur et par en haut pesaient
   sur ma sexualité,

en *entrant* leur sexe dans le mien,

en entrant leur sexe dans le mien [1],

et les prêtres qui faisaient messie en moi pour me tenir,
ceux du tour de queue avec l'orteil contre ma sexualité,
lamas,
prêtres,

les prêtres
1° du désir allumettes,
2° du viol baveux jaune de Nanaqui [2] en MORTS,
toute la clique Nalpas, Salem, Vian [3],

les laïques de l'appuie-queue avec le pied,
la rotonde des soufis qui se portaient et çà et là,
les coptes, les popes, le Louvre, Meudon, Mâcon, Lyon, la
    Savoie,

la circumvention générale de tout instant,

la tête vissée de Satan 2 et plusieurs fois,

les je te le fais
et ce n'est pas toi qui
et tu n'es plus très bien toi
et je te remplace,
                etc., etc.,
faits par *tout* le monde plus ou moins,
plus les meneurs opérateurs millions,

les : tu ne le sais pas, pendant que violé, cacadé, esbrouffé,
    escamoté,

les infantilisations avec et par usure et appui de la queue dans
    le cerveau,

la part du Fuji-Yama est qu'un courant a détourné les choses
    sous l'influence d'un esprit qui s'est découvert être un être
    et n'a plus voulu changer d'attitude,
d'où était-il sorti ?
De la peur.

Chiote [1] particulière de douleur et de curélévation,
langage additionnel sans problèmes qui ne répond jamais à
   rien,
poutres simples, poutres doubles,
gains persistants,
ligne identique,
idéal corporel constant,
pas d'anatomie,
pas de physiologie,
pas de psychologie,
pas de physique,
pas de loi cosmique,
des gris-gris.

*

Je suis la terre et de la terre
et *enterré* c'est moi qui momifie les choses [1] et non elles qui
   me momifient.

Je n'aime ni l'air ni la lumière
mais la nuit infernale de mon cu
        et de tout cu
car je suis le volumineux assassin,
le fond de mon être c'est le volume de mon corps,

l'esprit n'est ja
notion de l'infinitésimal
n'est qu'une pisse conventionnelle du volume d'où elle est
   tombée.

Je suis un corps – qui ne meurt jamais, n'entre pas dans le
   néant et ne tombe jamais en poussière.

Pas d'état édénique,
un *état fond*
d'où il faut faire tomber le cerveau
qui s'y accroche,

il est croissant impénétrable,
je ne connais pas la chute,
c'est le monde qui est tombé et non moi,
2° il n'était pas là et ne s'est formé que pour obstruer ma
   montée
en haine de ce que je suis,
          moi, Antonin Artaud.

Vouloir que tout se fasse
par le désintéressement du totem
saltilleux li de liquilleux,

état foncier, arrière,
hors raison et application,
ne valant que par lui-même,
il n'y a jamais d'application,
je suis le ne jamais tenté.

La tentation monte quand je l'appelle,
quant à l'état introspectif [2],
il faut pécher pour punir l'orgueil de se connaître et de tenir
   par la seule volonté
car c'est moi qui l'ai, la pense, et la fais,

en cherchant la tentation ce n'est pas la perception d'un état
    ou d'une idée,
              une notion,
pour la mépriser il faut la vaincre,

se branler pour punir les esprits d'orgueil,

c'est l'esprit d'orgueil chaste et vierge qui a fait le mal et
    Satan.

Si tu fais cela [3] la mère te prend.
Comment est-on quand on ne fait pas cela ?
On est un pitre et un con.
Copuler avec sa matière.
Tu ne sais jamais ce que tu as.
Le schisme en dieu est venu de cette idée de garde-manger
détachée du point où je me suis senti comme non tournant
    mais incompréhensible sauf à moi-même.

Le vierge c'est de ne pas toucher au cu en pinant
et de monter le cu pour piner des stella cus [4].

                              *

Il est plus intelligent mais il ne sait pas ça.
Oui, je sais que les choses sont de la poésie pure [1]
et qu'il ne faut pas avoir peur de s'exposer à souffrir et à
    risquer la douleur
pour en mériter un objet [2]
              fabuleux,
              entier,
              sans loi,
              contracté,
machine créée par moi de
la machine du sorbet russe,

non la liberté
mais l'exigence de l'infiniment libérale [3] à être plus libéré
   chaque fois
par la servitude opaque
du de plus en plus irrité.

L'être n'est pas une affaire de conscience ou de savoir
mais de vouloir,

non sur la matière, elle n'existe pas, ni sur l'esprit,
mais les grands sentiments,

mais sur l'amour équilibré, enragé,
sans réfléchir [4] à ce qui le fait,
mais en retrouvant toujours la 37me position des blocs,
l'intelligence n'étant qu'insatisfaction de caca à combler.

> **e ara khira**
> **perpetre**
>
> **valte naif**
> **fa zisk**
> **gaishish**
> **or bele**
> **a kabale**
>
> **valta**
> **narif**
> **fazile**
> **o zile**
> **o kaberta**

La liberté est une prison d'où je me suis toujours évadé dans
   le silence vrai de la tombe,
silence du tombeau parfait,
ne rien entendre et ne rien voir jamais.

mec bazar
ta tre fabule
a er fabule
fabuli

no ne tamber
kenor mikule
enormikule
kabuli

o o famber kearisule
a arisula capulé [5]

L'intelligence c'est la douleur qui cherche sa place honnête,
celle la plus exposée et déterminée.

On ne peut pas voir ce qui se passe dans ma conscience et le
    précéder,
cherchant mes signes, je souffre,
et ce qui fait souffrir n'est pas un être
et là où je souffre les êtres ne me suivent pas.

Je sais tout à tout instant car la question ne se pose jamais,

si elle se pose il faut tuer,

de savoir ce qui ne va pas
mais de trouver une chose qui aille
hors absolument proposition,
la rigolade du
oh comme je te prendrai avec moi,
sur moi dormant par des [...]

L'intelligence a voulu être vue pour être crue

car l'être douloureux du corps
a été amené vers l'esprit afin de perdre ses données,

comment faire l'esprit réguli
pour trouver l'éternel gri-gri,

par l'imperfection acceptée,
sentir juste,
vouloir juste,
ne jamais trouver absolument juste,
pourquoi ?

Parce que l'être n'est jamais né
et qu'il faut toujours le faire naître.

Je ne suis jamais né mais c'est l'être qui ne l'a pas voulu car
   j'aurais pu être toujours là et il m'en a toujours retenu.

Or ce n'est pas vrai et tout est possible mais foutez-moi le
   camp [6].

> **le schisme de**
> **Yoni** [7]
> **ina**
> **dandi**
> **dine**
> **titra**
> **mutra**
>
> **olef kala**
> **salima**
> **ollef kali toltrema**
> **oltema telmatri**

Couper en son âme pour en tirer un enfant,
le sexe en est l'image ultra-adorée.

Je n'ai jamais eu de scission avec une partie de moi,
ce que j'écarte va à l'honneur,
le n à l'enfer déshonoré.

Je ne suis pas entre l'être et moi,
l'être à vaincre et moi,
je suis un bloc
   ignorant,
   irascible,
    de bonne volonté
et qui n'apprend jamais rien sur soi-même
mais qui crée sans arrêt,

ennemi-né de la raison pure
je refuse de m'expliquer, de raisonner ou de critiquer,

la raison est une perversité,
invention de châtré,
et la dialectique son fumier,
    dieu,

dieu à l'origine fut marxiste,
il s'appela Lucifer 1er contre lequel son fils Lucifer archange
 s'est révolté,

or ce n'était pas un archange
mais un inepte sommier percé
que son père ne put pas carder
car on ne carde que les matelas-nés [8].

     *

Or tous ces gens n'étaient ni prêtres ni saints, encore moins
 anges ou divins, et ce n'étaient pas des ouvriers mais des
 flics d'un guépéou invétéré.
Je veux dire des scientifiques,
de scientifiques relents plâtrés.
Car ce n'est pas par la religion mais par la science que le
 cafouillis a commencé

et qu'est la science ?
Un plâtras cagué,
un calcaire de rhinite innée,
un rhume de couille avec la raie au milieu,
un fil qui n'aurait pas dû exister et que je ne sais quel rhume
    a filé [1],
râpé, râlé et distillé,
une étrange grippe dans le sexe entier,
la peste enfin,
la perte
où j'enlève
ce qui me mangeait.

Je suis, et vis à côté de la loi organique de mon corps qui est
    fausse et imposée par de mauvais esprits,
comme celle du corps humain en général
qui a voulu être la détection et l'organisation d'une force,
la pliure imposée
                de force [2]
à un être différent et qui ne se maintient que par l'action des
    mauvais esprits qui n'auraient pas d'existence sans ce corps,
le cerveau n'étant dans l'homme que comme un flic
et les moelles sa poule utérée,

ma loi est une insoumission à l'être,
ni arrêt, ni rite, ni recette, ni procédé, ni vénération organisée
    ou acceptée,
le considérez que n'existant jamais,
le je suis ton père, ton fils, ta mère
n'étant pour moi que des parfaits.

L'être est cette rapacité contre laquelle il ne suffit pas d'être
    propre,
or je suis propre et je ne veux pas que l'être me salisse de ses
    obscènes rapacités d'amputé qui a faim parce qu'il est châtré
    de l'héroïsme d'exister.

316 ŒUVRES COMPLÈTES D'ANTONIN ARTAUD

L'être n'est qu'une électricité de néant qui pétarade sur les
marges du sommeil ou de l'inconscient mais qui ne sort pas
de ses frôlements. Je n'ai jamais vu un magicien capable
d'ériger la vie en face et je n'ai vu que des chapardeurs
venus me la faire à l'influence et me dire :
C'est fait, tu es mort, c'est moi maintenant qui ai pris ta place.
Et quand tu dormais je t'ai pris ça et je ne te le rendrai pas
sans ça.
Ça quoi ?
La douleur dont tu fis ton cœur.

Et tu as tant de choses en toi qu'à la fin tu ne le sais pas,
dit le savant qui homologue tous les soubresauts de mon cœur.

Il n'y a que les ignorants et les cons qui sachent et on vient
à ce qu'on peut savoir
parce que la science est leur être,
mais l'être, non,

ils n'en ont pas.

Vous n'êtes tous que des cons et des bourgeois attachés à un
ordre de choses périmé,
physique – chimie,
morale, philosophie
et vie.

Que celui en moi qui ne peut tenir crève
parce qu'il n'est pas moi.

C'est l'être qui a usé de la vie et n'en peut plus
et il n'a jamais vécu que de la mienne.
Car les états perceptifs ne sont tout de même pas des préceptes
organisés [3],
le poison de savoir qui s'impose comme une loi, parce qu'un
être a exigé d'exister,

celui de se pénétrer soi-même et de se comprendre
pour s'intérieurement toucher l'esprit même par le corps,
jouir d'un connaître plus.

dazun [1] azam a e tirbi
dazum azan a en
airta a e ti bi

dazun azam auperti

Les crocs très enfoncés,
très externement *placés* [2].

Les choses ne se font que par épaississement, entassement,
à condition de ne jamais se reconnaître ni se distinguer,
les étagères.

Hier 12 juillet, la commode recouverte
et la tenue de l'homme entier,
les plaques moussues,
les bâtons lard.

Je ne suis pas de la race de ces lamas et de ces moines qui
   envelop[pent] leur saucisson propre avec de la mortadelle
   de tronché
                  pour croire.

Jamais je ne discute, raisonne ou définis,
j'entasse,

n'étant jamais au fond mais dans l'extrême extérieur où il n'y
a rien et qui n'est rien.

Le poulpe électrique
hors surin
je suis
dans l'inexplicable des boîtes et taquets qu'il me faut.

Les lamas avaient *avancé* dans la pensée, mais je suis le crucifié.

Les lamas qui m'ont fait crucifier sont aussi ceux qui ont fait
assassiner Sonia Mossé [3],
je viens de les voir cet après-midi.

Je suis la détente du rut tout entier et elle n'est pas un de
mes internes mouvements.

*

Et surtout le cachou,
cette matière au bout de la brique qui ne se comporte pas
comme les cuvettes d'assiettes du grossier Marseillais,
O eh non.

Puruler à mort comme avec la petite Caterine [1] dans l'escalier
Pickering [2] et y trouver une force de vie [3].

*

Car le jour où quelque chose m'expliquera quelque chose, à
moi, il fera chaud.

Rien ne se forme, tout se crée.

Les choses sont le suspens néant
que je dois remplir d'irréductibilité
sans croire à une loi ou un être qui déjà serait.

C'est toujours moi qui ai tout calculé en fonction du vide qui
    me brûlait et que je devais remplir.
Qu'est-il ?
Mon désir du plein,
du merveilleux plein.

> **cotbidar**
> **ta dardi adura**
> **coti bura**
> **a tardi**
> **e bide**

Celui qui est fait
est spomas tafirt
non l'état suivant
mais le même,
absorbant ses sulfures avant qu'ils ne soient nés,
train électrique du néant,

le souffle est de la volonté invisible et impréhensible et non
    du fluide saisissable,

la parole, le sentiment ne reviennent qu'après un combat
    toujours le même depuis toujours,

où l'homme
plaque incestre
doit écharter le baril berzit.

Il y a toujours eu moi
et ni être ni néant
mais encore moi.

La naissance des choses et des états
est fonction de ma disposition,
d'où vient-elle ?

De mon château de goût,
       élever.

En la douleur,
c'est moi,
pourquoi ne la sens-je plus ?
elle fut toute mon activité.

Le sommeil est,
       merde,
       crâne devant,
       crâne [1] derrière,
       crâne sur jambe,
       gueules plaquées.

Je suis comme le con et

d'où veut-il et d'où pense-t-il ?
lui qui a mis sur moi l'être où il dorme et se satisfasse éter-
   nellement par participation.

Je suis le maître et ne suis pas soumis aux caprices du corps,
mais le corps qui n'est pas un être mais veut et pense me
   retient,

c'est lui qui veut jouir en moi
       et non moi.

Ce fut toujours la création continue mais qui hors la musique
   intuse me mettait à l'abri du nu,
non le dépouillement,
mais l'exposition prompte,
d'une viande prématurée
qui est de chair ?
qui n'est pas mais ne pourra être qu'en étant plus absent que
   l'absente.

D'où bagn a-t-il pris vie et être
et qui était bagn an ada una ?
De qui n'a pas assez souffert pour ne pas être, et croire qu'il
   existera ni plus ni moins mais comme cela.

Le tube carré d'Yvonne [2], de Neneka, de Caterine, d'Ana [3],
la purulence non sulfures mais surplein du train électrique
   qui donne nourriture, opium, expansion, repos.

Les sulfures sont les pets, gaz échappés de l'effort de la force
   qui ne doit rien perdre pour exister.

Il lui faut plus de souffrance, alors il comprendra,
cette souffrance je la prendrai dans l'enfer ÉTERNEL pour
   toute la CHRÉTIENTÉ.

Je suis cet effréné héros qui veut prendre dans la privation
   toujours renouvelée de lui-même de quoi toujours [4] monter
   plus haut – ou descendre toujours victorieusement dans les
   enfers.
Il me faut en effet encore plus de souffrance, alors je comprendrai comment j'arriverai à me débarrasser de l'esprit de la
   sainteté.

Il faut s'enfoncer dans la douleur pour tuer ce qui la donne :
le désir du toujours plus haut.

**ter po
hatazi biter
te um
biter
nemitu
rer
la o
ne zi biter
ta um
ta zi
nebe tu**

L ' i d e
du détachement suprême n'a jamais pu faire la croix.

Toujours plus de douleur

> **tu jour**
> **ta ti**
> **ta tu**
> **tarnor**
> **tani**
> **ratabi**

pour sauver et sublimer toute servitude.

Quand la servitude dernière de la réputée infamie sera glorieuse, vraiment glorieuse, princière, alors les choses seront
rétablies.

> **kief kuf**
> **tembig tifi**
> **gambaf kau**
> **ganimi ti**

Il n'y a pas d'êtres éternels
car je suis seul
et j'ai mes bras,
il y a des hommes qui doivent s'apprendre à être immortels [5]
à cause de ce qu'ils tiennent de moi,
Marguerite Artaud,
Louise Artaud [6].

La limite du sublime est la douleur qui le fait perdre aussi.

On n'effacera pas la vie qui fut.

Ce fanatique d'un héroïsme effréné ne peut pas être s'il ne
   s'est pas imposé avant tout la loi terrestre.

On n'est pas héros dans l'abstrait
mais avec quelque chose

et le héros mange 3 fois par jour

avec ses paysans soldats.

Le Mystère est de ne rien savoir et de tout pouvoir,

mais la base c'est le néant,
la complète absence d'être,
            mon corps,
            cette douleur,
or le temps et ses horreurs
font aussi partie de ce néant
dans leur existence inaliénable [7].

Le héros montant détaché est celui qui en effet se transcende
   toujours lui-même
mais pas toujours dans la bagarre et les cris.

                    *

      **lo tanger a gadi
      edurta
      lo edurta
      a gada ula**

Que les choses soient telles
qu'il n'y ait pas de servitude,
pas de peine, pas d'effort,
pas de mérite
car la douleur me convient au contraire,
ne pas jouir,

toujours *mériter*
contre les cus thibétains de l'être qui s'imaginent que l'être
   aussi est une loi.

Souffrir toujours plus veut dire
garder conscience de sa douleur [1].

Il n'y a pas de choses,
il n'y a qu'un être : moi,
en constitution sempiternelle
et qui n'a jamais été qu'aidé par les cons,
de 1 m 72 à 50,
c'est là que tout a commencé
et de là que tout commence.
Je suis là, j'ai eu beaucoup de mal à y être, j'y reste pour aller
   plus loin,
idem plus bas.

La mort c'est moi quand je suis vivant,
le reste n'est que le hasard de tous mes imitateurs révoqués,

des cus râpés qui ont voulu s'accrocher à ma gueule pour
   essayer de persister.

Le principe de la magnéto c'est de faire tout exprès,
à commencer par le fait d'en être une.

*

Les poteaux colères chaminés
du jour de Louise Artaud,
la boîte du poil,

lamas de la langue du Luxembourg écrasés.

Les châteaux d'hier samedi 13 juillet,
NON DICIT, états absolus présents.

Buffets
tomés,
Louise Artaud [1].

Servantes [2].

*

Tout souffrir et ne rien sentir
avec Ana Corbin.

Pas de lames, pas de vapeurs, pas de fleuves à passer,
pas de franges, pas de lointains, pas de bordants,
un corps dans le vide *absolu*
qui ne déclenche pas sa jouissance de son intérieur vers lui-
    même, mais de lui-même contre l'extérieur par lui créé
pour supprimer ce glaucome, cette boîte d'araignée des sous-
    jambes inventée par les lamas
de se satisfaire complètement pour enfanter qui veut dire
    insulter complètement une [...]

Les choses ne continuent pas leur tapin rotatif.

Les coups de tranchoir
qui enlèvent de l'intérieur la jouissance d'Ana Corbin
pour en faire un feu
                badigeonnant.

Je suis un homme qui prend une grosse voix et crie
mais d'un caca désintéressé.

*

tai un
aya na cordi

**tai un
aya nai perdi
ta yan a perdu
a peterdi**

Les douleurs ne sont pas des choses qui traînent dans les airs,
les corps des fluides où l'on s'enroule,

mon corps est venu de derrière l'arbre, et puis l'arbre, du
fond de la forêt charbonneuse excentrique.

Garder entre son cu ce qu'on a volé par le cu et jouir dessus,
désirer approcher.

Je suis ton père et je vais faire de toi mon fils ?
Où et comment ?
Quand ?

L'être c'est le désir de ma mort éternelle par succion de ma
vie.

Je ne sais pas, moi, comme il est tentant de vivre de moi sans
rien foutre.

Or la science que mon cu donne est fausse,
elle est illusoire et supposée,
il faut travailler.

1° [1] Les anges du paradis n'ont pas toujours existé mais se
sont faits aussi avec le temps.
Et ils ont fabriqué pendant que j'étais mort un état de paradis
entre mes couilles.
2° Les êtres ne sont pas latents en moi,
ceux qui dorment sont venus après.

Car ce qu'il y a, c'est que je n'ai pas un organisme arrêté mais
mouvant,
le n cœur dieu là où que c'est si nieux.

Anatomie construite par des pères putiers.

Le tu es toujours le même imbécile
de qui me touchèrent par profanation calculée,
et en face de moi il n'y a rien que des pellicules perdues qui
    se raccrochent, se prenant pour le gouffre opposite alors
    qu'ils [2] ne sont que des pets de passage et c'est tout.

Le problème de la destinée.

Les voyant on est obligé de se dire au point capital, cartes
    sur table.

Et ils ont serré mon âme
et je ne m'en souviens pas,
la pompe occipitale de l'insecte,

la possession par le dessous,
les animaux du gargarisme de la faim
qui n'ont cédé qu'après 3 heures de frapp[e],
l'échelle Satan encartée sous les cuisses et bloquant – B[d] du
    Montparnasse, du square Saint-Michel à Raspail,
avant la flaque de merde remplacée par le clou,

les plusieurs nuits d'animaux du tube,
au Thibet, après les esprits de la tête,
et de batailles avec les lamas pourlécheurs de Sonia,

dans le gaz
que je connais si bien
mais où je passe
car il n'est pas natal
mais accidentel
et n'existe que parce que je n'ai pas mon poids ni mon incom-
    position,
d'ailleurs les êtres en vivent mais ils n'en sont pas la vie.

Dorénavant c'est la douleur qui sera la maîtresse et non dieu.

Je suis ce corps où tout a toujours puisé la vie comme la mort,
or ce qui puise ce sont les parasites
car les êtres ne sont que les parasites hasardeux de mon être
qu'ils n'ont cessé de harceler.
Pourquoi ?
Parce que JE NE SUIS PAS
et qu'ils ne peuvent pas, absolument pas le comprendre,
et que mon être est de n'être pas et qu'il est ce qui n'est pas,
le fumier est un holocauste qui ne s'analyse pas,
n'étant pas, j'ai oublié un jour qu'il y avait des êtres et ils se
  sont manifestés
mais ce n'aura été qu'un accident passager,
d'ailleurs il l'est toujours
car je ne franchis jamais rien mais *continue* à être cette boîte
  ravagée d'asphyxie de chair tailladée et ensanglantée pour
  ne jamais entrer en décomposition.

> yo kolan
> ko kono kotera
> ko ka tera
> e kono kodan

Le temps est d'attirer le néant à soi jusqu'à ce que l'on se
  sente un corps qui nous satisfasse par son absence de mol-
  lesse et son non-besoin de pitié.

D'où est-il venu que j'ai perdu ?
De ce que les êtres créés n'ont pas pu se durcir assez fort tout
  de suite pour n'avoir pas besoin de pitié.

> ya tenbi ni bi di la
> ya tinesbi da na pa di

**a tripha et
tatun fale**

Je mettrai le cu là où il est une pitié et non un danger sur le
con et les genoux.

Nul ne me fera jamais de me prendre mon initiative pour la
transporter de la totalité à un être.

Le sperme est un crachat
flambant d'amour
et c'est moi qui ai trouvé à l'instant que ce crachat pouvait
être torrentiel et tragique
car la fureur le déliera
et elle me le dit
et non l'esprit des MORTS.

Le naïf,
si vous êtes capable par un péché ou par un crime de prendre
le pouvoir, prenez-le.
Moi je trempe dans tout
mais sans cone
car c'est le gaga qui a donné aux logarithm[es] l'illusion pro-
visoire d'une puissance sur un plan lui-même illusoire.

Tu es vierge,
tu n'as pas connu la mort,
moi je l'ai eue sur les bugnes de ma gorge
et c'est par les bugnes de ma gorge que je paralyse passagè-
rement ton souffle.

Comment un autre être que moi a-t-il pu naître sans ma
permission,
avec la caisse de groseilles
et le bâton de chocolat de Cipango.

Je ne veux pas me reposer.
Je veux agir sans fin.
Qu'est-ce que le sommeil ?

Je suis un être
et non un corps où l'on cueille.

Je ne suis soumis ni à la veille ni au sommeil,
et ne peux devant l'arbre à fibre [3]
suspendu devant moi
de la même douleur
voir passer l'inutilité des esprits qui n'ont pas voulu être mais
    se corporiser.

Si c'est ça qu'il faut te faire pour que tu t'en ailles,
une boîte avec une croix,
          deux croix,
          une barre,
          un tampon,

un seul enfle,

les boîtes ne sont pas pour toi mais pour moi.

Si je suis celui qui t'ai mille fois écrabouillé et tu reviens
    toujours,
toi, trop lâche pour être un être et qui ne fus jamais qu'un
    esprit,
charogne du 2
sur une charogne,
revenu sur le un,

et qui d'une chute a pris des êtres,
décomposition qui a fait semblant squelettes
et de squelette est revenu à nuer penser
pour mépriser *l'inaccessible*.

Moi je ne désespère pas le mal [4].

Savoir une idée des choses de mon moi
c'est aller contre mon être —
hors de la veille ou du sommeil,

l'échafaudage pour dépasser tous les êtres de l'impossible.

Cherchant ma tête sur le lit devant la fenêtre, je me suis
reconnu avec l'aide d'Elah Neneka [5].

*

On ne peut pas vivre perpétuellement ramené au problème
de savoir ce que l'on est,
je ne suis rien, absolument rien, et je suis obligé de tout faire
à partir de rien :
l'état dernier de la douleur
auquel je viens de parvenir ce mardi 16 juillet,
cette douleur est un homme et elle est inséparable de l'idée
de son être,
une tête et le reste,
son corps vrai commence exactement au point où s'arrête
l'esprit :
compréhension, pénétration, conception, perception,
à celui où s'arrête aussi le sentiment interne :
légèreté, dureté, épaisseur,
il expulse absent et présent aussi bien actif qu'immobile
mais son immobile est un actif agissant
qui se souffre et ne se sent pas,
c'est le vide
tellement vide qu'il repousse le trou à remplir par le plein,
absence absolue de problème et de question,
les boîtes et les poteaux que JE fais sont de cet inapprochable
vide toujours
et le corps humain est tel que par son être il élimine aussi
bien spatialement que temporellement la question.

Ce n'est pas le dépouillement vu au bout de l'intelligence,
                    nu métallique,
bois râpé de l'épouvantable tenu,
qui ne s'obtient pas par la vision ou la notion mais par l'être
    de la frappe.

                              *

Le coït fatigue parce qu'il donne,
il faut, après avoir suscité l'âme avec la main et le crachat,
la ramener à l'idée de la merde
par une injection tassante
et terratisante d'excrément.

> **bodadin**
> **abadin**
> **piroti**
> **bodadota**
> **abado para**

Yvonne couchée dans mon tibia est la représentation parfaite
    de cet état d'absolu sevrage d'être représenté par le parfait
    fumier.

Le retour du croc arrière par renoncement sempiternel,

une boîte pour correspondre à ce fonctionnement.

Il faut le gagner à chaque fois par un mérite
sur quoi ?
Sur le néant.

Il n'y a jamais rien
et il faut toujours faire quelque chose.

Cela n'abolit pas le temps et ne m'enlèvera pas la mémoire
    de ce que j'ai souffert chaque jour mais fera de moi un

334   œuvres complètes d'antonin artaud

homme neuf dont les capacités comprimées dans mon style
éclateront.

Car je descends.

Il y a aussi que la vie est journalière,
c'est-à-dire *méritée*
et suivie dans des noms de villes, de rues et *d'urinoirs.*

Boîte,
urinoirs Saint-Germain.

Cacca [1].

*

En arrière,
sac de merde,
sevrage, abstraction,
langue de bedaine creuse,

vous me faites pro-génitalement caguer,

torchons avant les serviettes
et que ce soit fini.

*

Le néant est un corps qui par la force fait un pas en arrière,
un point, c'est merde.

Le néant est ce plus être
où nous bloque l'impossibilité [1].

Ne rien prendre de rien,
se retirer toujours

non devant les grands
mais devant les petits problèmes.

Ma colère ne changera pas les choses du tout au tout,
si, elle les changera du tout au tout,
ce qui veut dire que j'en viendrai à ce que je ne cesse de
    regretter de ne pas être :
un homme différemment conformé,
capable de trouver le verbe rétensif, réservé, recoudé, abs-
    tensif, affirmatif,
dont toutes mes œuvres ne sont qu'une recherche avortée.

Le néant c'est le temps,
l'être l'éternité,
plonger dans le néant c'est pulvériser la particule minime
    jusqu'à ce qu'elle crie de désespoir et d'horreur,
alors l'enfer est constitué.

Moi c'est ce recul
qui ne s'exprime jamais
par des attitudes morales détachées du corps
mais toujours des attitudes physiques
dans et *avec* tout le corps,

reculer dans le caca descendant,
                abstractif,
c'est reculer non en conscience
mais avec tout le corps
car c'est le corps qui est la conscience
et elle ne peut être sans lui.

*

Il y a dans la nourriture le ce que [1] j'ai exprimé par ce signe
    à Caterine et à Ana,
hanche, rate.

N'oublier pas la science photo maton
qui est que les perceptions internes sont fausses, ne répondent
  jamais à aucun monde et qu'il n'y a que le monde extérieur,

le rabbin derviche de la croix de bique dans mon sous-cu,
lequel s'insertit en croix dans mon sexe [2]
avant les petites billes d'œufs infectieux.

2° J'ai vu à 3 mètres de moi cette coagulation de l'atmosphère
  dans les chiotes
et
3° ceux qui tiraient sur leur gorge pour m'épuiser par l'appétit,
les têtes genre Menuau [3],
Épidaure,
4° les trompes des lamas de la cuisse mais pullulants,
5° la création donc de la mort par ces affamés d'aspic qui
  font crépiter mon ventre de pourriture pour faire croire
  que tout y passera
alors que rien sauf eux n'y est jamais pensé.

Ce ne sont pas des esprits mais des êtres qui ont fait le mal.

Le poil,
le crâne,
le godet,
les faces.

                              *

La parole, les êtres
vont nous donner d'être les
                    promoteurs des choses
quand c'est moi, Artaud, qui institue
                l'auma barreau
                bleu foncé violet
                de l'institution être,

quand tout, même le pain,
de par
            le deluemter
            muctamstractif
peut se constituer.

Oui, les êtres ont donné à un singe non une force mais une
    autorité tenue par eux en réserve dans leurs couilles et leur
    abdomen comme un lait noir
après m'avoir forcé à produire plus que le nécessaire pour
    leur donner des réserves
et ce sont ces réserves [1] dont ils continuent à recouvrir leur
    singe.

Le corps est que par le moyen de la folliculation
            baclava [2]
            de l'être
on ne trouve rien,

pour avoir l'esprit
il faut attaquer
non par la finesse et l'extrémité
mais la masse totale de la [...]
mais elle-même échappe alors par le fiseau [3].

La boîte à gants d'Ana Corbin.

*

Je suis mort mais je ne suis jamais né.
Je vois une drôle de pierre tombale quelque part
qui pourrait bien n'en être pas une
mais mon corps de terre propre
glacé d'attendre dans le néant.
J'ai été baptisé
mais j'ai renié mon baptême.

Théâtre de la cruauté,
voyages,
question du verbe,
question du moi,
question de l'être,
question de la mort,
question de la vie,
question du sommeil.

Je ne sens pas que c'est la place fatidique du pitre dans le
déroulement du temps, je pense qu'il vient de s'y mettre.

L'opium demande son jusant [1].

*

Je ne peux sortir de mon corps, mais je peux m'arracher en
corps *de tout un corps* qui n'aurait jamais dû se former.
Je suis sans réserve ni agglomération, donc des dépôts calcaires derrière le cœur n'existent pas,
et le faisant, eux, comme ils disent, ils n'accomplissent que
l'insolence de se soumettre comme d'eux-mêmes à leur
carcan et ils y sont.

L'orgasme est une agitation, une circulation, une mise en
marche d'une essentielle liqueur de vie – qui n'existe pas.

Et tu auras la tête fixée sur cette idée que tu as un double et
qui te regarde.

Les choses ne sont pas des idées mais des objets et ils ne
passent pas par les mêmes routes.

De plus en plus une tombe,
de plus en plus vieille et oubliée.

L'esprit [1] est cet état envahissant obscène qui a voulu entrer
dans le corps alors qu'il n'y a pas de corps et encore moins
de conscience et qu'il n'a jamais été en effet que le souffle
même de la mort,

des bulles plus hautes que l'être.

Monsieur, vous ne pouvez pas faire cela, ce sont les maîtres
du passage et de l' _____ coup monté de la douleur
et de la faim,
afféteries de lâches impuissants, incultes.

Moi je ne me suis jamais trouvé trop grand,
ayant toujours eu ma petite taille [2].
Moi j'ai vu les choses m'enserrer de leur grandeur et je les
ai brisées pour sortir car leur dieu n'était que du vent [3].

Voilà des siècles que je cours après la trinité, la dualité et le
principe afin de leur casser la gueule car ils n'ont jamais
existé.

Or je les ignore,
mais ils représentent toute la douleur,

poursuivie présentement sous cette forme,
après sous d'autres,

et avant les prochaines.

Or les êtres sortis de moi me le font à l'influence de me voir
croire à des grands esprits.

Sortis par hasard, ils n'ont plus voulu partir et se sont mis,
pour rester, dans les attitudes les plus reculées.

Ce sont des chancres.

Et j'ai créé le ciel et l'enfer pour les y perdre à tout jamais
en signe d'incompatibilité,
ou plutôt les abîmes des espaces ne sont que la représentation
d'une incompatibilité avec moi,
totem fermé et si loin que l'être a toujours voulu lui échapper
pour comprendre.
Créer donc jusqu'à ce que l'être étouffe d'impuissance à mes
pieds.

L'intelligence est cette liqueur qui échappe au travail entier
en beauté et revient sur lui pour l'étrangler parce qu'elle
en est désespérée,

et c'est en voyant l'être à mes pieds que j'ai compris toute
ma grandeur.

Or elle n'est que d'une absolue, exigeante et très humble
sincérité [4].

*

Jésus-christ l'empétardé sorti du con de la Jean-foutrerie,
le cristau sorti du con de la Jean-foutrerie [1].

*

Je suis toujours Artaud.
C'est de moi que tout vient.
Je ne m'en vais jamais,
mais
j'ai un plan d'où je ne dois jamais descendre,
l'homme *surnaturel.*
J'y suis, ma vie n'y est pas,
il faut qu'elle s'y mette,
alors je me *reposerai*
dans ce plan gris-gris.

Cherchant à me rendre compte du crime sur moi des atomes
      crochus,
d'autres atomes me cavalent pour me boucher les avenues de
      la conscience et m'infirmiser
et je ne me sens plus alors devant le crime
            de foutr a
            morta
            fouts fouts
            matama
(je fous ta mère, comme disent les Roumains)
qu'un jouvenceau idiotisé servile,
une grâce d'être éventée qu'on viole
(en cavalant son crocheté,
en crochetant sa tartinette,
en insérant sa sertisette,
en obturant sa puberté (morte),
en déclavant sa poluette,
en prosectant sa tapinette,
en se mettant dans le courant de sa vecvette ou sa vervette,
      je dis sa verge bien aimantée,
en brosoutant sa barbinette,
je veux dire en lippant avec sa mounoume (langue mémoire)
      d'enfoutré [1],

langue de cire et de sperme axé sur l'occelet [2] de l'excellence
  (aromatique) d'un péché,
tout ce que le jeune que je fus peut dégager de [...]

Je prospectais
le pourquoi je ne m'étais pas masturbé,
ma dignité,
et la langue du museau blanc de cire et de sperme,
rosée de chair,
s'appuya sur la conscience de mon cœur liée avec le rhume
  de cerveau de ma queue,
or ce que cette langue tenait c'était mon occiput,
elle disait : Tu es bon pour ça qui est de maintenir par dignité,
  laisse-moi épuiser ton bon dans ce sens (cœur, estomac,
  trou de sexe qui n'existe pas),

**momoun alzun
alzi balera
e ali balera
ra da tu ali bala
ara pina**

et la langue de cet esprit, en prit ou plutôt l'esprit de cette
  langue disait :
Je hante ton corps et toi tu ne te verras pas en pensée,
je tiens le coffre de tes moelles castrates, que j'ai châtrées de
  ton idée,
et que tu n'as pas su calfater.

Donc langue appuyée,
pression libidineuse de la percepti[on],
volonté par moi qui m'inspectais dans ma chasteté entraînée
  à me sonder en disant : J'aime ça, je m'appuie sur toi,
car si je ne pensais jamais le diable n'aurait pas existé,
qui, au passage, ne cessera pas quand je me sonde de m'insulter,
et les êtres ne sont que les satanisés de mon intime curiosité,

ils ne furent jamais que le corps porcin de ma pensée propre
dans ce qu'elle a de vomitoire, de repoussé.

À 2 moments j'ai voulu m'arrêter pour forer.
1° Question :
Comment des attirés peuvent-ils s'insérer, inspecter,
ça les intéresse de rejoindre des 2 lèvres fermées le bouton
   de mon lévrier,
et d'insulter,
de balbouter les pendeloques de mon lait,
d'agresser ce primesautier [3],
monôme, ventre,
ce jouvenceau [4] d'éther nubile et inoffensif que j'étais.

Si je savais seulement d'où les êtres venaient, pensais-je,
et comment, je veux dire par quel
                    truchement
on peut pénétrer sans sa permission dans la conscience d'un
   autre [5],
mais moi, c'était mon être intégral que pénétrait
         maba
         badar sari
         sarer scute
par perception et non par volonté,
et après ?
Vous connaissez mon cervelet,
vous connaissez,
non mon bulonnier,
quand je veux entrer dans ma pensée,
d'une part vous le ramenez à l'intelligence [6],
au milieu de laquelle vous vous tenez
parce qu'elle est votre façon d'être,
et que vous vous y maintenez en force et par force
en profitant de la fatigue qui m'a vidé et m'empêche de
   m'appliquer à la poursuite d'une conception, d'une conscience, d'une cogniscibilité, ou d'une idée,
étant que l'explication dans laquelle je n'entrais pas,

parce que j'y sentais un rocher,
parce qu'un rocher m'en barrait l'entrée,
était la vôtre,
mais que jamais elle n'avait représenté ma manière propre
de travailler et d'exister.

*

L'esprit n'est qu'une indiscrétion, mais non un être [1].

Il faut pour agir un totem fermé dont on ne comprend que
les coups et pas les affectées.

Se mettre sur tout mon être pour le vider et le sonder,
arrêté anatomique,
mouvement psychologique,
dont chacun prend tout ce qu'il peut
et le total est l'esprit de dieu,

2° le centre cu et sexe
a) d'où émanent tous ces esprits curieux et où ils reviennent,
b) d'où ils n'émanent pas.

Seuls les impuissants cherchent à comprendre l'insondable et
à s'en faire une idée.

L'apocalypse des
PROGNOTIONS.

Le dernier est celui qui veut la pureté, le détachement, la
générosité, la charité, la pitié, la guerre à perpétuité, l'ignorance, la probité.

Car le dernier n'a jamais que des totems de sincérité,
toujours les mêmes,
où l'idée notion n'est pas une conception perceptuelle de
l'esprit,

intellectuelle de l'émanomi onémanie,
mais l'affre d'une carie de vie,
dont les gris-gris sont la mâchoire.

Les esprits ne sont pas la résistance du corps qui à force d'être
martyrisé a renâclé.

C'est *vous*, pères putiers, qui avez ricané de l'innocence de
votre filialité.

Car je ne crois jamais à ce que *je* fais,
le bloc insité que j'ai PENSÉ.
Je le ferai en liberté.

Une mauvaise volonté faussement initiée.

> **porsi tenzi**
> **ta be luel**
> **ale ni tre**
> **polsi tenzi**
> **tabel ti tré**

J'ai été violenté dans ma volonté parce que je ne veux pas de
ce squelette ni de cette anatomie,
mais en le laissant échapper
je résistais sur un point que je ramène depuis une année.

La révolte des intelligences contre l'obscène cruauté du cœur.

Brut, ne pas comprendre jusqu'à ce que je devine par volonté.

L'impromptu et le subreptice sont ce qui sert le mieux au
néant.

Vous avez voulu détacher un faux corps de vous en le punis-
sant d'être sur vous.

Effacer une idée d'amour, légitime, attachée à votre corps
  présent.
L'illusion de la valeur de la virginité [2].

varuza [1]
varuza varula
vazarula
e vara ruza

La 3me boîte de morve à sang caca chez les nègres,

le que j'ai toujours su que le néant disparaîtrait par quelques
êtres,

le carreau de rate du bon mal,
le tube de Colette, sexe, cœur,
le bâton transplanté des seins au fémur par cu de gauche [2].

*

Tu boiras ta pleine bouilloire de merde, christ dieu de Jésus-
christ.

rais zauro
rais fasfa
zouretou
rais zouretou
e
sfaisfa [1]

> **zourou**
> **rai da na co**
> **banel ragoi**
> **rampa benou** [2]

Qui se douterait que nous sommes en pleine apocalypse,
et Jésus-christ l'empétardé cristau sorti du con de la Jean-
foutrerie [3],

invention séminale de prêtres rotant la levure azyme, levain
bordille [4] de l'esprit,

> **venltu naza**
> **love baberda**
> **o bedala**
> **venta babella**
> **o bedala**

l'esprit est-il cette électricité sans fond, ce zigoma

> **stsatzigatra**
> **krishi zina**
> **bazi batra**
> **bechti loma**
> **tachti batra**

cisaille osée, limaille huppée,
        (zénith nadir)
        nazit suspir
abîme entier puant l'œuf vide,
l'enflure omise de l'extrait,
la chute à pic, de l'incisive
(zone, dans l'incisif de son ozone excès),
l'arête qui n'est pas l'arête dans la voie la plus outrepassée,
    qui n'est pas la voie de pensée,

mais l'épuisant suçoir d'un gouffre irréversiblement insurgé
et qu'on ne peut fuir d'aucun côté, ni limer, parce qu'il
lime entier sur l'arête à jamais coupée dans sa coupante
agressivité [5], or la coupure [6] [...]

*

Les clous limites du métro,
avant Colette,
après squelette.

> bai
> na a
> dabara
> arapata
> arapatara
> sarpata

Au Golgotha,
ruiné, suri,

à Rodez, *dito*,
électro-choc,
envoût., nuit,
matin, gorge, cœur.

Ce qui compte c'est, non pas ce que fut une chose, mais ce
qu'elle sera. C'est à partir de là que j'interviens toujours.

*

Le mal blanc du vierge et du pur esprit,
rate pulmonaire,
dieu condamné,
points tête,
l'enfoncé du dos pour les mahométans [1].

Chair blanche,
le nègre [2].

*

Non d'une bête sortis, les êtres,

mais reprubis depuis toujours de plus en plus,
ce qui n'est pas un être ne sait pas, ne pense jamais à ce qu'il
    est,
l'être étant cette colle qui revient pour demeurer et qui cri-
    tique au lieu d'agir parce qu'il pense,
le corps est un bloc que l'être a voulu pénétrer, alors qu'en
    réalité il n'est pas.

Ne même pas savoir d'où ils sont sortis, de ce qui est et qui
    me revient pour me prendre,
car la bombe atomique est le sevrage du Ana [1] – le sevrage
    du besoin avec une voix d'homme qui chante.

Castra de castra
mène de plus à l'homme matérialisé par,
pas d'être qui donne de plus le cataputré [2],
bloc souffre pour se détacher toujours,
donc reste sempiternel élément.

**koungou koungindu [3]
aga dengou
gongon gongindo
one dinge**

C'est un besoin d'enfer qu'est ce besoin de détachement dont
    je ne veux me détacher car il n'est pas un besoin mais mon
    ordre entier, or cet ordre est mon être fait : tronc, tête,
    jambes, bras.

*

Laisse-nous [1] faire, nous te l'avons fait, laisse-nous à notre place volée.

En sur-chauffe et créant tout à tout instant, rien du problème ne revient – pas seul.
Je crée [2] mur après mur.

gear [1] **taver**
rave ta bile
gear taver
rave ta bis

Les chants doivent toujours vouloir dire quelque chose de souffert dans la minute épidermique de la vie.

la cham zaliste
elma mifehti

Ce n'est pas toi qui les pousses, dieu,
ce sont les souffrances de chair misère qui essaient de s'orienter,
une tomate farcie de charbon,
une esquille de bois.
Si les esprits n'avaient pas voulu s'élever pour distiller et *distinguer* arbitrairement les consciences, les êtres n'auraient pas été si mauvais.

Branlez-vous sans prétentions ni discours comme on mâche un mauvais repas et vous saurez qui vous êtes et ce que vous voulez [2].

Nanaky [3] est ce Jean-foutre de con que j'ai retranché et expectoré de moi et peu à peu et d'un bloc après qu'il me fut insinué par une horde de grainetiers expulsés et damnés. Car c'est par explosion que les êtres naissent et non par germination conduction et ce sera toujours le tohu-bohu.

Je me croyais zhonnête et j'étais malhonnête, de la matière de cette terre honnête qui trahit en toute sincérité.

Il est beaucoup plus difficile de faire vivre que de faire mourir, seulement le bâton vert et brun de la vie bleue et rose c'est moi qui le donne strictement et *entièrement*.

Chier n'est pas une ouverture d'anus mais une râpure de charnalisation
     (matérielle cardiaque).

          scut verdzust ach-tel
          chi tron

Je vous fais vivre par devant et vous assassine par derrière, puis je vous assassine morts, puis je vous extrais Yvonne [4], puis je vous damne enfin, puis je fais vivre un Allemand européen afin de faire mordre à une petite existence.

Cultiver 3 pavots,
          2 artichauts,
détruire l'esprit de *destruction*,
détruire l'esprit de *conservation*,
l'esprit de création c'est moi,
flatter l'esprit de conservation jusqu'à ce que sa puanteur m'imprègne absolument,
l'esprit de conservation c'est moi,
je ne fais jamais le vide et toujours le plein,
je m'embarrasse de tout jusqu'à ce que tout soit moi et que je me sente vivre deux,
alors je me retourne contre ce qui a la prétention d'exister, l'esprit de destruction qui a fait être, et je le tue [5].

*

Deux Indiens qui donnèrent avec moi à mort [1].

*

La [1] question de la yoga [2] ne se pose pas et le mot lui-même
ne doit pas être prononcé et n'aurait pas dû exister, pas
plus que l'idée de la perfectibilité ni de la connaissance.
On ne se connaît pas, jamais soi-même, et il ne faut pas
chercher à se trouver
mais s'affirmer tel que l'on est contre la science, dieu et la
loi,
contre la morale du moi et du soi,
contre l'éducation et la nature,
contre la maladie et la santé,
contre le mal et la bonté.
Pas de but et pas de moyens.
Se croire immédiatement parfait par le seul fait que l'on existe
sans jamais compter sur l'avenir pour se former.

*

Et ils se cachèrent dans les êtres parce que devant les êtres
j'ai faibli [1].

*

[...] n'a [1] pas abouti au fina[l] et total nettoyage d'un monde
reconnu par eux larvaire, douteux,
et où se débat la conscience indéfiniment bafouée,
comme larvaire, comme infectieux parce que larvaire au milieu
d'une conscience indéfiniment retranchée.

C'est moi qui m'infecte de vous et non vous qui m'infectez,
moi.

Moi je laisse courir jusqu'au point où l'on tombe de soi-même et puis *j'achève* la destruction.

Eh bien, ce n'est pas vrai, je laisse courir jusqu'au point où l'infection apporte la matière d'un être, que je suscite et établis par la destruction de tout le reste parce que son infection c'est moi.

Car la conservation est cette pourriture, forniquer avec la vie tant qu'elle est là et parce que je n'ai pas la force de la détruire. Mais elle finira par elle-même me l'apporter.

Donne à l'être 10, il te rend alors 2, pourquoi [2] ?

Les pets et crottes de nez qui eurent la prétention de disposer de la pensée et de la vie et qui ne veulent pas la rendre [3],
[...]

Il [1] y a d'abord mon corps,
pas ma cohérence,
ma consistance,
non,
cet être que je suis,
qui ne vient de rien,
surtout pas de la mère
         distributrice,
         répartitrice,
         rétributrice,
         compensatrice, etc.,
et pas d'un principe inné,
donc
le comment passer d'un corps *objectif* à l'être
par le fait que c'est l'être qui le dégage,
lequel est infini,
donc ne peut être que toujours fini en formes et aspects pour
    aller d'un aspect à l'autre sans fin.

Comment change-t-il ?
Insensiblement
par un travail perpétuel sur son tronc
et surtout pas d'esprit qui produise le transfert.

C'est un manuel.

Quand les esprits ne sont personne et qu'à force d'être
   repoussés de partout ils en arrivent à la sainte Vierge,

l'état de non-substance absolu
venu de la rétractation,
        rétraction
        du mensonge entier,
        du néant entier,
        du refus absolu,
il n'y a pas de pur esprit
qui est un singe
        tort venu,
l'esprit est *de* quelque chose,
ce sont de fausses idées de singes
qui n'ont pas voulu mériter en souffrant pour ce fait qu'il est
   possible de donner le *néant* : la vie
dans un corps dimensionnel allongé
et seulement ainsi et individuellement
et non par messe déminéralisatrice,
par appel à un principe inexistant,
non individuel.

                        *

C'est moi, Antonin Artaud, qui mène non avec les souvenirs
   de mon passé
mais avec la richesse de mon expérience présente dans le
   temps d'aujourd'hui
qui est ce qu'en tout temps j'ai toujours fait – et que je refais avec
   en plus ma vie d'aujourd'hui et ma compréhension de valé-
   tudinaire présent en décrétant l'arcane d'à partir de maintenant.

                        *

Rétablissement réel,
extirpation, mélanges,

donc 2 bâtons
et pas d'infantilisation.

Damnation de tous les Saints,
le mal c'est moi,
je n'ai donc pas à coqueter
avec la poule
de mon cu,

elle veut se donner,
il veut me prendre,

que je sois un être,
caca, pipi, morve, exsudat,
et que l'on veuille de moi.

Je n'ai qu'à savoir ce que je veux
et tout se taira,

ça se taira avant.

Je veux le détachement du mal et non le bien.
Je veux la sublimation du mal
et non celle de toute vertu.

Donner non pas à dieu,
                au sublime,
                à l'honneur,
mais à des êtres,

sans jamais de satisfaction corporelle.

Il n'y a pas de dieu,
                de sublime,
                d'idéal
de ce dont chacun fait son dieu
et qu'il épuise à l'infini.

Il n'y a pas de puberté,
âge auquel le désir se précipite,
il n'y a pas de désir.

Le mal c'est la peste,
   le scorbut,
    la torphoyde,
    le tuphus,
ce [1] invertèbrement d'un non-milieu
qui est celui où m'ont taraudé les mamounés de tous les
  esprits,
ce ne sont pas les miens à ce degré.

Toutes les tractions *de l'inconscient* ??
ont voulu devenir un être,
mon effort a voulu se penser hors de moi,
oui,
godiche,
sauf la douleur de l'être,
l'être, cela,
cet effort,

prendre des forces et continuer le rétablissement jusqu'à ne
  plus sentir personne jalouser ton coin.

L'esprit métronome a tenu sur mon corps une réserve qu'il
  a laissé passer au désir périodique qui n'est pas.

On n'enfonce pas.
Ce n'est pas un esprit,
c'est un être,
ce qui donne l'arrachement sur le couché du prolongement
  par rapport au non fait présent,

ce n'est pas un esprit, c'est un bâton.

360 ŒUVRES COMPLÈTES D'ANTONIN ARTAUD

Le tu ne verras pas les merveilles que tu fais
est que je les vois toutes
mais ne les trouve pas assez merveilleuses pour être faites
et je n'ai pas à être là où ma volonté visionnaire tend
mais mon corps qui vaut mieux que cent visions

parce que quand je ne suis pas fatigué
je réalise sans vision
et la vision est un monde faux,
c'est le monde satanique en plein.

La réalisation me satisfait et non son désir prémonité.

Un simple bâton vert inconceptuel
fait dans le temps
schématisera mieux mon être
qui est moi debout
que le principe ou la loi
ou le
le
à l'être

dans un signe universel.

Ils se sont donc refaits en un dieu,
un corps rond,
et il y en a plusieurs qui sont des planètes en formation à
    naître,
on peut déjà les voir,

et tous les hommes quittent la terre pour y aller [2].

Le vert iride
iripernutlsin
de que

je me guéris de l'être
sans le déconcerter
en le déconcertant
car ce n'est pas lui qui fait les choses mais moi,
n'est-ce pas, Satan,
et c'est dans ma gorge qu'il *veut* les penser,
n'est-ce pas, Satan,

pas en prenant tout au lieu d'un opium,
pas en prenant un opium,
mais en râpant le qui me râpe par insatisfaction,
il veut ça et ça
et râpe pour me l'enlever,
je ne le râpe pas,
je lui râpe ça,
je ne lui râpe pas ça,
je le râpe, lui, de ça,
je ne le râpe pas de ça,
je râpe pour ne rien avoir,
je ne suis pas satisfait, moi,
mon être a mal,
non, j'ai mal,
mon mal ne me râpe pas,
il souffre sans rien demander [3].

C'est la chair,
c'est l'invention de la puberté,

un être
    état
s'est détaché de moi
et qui revient m'adopérer,
ce n'est pas Satan
mais dieu.

Ceux qui ne disent rien et adombrent,
ceux qui parlent déjà et encore.

Prétendre qu'il pensa ce que je pense en ce moment.

L'idée de guérir par la musique du tam-tam,

>   di lamp adi lamido
>   di lamp adi lamidide
>   ada mido
> L'Ur [4]   di lamp edin arta mido
>
>   du damp uno bidido
>   ona bido
>   vorzat ene debut
>   to ucré

s'est détaché ce qui ne pouvait pas *encore* me suivre et qui me
   suivra,
eh bien, non.

>   gaunet eme
>   dourect ube
>   lorzor azun ombe
>   boyir anus etarbe
>   etarbir ararbe

Expulsion de sempiternéité,
       précarité,

allez — balès [5].

LETTRE AUX RECTEURS [1]

J'ai constaté que les enfants savent en principe et comme par
  innéité quelque chose jusqu'au jour où on les met entre les
  mains d'un professeur.
Science infuse contre pédagogue inné.
Et ils savent non par innéité et en principe mais de par le
  simple supplice, dont chaque être porte le faix et qui est le
  supplice d'être né.
Qu'ils se souviennent de la matrice, du mal d'y entrer et de
  s'en dépêtrer,
et c'en sera assez pour leur science.

Le sismographe des névralgies cardiaques devant le mal d'être
  de force enfanté,
ou suivant les cas de bonne, érotique et libidineuse volonté,
leur en dit plus long sur vents et marées, que le cadastre des
  équinoxes par quels grotesques initiateurs
                    arbitré,
ô savants de papier monnaie.
On naît d'abord en cœur pour être, comme l'être d'un cœur
  affamé par quel sinistre appétit de vivre que l'enfant ne
  veut plus oublier.

forta dubra
de de scarafé

o de scarafé
a fa bruba

piunhur nasout
ta ne stigma

Les sciences n'ont été inventées que pour faire oublier l'avant-naître [2].

Le rut se mérite aussi,

entre la vulve et le périnée,

le désir à la longue ENNUIE.

Le mal, ô recteurs, est que la science est fausse,
2° qu'elle ne se peut pas enseigner,
on ne donne pas un cœur pour être à qui on n'a pas de quoi
donner à manger
et ça vous regarde.

Les [3] sciences n'ont été inventées que pour donner droit d'entrée à un monde qui n'a jamais tenu sur ses 2 pieds.

O [4] il n'y a rien
            QUE MOI.
Je ne veux pas de dieu.
Je ne veux pas d'idéal.
Je ne veux *pas de l'avilissement.*
Je ne veux pas de la virginité.
Je ne veux pas de la copulation.
Je suis le complexe de castration
qui ne veut pas se châtrer
mais tout châtrer
            de soi.
Car je dis, ô recteurs d'universités, que vous êtes encore
quelque chose de ces fameux esprits recteurs,

si grotesque que cela paraît,
des fables,
qu'il a passé en vous quelque chose de ces esprits recteurs
    insurgés, dont les mythologies sont infectées, et qui ont
    voulu régir à leur guise un monde qui ne leur avait rien
    demandé, après l'avoir décervelé.
Et chaque nouveau-né aurait long à vous apprendre si vous
    étiez encore capables de vous mettre à l'école de la très
    simple nativité,
mais même pour cela il est trop tard
car ce n'est pas à l'école de la naissance que je voudrais vous
    mettre, recteurs,
mais à celle que je crois toute proche,
pour la science,
                    de votre mort.

Jamais plus un cœur ne me parlera

par explosion pré-natale,

c'est dans *l'amour de souffrir* que je recueille une acceptation.

Je me suffis largement à cette initiale besogne.

Une humanité de buveurs de cu et d'ovaires qui vient récla-
   mer son droit à exister.

Je suis au commencement,
il n'y a personne qui vivra.

Celui qui voudra mériter son corps en fonction du point où
   je suis – et pour rendre un son qui aille avec le mien dans
   une autre atmosphère que moi [1].

Pas un être qui ait su résister au plaisir d'ouvrir son cu
ou d'entrer dans une mère

et qui ait réussi à vouloir faire une chose pour l'honneur.

Assez et de plus en plus d'opium pour qu'on n'ait plus le
   temps de me l'enlever

et que j'aie la force de voir et de frapper au bon endroit [2].

*

fra fra
fre fri
ti for
ti fra
suli
fra fri
ti far
ti fir
sili

brour ree
frour rorh
frichy
fror fog
fri zog
kir zog
freny
bri
pou
ra
ke chag [1]

Caisson,

le total [2],

sans compter le noir négratif.

*

Mort sous l'électro-choc [1] comme sur la croix je pouvais me
révolter sans danger.

Je n'y ai jamais pensé.
Pourquoi ?
Parce qu'un esprit me retenait,
voulant profiter de moi le plus longtemps possible,
il me retenait en m'enlevant des forces.
Un autre esprit me poussait à me révolter mais sans forces
   afin, lui plein de forces volées, de me remplacer quand je
   casserai en morceaux.
Que je n'en aie pas la force importe peu, c'est l'élan qui me
   manque.
Où est le péché ?
la lâcheté ?
la faiblesse ?
Nulle part.
Je ne me décide pas, non parce que j'ai peur des coups,
mais parce que j'ai peur d'être lâché par *ma fièvre* et de tomber
   sans réactions aux mains de mes ennemis.
Je me suis fait du mauvais sang sur la croix et sous le fumier
   et au ressouvenir de tout cela une colère épouvantable m'a
   pris
et j'ai coupé la création en deux
et un petit fifre quand je me raconte ce souvenir dit : Je crois
   bien que c'est moi qui ai bu ce mauvais sang et qui me suis
   jeté sur toi pour te vampiriser ta colère
en te prenant ton mauvais sang.
La vérité est que ma colère l'a descellé [2] de son habitacle de
   corps et l'a forcé à lâcher tout le mauvais sang que peu à
   peu dans toute ma vie il m'avait pris et que je lui ai repris
   définitivement dans le mouvement de cette colère car j'avais
   du fait de cette colère repris à moi tous les éléments de
   mon être captifs depuis le temps dans tout le ciel et qui
   cette fois-ci me reviendront à jamais comme ils me
   reviennent chaque jour peu à peu.

*

surtia barbado
alavi tarbado
surtia barbado
alavi tarbar

Non, je ne vais pas comprendre les choses d'après l'éternel
    ou le passé
mais d'après le présent,

des envoûtements me tirent des fluides,
je n'ai pas de fluides,

des êtres me nient,
            me succubent,
            me lient,
            me pénètrent,

                non.

La matière est la fille de l'esprit
dans un
            intomar
            long
comme un cucurdiod.

J'ai toujours dit
que j'étais
la *douleur,*
la maladie,
l'écartèlement,
le pus,
le pet,
la morve,
l'excrément,
l'urine,

le sperme,
la caisse de merde étron,
le totem enragé des dents,
le bâton merdeux plein d'escharres, d'ecchymoses, de pus,
le complexe de castration,
non la mentalisation poussiéreuse de ces choses
mais leurs affres et leur vie.

J'en revi[ens] [1] au tissu troué d'écartèlement sexuel anal mais
    transporté au point douleur et non jouir.

Mal noir,
mal blême
signifié par caisson rate,
kyste dos anal final astringent,
encre noire,
amertume de thyroïde noire,
oreillons.

Je l'ai fait 100 000 fois de tremper un gris-gris dans la dou-
    leur [2],
            l'horreur,
            le manque,
            l'absence
            et la haine,
un bâton et aussi un gris-gris,
et dans l'horreur de mon injuste situation,
et de frotter en allumettes sur ma rate l'horreur de ma
    situati[on],
s'ils sont trop artistes et pas vécus c'est que même le souffle
    de ma rage et de ma haine est oublié dans mon état de
    maladie,

mes coups de fouet ont toujours cette haine,
quant à penser à en faire un signe,
j'ai toujours corrigé le corps velu
par le corps trempé d'affres,

la haine ne suffit pas,
et les caissons de viande purulente encadrés
s'ils n'étaient pas haineux
c'est que je l'oubliais en *notion*
mais *en volonté* ils l'étaient.

Et les cadres dentés de lames
pour déchiqueter
n'étaient pas de la haine,
il y en a 100 000,

la dent astringente sur os gris est de la haine d'intellectuel
    repoussé
non d'authentique souffrant,

haine par maladie rajoutée extinctrice d'élans.

*

Ôte-toi de là que je m'y mette,
laisse-moi prendre ta place,
dans onuphre,
chacun son tour,
une fois moi, une fois toi,
laisse-moi prendre les devants,
laisse-moi t'attacher à mon char,
le malheur est que pour déconer on ne parle pas,
aucun sens ne sort en réalité,
le concierge crevé n'ouvre plus la porte.

Les choses ne sont pas telles que n'importe qui puisse faire
    toutes les cinq minutes une incongruité,
la matière de roue grossière
ne peut pas prendre la place d'un roué.

Une pensée qui vient,
il faut toujours la mettre, il n'y a pas de limbe ou d'enfer.

*

L'être n'est qu'une interprétation de ma conscience,

pas de méditation sur le temps et l'éternité, l'éventration des voyeurs *présents* qui ne sont pas ceux du passé.

La boîte de toiles d'araignées amère à propos de l'esprit Dupont et de la chair.

Ne penser qu'à être dans de sublimes sentiments,

n'écrire que pour les éveiller, les maintenir.

Si les sentiments me prennent et que je n'ai plus de désirs, [...]

B^d [1] Saint-Germain,
dimanche 21 juillet,
les blocs [2],

> **delaju**
> **pel**
> **ele**
> **podira**
> **dele**
> **podir**
> **ele**
> **poti**

B^d Germain,
les plaques du suspendu recul

> en haut [3].

Cet esprit ne fonctionne pas encore comme lui-même.

Vous dites : c'est moi,
et c'est le sur cesprit qui vous occupe et parle à votre place,
vous ne vous êtes jamais senti vous-même.

*

fountsin
nuzin
nuen
nunpi [1]

*

Jeudi,
préambule,
lettres,
l'activité du bureau de recherches [1].

*

C'était [1] déjà vous en 1926 [2] quand parut (etc., etc.,)
c'est encore et de plus en plus vous, 20 ans après en 1946.
Car votre obstination à rester pape n'eut d'égale que votre
   obstination à le devenir.
Et que Pie XI ait crevé entre vos mains

   o damnas a copta a fe-u
   o demna a roptu o pe damo

ou en d'autres, cela ne fait qu'un grotesque de plus à envoyer
   à la voirie en attendant l'autre pilori.
Et je ne vous reproche pas d'avoir assassiné Pie XI (aidé à la
   mort de saint Pie XI, favorisé son non-retour à la vie) [...]

LETTRE OUVERTE À PIE XII

pour remplacer

L'*ADRESSE AU PAPE* [1]

C'était déjà vous en 1926 quand parut l'adresse au Pape dans
le n° 3 de la Révolution Surréaliste,
c'est encore et toujours vous en 1946.
20 ans depuis lors ont passé sur la Papauté Catholique
Romaine
(et ce furent pour moi 10 ans de délire, plus 10 ans *officiels*
d'aliénation).

Et j'ai toujours eu la haine innée des rites,
et de tout rite,
pape dieu,
mais par-dessus la haine des rites,
j'ai celle par lui inexpiée de dieu.

Je vous reproche
1° d'être pape,
2° d'être un assassin.
N'y a-t-il pas un certain petit marteau d'argent par lequel le
pape nouvellement intronisé s'assure [2] en frappant à une
certaine place du front du cadavre du pape mort, que celui-
ci ne reviendra plus à la vie.
Et ne vous apparut-il pas [3] comme indéniable et très patent,
que la tête du pape mort quand vous la frappâtes vous répondit par une espèce de très perceptible et irrécusable frémissement.

Car Pie XI était en léthargie et mort,
emmailloté depuis deux à trois jours dans les linges de votre
    breuvage,
mais pas tellement retourné, enfoncé dans le vide de ce breu-
    vage
qu'il ne puisse revenir des morts.
Il aurait fallu pour cela beaucoup d'amour,
mais qui aimait à ce moment-là Pie XI,
qui vous aimera quand vous serez mort.

Je ne perdrai pas mon temps à attaquer le catholicisme dans
    son principe. Pour la bonne raison d'abord que je ne crois
    pas aux principes, ensuite que [4] je vois les débuts de la
    religion catholique romaine dans les manigances d'un cer-
    tain nombre d'érotomanes traqués,
qui voulurent
introduire en eux par des rites,
incruster inaliénablement en eux par des rites : baptême,
    confirmation, communion, sacerdoce, messe, extrême-onc-
    tion, des facultés et des vertus qu'ils n'avaient pas voulu
    mériter,
et qui se gagnent beaucoup mieux dans les métiers de rému-
    leur, de charpentier, de puisatier ou de soutier, que dans
    les originelles souillures infanticides [5] des baptisés.
Car le 1er péché est peut-[être] de venir au monde sans y avoir
    été sauf par ses père et mère appelé,
mais le second, et beaucoup plus grave et qui achève de
    stigmatiser le 1er, est d'y être inconsciemment baptisé.
C'est ainsi que j'ai été une fois baptisé [6] sous Léon XIII.

ya bundo ja bara fudisa
ya fudisa e bara ucta

Mais il ne me suffit pas maintenant de dire que je renie mon
    baptême.
Je renie par-dessus tout le baptême,
mais il ne me suffit pas de dire ici que je le renie ici.

Pour se débarrasser de l'empreinte débile et périssable du
baptême [7],

> baizur sana
> maga raga
> gava di tomedo
>
> rane ma u
> rana ana
> a a me da ne
> tane
> KanKreme
> Tana Ka Ca
> ra na me do be
> toba
>
> rokezi rokezi dedurdo
> ro de dierdo
> a de da ruzi
>
> foludir
> rederi fodrascu
> ro fodrascu
> e caca ruzi
>
> gava do u redundi
> gavata [8]
> racavotu o dundir
> cashfata
> racama
> racama
> donbra

il ne suffit pas de le dire,
mais je l'ai dit et je le redis,
je redis :
je renie le baptême.

Et les paroles incompréhensibles qui précèdent sont au plus
des imprécations contre le fait d'avoir été baptisé.

Non, pour lever l'imprégnation perfide [9],

>   kadene umedo
>   ume tesa dabe
>   kadene ause bade
>
>   kadene use
>   radana ana me u tapi
>   tapa
>   radana ana
>   na u numo tape
>
>   aun bung
>   fola fa alfur tupi

d'une eau volée au nom de Jésus-christ,
gésine criminelle du vice congénital de tout esprit,
volée au corps d'un je ne sais qui
cette eau fluidique du pur esprit [10],

>   ranesi tanezur
>   ne enda
>   ra ne enda
>   a na ba
>   dendi

il ne suffit pas de râper le rite en paroles
ou par des gestes qui recommencent l'opération et la renient,
qui par les eaux baptismales ramènent le corps du nouveau-
      né à s'insérer dans un ramage (chantage), une circulation [11],
une pressuration ante-natale de produits,
dans les eaux du présumé esprit
qui n'existe pas

mais qu'on appelle
et qui est comme l'aura d'une douleur enfouie,

> **ro douli**
> **ro dun lu**
> **buderda**
> **ro buderda**
> **e bada**
> **urlu**

et par baptême
je ne renie pas seulement le mien,
ô monsieur Jésus-christ
sur terre,
mais celui de tout chrétien,
comme je renie tout chrétien.
Car je n'admets pas que mon corps ait servi à faire un chrétien,
  moi, et en plus quelques autres chrétiens.
Si je ne connaissais pas assez bien et la liturgie et la magie
  j'aurais pu tourner la page, cracher et passer à un autre
  ordre d'exercice,
mais je sais que les eaux du baptême, tout comme d'ailleurs
  les eaux du Gange, sont un poison qui fait plus que d'in-
  fecter la vie,
et qui infecte un peu plus que *la vie*,

pour s'en débarrasser
il faut
1° battre au sang le prêtre qui a baptisé et l'esprit qui a profité
  de so[n] baptême
et lui faire rendre la force de participation volée, dans son
  sperme, ses humeurs, sa morve, son sang [12],
le faire descendre de l'état volé par une perte d'eau, de sperme,
  et de sang,
2° couper le contact avec l'éternité,
transport fluidique dans une transe d'esprit,
par l'asservissement au travail journalier.

Mais la seule méthode opérante pour renier le baptême a
 toujours été de prendre un bain de sang au nom de toutes
 les douleurs [13] éprouvées
1° par sa faute,
2° pour se débarrasser de lui.

                        *

Lama [1] perdu,
sedia gestatoria,

d'une tiare aux 7 plans perdus,
celle du grand monarque
qui ne viendra plus,
tu as fait une tiare à 3.

LETTRE OUVERTE À PIE XII

C'était vous [1].

Je vous reproche maintenant [2]
1° d'être pape,
2° d'être un assassin.

N'y a-t-il pas un certain petit marteau d'argent par lequel le pape nouvellement intronisé s'assure en frappant à une certaine place du front du cadavre du pape mort que celui-ci est mort et bien mort, et qu'il ne peut plus revenir à l'existence.

Et ne vous apparaît-il pas comme indéniable et très patent que la tête du pape mort quand vous la frappâtes
vous répondit par une espèce de très perceptible et irrécusable frémissement.

Car Pie XI était en léthargie et mort, emmailloté depuis deux à trois jours dans les langes d'un certain breuvage,
mais pas tellement retourné, enfoncé dans les limbes de ce breuvage qu'il ne puisse revenir des morts,
si vous n'aviez pas voulu le voir rester mort [3].
Il aurait fallu pour cela beaucoup d'amour,
mais qui aimait à ce moment-là Pie XI ?
qui vous aimera quand vous serez mort ?

Je ne perdrai pas mon temps à attaquer le catholicisme dans son principe.
Pour la bonne raison d'abord que je ne crois pas aux principes, ensuite que je vois les débuts de la religion catholique

382   ŒUVRES COMPLÈTES D'ANTONIN ARTAUD

romaine dans les manigances d'un certain nombre d'éroto-
manes traqués,

qui voulurent introduire en eux par des rites,

incruster inaliénablement en eux par des rites : baptême,
confirmation, communion, sacerdoce, messe, extrême-onc-
tion, des facultés et des vertus qu'ils n'avaient pas voulu mériter, et qui se gagnent beaucoup mieux dans les métiers de
rémouleur, de charpentier, de puisatier ou de soutier que dans
les originelles souillures infanticides des baptisés.

Car le premier péché est peut-être de venir au monde sans
y avoir été appelé, mais le second et beaucoup plus grave, et
qui achève de stigmatiser le premier, est d'y être, sans l'avoir
voulu, baptisé.

C'est ainsi que j'ai été une fois baptisé sous Léon XIII.

ya burido ya bara fudisa
ya fudisa e bara citta [4]

Mais il ne me suffit pas de dire que je renie maintenant
mon baptême,

il ne me suffit pas de râper mon baptême en des paroles
qui le renient.

Couper le contact de ce transport fluidique d'une âme vers
l'éternité est ce que j'ai par-dessus tout recherché.

Exprimer de moi l'eau volée, au sein de quelles pressura-
tions criminelles, à un esprit qui n'a jamais existé sur le corps
d'un supplicié.

Car les paroles incompréhensibles qui précèdent ne sont
pas seulement des imprécations contre le fait d'avoir été baptisé, elles prétendent encore en plus à éliminer une souffrance
que dix mille prêtres ont préparée.

Vous n'avez pas réveillé Pie XI, mais combien de morts
avez-vous éveillés qui ne demandaient qu'à rester enterrés ?

Voilà maintenant combien de siècles que les rites catho-
liques puisent dans le corps d'un monde [5] [...]

Qui [1] a déjà prétendu être là [2].

Dans le métro l'épouvantable resserrement,

ensuite la poutre contre la multiplicité
ensuite axée sur le feu de la douleur
comme moi,
vent, âme, être,
et la suite des douleurs, crucifiement, etc.,

ceux qui dans mes couilles disaient : Mais comme c'est bon,
et les 2 séries de petites billes et de petits points noirs.

Le château totem,
la bloquante de commandement.

*

Lundi 21 juillet 1946 [1].

Les panneaux russes

mais métro le renversement
après le petit couli couli de la boîte en fer roussi,
le renversement que

scène des 3 bastilles,
le rabbin ignorant,
30 ans sombrer dans l'explication claire point par point de
    qui j'ai chassé Satan
parce que je coupe par le toujours armoire,
que je ne parle plus du tout le langage de ce monde et que
    le discursif soit remplacé
non par le catégorique ou l'arbitraire
mais le
forçant le christ et la chair,
un renversement,
ceux qui passent les forces comme des voleurs à qui on les
    arrache par la force.

Au signal de que le
les enfants
je réponds :
il n'y aura plus jamais d'enfants,
ça n'a jamais correspondu à rien,
les cosmos ne sont qu'un hasard proliféré puis réglementé,

les pitris ne sont par contre que des crottes qui ont pris de
    la barbe pour imposer leur insuffisance.

la lme dout
zi kolsido
dalme dai lai
vi desh
a roul dai lai
vi denh

Résoudre les questions des cons
c'est m'empêcher de poser les miennes,
ces questions ne sont que le bordille [2] et la décomposition de
    ma création insurgée en instauration.

Les [1] panneaux électriques russes,
lundi 21 juillet 1946 [2],

le clou de l'épaule gauche,
il n'y a jamais rien à y comprendre et jamais rien,
je pourrais le conserver pour en faire du neuf inné.

                                                    *

Nous en revenons donc à une espèce de perrin inné qui
    n'existe pas
car l'inné est le dehors *qui ne cesse pas de s'entasser*
et ne vaut que par le fait de l'entassement
et pas le mort
car ça ne s'arrête jamais.

Les êtres amis de leur nanaqui [1] et calmés comme c'est leur
    fond sont bien ceux qui ont fabriqué tous les anges et tous
    les esprits afin de se débarrasser de moi.

Moi, me plaçant dans la durée,
je me suis vu sans êtres et seul.

La tête de tous les êtres s'est réunie en une planète qui s'est
    forée en moi et me renifle de l'intérieur,

c'est celle-là qui contre mon sens de l'être,

une chauffe sexuelle noire carbonisée désintéressée a choisi
le gros ver des sous-cuisses à caresser,

ceux qui ne tinrent que par la boustifaille et la jouissance
assise dans toutes les installations

et l'âcreté irritative à humer.

La volonté du mérite absolu est ce qui constitue le corps de
l'être qui est *moral* et non psychique [2]
parce que la conscience morale est ce qu'on appelle corps et
qui apparaît comme être et corps toujours
et que le physique pur n'est qu'un esprit sans moralité.

Ainsi donc les inaccessibles panneaux surfaces toujours en
recul de la conscience à l'infini sont tout ce qui peut être
corps et il ne peut pas y en avoir d'autre [3].

*

Moi, Artaud,
je ne suis pas celui qui donne son cœur et qui pleure pour
un simple geste,
c'est qu'on m'a ramolli par une instillation non de pitié mais
de péché
car je fus toujours sans pitié pour quelque faiblesse que ce
soit,

sans pitié ne veut pas dire sans promiscuité
mais que je ne pardonne jamais au fond un atome d'égoïsme,

je fraye partout
mais ne me laisse entamer par rien

ni moralement
ni par pénétration physique.

                                    *

Mon âme c'est l'engueulade que je réserve à tous,
je *l'ai*,
seule l'énergie m'en manque
et non *l'indignation*.

Ce soir mardi 22 [1],
les Anglais,
le squelette de Lucifer cœur latéral,
la série des boîtes, poutres, plaques de fer
contre les indoustanis
et la cage de la tête.

Plusieurs armées m'ont entendu depuis Rodez
puis ont cessé de m'entendre,
elles ont existé *au naturel*,
mais elles venaient pour moi,
puis les envoûtements les ont déroutées
et on ne m'a rendu la liberté régulière que pour m'empêcher
    de me délivrer par des moyens irréguliers,
on a jeté du lest pour éviter le pire
quitte à m'absorber comme Louis Aragon,

et j'ai fini par penser que je n'avais pas la force de soulever
    tant de monde,
c'était faux,
il reste
1 groupe d'Irlandais,
1 groupe de Boches,
1 groupe de ressuscités enfants,
Neneka Catto [2],
Caterine Artaud,
Yvonne 11 ans,

Cécile 6 ans,
Ana 7 ans,
les révoltés Port-Arthur,
les révoltés de Kniaz Potemkin,
les révoltés NAZI,
les révoltés marin [3],
le cuirassé de poche,
les blockhaus des 4 soldats,
les Suédois,
Lyon,
Mâcon,
Savoie,
Paris-Rodez,

Mâcon,
Lyon,
la Bohême,

les 2 espionnes qui m'ont vu sur le banc,

1. les 30 000 prisonniers,
2. 1 soulèvement à Berlin
   et un autre groupe de soldats,
3. les Boches des blockhaus nazi [4],
4. les Irlandais,
5. l'opium de Neneka Catto.
   avec moi dîner
   2 personnes,
6. les Russes insatisfaits.

Anie est-elle partie et celle que je revois ici n'est-elle que son
    double où elle est revenue

ou n'est-elle pas partie ?

Lui a-t-on extrait un corps qu'on a fait voyager
ou l'a-t-on extraite, elle,

et morte est-elle revenue dans un sosie ?

Je ne cesse de souffrir parce que TOUT le monde retient
l'opium partout.

Le coup que je me suis porté une nuit m'a laissé de liqueur
pendant.

Seulement moi, en dansant,
je n'extrais pas des corps comme les doubles,
j'en crée et je les applique,
je les cloue en chantant
et les applique dehors par pétrissage.

C'est l'esprit qui s'est senti tout petit sous le coup de mon
cadran et qui a eu peur dans ma tête qu'il possédait.

Le coup double d'asséchement,
            fémur,
                rate.
Le coup contre le père-mère
            pubis
                puis rein.

Grande comme la mort et l'infini
l'existence ne supporte pas les effusions de conscience,
elle emboîte et c'est tou[t].

Puis le double coup de
            l'existence une
contre les faces multiples de la mort [5].

*

Ne pas oublier les croix *complètes* avec lesquelles je me suis
débarrassé de tout,

la pourriture de la conservation aussi me débarrassera du
    saint-esprit.

Le sommeil est un relâchement d'exister
qui nous ramène à la compote fumeuse
où toutes les bêtes disposent du moi pimé
par l'aanaenambule du coutourpier
non pas le corps de l'être mais l'être
mon anarton peni
acalp barte de tout le corps.

Perdre la dernière pitié revenue pour le dernier souvenir
    d'être ou je serai perdu.
Louis Artaud, Antoine Roi [1].

La mort du père-mère m'a débarrassé de Nanaqui.

Haine éternelle au nom chrétien.
Je renie le baptême.
Les pleurs nés en moi à la sortie du métro furent provoqués
    par un retour envoûté de la pitié de ceux qui m'appelèrent
    Nanaqui sous le commandement de certains esprits
car tous les êtres voulurent ma perte ou s'en désintéressèrent
sauf 6 filles.

Les Artaud Nalpas [2] sont des empoisonneurs et des étran-
    gleurs,
ne jamais l'oublier.

il reste qu'Antoine Roi m'a proprement envoûté
et que les lamas et chrétiens m'ont infecté vers la bonté ce
    matin de 8 hres à midi.

les pleurs venaient de rate estomac et c'était du boulot bien
    fait

mais je ne suis pas ainsi fait

et je ne crois pas qu'il y en ait si long pour déloger dieu

et de mon être et de ce corps.

Caterine confiserie Pigalle n'avait pas de corps à user mais
    un co– [3].

*

En [1] quoi consiste le mal ?
En mon insatisfaction
qui ne cesse de me faire tuer tout ce qui apparaît.

        oyaf oyaf
        denek mitri

        radunk abast ano salek
        radunk allec anu sapec
        randank sapek ete fiktre [2]

*

        manich zadigs
        manish zacs [1] **ash**
        ta bezinghi

Ne jamais se livrer au mal et en faire quelque chose en soi
    en *le suscitant* toujours.

        embuish dabash
        da bezu dieu
        embi ach dabach
        di bezinghi

C'est moi qui maintiens la chasteté par mon cu nié.

Prendre,
d'où donc ? quand il n'y a rien et que j'invente à la seconde
    mes états propres et

le bien se fait par le mal,

les choses ne se font pas par l'esprit
mais par le mystère de l'homme
qui a toujours voulu souffrir
d'ailleurs

et surtout toi, homme prêtre, tu n'en es pas là.

Je [2] suis squelette de chair, chancres, squelette parce que je
    suis comme *cela*
et il y a une chose contre [laquelle] nul ne peut rien,
c'est que moi, Antonin Artaud,
qui suis un corps
je ne sois toujours là,
et ce que je suis n'est pas l'esprit qui fonctionne, change et
    juge
mais moi,
ma résistance,
être plastique qui se naît et se choisit,

> douleur,
> sacrifice,
> honneur,
> volonté
> par caca

car lorsque je fais effort
c'est le mérite qui ne s'explique pas
car le corps être est mon mystère et si j'y regardais il ne serait
    plus mystérieux,
la réponse impomptuse
par le mystère de l'autre gri-gri,

c'est ainsi que j'ai expliqué le mérite
par une pente riche
et cela m'a satisfait et c'est tou[t].

Et quand un esprit m'interroge c'est pour m'enterrer la faculté
d'un rétablissement qui est mon automatique mystère, mon
véritable moi hors duquel on m'a sorti par le cerveau et la
conscience,

répondre non par une idée claire
mais un gri-gri fermé.

Donc je suis cet homme qui veut se parfaire,
            gagner,
            monter
            par le mal,
qui le veut d'un bloc et depuis toujours,

colère, sommeils et gri-gri hors la question ont toujours
    répondu en moi aux questions,
le [3] mérite c'est mon corps présent,
il l'est toujours,
en dehors de l'attitude morale il n'y eut jamais de corps,
c'est le trou sombre,

pas une idée ne vaut le corps d'un simple qui a toujours fait
    son devoir et s'est toujours bien tenu,
Yvonne.

Mon âme est une infinie contradiction
            résolue,
            résoute,

absolution,
abstraction,
consommation
sans calcaires ni dépôt
mais avec un être récusable,

mon cu me faisait mal au cœur et il m'a paru impie d'y
    renoncer,
d'ailleurs je chie dans mes bottes toujours et non dehors,

je me remercie moi-même d'avoir en moi cet amour du sacri-
    fice et du dévouement exclusif pour la grandeur.

On ne voit rien pas l'esprit,
il faut TOUT le corps
non inerte
mais entièrement dolorisé.

Yvonne mènera les blockhaus
qui aurait voulu me croire
pour m'avoir entendu de loin.

> **rola muter**
> **taro la foutra**
> **taro la foutra**
> **a tapir**

Je [4] chante une planche nue,
roues,
un arbre,
une tinette,
le nécessaire pour *descendre*
sans ricanement
dans le *cu*
après avoir expulsé les chrétiens
puis y exterminer les païens,
moi bois sec sans déguster, avaler ni jouir dans la merde,

ne pas chercher le parfait,

vivre parfaitement et sagement.

Toutes [1] mes œuvres écrites ne correspondent pas à mon être
bien qu'il y perce çà et là [2].

Je n'ai jamais aimé que le sacrifice,
la suprême tenue,
la sublimité transportante du cu,
non cracher dessus,
le prendre en héros détaché.

Je n'admets [pas] d'avoir perdu un jour de chute une puissance
    de rétablissement
et que pur il faille que la volonté corporelle entière me suive
    parce que cela fut un jour perdu,
le corps perdu dans la lutte pour la tenue
va en enfer,
mais moi je ne l'ai pas perdu et je me rétablis immédiatement
    parce que je lève,

la lutte sera donc entre ces corps infernaux réprouvés.

Cela m'est arrivé une fois.
    —   —   — toujours,
cela me reviendra encore
mais je serai, moi, toujours rétabli

et il y aura toujours de nouveaux perdus
vivants qui n'étaient pas nés,

ils ne sont êtres qu'après avoir été réprouvés,
avant ce n'étaient que des forces
sans conscience et sans pensée.

Ce n'est pas parce qu'on est fatigué que la mort vous attire,
      c'est parce qu'on veut être autre que soi.
Je le serai.
Car je ne prévariquerai plus sur rien.

J'ai dû tout de même prévariquer au moins sur la pitié,

non,
il le fallait
pour perdre
dieu le voyant [3].

                                    *

Et quand je me suis éveillé il n'y a eu aucune différence entre
      mon rêve et l'état dans lequel je me trouvais,

quant aux chants sabirs,
ils sont le ton de mon urine,

les êtres ont vécu contre ma volonté
et c'est *eux* que je retrancherai d'abord en fait de ne pas faire
      cela et de donner quelque chose à des êtres.

J'ai toujours été seul,
                  seul,
c'est mon absolu principe
et il est dit que *personne* justement ne peut me ressembler
      vraiment
car la science est *toujours* abolie et rien jamais ne peut être
      axé sur elle ni la mémoire de ce qui est car il n'y a rien.

Les êtres sont des élans qui demandent à exister quand il n'y
    a rien,
ces élans sont moi et ils peuvent se produire sans personne,
alors d'où viennent les êtres ?
D'un transport au cerveau de mon moi que mon corps n'a
    pas suivi et que moi le corps je n'ai pas suivi.
Je voulais aller de l'avant,
mon corps n'a pas suivi le train
et il a choisi un avant plus prestigieux et plus facile
que moi, corps, je n'ai pas suivi.

Il y a longtemps que nous y pensons, m'ont dit les doubles
    de mon moi.

                              *

Les choses sont conscientes
au pumon
terre racre
rentrée sans brillant
où la volonté prend l'humus
dépoté de l'imposé.

Avoir le respect de tout ce que je puis faire
et être conduit à un sentiment mineur
qui laisserait la majorité à l'autorité discrétionnaire de dieu,
ce pur esprit qui n'étant qu'esprit n'obéit qu'à ses caprices
    éhontés et tient moralement en servage la conscience de
    bonne volonté,
or étant plein de ménagements pour moi
j'ai toujours été sans ménagements pour tout ce qui stricte-
    ment ne me ressemble
et qui a cherché son profit propre
plutôt que celui de
son intégrale héroïcité.

*

**langunt
ai sunt
rabi
torchmacht
ai ber
tebi**

long monunt

L'esprit n'a pas le droit de regarder dans ces choses,
il faut que la vie le fasse petit à petit,

non dépôt
mais perpétuelle supposition du mal de l'être,
non par supposition morale
mais par suppôts d'enfer,
êtres du malade absolu dont le mal infect est le parfait.

Anus, caca, salacité de l'insondable obscénité
sont ce bûcher
où l'être se fait
sans jamais cesser
grille de son propre fumier
enterré dans l'air déterré.

*

Tu es tout petit, disent les êtres en me touchant, et tu veux
    commander à tout cet être au milieu duquel tu baignes,
nous te touchons pour t'offenser en te montrant ta prétention
    et la preuve en est que nous avons pris sur toi-même la
    puissance de t'insulter,

si tu avais été si grand nous n'aurions pu y arriver,
si tu [te] sens aussi faible et si nous avons cette capacité de te
    toucher c'est que c'est nous qui sommes dieu et que notre
    attouchement n'est qu'un mécanisme qui se déclenche [1]
    automatiquement contre tout ce qui contre nous veut s'in-
    surger.
Sans ça nous ne l'aurions pas pu et nous ne le faisons pas
    pour te punir mais de par une loi que tu as violée, celle de
    refuser à DIEU de quoi manger.

Comme le poteau pic que j'ai planté contre l'esprit que les
    êtres avaient tiré de moi pour se donner par lui de quoi
    vivre,
l'être, le ronflement de ce tirage inné qui pousse les choses
    à exister d'elles-mêmes,
force que je ne satisfaisais jamais
et qui a voulu vivre d'elle-même au lieu de payer à tout instant.

Donnant des coups de mammouth,
ils sont moins cinglants
mais complètement obstruants,
obstructifs
de tout espace possible,
et l'être ne peut plus les porter parce que je ne suis plus que
    seul [2].

Et qu'est-ce qui a fait les choses ? C'est le tapin.
Qu'est-ce que le tapin ?
La plaque grume plus forte que la conscience où l'idée de
    l'espa[ce].

Comme je fais un chant je fais une pierre.

Le corps est l'abstrait absolu détaché du courant inspiratoire
    fluidique,
c'est lui le majeur avant cette torsade courant dialectique ou
le segmantique qui n'est pas à savoir,
pas encore,
il n'en est pas encore là

et pour guérir tous les êtres
je l'avais mis dans ta douleur jusque-là strophantine [3]
tu l'as rêvé poupoute dans ton éternité,
tu n'existes pas,
et il faut regagner en corps entier et avec tout l'être la douleur
    visionnée.
Non,
j'ai reçu de tous les êtres un jour
un coup qui a voulu me tuer,
d'où je suis revenu,
et la question ne s'est jamais posée de guérir qui que ce soit,
ce qui voudrait dire que je n'ai pas encore retrouvé la santé,
non,
je suis le malade qui ne guérit jamais et progresse de jour en
    jour, c'est tout.
Là où je suis
la santé n'est que mon chié
qui me remonte au cu
            de l'âne.

*

Cenci [1],
le Popocatepetl [2],
Suppôts et suppliciations [3].

*

Ce n'est pas le milieu.
C'est le clactre
            alispezu [1].

*

⎰ – Correspondance [1] ⎱
⎱   Ombilic   ⎰
⎰ – le Pèse-Nerfs   ⎱
⎱ – l'Art et la Mort ⎰

2 (le Moine

3 – Héliogabale
 – les Nouvelles Révélations
 – le Théâtre et son double
 – le Voyage

 – la Lettre de Rodez,

Vacherot,
52 avenue Bosquet [2].

*

**Barziunt alict
enectri
Bazicut alictr
eninpido
electitro**

Un corps placé dans le vent pour charrier des excréments,

non,

pas de corps millénaires non plus qui dégagent petit à petit
   leurs forces,

RIEN.

*

Ramener à soi la visière du casque
car je ne suis pas le refoulé qui doit toujours remplir son
   volume,
pas non plus cette liqueur blanche échappée du néant,

le poteau de s'isoler dans son moi sans personne ni idée ni
   collution

par *l'autocratie suprême,*
honnêteté, humilité, détachement, honneur, générosité.

J'ai enfin *compris* que le corps sexuel n'était pas le mien,
le sentant enfin désapproprié et pensant que pour se délivrer
   il faut frapper son idée à soi très fort et non celle de son
   ennemi,

le surplus du superflu,
je fais la répulsion de toute notion du moi.

En qui fais-tu tenir l'être ?
Je n'ai été critiqué par lui que pour avoir fait tenir [1] mon être
   en une notion ou une idée,
mais chier n'en est pas une,
soumise à une loi de dévaluation, de c[...]
on ne passe pas sa vie à se supputer des états,
il faut vivre,
c'est-à-dire OBTENIR.
chier [2] peut tout faire en un clin d'œil à condition que ce clin
   d'œil soit intégralement obtenu en corps et c'est moral ce
   physique-là.

*

Ils s'imaginent qu'on provoque arbitrairement des

   **zei potiri
   zer vizana
   a zer vizani
   a zar vistu.**

Le mariage du pédéraste grec n'aura pas lieu.

*

Voyons à partir de quand il se complaira.
J'ai vu dans la

       cir cu cu la tion
innée du noir prumon
la dent de la libido noire
et se complaire c'est accepter dans l'interne une interne liai-
   son,

or il n'y a a pas d'initiation,
n'y ayant pas d'essence ni de nature,

mais une brique en sait plus long que toute la science du
   cosmos métaphysique et méta moral
dans la ténèbre de l'inexistante toile déroulée sans fin,
sortie des tombeaux d'avant naître
par une narine, un doigt, une carotte.

Je suis un homme épouvantablement fatigué, malade et mort
   et à qui les êtres font recommencer la comédie.
Tu ne sais pas ce que nous sommes,
nous sommes des êtres
et si tu ne veux pas de nous nous allons te *fréquenter*,
t'introduire dans la gorge notre sexe pour que tu nous sup-
   portes.

L'ombre d'un gaz de ma gorge,
un point c'est merde,

et Lucifer un autre gaz qui me revient quand je suis inquiet,

le doigt de vit à travers la grille,
dans la nuée molle du souffle une injection de désir
non en soi mais par un être né et qui y a travaillé.

Qu'est-ce que je suis, un homme de bonne volonté,
1° de la merde en suspension dans le néant,
il arrive que cette bonne volonté n'est pas passive
mais toujours active et surtendue,

sans résistance et sans animaux,
ceux-ci ne furent qu'un accident,
pas de passions, pas d'involutions,
des murailles, des briques, des clous,
un mur se rompit et il s'en échappa une poudre d'esprits qui
    choisirent l'état fluide comme celui leur convenant le mieux,
    paresse, lubricité,
dont l'idéal fut cette petite queuequette serrée entre le con
    bu
et la muraille perdue, chassée morte n'a cessé de revenir [1].

En [1] un mot comme en quatre Samuel Taylor Coleridge, comme un certain nombre de poètes notoires à qui comme à lui il fut ordonné de se taire par tels moyens de brimade occulte auxquels il serait temps enfin d'apprendre à résister, Coleridge, dis-je, avait eu vent d'une vérité qu'il n'a pu transmettre à personne et qu'il n'a pu faire passer dans ses poèmes que de très loin, de très loin, et comme par la bande, évasivement et allégoriquement,

et cette vérité est qu'on ne meurt pas, et que la mort loin d'être cette initiation à grand tam-tam qu'on retrouve dans le Livre des Morts Égyptien, et le Bardo Todol des gurus puants de la Mongolie (autonome), du Thibet, et de Birmanie, la mort n'est qu'un coupe-gorge mesquin,

l'étouffement organisé d'une expérience.

**gorfetur
shapazi pacermi
a pacerma
a peta
roni**

Ici je reste seul.

**or komur
totensi
gotermu**

*

main [1]
assin
tisani

mai
asin
tiranista

e en isti
sarin
aspir
zai virsti

qui sont une,
je dis que ces mots sont une imprécation contre tout ce qui
fait perdre la conscience,
devins, derviches et voyants, illuminés par l'évidence,
je hais, moi, les illuminés de l'évidence, étant que je ne
crois à rien et que je n'ai jamais cru que quelque chose pouvait
mener à quelque chose ni à rien
et d'ailleurs à rien.
Quelque chose n'est pas et ne mène pas à quelque chose,
mais ne mène pas non plus à rien.
Vérité qu'un jour Coleridge, puisque de Coleridge il s'agit,
a frôlée
et cela se voit dans ses poèmes,
et ce n'est pas non plus un arcane, et ce n'est pas une vérité
– mais c'est vrai – et il n'y a rien comme le vrai [2],
hémorroïde et pet râpé sur le ventre de l'inanité,
pour être ennemi de la vérité.
Qui du monde a ouvert son vagin comme un qui gougnotait
les palans de sa hune comprendra ce que je viens d'avancer.
Qui a puté sa potée de moutre dans la pouploutre de sa
forêt.

Donne-moi zyme ce bubon,
donnez ma lime à ce bubon,
donnez ma cime à ce bubon,
laissez-moi chier le bubon enfin,
laissez-moi traverser le mont de cette incompatibilité effroyable qu'il y à souffrir vraiment dans ce monde [3] de l'inanité et sans jamais souffrir le vrai,
sans que jamais ma douleur de souffrir devienne vraie dans l'absolu parlant et qu'un autre que moi la rencontre.

Je ne crois pas qu'une gingivite banale ait poussé un jour S. T. Coleridge à prendre de l'opium comme son collègue Thomas de Quincey.

Frères rivaux dans les mêmes eaux d'affres là où l'esprit de l'éternel existe, c'est-à-dire pour moi nulle part, mais l'eau d'affre est un coup de couteau pour exterminer qui me ressemble, n'est-ce pas mon frère, ô mon ennemi.

Qui voulut être trompé par l'esprit qu'il y reste car [4] il n'y a pour moi ni esprit, ni éternité qui subsiste.

Et surtout pas cette reine triste dont les yeux mentirent au temps [5].

Rien qu'une trompe de néant,
voilà ce que moi qui suis mort je dis
et je le dis
                              après la vie.

Si je peux parler aujourd'hui de Coleridge, comme de Gérard de Nerval, de Baudelaire, d'Edgar [6] Poe ou de Lautréamont, c'est qu'ils sont morts et que je suis mort et je ne le sais pas depuis si longtemps.

Vivant je lisais leurs œuvres je ne sais plus dans quel jardin, dans quel grotesque petit jardin où déjà je humais la plèvre tuberculeuse de Flora la belle Romaine, la reine blanche comme un lys [7], et où revenait la syphilis du Roi Arthur et du roi d'Ys.

Mort ce ne sont plus leurs œuvres mais eux dont les cœurs chaque jour me reviennent.

Et ce n'est pas dans le chaos [8].

Gérard de Nerval, Baudelaire, Edgar Poe, Villon, et Nietzsche un jour peut-être, à certaines heures viennent me parler. Mais Samuel Taylor Coleridge jamais.

De lui ne me reste qu'un oiseau maudit, ce vieil albatros entre-tué entre la hune et le mascaret[9].

Qu'est-ce que cela veut dire ?

Cela veut dire que Samuel Taylor Coleridge a *manqué sa vie*

et qu'il le savait.

Aucune de ces œuvres ne porte un témoignage direct, de cet échec, de cette sinistre entrée manquée,

et seul un mort peut le deviner.

Et après ses poésies c'est fini. Il ne reste plus rien de lui[10].

Les idiots, je veux dire les simples s'enchantent d'une émanation singulière venue peut-être de l'opium pilé, les intelligents y dénotent ce vide, qui tourne autour de chaque mot prononcé, dans les sistres et tympanons refoulés dans ses strophes de tympan lunaire[11] par quels cerbères aboyées,

j'y vois plus qu'un hoquet rentré.

J'y retrouve que Samuel Taylor Coleridge a crié, longtemps crié avant de poindre.

Mais qui le sait ?

Je veux dire qui a pitié pour l'être manqué, pour la pauvre âme que Coleridge a représentée.

Et qui m'a dit qu'il l'avait violée ?

Êtes-vous un vampire poète anglais, et ce vieux marin à la pipe épuisée n'est-ce pas vous qui vous souvenez d'un vieux crime

par vous perpétré quand vous n'étiez pas encore née[12],

à vous sous-entendre dans vos grands poèmes je pense parfois qu'on pourrait le penser.

C'est que tous les hommes de ce temps êtes nés dans le siècle de la poussière, et qu'on ne peut plus retrouver que poussière dans [un] temps qui ne veut plus être, mais rejoindre son commencement.

Les êtres sont tous au bord du temps qui ment.

Et ils veulent tous retourner en arrière, maintenant.

Et d'eux il n'est plus resté dans le temps que la phosphorescence de leurs poussières.

Eh mais, n'est-ce donc pas assez que cet ozone d'une poussière dont la musique insolite descend du Vieux Marin à Kubla Khan.

Peut-être, mais la musique du vieux marin, de Christabel ou de Kubla Khan est telle qu'elle en fait regretter une autre.

Et ce n'est pas moi monsieur le vampire, dit Samuel Taylor Coleridge mourant, mais ce reflux troué de la mare où barbote Léviathan [13] qui m'a fait moudre un étrange café, quand je n'étais pas moi

et qu'une dépouille, dépouille évidée de ce cadavre [14] qu'on appelle un être,

m'intercepta dans le néant.

Comment ?

Est-ce donc ainsi, dira le hoquet,

(bruit détaché [15] du vide à poule),

que les choses se sont passées [16] ?

*

Mais qui m'a dit que S. T. Coleridge n'était pas bon ?

Je ne l'ai pas connu de son vivant [1],

mais tout le monde n'est plus né maintenant que des reflux de la poussière,

mais tout le monde est né maintenant dans les reflux de la poussière – la poussière hagarde du temps, et il s'est passé d'étranges choses du temps de S. T. Coleridge, plus étranges que ses poésies, mais l'histoire ne les a pas recueillies.

Les histoires de Gérard de Nerval se sont perdues sous la seule lanterne,

celles de Baudelaire dans son fauteuil d'aphasie.

a vendosh
a vazi
vajine

a viajine
a venda tira
karaji
araji
vajine
a vazine [2]

*

Sommes [1] à un tournant de l'histoire des choses. Je le crois.
Quoique je ne croye [2] ni à l'histoire ni aux choses et qu'aussi
bien l'une que l'autre m'aient toujours copieusement excédé.

Pourtant Coleridge avait déjà connu ce tournant, et avant
lui l'an 1000 l'avait connu aussi.

La vie et la poésie de Coleridge sont le résultat d'une fureur
qu'il eut un jour mais qui tourna court comme l'an 1000 et
le tournant,

aussi bien le tournant des choses, que le tournant des choses
au temps de Coleridge ou maintenant.

Samuel Taylor Coleridge a su un temps, et un peu plus que
l'illumination d'un instant,

qu'il n'y avait rien,

et il n'y a rien

et rien de rien ne correspond à rien

sauf la douleur qui est un être,

l'être même de ce néant [3].

Mais où est-elle ?

Car pour qui a un abcès dentaire, où situe-t-il sa rage de
dents ?

Où autre part que dans ce néant.

Je ne crois pas que ce soit pour calmer les douleurs d'une
rage de dents que Samuel Taylor Coleridge prit un jour de
l'opium comme son – dirai-je rival,

oui, peut-être un peu rival en [...] [4].

Liturgie [1], le rite quelconque,
côté médecin
l'opium guérit parce qu'il rappelle à la surface,
un feu perdu.

*

Je [1] suis le roi des saligauds et la reine des putes,
une pute d'infernal honneur.
Que ma douleur m'ait au moins servi à éteindre en moi le
    désir des choses et à ne plus vivre que pour le salut du mal.

Caterine, Ana, Elah, Yvonne, Cécile, Anie, Sonia, Lydia [2].

Les terribles boîtes,
Cannes, Daumesnil,
métro dimanche [3].

Les boîtes Charenton dimanche 28 juillet [4],

vieilles écorces,

surtout place de
Caterine,
Anie hanche [5],

Neneka fesse ventre,
Ana ventre feu.

Boîte laque,
vierge irrédimable.

*

Ils [1] ont râpé le vide de mes jambes,
ils ont pris dans mes testicules un limon et m'en ont bloqué
    le bas des moelles
1° pour me disputer à être un chieur comme eux [2],
2° afin de m'introduire un système de nouvelle gravitation,
mais je ne tourne pas en rond.

*

Peter Watson,
Parisot,
Mano,
Gallimard (Cenci) [1].

*

Le bâton de la science, invention venue de la douleur qui a
    souffert dans le milieu, sera ensuite transplanté dans le
    fémur [1].

*

Ana m'a souri un jour et m'a dit : Frappez-moi et vengez-
    vous sur moi, je vous aime assez pour en être heureuse à
    la palette [1] !

Caterine,
arrière du présent [2].

*

Ce sont *des* êtres qui ont créé la mort
après s'être détachés en êtres,
un volume et des poches
afin de pomper la vie : de l'esprit.

Que faisais-je à cet instant ?
Je regardais un point,
mais la réalité n'a qu'une face,
si la possibilité en a plusieurs,
et simple,
très simple,
qui embrasse tout.
Les êtres sont sortis de plusieurs révoltes successives,
mais les supposer vertueux d'infini en une seule
c'est les dégrader en un instant de ce qu'ils ont compris dans
      la perpétuité du temps.

Que la sucée m'adore, m'emporkège, dit l'envoûteur.
Et l'envoûté répond : Que cela soit.
Or l'envoûté n'est pas moi.

> **gazdi** [1]
> **dachti**
> **pefic**
> **emoc**
> **etse**
> **tequo**

L'être est une invention,
aucun être ne travaille avec moi,
je travaille seul,
je ne travaille pas dans la *liquorescence*.

*

Le ventre grillagé,

la cuisse grillagée,
la rate grillagée
devant Germain-des-prés.

1° Pas de libido,
2° du cu et du ventre,
3° brûlés.

Pas de gravitation.

Barres au cœur,
une caisse
avant la série des jambières de l'esprit.

*

Ce qui m'a définitivement détourné de la sexualité actuelle
est
1. son aimantation,
2. on ne s'aimante pas,
3. j'aimante [1],
enfin les délices m'ennuient.

Voir tronc
poteau de la pissotière,
lippe
et bois moussus,
rate,
lance métro.

Enfin je veux travailler et non jouir.

Je vais vous en foutre du père-mère
avec 2 électricités,
prêtres de Jésus-christ.

maizum goin
ehbe
maizun
goin
eneitira
ereibe
maizum goin
eretibe

Antonin Artaud.

bauin toef geimktinkbi [1]

Je suis seul,
je n'ai jamais cessé de chanter en petit nègre,
c'est une de mes langues principales,
je retrouverai les langues de toutes mes vies.

poiou popemb
oyou pi pu

Me suis-je tout à fait reconnu en français depuis que je me
suis reconnu ?
Quand je parle le mieux depuis 7 ans

et que je donne mes ordres vrais,
c'est en charabié.

j'aizum paist eretibe

Cela ne m'empêche pas du tout de continuer à parler français
    tant que cela me plaira
et de conserver toutes les victoires que j'ai remportées et que
    je remporterai

**maum kater kaifi
tirme**

encore sur cette langue.

Le jour viendra où je pourrai écrire entièrement ce que je
    pense
dans la langue que depuis toujours je ne cesse de perfection-
    ner
comme venant de moi par ma douleur.

J.-C. est tout ce qui n'a pas voulu souffrir,
il faut vivre pour exister et dieu étant ce qui n'a pas voulu
    vivre ne peut pas non plus exister.

Oui, Caterine,
oui, Yvonne,
oui, Neneka,
oui, Cécile,
oui, Ana.

Le péché fut intégral,
            absolu,
            total
            et recherché,
il se cherche lui-même pendant X temporalités
comme dans la petite allée où je passais quand je l'ai trouvé.
Même le sublime y participa afin que l'homme ne bouscule
    pas dieu.
C'est quand la conscience fut le plus neutre et désintéressée
    qu'elle pécha
en voulant remplacer quelques simples êtres incarnés qui ne
    savaient d'eux et des choses que le mal de faire caca
car dominer en soi l'excrément vaut mieux que de le suppri-
    mer.

C'est le crime de la lumière incréée qui n'a jamais voulu être
   supputé mais a toujours voulu commander.

Pas de perfectibilité,
c'est se mettre sous les exigences de l'absolu de cette lumière,
vivre et ne pas souffrir,
            sans plus,

      pour vivre se défendre de péricliter
            et de s'élever.

Le sublime chanté c'est la fidélité à ce qui ne fait pas de mal.
Quant à l'être, il est ce qui ne sort pas de l'être pour entrer
   dans la critique et le jugement.

Un être de plus à chaque coup et c'est tout.

Or l'excrément est un chymophrène [1], une matière impie
   venue d'une épouvantable contention dans la non-partici-
   pation aux actes et à la vie.

Ne jamais jouir de rien ni goûter à rien,
il se forme une petite matière.

Ce matin trouvé quelques corps isolants dans le cœur et dans
   le lobe gauche hors de tout devenu problème.

Je suis hors du point où la question se pose de savoir qui je
   suis et comment évoluer.

ro [1] **ne ma do cabina**
re ne madina
abou [2]

*

Je ne peux pas avoir ouvert
       le cercueil
       de Neneka,
       d'Yvonne,
       d'Ana Corbin,
       de Germaine,
       de Cécile [1]
et les avoir suscitées 100 fois
dans mon mollet gauche
       pour rien.
Je ne peux pas avoir appelé 8 armées,
fait tomber l'Angleterre,
       l'Himalaya,
       la Tour Eiffel
       pour rien.

Tous mes coups constituent des forces en suspens [2] dans les
  atmosphères et qui ne peuvent manquer d'éclater en grand

d'autant plus que je leur interdis d'être autrement qu'en dix images plus 10 parias.

Potemkine,
Bikini la mer,
Graal,
Mâcon, Lyon,
Gange,
résurrection, évocations, destructions,
lamasseries,
il n'y a pas que les combats sur place,
il y a les insurrections.

J'ai appelé
          des Boches,
          des Irlandais,
          des nègres,
          des musulmans arabes,

          des bagnards russes,
          des Indiens,
          quelques Suédois,

          les combats de planètes,
          les combats d'esprits principes,
          les étouffements du ciel,
          les appels d'êtres [3].

*

Des [1] marins et des ouvriers russes.

Les soldats du Guépéou ne marchent pas contre le peuple [2].

*

Moi, me dévouer, cela non.

D'où alors ce sentiment, jeune homme ?

De l'égoïsme des pleutres pitris qui au sommet de ma tête
  juchés transforment mes sentiments à la minute
et me refoulent par pression dans le sentiment d'un moi [1]
  commandé,

m'enfler m'a sauvé,
effroyable rassemblement d'égoïsmes et d'autocratie personnelle.

*

LUNDI prochain, 3 heures, aux 2 Magots, René Bertelé [1].

*

Je veux au maximum ce qui est au maximum immoral et
  injuste
car la morale n'y sera plus

et l'idée de justice non plus.

L'esprit n'est que la conséquence du corps.

Les idées sont pour moi comme les corps,
pas d'idées sans corps,
elles sont pour les profiteurs le répit de la souffrance [1].

Je comprends que les choses veuillent se mélanger avec moi
  mais non moi avec les choses.

Je ne suis pas allé et n'irai jamais dans ce trou d'oignon rouge
  où l'on tutoie et se fait tutoyer,
se servir de l'abject possible, le *devenir, soi,* jamais,
bleu blanc rouge,

oignon,
balayures, chiures,

l'autre savait qu'il ne fallait pas essayer,
moi je sais *que je peux tout faire*
sans danger pour moi
car l'acte ne compte pas mais l'être qu'on y met,
l'être c'est le comportement général et non un ton de voix
    ou de force,

le froid et le carcan de l'être sous forme de la dégoûtation à
    aimer d'amour m'ont répugné.

Je ne veux plus de la sexualité,
elle est le bonheur de se donner aux autres et à l'abdication
    absolue du soi provoquée par l'effroyable déclenchement
    d'un centre étranger.

Voir [1]
Titania [2], Ulysse,

cercueils,
Germaine,
Yvonne,
poch[e] noire,
cruauté [3],

petit livre [4],
Picpus,

orthédrine,
éphédroïde,
aluzonal [5].

ADRESSE AU PAPE [1]

Né à Marseille le 4 septembre 1896,
baptisé le 8 du même mois à l'église des Chartreux [2],
je tiens à vous faire savoir
1° que je renie mon baptême,
2° que je le renie en fait [3],
3° [4] que je veux vous en faire ressentir le fait.
Si je n'étais qu'un athée simple j'aurais pu négliger ce fait
et l'oublier [5],
mais j'ai l'expérience du mal de dieu
et les eaux séminales du baptême sont sur moi depuis
trop longtemps comme une imprégnation de la vieille fétidité chrétienne pour que je ne veuille pas bousculer de
force le plan où derrière les rites, vous, prêtres, vous retran-
chez.
Personnellement vous n'êtes plus qu'un grotesque [6], et je
vous ai vu sur la sedia gestatoria bénir la foule de votre index
et de votre majeur non plus rejoints mais écartelés comme
un bourre tombe de l'être, un [7] fétiche démagnétisé.
Et je vous reproche d'être pape, mais je vous reproche
d'être un assassin, comme pape, et d'être, vous, en plus, pour
votre compte propre et personnellement, un assassin [8].
Si je m'adresse à vous c'est que vous bouclez la boucle d'un
nombre, et que la ronde des papes morts ne fait plus avec
vous une ombre seulement mais un corps enterré et mort [9].
Je crois que votre cadavre sera le dernier, de la longue

maléfique chaîne, la dernière puanteur sériée, le dernier squelette volé.

Le baptême [10] n'a jamais rien volé au saint-esprit car il n'y
a ni esprit ni paradis,
mais c'est à la conscience impérissable des êtres que les eaux
du baptême sont volées,
c'est à elle qu'elles ont troué un côté.

Que cette conscience soit un seul être, un être seul et non
plusieurs, cela est la plus sinistre affaire qui commence au
Golgotha et que le temps n'achèvera pas.

C'est dans la colonne vertébrale d'un être que vous pressez
par pressuration rituelle l'eau séminale des baptisés,

et vas-y donc, pitri funèbre des prêtres de la chrétienté [11].

Je ne débraghetterai pas sur le christ [12],
mais je vous accuse d'avoir, vous, Pie XII, débraghetté une
fois, une seule et magnifique [13] fois,
dans une espèce de lieu improbable [14],
et de vous être masturbé non sur le christ mais avec lui,
quand l'homme n'était pas encore fait mais à faire,
et vous fûtes une de ces lopes simiesques [15],
un de ces anges de foutre rentré qui lui attachèrent ce sexe
inepte qu'on sait, à la place abjecte que vous savez [16], au prix
de tout le foutre du christ-Roi.

Ce fut la création réelle de l'homme,
et je connais une certaine place dans l'entre-cuisse de cet
homme, et un os à la place même, dans l'antre appelé du
père-mère, dont en le pétrissant vous et les anges vous pourléchiez et jouissiez [17].

Et ce n'est pas l'histoire de Satan mais celle de dieu car
l'homme de la terre présente [18] n'est que votre satanisé [19].

Raclures de néant, vous n'êtes nés que repus de l'être et
l'entre-cuisse des origines fut votre premier assouvissement [20]
et c'est repus que vous êtes montés,
immaculés et sans péché,

hypocrites comme qui a oublié,
et l'entre-cuisse des origines fut votre premier assouvissement
et c'est de lui que vous êtes nés,
non de l'antre du père éternel mais de votre assouvissement
sur l'antre
alors que vous n'étiez pas encore nés mais que vous préméditiez de naître en grignotant votre parfait [21].

Et sur terre je vous ai retrouvés, car je vous ai repris à
bramer, comme lamas inaccomplis de l'âme, autour du cadavre
d'un supplicié sur la croix où vous l'aviez cloué.

Une planète vous a ramassés qui n'a vécu que de sa résistance à confesser qu'elle vous détenait, quand c'est vous qui
l'aviez formée.

Or peut-être s'appelle-t-elle Sirius, l'astre de l'improbabi-
lité.

L'ange est un état suspendu, et c'est comme anges que vous
êtes tombés, ô esprits de l'inétendu, vous n'êtes pas des hommes
et pourtant les hommes que vous êtes sur terre ne sont pas
autre chose que vous.

Ces hommes morts, où irez-vous ? Dans la planète de votre
géhenne, étrange endroit sans dessus ni dessous,
et je crois bien en fin de compte que c'est de vos charpies
que je renierai mon baptême depuis 10 ans que je me mouche
de lui non dans un mouchoir mais dans un geste qui élimine
vos liturgies.

*

Je [1] tiens à vous faire savoir
1° que je renie le baptême,
2° que je ne pardonnerai jamais à l'église d'avoir été baptisé
contre mon gré.

Si je n'étais qu'un athée simple je pourrais passer sur le fait
et l'oublier mais je suis un syphilisé.

Les eaux séminales du baptême sont une crasse tombée sur moi de bien trop loin et de trop haut [2].

Car les eaux séminales du baptême sont une crasse que l'âme obscure, je voudrai dire l'âme obscène n'a jamais fini de rejeter.

L'âme refoulée jusqu'à l'obscène,
    soulevée sur [3] sa face obscène par le rite qui veut la purger,
    quand elle n'est pas là, et pas née encore, et que l'obscène c'est vous le premier.

Or je ne veux plus être syphilisé de naissance, je ne veux pas être un criminel-né.

Je [1] ne suis pas un grain.
Je prends avec moi l'ivraie afin de repousser le bon grain.

*

Je [1] me réveillerai me disant : Je n'ai pas commis ce crime.

Je me réveillerai me disant : J'ai [...]

*

Prendre [1] du dehors au dedans
et non donner du dedans au dehors,
remonter la force
et non la laisser tomber et s'y couler,
désaxer le lieu,
se détacher du départ par le contre-milieu.

INSTALLER LE BONHOMME [1]

En 1920 j'écrivais des poèmes,
en 1913 aussi,
ça ne m'a jamais réussi,
ces poèmes étaient odieux,
odieux pendant toute ma vie de passer ainsi à côté de la poésie.

On la sent, on la vit, on la souffre surtout, ah comme on la souffre et comme ça cuit quand elle n'est pas là, la poésie.

Et pourtant elle n'est pas là — on la souffre et elle n'est pas là.

C'est ainsi que tant que j'ai voulu écrire des poèmes qui fussent là j'ai passé à côté de la poésie, mais surtout à côté de moi — et que je n'ai commencé à sentir quelque chose et moi-même à me sentir là qu'à partir du jour où je me suis obstiné, acharné, attelé, attaché à dire qu'il n'y avait jamais rien eu ni personne, que le présent était un gouffre, un vampire, et l'avenir un présent jamais là.

Qu'est-ce que ça fait quand on cherche un poème ?

Des boutons de mamelle en lame qui bougent sur le souffle de tout le corps et non seulement du poumon qui dort.

Vieille affaire de scorbut, de syphilis, de peste, vieille bouture de céphalalgie, ignoble trempette de jour la nuit, quand pipi sort de l'encre et frit.

Jamais jusqu'ici un poète n'a dit ce qu'il avait commencé à cuire, à bassiner dans son for intérieur quand il a tâtonné l'écrit,

en tâtonnant dans le non-écrit sur la marge de tous les écrits [2].

Quand le dira-t-il ?

Quand tout l'écrit sera parti.

Quand on mettra les poètes morts en cage, quand on aura achevé d'étouffer les larves qui revendiquent la poésie.

Car aucun poète n'a jamais rien eu à apprendre d'un poète autre que lui.

Il faut faire le vide quand on écrit.

Et ceci m'explique pourquoi j'ai réussi à écrire à partir du jour où j'ai entrepris de n'écrire que pour dire que je ne pouvais pas pénétrer l'écrit.

Les vrais [3] poètes sont ceux qui se sont toujours sentis malades et morts pendant qu'ils consumaient leur propre être,

les faux ceux qui ont toujours voulu être en bonne santé et vivants quand ils sumaient [4] l'être d'autrui.

Et morts depuis les siècles des siècles, morts, ils continuent à vouloir imposer leur crapuleuse [5] pacotille

à ces morts qui souffrent debout devant un poème d'un pauvre sou qui ne contient même pas leurs plaintes,

car si en 1913 [6] je ne savais pas pourquoi je ne pouvais jamais écrire

je sais maintenant que c'est pour une simple, très simple histoire de vampires qu'on irait peut-être voir au cinéma mais qu'on ne songerait pas à poursuivre en hommes place, par exemple, d'Alésia.

Car c'est dans les vivants que séjournent ces cohortes de morts impunis

et un poète jaloux mort il y a cinquante siècles

n'est plus maintenant qu'un roi des cons en vie,

et [7] qui, dans le vide des scorbuts, des pestes, des syphilis [8] qui me donnèrent des entrailles, crache en disant que c'est fini, que c'est fini ma poésie,

et je ne sais plus ce que j'écris.

On ne trouvera pas dans ce premier tome tous les poèmes que j'ai finis avant de les faire sortir de ma plume de 1913 à 1922 mais on y trouvera [9] [...]

Moi poète j'entends des voix.
Elles ne [s]'appellent pas Titania ou Sibylle, Ophélie, Béatrice, Ulysse, Morella [10] ou Ligeia.
Elles ne s'appellent pas Metzengerstein, Hamlet, Eschyle, Macbeth, Penthésilée [11], mais je les ai mieux vues sur terre que dans le quadrangle du Paraclet.
Je ne me crois pas leur obligé, mais je crois qu'ils me doivent quelque chose.
Et ce quelque chose est d'avoir pu exister.
Le Théâtre de la Cruauté n'est pas né mais il bourgeonne sous la cendre de quelques charniers nouvellement incinérés.
Et mon amie Sonia Mossé [12] qui m'aimait et fut jetée au four crématoire reviendra avec l'amour qu'elle avait.
J'ai ainsi derrière moi un certain nombre de cadavres, de cercueils louches ou prématurés.
Une petite Germaine Artaud menée à Marseille au cimetière Saint-Pierre, d'où elle me regardait depuis 1904 [13], et quel est ce jour de 1931 à Montparnasse où j'ai eu l'impression qu'elle me regardait de tout près.
Or la petite Germaine était morte étranglée, et il y avait sur *son cou* des taches suspectes, quand la police l'incita à clamser [14]. Ce n'était qu'un corps de sept mois après tout, cette petite fille.
Et il y a tant de passions refoulées, tant de vices bien entérinés (à laisser circuler), à débonder dans la nature. Et où en serait le mal s'il n'était protégé.
J'ai aussi une Yvonne Allendy que je ne pense plus au cimetière Montmartre où elle fut menée en 1937 [15].
Et elle avait sur son cou plus que des taches suspectes, et son ventre quand elle agonisait montra d'étranges [16] flatulences, et il était bien curieusement ballonné.
Tout cela est pour dire que je sais pourquoi j'ai toujours

tellement de mal à écrire, et que je ne crois pas aux esprits des morts, ni aux lémures des charniers.

J'ai sur moi une horde [de] vivants, qui ne sont pas des momies mais des hommes et qui ne m'enserrent pas seulement par des institutions ou des lois.

Bouches d'égouts encroûtées de tout être qui ne veut pas d'Antonin Artaud ni du monde d'Antonin Artaud. Et le monde d'Antonin Artaud qu'est-ce que c'est ?

Une idée de la cruauté ?

La cruauté qu'il y a à bien décortiquer un poème, quand on veut en former la viande, non comme une viande d'enviandé mais la viande d'un être parfait.

ET QUI VIVRA en réalité.

Puis-je maintenant à quinze ans de distance me citer :

« Toutes nos idées sur la vie sont à reprendre dans un temps où rien n'adhère plus à la vie [17]. »

ou :

« La cruauté qui n'est pas en nous ressort tout à coup par le mauvais côté des choses [18]. »

ou :

« Tout ce qui ne sera pas brûlé par nous tous,

« c'est la terre qui va le brûler [19]. »

et j'ajouterai :

il faut brûler maintenant *et* les choses et les idées que nous en avons.

Car qu'ai-je à faire de la liberté et de son idée.

Brûler non les choses,

mais les idées,

brûler et l'idée des choses, et l'habitude de s'en référer à des idées.

Brûler la chose qui fait idée,

et le cerveau qui fait les idées.

C'est l'existence d'un cerveau emprunté qui a *produit* les catégories des choses.

Un [1] esprit d'éternité,
qu'est-ce ?
qu'est-il ?
ne nous a pas encore lâché qui veut s'obstiner à penser les
    choses suivant un certain nombre d'augureurs synthétiques,
    génésiques, symboliques, arbitraires, essentiels, principiels.

Je ne regarde jamais le physique, je ne regarde que l'être qui
    a la volonté.

Je n'ai jamais pensé à rien,
je me suis interdit de penser aux choses,

plus d'elles que moi a voulu sortir
parce qu'il avait mal,
ça avait mal,
elles avaient mal,
penser est un insondable et [   ] attachement,
une absence du simple pitri,

fantastiques, fantomatiques, fantomaux,
d'archétypes canons
désossés, déshumanisés, [...]

*

Trahir l'équité par un vice : la toxicomanie
et la soutenir au prix de la torture des innocents absolus,

le métier, la fonction,
la personnalité,
l'originalité,
le génie,

par une passion comprise qui n'est pas dans l'ordre de l'absolu,

toxicomanie,
coprophagie,
cruauté sexuelle,
vaincre le sexe non par la destruction mais par le profit simple.

*

Ce n'est pas la perdurabilité,
c'est que je refais tout et maintiens tout avec ma volonté et
    que cette volonté est invisible
et ce n'est pas la pierre ni l'eau qui agissent mais l'affirmation
    de l'action.

Les êtres m'ont beaucoup désiré.
Je les repousse et repousse.
Je ne veux pas me regarder mais ma propre tête m'a bien
    servi.

Ils tiennent la liberté,
ils tiennent le refuge dernier
au prix d'une hideuse
                infantilisation
                d'êtretée [1],

non par monades
mais par surfaces impératives
            conditionnantes,

et il confond l'être avec la *modalité*.

J'ai dépassé en frappant depuis longtemps ce point et je ne
    le sais pas.

Je n'ai pas encore pu installer le bonhomme,
mais j'ai toujours pu détruire tout ce qui m'en *empêchait*.
Et ma volonté n'est pas la plus forte de toutes.
Elle est celle qui ne peut pas d'elle-même se renouveler –
    parce que la volonté des autres n'est pas la première.

                    *

Il [1] y a encore une dernière et [   ] chose [...]
et une édition nouvelle de mes œuvres écrites depuis main-
    tenant 21 ans sans que je ne l'aie dit.
Car mon œuvre en effet ne pourra jamais être que celle d'un
    perpétuel trublion, d'un empêcheur de danser en rond.

                    *

Le désir s'arrêtera toujours devant le néant,
arrive un instant où il n'y a plus rien à désirer
et c'est mon corps externe et apparent,
c'est de cela qu'en effet l'être se forme,
d'une formidable compilation de sevrages, de renoncements,
    de répulsions, de privations,
rien qui mette mieux à l'abri du désir des autres que d'avoir
    cessé de désirer en soi
comme rien ne rapproche mieux de la compréhension des
    autres que de leur attribuer un être toujours plus admirable
    qu'on leur suppose et qu'ils n'ont pas.

À force de pousser l'homme mauvais dans les fils de sa géné-
ration propre je finirai par rejoindre le point où la conscience sortie de moi a toujours compris qu'elle ne pouvait
pas vivre sans moi.

On [1] ne quitte jamais un être. On refait toujours le même
autrement en le réincubant.

Je suis toujours prêt à regarder un être en fonction de ce
    qu'il n'est pas et non de ce qu'il est et qui ne compte pas.
Il n'y a ni actes ni faits, il n'y a que des ardes qui ardent duc.
On ne juge pas des nécessités.
Je ne suis pas enfoncé dans un espace fait, je le crée sans
    cesse,
sans halte possible
à jamais.
Il n'y eut jamais dans mon monde de mètre et c'est bien
    conforme à mes gris-gris.

Je n'ai pas à savoir mais à faire toujours autre chose — et qui
    regarderait ce qui est puisqu'il n'y a que ce qui n'est pas,
    l'acte n'étant qu'un fondamental tremblement qui ne peut
    plus se regarder après.

Je n'ai jamais cru à rien.
Je n'ai pensé qu'à d'impossibles gris-gris.
Je n'apprends pas, j'invente.

Je ne regarde que ce que je ferai.
Il ne peut y avoir de science car la science est une notion
    d'attardés.

Ces êtres signalés par Satan avaient besoin de corps et c'est
    tout.
L'être se mume,
le mien est de mutumer.

Connaître c'est forniquer le néant

et il n'en sort pas rien
mais quelque chose : des vers.

Une membrane d'étang pesteux qui veut faire durer sa sale
    peau, voilà ce que c'est qu'un être.

Être est un mot inventé par dieu – pour contreforter son
    existence car il savait qu'il ne pouvait exister.

Une demande me fait faire sans répondre un gris-gris et sans
    la considérer.

Je prends le demandeur et le diffère autre chose que li avec
    ce que le li avait pris.

Or d'où ont-ils pris de quoi être, exister sans ma volonté ?
Du temps vers lequel je me parfais
              frisant tomia
              a pe rupte.

L'esprit n'a jamais pu me suivre car il a besoin
              d'intellect-tu-her.

              pastin dale masqui
              dallil masqui
              pastil masqui
              denel disqui

Ce clou [2] est que ce que l'on est ne vient pas de ce que l'on
  advint,
et ne l'est pas
et non ce que l'on sera ou peut être
mais une simple vertu et puissance d'immédiate transmuta-
  tion.

golan nudi
triton budé
café natron
natril café
putain
toumier
anus chier

*

4 mamelles, 5 yeux [1].

sfoze xari
sfozi xantrile
sfozi xantrili
abe ktanifri

Je veux que le corps soit la volonté et non d'elle-même la
  volonté,
pour cela il lui faut du temps : le concret.

4 mamelles, 5 yeux,
mais les indications de retenue ou de force ne figurent pas
  dans l'anatomisation.

L'anatomie présente n'est pas dans le problème,
qui ne fut jamais spirituel mais corporel,
le problème de l'amour parfait.

Tous les corps ont été faits pour faire l'amour,
faire que l'amour soit accompli, constitué,
mais limer comme on dit en français ce n'est pas faire l'amour
    mais le râper,
faire que l'amour soit à la longue entièrement constitué, cet
    à la longue étant l'éternité,
car pourquoi à la longue,
pourquoi un jour viendra et pas tout de suite
puisque cet à la longue lui non plus ne sera pas réalisé,
c'est la longueur du corps aimé et c'est tout,
lequel à force d'être tenté finit par rendre son dentier.
Parce que cet à la longue [2] n'est pas le temps mais un espace
    en lui propulsé et qui ne peut s'en différencier.

Pour faire un homme il aurait fallu non un savant mais [3] un
    amant, un simple amant,
maçon inné de son métier,
car aimer c'est
faire l'amour est une fricassée qu'il faut brouiller et cimenter
et ça se fait par le derrière aussi bien que par les sous-pieds
    des lèvres du vagin cutané une mixture à en crever,
car
qui a dit qu'on pouvait ricaner,
baffrer, puter et tronchonner,
limer, schlinguer, saligoter,
muffler des bas-joues et du froc
quand l'amour est un corps entier qu'on ne peut juger sans
pas d'écart et pas de recul pour juger du travail,
au lieu de connaître le geste de faire,
de supputer mon geste fait,
j'aime mieux en recommencer un.

Est-ce que tu ne peux pas te renouveler
avec ton idée de feuilles et de cœurs ?

Non, c'est pour me forcer à me renouveler qu'on s'est révolté,
moi je ne voulais pas me renouveler au contraire.

*

Tu n'es qu'une très antique cone, Lucifer, en vérité de vivre
sur les illusions (psycho-techniques) qui te font vivre à propos de la mécanique de dieu.

C'est la conscience et le jugement qui emmerdent l'existence,
sans eux qu'on serait libre et heureux.

Le cœur au couteau de Caterine [1].

Dieu chassé.

Ce n'est pas eux mais la nature qui leur a donné de haïr avec
cette intensité.

Et comment es-tu fait à propos de bottes, tu ne le sais pas, je
te prends ça,
quand le non-savoir est
1° un poison d'obscurantisme giclé par une mauvaise bête,
2° une escroquerie spontanée provoquée par une autre identique mauvaise bête.

C'est le cerveau mis sur mon être comme sur tout l'être qui
me pose les problèmes de cette manière enfantine afin de
me filtrer, canaliser.

*

**phosphore upo
suderip eau**

Ôte-toi de là que je m'y mette, disent-ils à celui qui ne cesse
de montrer la pleine autorité et la pleine science et de voir
ses insulteurs saccagés, et le problème se repose toujours,
les choses reviennent toujours à cette offense truquée de

la part de larves infantiles incapables de sortir de leur dada
de paternité.

C'est moi qui de mon génie propre d'homme épidermique
présent maintiens les choses de mon corps aussi loin qu'elles
sondent et charpentent la possibilité
1° par ma tenue,
2° par mes machines,
ex. : la machine ardée par un esprit curieux qui pompait l'âme
de Caterine Chilé Artaud.

Nous espérons encore, ont-ils dit après le coup de graisse.

**arabaltée
benar tap
in arsine**

Prendre du naturel,
les intellectuels ne sont venus que de ce pincement de lèvres
du vampire sur la valise (vaseline) de conscience qui leur a
servi à exister
et à travers et par eux cette conscience ne ricanera pas contre
moi.

Le vase de géranium plissé,

les paupières subséquentes du bœuf.

Les âtres [1] m'ont enlevé une lamelle de conscience qui est
devenue leur plexus de vie.

Que sont-ils, eux ?
Cette bête éponge planquée au mitu
de l'Uranien
Sainte tête,

o le ite
ti letti

l'authentique mépris de qui a voulu atteindre les choses.

Je n'ai pas voulu *du tout* ce consentement du cerveau à ma
    queue,
l'épouvantable malaise que me donne [2]
mon épouvantable fatigue,
une conerie souterraine, en tout cas décevante parce que je
    ne peux plus jamais marcher.
C'est à propos de la fatigue que l'être prend de la morgue,
mes paroles directes aux voix proches ne correspondent pas
    au réel
mais à des dispositions de conscience,
de [...]
            et avant elle
            ante mûre
s'approcher avec tact de moi de manière à ne plus l'avoir su
    un jour.

                    *

Je n'ai pas de texte de l'art et la mort [1].

                    *

J'ai en moi une succession de mauvaises volontés duplicata
            insel lante
            inex lante inslantante
            tous les lu–
fatigue, fuir poisons, électro-chocs.

                    *

Donc Charenton,
les bâtis des spectres terre,

les non-bâtis des ponts,

je les ai tous caractérisés.

Mon être – faire mon devoir par sevrage satisfaction venue
d'une collusion physique et encore plus d'une collusion
morale.

*

On a ouvert à travers ce bureau, vous n'imaginez pas [1] la
fezure qu'on leur impose pour essayer de leur parler [2].

*

Pourquoi l'épouvantable prolongation de ce cauchemar du
bâillement des morts en moi qui n'attendent qu'un fléchis-
sement de ma volonté pour m'envahir.

Moi, bêtise, boucherie, esprit, cruauté, salacité, érotisme,
lubricité, dévouement, honneur, héroïsme, simplicité.

Les maîtres dans les mains desquels je suis tombé ne m'ont
pas insurgé car

tarakurtine
edin edane
li la

d'autant plus que je n'ai rien dit
mais entendu une voix surrénale haineuse
comme homme (monde) établi tel qu'elle [1] est
me dire :
Ça ne fait rien, buteur,
ça ne fait rien,
il y en a qui ont pensé pour toi.

Mais oui, oignon,
mais oui, ma grigne,
mais oui, agnegne,
mais oui, moignon.

**yo techne a tesha
terita
yo technita
a cula teri**

Déplacement de la queue du ventre à la cuisse force par souffle
cœur droit foie,

les autres gris,
le soulève tranché
cuiss [2] et non *menté*,
l'applicate[ur].

J'aime beaucoup les bonnes manières mais je n'ai jamais cru
qu'*aucun* homme soit bon.

*

Vendez votre héroïne, au besoin je vous en passerai, disait
je ne sais plus quel flic que je connais (j'en ai connu plus d'un
dans mon voyage en Irlande entre 2 portes de cellules capi-
tonnées).
C'est d'une hypocrisie élémentaire, pratique, courante et
très reçue, et cela n'apprend rien ni au lecteur ni à personne.

*

**naiza mazed
esel kebel
desel fela**

**azai keled
etrel falta**

Le retour du pont chez Colette et l'insinuation des têtes liqueuses sous mes cuisses mamelles sous-ventrières,

le décapotage des plis
            is iris.

C'est moi qui pense la nature des choses en l'inventant

et ces têtes n'ont pas existé
et encore moins leur principe immaculé de décapoter.

Je suis celui qui crée les choses dans le néant et se crée *d'abord* dans le néant sans que son corps ne lui donne rien mais qu'il lui donne à la minute et du point le plus éloigné tout.

2° Le clou roulant dans sa suspension extrême libère les choses contre la croix qui les maintient,

ainsi qu'au Royal [1]
pique des plaques rue de Sèvres

et clou lombaire au Royal,

avant le sortir de la cadavrerie à trompe,
non, ils ne voient pas mieux que moi en moi la recherche de mon esprit
parce que je travaille en corps et hors concept
mais avec affre,

je n'ai jamais vu l'obscénité du néant
faire balès occultement,
            balès toctoc
            sacré sacré,

reconnais-moi,
je suis arrivé,
il est temps de te retirer.

Vous vous êtes trompés de gouffre et c'est tout,
vous montez du gouffre externe à moi
et vous ne pouvez entrer dans mon interne parce qu'il n'a
    jamais existé et n'existera pas [2].

> tran parazin
> rasinta
> o la pnatri
> tro ponarzi tasinta
> tola pitri

Qu'est-ce que c'est
que ce médicastre
qui pense assis
sur le propre jacquot [3] de cœur.

> prita sarta
> babel
> aro bati
> orta dertra
> danel
> aro porti

qui veut dire que mon cu est un bout de la route,
ce qui fait que je n'ai jamais été vraiment touché dans mon
    être
si mon corps l'a été toujours,
bientôt il ne le sera plus
et ce n'est pas de la métaphysique mais de la vie,
J'AI toujours été touché, mais pas dans mon corps vrai puisque
    je m'en ferai un autre avec celui-ci.

*

Chambre d'hôtel à la campagne.

Viendrez-vous ce soir, me disait Marthe Robert,
vous viendrez ce soir en toute sécurité, oui, en toute sécurité.

Les rails du train étaient pleins de sorbets,
les êtres étaient tous des poules d'eau,
moi la peste.

Je ne suis pas furieux contre toi mais contre eux,
toi je te tiens.

> **nos ba dar**
> **te dedi rebel**
> **rele**
> **no ba dar**
> **te dedi**
> **re tra**

Le moral ne se posera plus
que Satan a nourri des fesses vers les mamelles de la vie,

qui est un être – justifiable, perceptible,
connaissable,
reconnaissable,
et qu'on peut cadrer dans un courant,
ramenable
par le maillot du souffle fesses,
la loi cardiaque du guêpier de nécessité
(du casable guêpier)
de l'établi concert,
loi morale cardiaque du mérite à gagner.

*

	sta dana
sombre	te kata dausa
	sta dausa
	e kata dana

	ste rala
déliré	te trute deule
	ste ruta
	e rule tetrule
	stc tetrule
	e te retrule

ta elani
te putu rutrule
te ratrula
e puta dani

Le mât de Cocagne,

l'arbre de Neneka [1],

le mérite ni le gain ne peuvent jamais se situer ni comme
  départ ni comme arrivée selon la loi des 10 commandements.

*

Je ne suis pas censé assister à une représentation des êtres
que je dois au passage purger,

je ne suis pas censé simuler le grand voyage des éternités,

je suis encore moins un corps vicié par les attouchements de
  qui me touche pour se servir à mon garde-manger.

450 OEUVRES COMPLÈTES D'ANTONIN ARTAUD

Scène épouvantable de Colette,
têtes décapées,
scène épouvantable du Royal
après la pissotière,
impossibilité de frapper au sommet de la colère par enser-
    rement de guerriers armés
(armée de cus et de pus blindés),
scène épouvantable chez Marthe,
la sortie du père larve blanc safran
au sommet toujours repoussé.

Possession du métro par l'imbécile esprit qui se croit infini.

Assez d'une sexualité, d'une digestibilité,
en fluides liquides, spectres enflés, eaux pendantes le mal est
    infini,
en être il n'est plus qu'une suite de morts.

Sensation d'hémorragie qui parle
venue d'êtres entrés chez les morts.

Cet après-midi mardi
monstrueux Colette envahissement
milieux excentrés colorés,
monstrueuse pissotière,
resserrement dorsal à ne plus éclater,
monstrueux Royal
idem par d'autres,
monstrueux Marthe envahissement
bouffe mon cu par *lémure* blanc roux.

Les grands gris-gris naturel de l'allée qui ont fait taire la
    poule naturante.

Tu ne feras pas ça toi-même et tu nous la laisseras faire, nous.
La déconade ne m'importe pas,
bouffer de la crème,
se gratter les bugnes,
s'enfoncer le doigt dans le cu,
pisser,
spermer.

Les parasites ont voulu schlinguer et *puer* jusqu'au bout, c'est
tout.

*

Mes écrits représentent déjà ce que je cherche comme métaphysique et parce qu'elle est la merde re-inoculatrice de la
chair.

Les choses sont les pérous d'une brique pris d'une autre
brique par qui trouva le principe [1] briqual et non des pré-
dominitions.

Le foie de rate boîte à la place de la grande idée cosmique
du caca Satan,

la boîte de la douleur primatrice de la *conception*,
pas de conception des choses,
des briques approfondies.

NOTES

Nous entreprenons dans le présent tome la publication des cahiers écrits par Antonin Artaud à partir de son retour à Paris, c'est-à-dire à dater du 26 mai 1946. Les principes d'édition sont ceux qui ont été adoptés pour les Cahiers de Rodez et qui ont été précisés dans une note générale à laquelle nous prions le lecteur de se reporter (cf. *in* tome XV, p. 345). Un index des noms cités par Antonin Artaud dans ses cahiers aurait été souhaitable, mais il ne saurait être établi avant que la publication des écrits posthumes ne soit achevée. Nous procéderons donc comme nous l'avons fait pour les Cahiers de Rodez : lorsqu'un nom apparaît, nous renvoyons à la première fois où nous l'avons rencontré dans les précédents tomes, et comme certains de ces noms reviennent très souvent, pour chaque cahier nous indiquons ce renvoi seulement à la première apparition.

Il arrive de rencontrer dans les cahiers, soit sur des feuillets détachés à cet effet, soit sur les pages des cahiers eux-mêmes, des lettres ou projets de lettres. Nous les publierons ultérieurement avec la correspondance d'Antonin Artaud à partir de son retour à Paris. Nous avions fait de même pour les lettres et projets de lettres trouvés dans les cahiers de Rodez qui avaient pris place dans les tomes X et XI.

Page 9 :   *Dimanche 26 mai 1946.*

1. Suite du cahier 106 (cf. *in* tome XXI, note 1, p. 569).

2. Antonin Artaud était arrivé très tôt le dimanche matin à la Gare d'Austerlitz. Il avait pris le train de nuit en compagnie du docteur Ferdière qui emmenait deux malades à Sainte-Anne. Les jours précédents, il avait écrit à plusieurs de ses amis pour leur donner rendez-vous au café de Flore, le dimanche soir à six heures (cf. *in* tome XI, lettre du 17 mai 1946 à Jean Paulhan, et *in* tome XIV*, pp. 124-125, lettre du 22 mai 1946 à Colette

Thomas). Il était donc ce soir-là nécessairement passé devant le café des Deux Magots.

3. Caterine Artaud (cf. *in* tome XV, note 1, p. 364), Cécile Schramme (cf. *in* tome XV, note 1, p. 369) et Yvonne Allendy (cf. *in* tome XV, note 6, p. 364).

Page 10 :   *Bien des fois votre conscience...*

1. Le rendez-vous qui est noté juste au-dessous fait supposer que cette phrase s'adresse à Colette Thomas.

2. Antonin Artaud avait d'abord écrit le bon quantième : *28,* puis il a écrit un *7* en surcharge sur le *8.* Or, c'est bien le 28 mai 1946 qui tombait un mardi.

3. Antonin Artaud a écorché le patronyme de Jacques Prevel (cf. *in* tome XXI, note 1, p. 487, et note 2, p. 509) et écrit *Plevel.* Il est vrai qu'il ne le connaissait que par deux lettres qui lui avaient été adressées à Rodez. Le quantième du rendez-vous est lui aussi erroné ; c'est le 29 mai 1946 qui tombait un mercredi.

Page 12 :   *Anie est partie de Paris...*

1. Anie Besnard (cf. *in* tome XV, note 13, p. 374).

2. Pour Catherine Seguin, cf. *in* tome XVIII, note 3, p. 351. Nous avons signalé qu'Antonin Artaud l'identifiait parfois à sa grand'mère paternelle, Catherine ou Caterine Artaud (cf. *in* tome XXI, note 1, p. 559).

3. Pour Elah Catto, cf. *in* tome XV, note 24, p. 398.

4. Nous avons plus d'une fois signalé que la mort de Cécile Schramme en 1940 était nettement anticipée (cf. *in* tome XVIII, note 2, p. 294).

5. Pour Ana Corbin, cf. *in* tome XV, note 1, p. 361.

6. Sans doute Anne Manson (cf. *in* tome XVI, note 3, p. 340) dont le prénom doit être écrit avec une seule *n* par contamination des orthographes adoptées pour *Anie* et *Ana.*

7. Paragraphe précédé de ce début de phrase biffé : *Les hommes de cette* [...]

8. Le docteur Achille Delmas est déjà apparu dans un précédent cahier, à une époque où Antonin Artaud ignorait qu'il serait un jour domicilié dans sa maison de santé à Ivry-sur-Seine (cf. *in* tome XX, p. 187, 8e §, et note 3, p. 499). Le docteur Ferdière n'avait accepté de faire les démarches administratives nécessaires à sa sortie de l'hôpital psychiatrique de Rodez

que si on lui garantissait qu'il logerait dans un établissement spécialisé. Celui du docteur Delmas avait été choisi parce que celui-ci avait accepté d'héberger son pensionnaire en le laissant libre d'aller et venir à sa guise. Et, en effet, le jour de son arrivée, il lui avait remis les clefs de la grille d'entrée afin qu'il ne soit pas gêné par ses heures de fermeture. La répugnance qu'avait éprouvée Antonin Artaud à l'idée de se retrouver dans une maison de santé disparut aussitôt. Il lui fut d'abord attribué une chambre dans l'un des pavillons les plus récemment construits. Mais en se promenant dans le parc, planté d'arbres séculaires, il avait aperçu un ancien pavillon isolé, construit au xviiie siècle, que l'on n'utilisait plus, et avait demandé au docteur Delmas la faveur d'y habiter. Il fut accédé à sa demande et il disposa désormais de deux chambres communicantes, l'une très vaste, dont les portes-fenêtres donnaient sur une partie du parc sans aucun vis-à-vis. Le chauffage central n'étant pas installé dans ce local, tout l'hiver, le vieux jardinier apportait deux fois par jour d'énormes bûches pour entretenir le feu dans la cheminée. Le docteur Achille Delmas devait mourir en octobre 1947. Il fut alors remplacé par son frère, le docteur Paul Delmas, médecin légiste, puis par le docteur Georges Rallu, acquéreur de la clinique. Celle-ci était située au 23, rue de la Mairie. Elle fut par la suite acquise par la commune et détruite. Des logements sociaux furent construits sur son emplacement. Le parc n'est plus qu'un souvenir.

9. Antonin Artaud a commis un lapsus et écrit : *... à me plus me défendre...*

10. Il n'y a pas d'accent sur le *u* et l'on pourrait se demander si la cause n'en serait pas la rapidité de la graphie. Toutefois, même si l'hypothèse de la leçon : *...ailleurs où l'on me cueillera...* a une apparence de validité, cela semble contredit par l'emploi de la préposition *par : ... par un asile...* C'est donc bien le *ou* de l'alternative.

11. Les deux derniers paragraphes sont ajoutés transversalement dans la marge de la page qui porte les six précédents.

Page 14 :   *Anie...*

1. Conforme à l'autographe. Mis pour *opium*. Transformation visant sans doute à dissimuler l'identité du produit.

Page 14 :   *Qu'est-ce que penser un coup ?*

1. *... qui pousse à une non-douleur,*

2. La phrase, écrite dans le bas d'une page, est restée inachevée, sans doute parce qu'Antonin Artaud s'était interrompu pour noter obliquement dans la partie inférieure de la marge le court fragment relatif aux *six filles de cœur* que nous avons transcrit à la suite de ce texte-ci (cf. p. 16).

3. Pour le sens qu'Antonin Artaud donne à *endoffer*, cf. *in* tome XIX, note 2, p. 363.

Page 16 :   *Je crois reconnaître en Laurence Albaret...*

1. Amie d'Anie Besnard, de son vrai nom Marthe Jacob. Sous le pseudonyme de Laurence Albaret, elle avait publié un recueil de récits : *le Grand Ventre*, Éditions Balzac, 1944. Certains de ces récits avaient été écrits alors qu'elle avait tout juste seize ans. Antonin Artaud l'avait rencontrée en compagnie d'Anie Besnard dans les jours qui avaient suivi son retour. Elle était très belle.

2. La séance donnée au Théâtre Sarah-Bernhardt, en hommage à Antonin Artaud et à son bénéfice, devait avoir lieu le vendredi 7 juin, à 17 heures. Elle fut ouverte par André Breton, tout juste revenu des États-Unis. Des textes d'Antonin Artaud, présentés par Adamov, furent lus par Roger Blin, Lucienne Bogaert, Maria Casarès, Alain Cuny, Charles Dullin, Louis Jouvet, Madeleine Renaud, Raymond Rouleau, Colette Thomas et Jean Vilar. Elle s'acheva avec une lecture mimée des *Cenci* par Jean-Louis Barrault. Or, un étrange phénomène d'amnésie a fait oublier sa participation à ce dernier au point qu'il l'a niée à plusieurs reprises (cf., entre autres, *Entretien avec Jean-Louis Barrault et Gaston Ferdière / rapporté par Pierre Chaleix*, in *la Tour de Feu*, n° 112, décembre 1971), ce qui a donné lieu à une série de mises au point sur lesquelles nous ne reviendrons pas. Nous avions personnellement assisté à cette séance et entendu Jean-Louis Barrault lire *les Cenci*. Mais confirmation éclatante de sa présence a été donnée par Jacques Prevel dans *En compagnie d'Antonin Artaud* (Flammarion, 1974), texte repris de son journal où il marquait soigneusement chacun des instants passés avec Antonin Artaud. Or, à la date du 7 juin, il donne un compte rendu détaillé de la séance au Sarah-Bernhardt. Il indique notamment : *Jean-Louis Barrault revient et annonce que la lecture des Cenci durera quarante minutes. [...] Barrault simple et stupéfiant. Applaudissements.*

3. Les amis d'Antonin Artaud, en particulier Marthe Robert et Arthur Adamov, pensaient qu'il était préférable qu'il n'assistât pas à la séance au Théâtre Sarah-Bernhardt pour laquelle il avait fait travailler Colette Thomas qui devait y lire un passage de *Fragmentations* (cf. *in* tome XIV*, pp. 13-22). Il s'était rendu à leurs raisons, non sans regret.

4. *la surprise* remplace *le plaisir*, biffé.

Page 18 :   *Feutre mou,...*

1. Conforme à l'autographe. La graphie est bonne.

2. Le crayon dont la pointe avait dû casser n'a pas marqué pour ce dernier mot qu'on parvient à lire en faisant jouer la lumière sur la page. On aperçoit alors la trace qu'il a laissée comme gravée dans le papier.

Page 20 :   *Demain midi,...*

1. Adresse de l'hôtel où Marthe Robert logeait à cette époque.

Page 20 :   *Il faut horriblement de travail...*

1. Une autre formulation avait d'abord été envisagée et Antonin Artaud avait écrit : *Les p*[...] ; puis il a surchargé la lettre *p* par *être*, mais en négligeant de corriger l'article, de sorte que le manuscrit porte *Les être reculé...*

2. Pour les patronymes Salem, Nalpas, Vian, cf. respectivement *in* tome XV, note 8, p. 382, note 1, p. 375, et note 62, p. 402.

3. *celui-ci* est écrit en surcharge sur *lui.*

4. Nouvel exemple de l'identification de Catherine Seguin avec la grand'-mère paternelle d'Antonin Artaud (cf. *in* tome XXI, note 1, p. 559).

5. Juste au-dessous de cette ligne, Antonin Artaud a noté ceci, qu'il a d'ailleurs séparé de ce qui suit en traçant un long trait horizontal : *voir Henri Parisot.*

6. Conforme à l'autographe ; écrit ici en deux parties nettement séparées.

Page 22 :   *Le texte de Colette Thomas...*

1. Ce texte pourrait être le manuscrit d'un conte remis par Colette Thomas à Antonin Artaud et qui a été glissé par lui dans le cahier 111 (cf. note 1, p. 475) qui est légèrement postérieur à celui-ci. Ce texte a été publié dans le numéro spécial d'*Obliques* (n° 14-15, septembre 1977) : *la Femme surréaliste,* sous le titre, donné par la rédaction de la revue, de *l'Odeur de la nature.* Ce pourrait être aussi la première partie du livre que Colette Thomas publiera en 1954 aux éditions Gallimard, sous le pseudonyme de René : *le Testament de la fille morte.* Cette première partie : *le Débat du cœur,* est en effet antérieure à la fin du mois de mai 1946, étant constituée, pour une part, des lettres écrites par Colette Thomas à Antonin Artaud en mars et avril 1946 (cf. *in* tome XIV*, note 2, p. 271, et notes 2, 4 et 8, p. 273).

Page 23 :   *C'est ma volonté...*

1. Paragraphe écrit transversalement dans la marge de la page qui porte les huit précédents.

2. Fin du cahier proprement dit. La fin de ces notes occupe la moitié supérieure d'un feuillet simple détaché du cahier dont le verso est vierge. La graphie, le crayon employé sont identiques.

3. ... *qui crache : moi.*

Page 24 :   *Vous êtes morte...*

1. Ce court texte est noté sur la première page d'un feuillet double détaché du cahier, glissé au début du cahier. Il fait référence à une conversation qu'Antonin Artaud n'a pu avoir qu'une fois de retour à Paris. La première phrase laisse supposer que son interlocutrice pouvait être Anie Besnard. Il n'est pas du tout impossible qu'il ait été écrit en sa présence, au moment même où lui était faite la réflexion qu'il rapporte.

Page 24 :   *Dans quel carme,...*

1. Fragment noté sur la quatrième page du même feuillet.

2. Nous avons signalé (cf. *in* tome XXI, note 1, p. 569) qu'entre la dernière page du cahier et la couverture, outre un feuillet simple détaché du cahier lui-même (cf. note 2, ci-dessus), étaient glissés divers feuillets détachés de plusieurs autres cahiers. Un groupe de ces feuillets porte des textes qui nous semblent tous en relation avec l'intention manifestée dans l'un par Antonin Artaud de prononcer une conférence. L'un de ces feuillets ne pouvant pas être antérieur au 13 juin 1946 (cf. note 1, p. 478), ils ont à coup sûr été placés dans ce cahier postérieurement à sa rédaction. Nous reproduisons ces textes à leur place chronologique (cf. pp. 82-85). Quant aux derniers feuillets, leur place dans ce cahier nous paraît tout à fait fortuite car ils sont occupés par un projet de *Lettre au dalaï-lama*, écrit avec une encre bleu turquoise, type bleu des mers du Sud, très inhabituelle, dont la rédaction est certainement encore plus tardive (l'état définitif de l'*Adresse au dalaï-lama* est du 2 décembre 1946). D'après plusieurs indices : format du cahier, de quelques millimètres plus haut que la plupart, couleur et grain du papier, couleur et épaisseur du filet de marge, largeur de la marge, couleur des traits de réglure, place de la déchirure causée par les agrafes, nous avons acquis la conviction que ces pages avaient été détachées d'un cahier où l'on relève la date du 22 novembre 1946 et dans lequel cette même encre inhabituelle a été utilisée pendant quelques pages. La *Lettre au dalaï-lama* prendra donc place avec les textes de novembre 1946, dans un tome ultérieur.

Page 25 :   *Les êtres m'ont déporté...*

1. Cahier 107, du même type que le cahier 102. Marque *Scout.* Couverture sable ornée de la même illustration montrant des scouts établissant

leur campement, avec, au premier plan, le feu de camp. Papier réglé. Encre noire, crayon. Vingt-huit pages. Aucune date dans le cahier que l'on peut approximativement dater de la fin de mai 1946, des cahiers de ce type ayant été utilisés en mai et juin 1946.

Page 26 :   *Les corps ne deviennent nocifs...*

1. *... par un état et moment...*

2. Les deux derniers paragraphes sont écrits transversalement dans la marge de la page qui porte ce qui précède.

Page 26 :   *Pas de gaz,...*

1. *Vous avez pris votre idiotie...*

Page 28 :   *Adamov et Marthe Robert...*

1. Pour noter cela, il fallait qu'Antonin Artaud eût revu Colette Thomas, ce qui atteste bien que le cahier a été rédigé après son retour à Paris.

Page 28 :   *L'être est un objet animé...*

1. Le chiffre 7 est écrit en surcharge sur un 6.

2. Ces deux mots remplacent cette première réponse, barrée de deux traits obliques :
Parce que je n'ai pas toujours été assez humble, assez simple et assez ignorant et qu'il m'a fallu abêtir *quelque chose avant d'être à l'abri de l'intelligence en moi.*

3. Yvonne Allendy (cf. *in* tome XV, note 6, p. 364).

4. La grand'mère paternelle d'Antonin Artaud, Caterine (ou Catherine) Artaud (cf. *in* tome XV, note 1, p. 364).

5. Encore une fois l'or rencontre Elah Catto (cf. *in* tome XV, note 24, p. 398) identifiée à Neneka, la grand'mère maternelle d'Antonin Artaud (cf. *in* tome XV, note 1, p. 375).

6. Ana Corbin (cf. *in* tome XV, note 1, p. 361).

7. Cécile Schramme (cf. *in* tome XV, note 1, p. 369).

8. Cette série de couleurs est écrite le long d'un dessin en forme de tube intestinal, tracé entre le début et la fin de la phrase. Il n'est pas facile de déterminer si la rupture qu'elle y introduit est accidentelle ou voulue.

9. Vraisemblablement une spécialité pharmaceutique que l'on avait dû indiquer à Antonin Artaud.

Page 32 :   *Jean Paulhan,...*

1. Cahier 108, du même type que les cahiers 102 et 107. Marque *Scout.* Couverture sable, ornée de la même illustration (cf. note 1, p. 460). Papier réglé. Crayon mine de plomb, crayon vert, encre noire. Quarante-quatre pages. On y relève les dates du 30 mai (demain 31) et du 2 juin, puis des 5 et 6 juin 1946.

2. Tout ce qui suit le numéro de téléphone personnel de Jean Paulhan correspond à des renseignements pharmaceutiques sur des substances ou spécialités calmantes.

Page 32 :   *Faites ce que vous avez toujours fait,...*

1. L'écriture est ici très rapide, le *u* est inexistant, mais il en va de même de la lettre finale du substantif *cœur.*

Page 33 :   *N° Mercure de France septembre 1923,...*

1. Le projet de publier les œuvres complètes d'Antonin Artaud avait été évoqué dès sa première visite au siège des éditions Gallimard. Il tente ici de faire l'inventaire de ses textes déjà publiés ou parus en revue.

2. Pour Anne Manson, dont Antonin Artaud a orthographié ici le pré-nom *Ane,* sans doute par contamination de l'orthographe qu'il donne aux prénoms *Ana* et *Anie,* cf. *in* tome XVI, note 3, p. 340. Anne Manson étant allée au Mexique peu de temps après lui, s'y étant liée avec les mêmes personnes que lui, il devait compter sur elle pour l'aider à retrouver les textes parus à Mexico. Comme elle connaissait très bien Florent Fels il devait aussi escompter qu'elle l'aiderait à retrouver les textes qu'il avait remis à *Voilà | l'Hebdomadaire du reportage.*

3. Pour mademoiselle Seguin, cf. *in* tome XVIII, note 3, p. 351. On remarquera l'insistance d'Antonin Artaud en ce qui concerne les poèmes de Catherine Seguin qui auraient été publiés en 1935 dans *la Nouvelle Revue Française.* Le fait qu'ils soient mentionnés dans une liste de ses œuvres antérieures et associés une fois de plus au nom de Jean Paulhan est troublant, au point que nous nous sommes demandé s'il ne se serait pas servi d'un pseudonyme pour publier à cette époque-là des poèmes dans *la Nouvelle Revue Française.* Les recherches faites dans ce sens sont totalement infructueuses.

4. Ces trois noms sont notés transversalement dans la marge de la dernière page de la liste. Ils sont tous les trois associés à la publication de textes d'Antonin Artaud. Denoël, parce qu'il avait été son éditeur, Parisot, parce que c'est à lui que l'on doit la publication en plaquette de *D'un voyage au pays des Tarahumaras* comme celle de *Lettres de Rodez* chez Guy Lévis Mano, André Breton comme directeur de *la Révolution Surréaliste.*

Page 36 :   *Cela est-ce Caterine.*

1. Caterine (ou Catherine) Artaud, la grand'mère paternelle d'Antonin Artaud, dite le plus souvent Caterine Chilé (cf. *in* tome XV, note 1, p. 364).

2. Anie Besnard (cf. *in* tome XV, note 1, p. 374).

3. C'est en octobre-novembre 1930 qu'Antonin Artaud était allé à Berlin pour tourner dans la version française de *l'Opéra de quat'sous* (cf. *in* tome III, note 4, p. 386). Ainsi sa rencontre avec Anie Besnard remonterait à la fin de 1930 et non à 1934, comme nous l'avions cru.

Page 34 :   *1 louis d'or...*

1. Allusion à la fortune mythique en lingots d'or qui aurait été déposée par Antonin Artaud à la Banque de France à Marseille en 1918 (cf. *in* tome XVI, note 2, p. 386).

2. Numéro de téléphone d'Anie Besnard.

3. Conforme à l'autographe. Vraisemblablement le bar Chéramy où devait être fixé le rendez-vous.

4. Grand café du boulevard Saint-Michel.

Page 35 :   *Veille,...*

1. Le premier de ces mots est écrit obliquement, en haut, à gauche de la page, le second un peu plus bas sur la droite. Au-dessous de chacun d'eux, un dessin.

2. Au-dessus et au-dessous de ce paragraphe, les adresses et rendez-vous que nous reproduisons ensuite.

Page 35 :   *Jacques Marie Prevel,...*

1. Lecture incertaine des deux derniers mots. Les quatre chiffres qui suivent font penser qu'il pourrait s'agir d'un indicatif téléphonique, mais nous n'en voyons aucun qui corresponde à ce graphisme.

2. Adresse de la librairie d'Adrienne Monnier dont Maurice Saillet était l'assistant.

Page 36 :   *La passion est une maladie...*

1. ... *de castration réelle pour...*

Page 37 :   POÈTE NOIR

1. Cahier 109. Couverture bleue. Papier réglé. Crayon, encre noire. Vingt pages. On n'y relève aucune date, mais il est sûrement antérieur au cahier 110. En effet, dans ce cahier-ci, on trouve un passage contenant un thème qui sera repris et développé dans *les Malades et les médecins* (cf. p. 41, 22e-24e §, p. 42, 1er-4e §, et note 8, p. 465), alors que le cahier 110, lui, contient un court texte qui peut être considéré comme une ébauche du même texte (cf. p. 59, et note 1, p. 468).

Antonin Artaud reprend ici le titre d'un poème inséré dans *l'Ombilic des Limbes* (cf. *in* tome XIV*, p. 63) dont il paraphrase en les négativant les deux premiers vers :

> *Poète noir, un sein de pucelle*
> *te hante,*

2. Le double signe de fermeture de la parenthèse est conforme au manuscrit.

Page 37 :   *Les vers de dignité salope...*

1. En relation probable avec la paraphrase de *Poète noir.*

Page 37 :   *La douce petite Caterine...*

1. Toujours les *six filles de cœur à naître* : Caterine et Neneka, les deux grand'mères d'Antonin Artaud (cf. *in* tome XV, note 1, p. 364, et note 1, p. 375); Yvonne Allendy (cf. *in* tome XV, note 6, p. 364); Ana Corbin (cf. *in* tome XV, note 1, p. 361); Cécile Schramme (cf. *in* tome XV, note 1, p. 369); et Anie Besnard (cf. *in* tome XV, note 13, p. 374).

2. Le chiffre *25* est écrit en surcharge sur le chiffre *26.*

3. De 1904 à 1907 environ, les parents d'Antonin Artaud ont demeuré 104, boulevard Longchamp, dans un immeuble de trois étages, dont ils occupaient le rez-de-chaussée et le premier étage. Le rez-de-chaussée se prolongeait par une grande terrasse donnant sur un jardin.

4. Terme sanskrit souvent employé par Antonin Artaud (cf. *in* tome XVIII, note 24, p. 345).

5. Mis pour tante Fanny, Fanny Missir, femme d'Antoine Nalpas, oncle maternel d'Antonin Artaud (cf. *in* tome XV, note 1, p. 375).

6. Syllabe triplée conformément au manuscrit.

7. Mot souligné treize fois.

8. Dans les sept derniers paragraphes est esquissé un thème qui sera repris et développé dans *les Malades et les médecins* (cf. pp. 67-69).

9. À la ligne suivante, ceci, biffé : *Je ne veux pas.*

Page 44 :   *Paule Thévenin,...*

1. Cahier 110. Couverture cartonnée gris-vert. Dos toilé noir. Pages de garde bleues. Papier à petits carreaux, coins arrondis. Crayon mine de plomb, crayon vert, encre noire. Cinquante-deux pages. On y relève les dates des 2 et 5 juin 1946. De nombreuses pages en ont été détachées, en particulier celles qui ont été utilisées pour la lettre à André Breton du 2 juin 1946 (cf. *in* tome XIV*, pp. 126-138), pour le texte intitulé *Lettres de Rodez* (cf. *in* tome XIV*, pp. 126-127) et pour la première version des *Malades et les médecins* (cf. note 1, p. 470). Le cahier présente des pages de garde cartonnées. Entre les deux pages de garde du début était glissée une carte de visite de *Charles Estienne / Inv. 06-97 / 52, avenue Bosquet, Paris 7ᵉ*, et entre celles de la fin une page détachée d'un petit carnet à spirale sur laquelle Jean Laude avait lui-même noté son adresse : *J. Laude / 48 Bᵈ Voltaire / Paris XIᵉ*.

2. Ce numéro de téléphone est noté sur la couverture du cahier, de la main d'Antonin Artaud. Dans le haut, à droite de la page de garde impaire on trouve cette adresse, notée de la main de Mesens : *E. L. T. MESENS / 23 BROOK STREET / LONDON W. 1.* Les divers rendez-vous ont été notés sur la première page du cahier.

3. Anie Besnard (cf. *in* tome XV, note 13, p. 374). Il doit s'agir du dimanche 2 juin 1946.

Page 44 :   *J'ai vu la petite figure de vieille...*

1. Caterine (ou Catherine) Artaud, la grand'mère paternelle d'Antonin Artaud (cf. *in* tome XV, note 1, p. 364).

2. Pour Catherine Seguin, cf. *in* tome XVIII, note 3, p. 351.

3. Yvonne Allendy (cf. *in* tome XV, note 6, p. 364) et Cécile Schramme (cf. *in* tome XV, note 1, p. 369).

4. Au-dessous de ce paragraphe, dans le bas de la page, Antonin Artaud a noté cette adresse : *Madame Parisel / Villa Sognandre / Saint-Hubert-le Roi*

/ par *Les Essarts-le-Roi.* Vraisemblablement l'adresse d'une pension de famille à la campagne indiquée par l'un des amis qu'il avait revus.

5. René Thomas (cf. *in* tome XV, note 29, p. 399).

6. Antonin Artaud avait su par Marthe Robert et d'autres correspondants qu'Anie Besnard venait de se marier avec Pierre Faure, mais il n'avait pas voulu l'admettre. Il fut bien obligé de constater, à son retour à Paris, la réalité de ce mariage, mais il refusa toujours de donner à Anie Besnard son nom marital.

7. Nous avons maintes fois signalé l'emploi de la syllabe védique *aum* pour dire homophoniquement *homme* (cf. *in* tome XV, note 5, p. 363).

8. Tournure conforme à l'autographe. Apparemment il n'y a pas de lacune entre *en ce que* et *puisqu'ils.*

Page 47 :   *Dans le* sentim*ent du moi...*

1. Conforme à l'autographe. Seules sont soulignées les deux premières syllabes de ce mot.

2. *jamais* remplace *pas,* biffé.

3. Suit une ébauche de la lettre du 2 juin 1946 à André Breton, ébauche qui a été reproduite dans le *Dossier de Suppôts et Suppliciations* (cf. *in* tome XIV*, p. 219).

Page 48 :   *Lettre à G. L. M.,...*

1. Nous avons déjà vu apparaître, au début de mai 1946, dans le cahier 98, le titre *Suppôts et Suppliciations* (cf. *in* tome XXI, p. 278, 12ᵉ §, p. 284, 3ᵉ §, et note 9, p. 538). Cette liste est une première idée de ce que sera l'ouvrage, la réunion de lettres écrites depuis *Lettres de Rodez* et de notes extraites d'un cahier. Plusieurs cahiers antérieurs à celui-ci offrent une couverture verte et il est impossible de déterminer de quel *cahier vert* il s'agit. *Suppôts et Suppliciations* (cf. tome XIV*) contiendra effectivement une lettre à Guy Lévis Mano, une lettre à Henri Parisot et des lettres à Colette Thomas, Henri Thomas et Marthe Robert.

2. Les noms des trois derniers correspondants sont ceux de personnes inconnues d'Antonin Artaud qui lui avaient spontanément écrit lorsqu'elles avaient appris son internement à Rodez. Le comédien Pierre Latour lui avait écrit le 31 mars 1946 pour lui proposer son aide matérielle (cf. *in* tome XI, la réponse à cette lettre datée du 9 avril 1946). Pour le deuxième de ces noms, Antonin Artaud a dû écorcher le patronyme de Marc Bancquart qui lui avait aussi écrit à la fin de mars 1946 et envoyé un poème

après avoir lu la *Lettre de Rodez* parue dans *les Quatre Vents* (lettre du 17 septembre 1945 *in* tome IX, pp. 165-168). Pour Jean Brun, déjà apparu dans un précédent cahier, cf. *in* tome XXI, note 2, p. 529.

Page 48 :   *50 –*

1. Conforme à l'autographe. La graphie est très claire.

2. Même remarque.

3. *e* est écrit en surcharge sur *elt*. Utilisation parmi les glossolalies de deux termes de la Kabbale : Ḥokma (Sagesse) et *Bìna* (Intelligence).

Page 51 :   *Mercredi 5 juin 1946.*

1. Seules sont tracées deux *m*.

2. À la ligne suivante, cette adresse : *Pierre Latour / 3 rue Manuel, Paris IXᵉ*.

3. À la ligne suivante, ce numéro de téléphone : *Kléber 87-19*.

Page 55 :   *Mercredi 5 juin 1946.*

1. Fin du cahier 108 (cf. note 1, p. 462) à partir de la page datée du 5 juin 1946. Antonin Artaud, souvent, avait plusieurs cahiers dans la poche intérieure de son veston et utilisait parfois l'un, parfois l'autre.

2. Ce qui précède occupe une page impaire. Ce que nous transcrivons ensuite et qui semble en être la suite est écrit en face, dans la moitié inférieure de la page paire précédente, la moitié supérieure étant occupée par cette adresse : *Delanglade / Littré 36-23 / nº 85 Bᵈ Saint-Germain*.

3. L'écriture est devenue de plus en plus rapide et les deux derniers mots sont tout juste esquissés. La lecture en est suggérée par analogie avec l'expression *pur esprit* à la ligne précédente.

Page 55 :   *Tous les problèmes...*

1. Alors que l'antécédent est un pluriel, Antonin Artaud a écrit par mégarde *me le suis posé*.

Page 56 :   *Jeudi 6 juin,...*

1. La Rhumerie martiniquaise est un café de Saint-Germain-des-Prés, tout comme les Deux Magots.

2. Le cahier rouge pourrait être le cahier 106 qui contient un certain nombre de feuillets détachés de divers cahiers (cf. *in* tome XXI, note 1, p. 569). La *note* qu'Antonin Artaud voulait remettre à Marthe Robert est sans doute le passage qu'il voulait ajouter à *Centre-Nœuds* (cf. *in* tome XIV*, pp. 25-27, et note 1, p. 241) qui devait paraître dans *Juin* le 18 juin 1946.

Page 56 :   *hoc bolo deli*

1. *scandi* est écrit en surcharge sur *scandale*.

Page 58 :   *Au Dôme à 7 heures...*

1. André Berne-Joffroy, dont Antonin Artaud a écorché le nom, écrivant *Berne Geoffroy*, avait fait un voyage dans l'Aveyron où il avait de la famille, au cours duquel il s'était arrêté à Rodez, le 30 avril 1946, afin d'y rendre visite à Antonin Artaud.

2. Gervais Marchal, un de nos bons amis, était aussi celui de Jean Lescure et de Jean Tardieu à qui il lui arrivait de soumettre, pour le Club d'essai, des projets d'émission. Offrir à Antonin Artaud la possibilité de s'exprimer sur les ondes dès son retour à Paris avait été suggéré par lui et tout de suite agréé par eux. Il nous avait chargé de transmettre cette invitation à Antonin Artaud que nous étions allé voir à Ivry le 6 juin 1946. Celui-ci avait des doutes sur la liberté d'expression qui pouvait lui être garantie et nous demanda si on lui laisserait lire des textes tels que ceux qu'il écrivait à présent. Comme exemple, il nous cita, en le modifiant légèrement, un passage du texte précédent (du 7e au 15e §, p. 57). Nous lui avons affirmé qu'il pourrait lire ou dire exactement ce qu'il voudrait ; aussi accepta-t-il et nous fixa-t-il un rendez-vous pour le lendemain 7 juin auquel nous devions nous rendre à l'issue de la séance au Théâtre Sarah-Bernhardt (cf. note 2, p. 458). L'enregistrement au Club d'essai était programmé pour le samedi matin 8 juin.

Page 59 :   *La maladie est un état,...*

1. Fin du cahier 110 (cf. note 1, p. 465) à partir de cette toute première ébauche des *Malades et les médecins* (cf. pp. 67-69), texte à la rédaction duquel Antonin Artaud a dû se mettre tout de suite après avoir accepté le principe de l'enregistrement au Club d'essai.

Page 61 :   *Lettre à Anie.*

1. Toujours les *six filles de cœur à naître* (cf. note 1, p. 464), mais avec, une fois de plus, Elah Catto (cf. *in* tome XV, note 24, p. 398) à la place de Neneka.

NOTES

Page 62 :   *1° Une petite expérience...*

1. L'hommage à Antonin Artaud au Théâtre Sarah-Bernhardt (cf. note 2, p. 458). L'imparfait indique qu'Antonin Artaud écrit postérieurement à la séance, vraisemblablement dans la soirée même, tout de suite après avoir vu les amis qui y assistaient ou y participaient et qu'il devait rencontrer après son rendez-vous au Dôme (cf. p. 58). Le paragraphe précédent révèle la déception qu'il éprouvait de n'avoir pu être présent (cf. note 3, p. 458).

Page 62 :   *Automate personnel : ...*

1. Allusion à l'un des textes qui composent *l'Art et la Mort* (cf. *in* tome I*, pp. 146-150).

Page 62 :   *37 rue de l'Université,...*

1. Confirmation de l'heure du rendez-vous au Club d'essai.

2. L'autobus 125 était celui qu'Antonin Artaud empruntait pour venir à notre domicile. À Ivry, la station était juste en face du 23, rue de la Mairie où il habitait. L'autobus passait par Charenton où se trouvait notre maison.

Page 62 :   *Les choses sont que le rond...*

1. Paragraphe écrit à droite d'un dessin représentant une rosace.

Page 63 :   *Savoir ce n'est pas gagner la science...*

1. *mais perdre la vérité,*

2. *quand ce qui sut ne souffre pas.*

3. Antonin Artaud avait dû avoir l'intention primitive d'écrire *qui me représente* car le relatif est suivi de *me*, non biffé, mais récrit après tracé de *pour ma conscience.*

4. Les trois derniers paragraphes sont notés transversalement dans la marge de la page impaire qui porte les onze précédents.

5. Celui-ci, qui est en relation évidente avec les trois précédents, est noté au verso, le tiers supérieur de la page étant occupé par une nouvelle mention du rendez-vous au Club d'essai (cf. p. 66), écartée du texte lui-même par un trait de crayon qui la cerne. La moitié inférieure de la page porte les notes que nous transcrivons ensuite.

Page 65 :   *Une force m'a échappé...*

1. Pour Anie Besnard, cf. *in* tome XV, note 13, p. 374; pour Catherine Seguin, cf. *in* tome XVIII, note 3, p. 351; pour Elah Cato, dont le patronyme est le plus souvent orthographié Catto, cf. *in* tome XV, note 24, p. 398.

2. Les deux derniers paragraphes sont notés transversalement dans la marge de la même page.

Page 66 :   *10 hres 1/2...*

1. Pour l'endroit du cahier où l'on trouve cette nouvelle mention du rendez-vous au Club d'essai, cf. note 5, p. 469.

2. Le texte qu'Antonin Artaud avait écrit pour l'enregistrement, c'est-à-dire *les Malades et les médecins,* dont le manuscrit devait alors se trouver dans ce cahier-ci. Il est en effet écrit sur deux feuillets doubles qui en ont été détachés (cf. note 1, ci-dessous).

3. Noté dans le haut de la page impaire faisant face à celle où l'on trouve mention du rendez-vous. Il s'agit de l'heure de l'émission, diffusée le 9 juin 1946, et de la longueur d'ondes du Club d'essai.

Page 67 :   LES MALADES ET LES MÉDECINS

1. Texte écrit tout exprès par Antonin Artaud, probablement le 7 juin 1946, pour l'émission au Club d'essai : enregistrement prévu, comme nous l'avons vu, pour le samedi 8 juin 1946 à 10 heures 30, diffusion le lendemain dimanche à 20 heures 30. Aussitôt après avoir fait l'enregistrement au Club d'essai, Antonin Artaud l'avait écouté et n'avait pas aimé le ton de sa voix. Le 8, en fin d'après-midi, il écrivait à Colette Thomas : *J'ai enregistré ce matin le disque, 37 rue de l'Université, ça a très bien marché, sauf que la radio a un rythme bizarre qui me donne la voix et le ton d'Albert Lambert. [...] Je serai demain soir à 8 heures chez Marthe Robert, 15 rue Jacob, pour entendre la radio-diffusion de la séance d'hier avec le disque de ce matin* (cf. *in* tome XIV*, p. 142). Le désappointement subsistant, il demandait immédiatement à Gervais Marchal (cf. note 2, p. 468) s'il ne serait pas possible de refaire l'enregistrement. Le 6 juillet, ce dernier lui écrivait : *Comme j'ai pu assez aisément l'obtenir, nous ferons un nouvel enregistrement de votre remarquable texte [...] le mardi 16 juillet à 10 h, 37 rue de l'Université, comme la dernière fois, il passera le lendemain 17 juillet, je vous en préciserai l'heure le 16.* Mais, entre temps, Antonin Artaud avait écrit *Aliénation et magie noire,* texte qu'il insérera dans *Artaud le Mômo* (cf. *in* tome XII) et qui a aussi pour sujet le rapport entre maladie et médecine, et c'est ce nouveau texte qui sera enregistré.

Henri Parisot ayant demandé à Antonin Artaud des textes pour sa revue *les Quatre Vents,* vers la fin du mois de juin, celui-ci recopiera pour la publication *les Malades et les médecins* qu'il remettra en même temps qu'une dactylographie corrigée des *Treuils du sang* (cf. *in* tome XIV*, pp. 38-41). Les deux textes paraîtront dans le numéro 8 de la revue (27 mars 1947).

Pour l'établissement du texte, nous disposons des documents suivants :

1° Le manuscrit initial, écrit au crayon sur deux feuillets doubles très certainement détachés du cahier 110 (cf. note 1, p. 465), papier à petits carreaux, coins arrondis. Ce manuscrit, dit *(Ms)*, non titré, non signé, très surchargé par endroits, se trouve dans le cahier 119 (cf. note 1, p. 503) où il a dû être glissé par Antonin Artaud au moment où il recopiait ce texte à l'intention d'Henri Parisot. Les premiers états qui se peuvent lire sous ratures, surcharges ou avant ajouts seront indiqués ; ils seront suivis de *(é1)*.

2° L'enregistrement fait au Club d'essai le 8 juin 1946, dit *(E)*. Il paraît évident que c'est *(Ms)* qu'Antonin Artaud a lu ce jour-là. À l'écoute, l'enregistrement présente quelques variations avec *(Ms)*, soit qu'Antonin Artaud ait modifié délibérément son texte en le disant, soit qu'il ne soit pas toujours parvenu à se relire, en raison des nombreuses surcharges du document.

3° Le manuscrit du texte recopié à l'intention d'Henri Parisot, dit *(P)*, titré et signé, écrit à l'encre noire sur trois feuillets simples détachés d'un cahier, papier réglé, coins arrondis, très vraisemblablement le cahier 119. Les pages 2, 3, 4 et 5 ont été numérotées par Antonin Artaud, en haut à gauche. La sixième est restée vierge. Le document, passé en librairie il y a un certain nombre d'années, a pu être collationné avec le texte publié dans *les Quatre Vents*, grâce à l'amabilité de son acquéreur.

4° Le texte publié dans *les Quatre Vents*, dit *(Q)*. Deux modifications démontrent que des épreuves ont été soumises à Antonin Artaud. C'est à ce moment-là qu'il a dû aérer la mise en pages. C'est ce texte que nous suivons. Toutefois, nous tenons compte de *(P)* pour la ponctuation, des indications d'italique et de passages à un autre alinéa qui n'avaient très probablement pas été restitués dans la revue.

(Ms) offre un certain nombre de différences concernant la ponctuation et les départs d'alinéas, mais, pour ne pas multiplier les notes, nous n'indiquons les variantes que si elles affectent le texte lui-même.

2. *... pour n'avoir jamais voulu être malades*
comme tels médecins que j'ai subis. (Ms) et (E).
... pour n'avoir jamais voulu être malades
comme tels médecins que je connais. (é1).

3. Dans *(Ms)*, tout ce qui suit a été remanié à plusieurs reprises par Antonin Artaud. Primitivement, il avait écrit :
... la pléthore de mon être qui est beau mais affreux
et n'est beau que parce qu'il est affreux.
Guérir une maladie est un crime, c'est empêcher [...]
Cet état initial inachevé a été biffé et remplacé par ceci :
... la pléthore de ma puissance
que les balances (a) *petites-bourgeoises de la bonne santé suffit.*

Car mon être est beau mais affreux et il n'est beau que parce qu'il est affreux.
Guérir une maladie est un crime, c'est réprimer une entrée en vie,
c'est écraser la tête d'un môme qui veut se faire téter.

Ces deux derniers paragraphes étant ajoutés transversalement dans les marges des pages 2 et 3 du premier feuillet, il est difficile de déterminer si le tout dernier, dont la fin, après une ultime correction, est devenue : ... *d'un môme beaucoup moins chiche de la vie,* a pour fonction de remplacer partie de l'avant-dernier ou de la renforcer par un effet répétitif.

(a) *balances* sera biffé et remplacé par *crédences.*

4. Ce paragraphe, qui n'existe ni dans *(Ms),* ni dans *(E),* ni dans *(P),* a été ajouté sur épreuves.

5. Dans *(E),* d'une part, il n'y a pas d'effet répétitif (cf. note 3, p. 471), l'articulation se fait de la sorte : ... *est un crime,* / *c'est écraser la tête d'un môme...,* d'autre part, sur ce mot, la diction d'Antonin Artaud marque une hésitation et, à l'audition, il est difficile de savoir s'il a dit : ... *beaucoup moins vide que la vie* ou : ... *beaucoup moins vite que la vie,* mais il est sûr qu'il n'a pas dit *chiche.* Sans doute, étant donné les surcharges de *(Ms)* pour ce passage, a-t-il éprouvé de la difficulté à se relire et en conséquence improvisé cette modification qu'il ne maintiendra pas dans *(P).*

6. *Le laid sonne,*
le beau se perd. (Ms) et *(E).*
Le laid con—sonne. Le beau se perd. (P).

7. *et il faut aimer l'affre térébrante des fièvres,*
la jaunisse et sa perfidie
beaucoup... (Ms) et *(E).*
et il faut aimer l'affre térébrante des fièvres
beaucoup... (é1).

8. ... *en état de fièvre depuis... (E).*
Cet enregistrement était le premier acte public d'Antonin Artaud et c'est peut-être l'émotion qui lui a fait sauter involontairement l'adjectif *chaude* que l'on trouve dans toutes les versions du texte.

9. Dans *(Ms),* ce qui suit a été considérablement remanié.
Version primitive, biffée :
... *que je suis en vie*
et je veux dire que c'est à moi, malade, à guérir les médecins de leur suffisance
et non aux médecins ignorants de mon être affreux de maladie (a) à me tromper
par l'état de santé.

(a) Par surcharge de la dernière syllabe, *maladie* sera transformé en *malade.*
On retrouvera ce passage, modifié, à la fin du texte.
Première transformation, sur la même page, non biffée :

... que je suis en vie,
me donnera mon opium,
un être,
celui, terre chaude que je serai [...]
reprise à la page suivante sous cette forme :
me donnera mon opium,
mon être,
celui terre chaude que je serai,
opium de la tête opium.
avant d'atteindre, par diverses corrections, l'état définitif.

10. *l'héroïne un sur aum d'os, (é₁).*

En face, dans la marge, Antonin Artaud a noté un nom et une station de métro : *Prinner/Italie.* Prinner (1902-1983), d'origine hongroise, s'était installé en 1928 à Paris, après des études de peinture à Budapest. Avait ensuite passé plusieurs années à étudier les sciences occultes puis était revenu à la peinture. Avait abordé la sculpture en 1939. Antonin Artaud avait connu ce curieux personnage, dont le sexe était indéfini mais qu'il tenait pour une femme, par Pierre Loeb chez qui en 1945 s'était tenue une exposition de ses œuvres. Prinner ayant son atelier rue Pernety, il est probable qu'un rendez-vous avait été fixé à la station Italie qui se trouve sur la ligne de métro qui part d'Ivry.

11. Série de glossolalies différente dans *(Ms)* :
        cai i tra la sara
        ca i tra la
        sarada
        ca i tratra barada
        ara
        a treli
        sara
Lors de l'enregistrement, Antonin Artaud n'a pas dû se préoccuper de ce qui était écrit et a improvisé car on entend ceci dans *(E)* :
        ta te pa li
        pe ta itera
        ta te tiber
        e ta te cri

12. *et l'opium enfin cette* cave,
cette momification d'un sang cave,
vieille raclure de sperme en cave,
cette excrémation d'un vieux môme,
cette désintégration d'un vieux trou,
cette excrémentation d'un môme,
petit môme d'anus enfoui (Ms).
(Ms), très surchargé dans ce passage, avec deux vers ajoutés transversa-

lement dans la marge et pour la place desquels nous avons suivi l'ordre adopté dans *(P)* et dans *(Q)*, présente d'ailleurs ces deux états antérieurs :

1° *et l'opium enfin cette cave,*
cette raclure de sang en cave,
cette excrémation d'un vieux môme,
cette désexcrémation d'un môme,
petit môme d'anus enfoui
2° *et l'opium enfin cette cave,*
cette momification d'un vieux cave,
cette raclure de sang en cave,
cette excrémation d'un vieux môme,
cette désintégration d'un vieux trou,
cette excrémentation d'un môme,
petit môme d'anus enfoui

Les deux vers ajoutés transversalement sont écrits l'un au-dessous de l'autre. C'est sans doute cette disposition qui est cause qu'Antonin Artaud, en lisant son texte, n'ait pas inséré le second tout à fait au même endroit :

et l'opium est cette cave,
cette momification de sang cave,
cette raclure de sperme en cave,
cette désintégration d'un vieux trou,
cette excrémation d'un vieux môme,
cette excrémentation d'un môme
petit, môme d'anus enfoui (E).

La virgule que nous avons posée ici après *petit* est conforme à la diction d'Antonin Artaud qui a dit ce mot comme s'il y avait un enjambement de la fin du vers précédent sur celui-ci, et observé une légère pause après cet adjectif.

13. *et opium du père au fi,*
fi donc ce qui va de père en fils,
il faut... (Ms).
Avec ces deux états antérieurs :
1° *et opium de la tête aux pieds,*
il faut...
2° *et opium du père au fils,*
il faut...
et opium de père en fi,
donc qui va de père en fils,
il faut... (E).

14. *... mes états affreux de malade de m'imposer leur insulinothérapie,*
santé d'un monde d'avilis,
        d'avachis. (Ms).
... de mes états affreux de malade de m'imposer leur insulinothérapie,
santé d'un monde d'avachis. (E).

Page 70 :   *En vous voyant,...*

1. Ces quelques lignes sont écrites transversalement dans la moitié inférieure de la dernière page de *(Ms)*, moitié qui n'avait pas été utilisée.

2. Cf. note 1, p. 458.

3. Toujours les *six filles de cœur à naître* (cf. note 1, p. 464) à qui est attribué le patronyme Artaud.

Page 71 :   *Samedi 8 juin 1946.*

1. Cahier 111. Couverture bleue. Papier réglé. Crayon, encre bleue, encre noire, encre noire délavée. Trente-deux pages dont un feuillet double détaché du cahier. On y relève les dates des 8, 12 et 13 juin 1946. Le cahier contient en outre un feuillet simple de papier à lettres rayé de 13,5 × 21 cm, portant au recto des notes qui doivent dater de septembre 1946, qui a dû être glissé plus tard dans le cahier et deux feuillets dans une enveloppe à en-tête : ACADÉMIE DE PARIS / INSTITUT / de formation professionnelle / d'Institutrices / DE / SAINT-GERMAIN-EN-LAYE. Les deux feuillets, de même en-tête, portent le manuscrit d'un conte de Colette Thomas, dont la tante était directrice de l'Institut. Le manuscrit, vraisemblablement, avait été remis à Antonin Artaud peu de temps après son retour à Paris.
Dans la marge de la première page, en haut, Antonin Artaud a noté au crayon cette adresse : *76 rue d'Auteuil,* et au-dessous, mais transversalement et à l'encre bleue, celle-ci : *Alain Cuny / Invalides 79-83 / 29 rue de Bourgogne.*

2. La séance au Théâtre Sarah-Bernhardt (cf. note 2, p. 458).

3. Anie Besnard (cf. *in* tome XV, note 13, p. 374).

4. Cécile Schramme (cf. *in* tome XV, note 1, p. 369) dont plus d'une fois Antonin Artaud a anticipé la mort (cf. *in* tome XVII, note 2, p. 294, et *in* tome XX, note 2, p. 506). On remarquera de nouveau l'attribution du patronyme Artaud à l'une des *filles de cœur* (cf. *in* tome XIX, note 3, p. 331).

5. *Cécile Artaud a été faite...*

6. Pour Caterine Artaud, cf. *in* tome XV, note 1, p. 364, et pour mademoiselle Seguin, cf. *in* tome XVIII, note 3, p. 351. Une fois de plus, il y a identification de l'une à l'autre (cf. *in* tome XIX, note 1, p. 361).

7. Pour la rue La Bruyère où Antonin Artaud a demeuré à plusieurs reprises, cf. *in* tome XX, note 7, p. 552.

8. Transcription conforme à l'autographe. Il doit s'agir de Joseph Desclausais, qui se faisait appeler comte d'Esclausais de Villepinte, personnage extravagant, disciple de Maritain, passablement paranoïaque, auteur de plusieurs ouvrages dont un traité d'ontologie : *Primauté de l'être* (Plon, 1936).

Sous Vichy, il avait fait partie du cabinet Laval et, lors du procès, s'était spontanément présenté aux juges. Il semble avoir été ensuite interné dans un hôpital psychiatrique. Il habitait rue de Condé. Tout à fait épisodique dans la vie d'Antonin Artaud, il avait dû se présenter ce jour-là à lui dans un café du quartier Saint-Germain-des-Prés. D'où son nom noté au bas d'une page.

Page 72 :   *Je suis la douleur irrémissible...*

1. Répétition de l'indication numérique conforme à l'autographe.

Page 74 :   *Je suis l'homme,...*

1. À la ligne suivante, une lettre isolée, non biffée : une *n*.

Page 74 :   *Au Vieux Dôme...*

1. Concerne un rendez-vous fixé par Anie Besnard. *Je vous ai attendue au Dôme de 8 hres 1/2 à 10 heures* (pneumatique du 12 juin, 11 heures, adressé à Anie Besnard-Faure, publié dans *Obliques*, n° 10-11, 1976).

Page 74 :   *Mon être se passe de conscience,...*

1. Au-dessous de ce paragraphe, Antonin Artaud a noté cette adresse : *Wols / Hôtel St-Georges / 49 rue Bonaparte.*

Page 75 :   *Mercredi.*

1. C'est-à-dire le 12 juin 1946.

2. Lecture difficile des deux derniers mots.

Page 77 :   *kur le bel le la bertul turel*

1. Ces deux lignes de glossolalies sont notées transversalement dans la marge de la page qui porte les deux paragraphes suivants.

2. Orthographe conforme au manuscrit qui, de plus, correspond à la prononciation d'Antonin Artaud pour ce terme. Nous ne l'avons jamais entendu prononcer *lamazerie*, mais toujours faire siffler l'*s*.

Page 77 :   *Paulhan,...*

1. Si l'on rapproche cette notation de celle que l'on relève dans un précédent cahier (cf. p. 22, dernier §), cela pourrait signifier qu'Antonin

Artaud avait l'intention de citer dans une lettre à Jean Paulhan une phrase d'un texte de Colette Thomas (cf. note 1, p. 459).

2. On remarquera la façon tout à fait impersonnelle dont Antonin Artaud désigne sa mère. Outre qu'il exigeait alors que sa mère et les autres membres de sa famille le vouvoient, il ne parlait jamais d'eux sans employer des formules du genre : Cette personne qui se prétend ma mère, ma prétendue sœur, ma soi-disant mère, etc.

Page 77 :   *Marthe Jacob,...*

1. Vraisemblablement la date de naissance de Marthe Jacob (cf. note 1, p. 458).

Page 78 :   *Il me donnait l'impression...*

1. *La Toute-puissance se montre vraiment à partir du moment où l'on se sent devenu incapable de pénétrer dans le savoir,*

2. Deux états antérieurs :
1° *... de bien posséder leur savoir.*
2° *... de bien posséder la science naturelle de tout savoir.*

3. C'est la troisième fois dans ce cahier qu'Antonin Artaud revient sur ce thème (cf. p. 74, 1ᵉʳ-3ᵉ §, et p. 75, 10ᵉ-12ᵉ §).

Page 80 :   *André Derain,...*

1. Entre la dernière page et la couverture était glissé un feuillet double détaché du cahier où Antonin Artaud avait commencé une lettre vraisemblablement destinée à Marthe Jacob. Cette liste d'adresses et de rendez-vous se trouve sur les troisième et quatrième pages de ce feuillet.

2. Sima Feder, amie de Pierre Loeb.

3. Mania Oïfer, dont Antonin Artaud écorche diversement le prénom et le nom, deviendra par la suite la femme du peintre Jacques Germain.

Page 81 :   *Abdy...*

1. Numéros de téléphone et rendez-vous notés sur les pages de garde du cahier 114 (cf. note 1, p. 485) avant même qu'il ne soit utilisé, antérieurement au 13 juin 1946 puisque l'un des rendez-vous était pour ce jour-là.

2. C'est ainsi que ses amis ont toujours appelé Pierre Souvtchinsky (cf. *in* tome XIX, note 3, p. 354). C'est très probablement lui qui avait donné

à Antonin Artaud le numéro de téléphone d'Iya Abdy (cf. *in* tome XVII, note 3, p. 295) qui devait être de passage à Paris. Elle résidait habituellement au Mexique.

3. Membre de phrase fort probablement destiné à être inséré dans un texte en cours de rédaction.

4. Tout ce qui précède est écrit sur les pages de garde du début du cahier.

5. Cette série de rendez-vous est notée sur la dernière page de garde du cahier.

6. Ce numéro de téléphone est celui de la maison de santé d'Ivry. Le second le nôtre à cette époque-là. Ils sont tous les deux notés sur la dernière page de couverture.

Page 82 :   *Antonin Artaud s'expliquera...*

1. Ce texte et les trois suivants sont écrits sur des feuillets détachés de différents cahiers, autres que celui qui les contenait, le cahier 106 (cf. *in* tome XXI, note 1, p. 569). Ce court texte, censé être écrit par Anie Besnard, comme l'atteste l'allusion à sa mort en octobre 1944, mort mythique bien des fois évoquée par Antonin Artaud (cf., entre autres, *in* tome IX, pp. 208-209, lettre du 4 décembre 1945 à Henri Parisot, et *in* tome XIV*, pp. 55-59, lettre du 29 novembre 1945 à Jean Dubuffet), est écrit au crayon sur la première et la quatrième page d'un feuillet double qui ne peut pas être antérieur au 13 juin 1946. En effet, Antonin Artaud n'a utilisé que les pages extérieures de ce feuillet détaché d'un cahier, papier réglé, car les pages intérieures avaient déjà servi lors de la vente aux enchères faite à son bénéfice, le 13 juin 1946. On sait que de nombreux artistes avaient offert, pour permettre sa sortie de Rodez, toiles, dessins, sculptures, ou manuscrits qui avaient été exposés à la Galerie Pierre du 6 au 13 juin. La vente elle-même eut lieu dans un local de la rue des Beaux-Arts, presque en face de la galerie. Le commissaire-priseur devait être Jean-Louis Barrault. Mais il avait dû quitter Paris et avait été remplacé au pied levé par Pierre Brasseur qu'assistait Anie Besnard. Des livres d'Antonin Artaud avaient été mis en vente ce jour-là. Les pages intérieures portent les indications relatives à la vente des lots 43 (un manuscrit de Dabit), 44 à 47, des lots de deux à cinq exemplaires d'*Héliogabale ou l'Anarchiste couronné*, et 48 à 52, des lots de deux à cinq exemplaires des *Nouvelles Révélations de l'Être*. L'estimation, la mise à prix et le prix d'achat ont été notés. La colonne correspondant à l'acquéreur n'a pas été remplie.

Nous avons déjà signalé (cf. note 3, p. 458) la déception éprouvée par Antonin Artaud d'avoir été tenu à l'écart de la séance du Théâtre Sarah-Bernhardt. Il aurait aimé se rendre compte des réactions du public devant ce qu'il écrivait (cf. p. 62, 2ᵉ §). Le désir de s'expliquer dans une conférence, très nettement exprimé ici, est sans doute né de cette frustration. Et ces feuillets ont été rassemblés par lui et glissés plus tard dans le cahier 106 parce qu'ils ont tous trait à cette conférence souhaitée. Plusieurs mois plus tard, Antonin Artaud sera invité à prononcer une conférence au Théâtre du Vieux-Colombier. Il reprendra alors et développera les thèmes esquissés dans les trois textes suivants : les envoûtements, les sévices subis pendant sa vie asilaire, les différends avec le docteur Ferdière, le supplice imposé de l'électro-choc.

Page 82 :   *Qu'est-ce que c'est que cette histoire...*

1. Texte écrit à l'encre noire sur un feuillet double détaché d'un cahier, papier à petits carreaux, coins arrondis.

2. Vers 3, strophe 2, du poème de Ronsard : *Mignonne, allons voir si la rose.* Le vers exact est :
                    Las! Las! ses beautés laissé choir!

3. La fin du texte occupe le tiers supérieur de la quatrième page du feuillet. Au-dessous quelques lignes tracées au crayon, pratiquement illisibles ; l'écriture est très tremblée, les lignes se chevauchent. On distingue vaguement quelques mots : *Le Dʳ Ferdière m'a proposé [   ] quelque chose [   ] des électro-chocs [...]*

Dans la marge, en face de ces quelques lignes, Antonin Artaud a noté transversalement au crayon ces numéros de téléphone : *Maillot 46-83 / Littré 28-91 / R. Queneau.* L'un étant le numéro du domicile de Raymond Queneau, l'autre celui de son lieu de travail : les éditions Gallimard.

D'autre part, suit un feuillet simple, détaché du même cahier, papier à petits carreaux, coins arrondis. Seule est utilisée la moitié supérieure du recto, qui porte quelques lignes d'une écriture presque aussi mauvaise. On distingue ceci : *faite avant d'avoir été envoyée à l'imprimeur pour le tirage quand c'est moi qui tire tout [   ] et qu'il est de toute [   ] et donc de toute éternité.*

Au-dessous, d'une main redevenue ferme, Antonin Artaud a noté cette adresse : *1 rue Gozlain,* mis certainement pour *Gozlin,* qui était alors celle des Éditions Fontaine où travaillait Henri Parisot. D'où sans doute cette allusion à l'imprimeur. On sait qu'Henri Parisot n'avait pu insérer *l'Évêque de Rodez* dans *Lettres de Rodez* (cf. *in* tome IX, note 1, p. 278).

Page 83 :   *Ce médecin m'appelait cher ami,...*

1. Texte écrit au crayon sur la première page d'un feuillet double (les trois autres pages sont vierges) détaché d'un cahier, papier réglé, coins arrondis.

Le médecin auquel il est fait allusion est certainement le docteur Ferdière.

Page 83 :   *Je suis un homme...*

1. Texte écrit au crayon sur deux feuillets doubles (la huitième page est vierge) détachés du même cahier que le texte précédent : papier réglé, coins arrondis.

2. Formule indiquant bien que le texte était destiné à être dit en public.

3. Antonin Artaud a commis un lapsus et écrit : ... *mes moyens de lutte me gênaient.* Or, il est bien évident que ces moyens de lutte sont ces récitations chantées de glossolalies auxquelles Antonin Artaud avait coutume de se livrer et dont il a plus d'une fois écrit que le docteur Ferdière ne les supportait pas (cf., entre autres, *in* tome IX, pp. 186-189, la lettre du 27 novembre 1945 à Henri Parisot).

4. Référence au voyage chez les Tarahumaras. Dans les textes écrits pour la conférence au Théâtre du Vieux-Colombier, Antonin Artaud racontera en détail la séance d'envoûtement à laquelle il fait allusion ici.

Page 86 :   *Je ne comprends que les femmes squelettes,...*

1. Cahier 112. Couverture bleue. Papier réglé. Crayon, encre noire, encre bleue. Seize pages dont un feuillet double détaché du cahier qui contient aussi un feuillet simple détaché vraisemblablement du cahier 113, dit *Lutèce*, même papier, même format (cf. note 1, p. 482). On y relève la date du 14 juin 1946.
Entre la couverture et la première page était glissée une carte de visite de *Maurice Berclet / Rédacteur / Studio 97 / 288, rue de Vaugirard / Paris-XV*, au dos de laquelle celui-ci avait écrit quelques lignes au crayon. Un *i* tracé au crayon barre les lettres *er*. Nous ignorons quel était le véritable nom de ce vieil habitué de Montparnasse, mais nous avons toujours entendu Antonin Artaud le nommer Maurice Biclet. Berclet pourrait être un pseudonyme.

2. Paragraphe écrit transversalement dans la marge de la page qui porte les quatre précédents et le suivant et qui nous a semblé devoir s'interpoler ici.

Page 87 :   *A. Seguin...*

1. Renseignements relevés dans l'annuaire médical désigné afin de retrouver la trace de Catherine Seguin (cf. *in* tome XVIII, note 3, p. 351), tentative qui tendrait à démontrer la réalité de son existence.

Page 88 :   *Le déclenchement et le plan de la volonté...*

1. *... se pensant aussi...*

2. Toujours les *six filles de cœur à naître* (cf. note 1, p. 464) avec une fois de plus Elah Catto (cf. *in* tome XV, note 24, p. 398) à la place de Neneka et auxquelles, ici, est adjointe Colette Thomas.

3. Double possessif conforme à l'autographe.

4. Fin du cahier. Ce qui suit se trouve sur le feuillet double qui en est détaché.

Page 89 :   *14 juin 1946.*

1. Laurence Albaret (cf. note 1, p. 458).

2. Paragraphe écrit transversalement dans la marge de la page qui porte les sept précédents.

Page 90 :   *Parisot,...*

1. Nouvelle liste de ceux de ses correspondants dont Antonin Artaud pensait réunir en volume les lettres qu'il leur avait adressées. Nous avions déjà rencontré une liste comportant à peu près les mêmes noms dans un précédent cahier (cf. p. 48 et notes 1 et 2, p. 466).

Page 91 :   *Je ne pratique pas la douleur...*

1. Ce court texte, écrit à l'encre noire délavée, occupe le recto d'un feuillet simple détaché d'un cahier, papier rayé, de 19,3 × 29,6 cm, très certainement le cahier 113 (cf. note 1, p. 482), plié en quatre et glissé entre la couverture et la première page du cahier 112. Le premier mot de la page est l'article *la.* Antonin Artaud a écrit dans le haut de la marge, obliquement : *Je ne pratique pas,* dans l'intention visible de marquer le raccord. Il y a tout lieu de penser que ces quelques mots devaient déjà être tracés sur une page qui n'a pas été conservée. Dans le dernier paragraphe, Antonin Artaud semble s'adresser à un interlocuteur précis. Cela ne paraît pas suffisant pour tenir ce texte pour un fragment de lettre. Il n'est pas du tout impossible, d'ailleurs, qu'Antonin Artaud ait écrit en présence même de son interlocuteur ce qu'il souhaitait lui dire et qu'il ne lui a pas dit pour une raison quelconque : d'autres personnes qui se seraient trouvées là, par exemple.

2. Pour madame Régis, cf. *in* tome XV, note 2, p. 356.

Page 92 :   *Suppôts et suppliciations*

1. Cahier 113. Marque *Lutèce*. Couverture cartonnée, très forte, de couleur rouille foncé. Dos toilé. Format : 19,3 × 29,6 cm. Pages de garde gris-bleu. Papier rayé. Crayon, fusain, encre noire. Soixante-six pages dont un très grand nombre sont détachées, plus une demi-page inférieure. Le cahier contient en outre une page déchirée verticalement, dont le format primitif devait être environ de 13,5 × 22,5 cm, de couleur jaunâtre qui provenait d'un bloc type sténo. Les pages de recto ont été numérotées par le premier libraire qui a eu ce cahier en main. On y relève les dates des 14, 15 et 16 juin 1946, puis du 21 juillet 1946. La particularité du format, la raideur de la couverture le faisaient peu apte à être glissé par Antonin Artaud dans la poche de son veston. C'est ce qui explique qu'il soit resté plus d'un mois sans rien y noter et que tant de feuillets en aient été détachés pour d'autres usages.

Le cahier *Lutèce* avait été confié à Jacques Prevel qui, pressé par le besoin, le vendit à Gérard Macrez. Ce libraire le confia, en 1960, à Pierre Chabert qui en publia l'essentiel dans *la Tour de feu* (n° 69, avril 1961) sous le titre : *le Cahier Lutèce ou le Reniement du baptême.* Malheureusement, les multiples erreurs de lecture, les caviardages et colmatages divers rendent ce travail fort peu utilisable. Entre temps le cahier était passé chez un autre libraire, Jean Hugues, qui nous l'avait très aimablement communiqué et nous avions pu en prendre copie. Il a depuis changé plusieurs fois de main et ses divers détenteurs ont toujours accepté avec la plus grande urbanité que nous collationnions notre copie avec le manuscrit chaque fois que nous l'avons demandé.

Le feuillet sténo, déchiré verticalement de façon irrégulière, porte un fragment de texte, probablement écrit à Rodez, dont voici ce qu'il subsiste : ...... *que le /* .... *t n'est pas /* ...... *et qu'il n'y /* ...... *[ni]rvana /* ...... *pas qu'il n'y a /* ...... *qu'il n'y a pas /* ...... *a jamais /* ...... *Car le /* ...... *[p]ermet pas qu'on /* .... *e, la chair non /* .... *[e]t mort il ne /* ...... *[p]as de ne plus /* ...... *r à la membrane /* ...... *non plus de /* ......*.quitter, mais de / [l]ui faire passer le / passage où se / [r]accrochent les trépassés, / le Boudha étant le / dernier et le suprême / illusionné.* (Les dernières lignes paraissant complètes.)

2. Nouveau plan succinct, avec indication du titre, cette fois, de *Suppôts et Suppliciations,* différant assez peu de celui que l'on relève dans le cahier 110 (cf. p. 48).

3. Pour les trois derniers correspondants, cf. note 2, p. 466.

4. Roger Balsa (cf. *in* tome XXI, note 1, p. 550).

5. Liste des livres parus et à paraître d'Antonin Artaud. On voit qu'à ce moment-là *Pour le pauvre Popocatepel la charité ésse vé pé* et *Suppôts et Suppliciations* sont deux projets différents.

Page 93 :   *Si vous m'avez connu...*

1. Comme pour le court texte isolé écrit sur un feuillet détaché de ce cahier (cf. p. 91), le fait qu'Antonin Artaud s'adresse ici aussi à un interlocuteur n'est pas suffisant pour tenir celui-ci pour un projet de lettre (cf. note 1, p. 481).

Page 94 :   *Alain Gheerbrant...*

1. Dans l'euphorie de la Libération, plusieurs petites maisons d'édition avaient été créées. Avec quelques amis, Alain Gheerbrant avait fondé K éditeur qui allait publier trois ouvrages d'Antonin Artaud : *Van Gogh le suicidé de la société*, *Ci-gît* précédé de *la Culture Indienne* et *Pour en finir avec le jugement de dieu*.

2. Cf. note 2, p. 477.

3. Anie Besnard (cf. *in* tome XV, note 13, p. 374).

Page 94 :   *Samedi 14 juin 1946,...*

1. Il y a erreur soit sur le jour, soit sur le quantième, le 14 juin 1946 tombant un vendredi.

Page 95 :   *Marthe Robert et Colette Thomas...*

1. Toujours les *six filles de cœur à naître* (cf. note 1, p. 464).

2. *de se préparer* remplace *d'être prêtes*, mais le trait de rature supprimant la première formulation a été mal dirigé de sorte qu'il semble souligner *afin d'être*, la lettre initiale de *prêtes* étant à peine touchée. Il est peu vraisemblable cependant qu'il faille entendre : ... *l'héroïne* afin d'être *prêtes de se préparer...*

Page 96 :   *Dimanche 15 juin 1946.*

1. Il y a erreur soit sur le jour, soit sur le quantième, le 15 juin 1946 tombant un samedi.

Page 97 :   *Une Colette double...*

1. Ces deux lignes sont écrites transversalement dans la marge de la page qui porte la date du 15 juin 1946 et les neuf paragraphes qui viennent ensuite.

Page 97 :   *L'histoire consciente...*

1. Fusion de deux personnes différentes en un être unique, phénomène souvent remarqué (cf. *in* tome XVI, note 2, p. 388). Ici, Anie Besnard et la jeune sœur d'Antonin Artaud, Germaine (cf. *in* tome XV, note 2, p. 356).

2. Ce qui précède occupe une page impaire du cahier. Le paragraphe suivant est écrit en regard, au bas de la page paire qui porte les six derniers paragraphes du texte précédent. Il nous a semblé devoir l'intercaler ici, dans la mesure où, dans ce qui précède, il est question de Colette Thomas. Or, ce paragraphe se termine par le terme d'*automate* que l'on retrouvera plus loin appliqué à Colette Thomas (cf. p. 98, 4ᵉ §).

3. Ce paragraphe est ajouté transversalement dans la marge de la même page impaire.

Page 97 :   *Le bu...*

1. Ces mots sont disposés sur une page, entremêlés à des dessins. On distingue deux énormes clous, une boîte cubique, entre autres.

Page 97 :   *[...] de la mise en scène...*

1. Fragment de texte écrit au recto d'une moitié inférieure de feuillet détaché du cahier et dont Antonin Artaud a utilisé le verso pour un petit mot, signé, que nous publierons dans la correspondance. La moitié supérieure du feuillet a été perdue. Ce fragment est trop court pour savoir s'il appartient à une lettre qui aurait été recopiée ou non envoyée. Mais ce pourrait être un fragment d'un premier projet de préface aux *Œuvres complètes*. On sait, en effet, que le principe de cette édition avait été posé par la maison Gallimard très peu de temps après le retour d'Antonin Artaud à Paris (cf. note 1, p. 462).

2. *La Mise en scène et la métaphysique* date en réalité de 1931 (cf. *in* tome IV, pp. 32-45, et note 1, p. 278). Remarquer aussi la date attribuée à la Seconde Guerre.

Page 98 :   *Dimanche 15 à lundi 16 juin,...*

1. Toujours la même erreur de jour ou de quantième : les 15 et 16 juin 1946 tombaient un samedi et un dimanche.

2. Pour madame Régis, cf. *in* tome XV, note 2, p. 356.

Page 98 :   *Non,...*

1. Substantif dérivé d'*endoffer* (cf. *in* tome XIX, note 2, p. 363).

Page 99 :   *Aller voir Picasso,...*

1. Noté dans la marge, en face des indications qui précèdent. Pour le 125, cf. note 2, p. 469.

2. Laurence Albaret (cf. note 1, p. 458).

3. Une des rares fois où sa véritable orthographe est affectée au volcan, ce qui démontre qu'Antonin Artaud la connaissait parfaitement et que c'est de propos délibéré qu'il la modifie dans *Histoire du Popocatepel* (cf. *in* tome XIV *, pp. 23-24, et note 1, p. 240).

Page 100 :   *N'ayant jamais cru...*

1. Henri Parisot préparait une édition, dans sa propre traduction, du *Dit du vieux marin,* suivi de *Christabel* et de *Koubla Khan,* de Samuel Taylor Coleridge. Il avait demandé une préface à Antonin Artaud. Celui-ci la lui enverra le 17 novembre 1946, trop tard pour pouvoir figurer en tête de l'ouvrage qui devait paraître chez José Corti en 1947. Le texte en sera publié par Parisot, après la mort d'Antonin Artaud, dans *K / Revue de la poésie* (n° 1-2, 25 juin 1948), puis dans *Supplément aux Lettres de Rodez* suivi de *Coleridge le traître* (GLM, mars 1949). Ces quelques lignes sont les premières notes en vue de cette préface.

Page 101 :   *Dullin,...*

1. Cahiers 114 et 115 (les premières lignes du cahier 115 se raccordent avec un texte qui figure à la fin du cahier 114).
Cahier 114. Couverture cartonnée rose. Dos renforcé noir. Pages de garde bleues. Papier réglé, coins arrondis. Crayon, fusain, encre noire. Cent dix-huit pages. On y relève la date du 17 juin 1946 (hier 16).
Cahier 115. Couverture violette. Papier réglé. Crayon. Trente-deux pages.

Page 101 :   *Avoir dormi 9 ans...*

1. Thème qui sera repris et développé dans un projet de *Lettre aux médecins-chefs des asiles de fous* (cf. p. 304, 12ᵉ-15ᵉ §, et p. 305, 1ᵉʳ-3ᵉ §).

Page 101 :   *Non le reculé...*

1. Anie Besnard (cf. *in* tome XV, note 13, p. 374).

2. Antonin Artaud a commis un lapsus et écrit *peut.*

Page 102 :   *Les êtres ne sont pas une participation...*

1. Toujours les *filles de cœur* (cf. note 1, p. 464). Moins Anie. L'identification d'Elah Catto avec la grand'mère maternelle d'Antonin Artaud (cf. *in* tome XV, note 24, p. 398) est une fois de plus clairement exprimée.

2. Conforme au manuscrit. La graphie est plutôt bonne.

Page 103 :   *Stature,...*

1. Pour *bordille*, terme du parler de Marseille très souvent utilisé par Antonin Artaud, cf. *in* tome XIX, note 1, p. 340.

Page 104 :   *Je suis le maître absolu...*

1. Il faut très certainement entendre 1 tonne d'opium en Afghanistan et 1 tonne de cocaïne en Suisse.

Page 105 :   *Hier soir dimanche...*

1. *dimanche* est écrit en surcharge sur *samedi*, mais Antonin Artaud a oublié de modifier le quantième et laissé *15*. Or, c'est le 16 juin 1946 qui tombait un dimanche.

2. Laurence Albaret (cf. note 1, p. 458).

3. Pour le diminutif Nanaqui, cf. *in* tome XV, note 2, p. 366.

Page 106 :   *Comme si donc tout était dit...*

1. La mention *bis* et la répétition modifiée qui la suit ont visiblement été ajoutées après coup.

2. *le bandage et la notion homme,*

3. Paragraphe ajouté obliquement dans la marge, en face des deux derniers mots du précédent.

4. Noté transversalement dans la marge, en bas de la page qui se termine ici, ce début de phrase : *Je savais que cha*[...], repris plus loin (cf. p. 107, 17ᵉ §).

5. Dans la marge, au niveau de cette ligne, au-dessous d'un dessin en forme de cube, et au-dessus d'un second dessin en forme de clou, Antonin Artaud a noté ceci : *Mauvais esprits. / Paule.*

6. *...que j'en tuais...*

Page 107 :   *Seul l'analphabète...*

1. Paragraphe écrit transversalement dans la marge de la première page du texte précédent, sans relation apparente avec ce que porte la page elle-même.

Page 109 :   *Jamais dans le mental...*

1. Cette énumération est notée dans la marge de la page qui porte les six paragraphes précédents.

Page 111 :   *Le domaine du mauvais sang...*

1. Cf. note 3, p. 458.

2. Au-dessous, Léna Leclercq, une amie de Roger Blin, de Balthus, de Giacometti, a noté elle-même ses adresses à Paris et à la campagne : *Léna Leclercq / Hôtel des Étrangers / 33 rue de Beaune / Paris 7. / Les Arsures / par Arbois / Jura.*

Page 112 :   *Les gestes viennent des gestes...*

1. *cèdent* est écrit en surcharge sur *perdent.*

2. L'accolade dessinée dans la marge, en face de ce paragraphe, a pu être tracée pour indiquer qu'il faut l'isoler de l'ensemble du texte.

3. La phrase, dans un premier temps, se terminait sur ce mot. En effet, la fin a été visiblement ajoutée après coup car Antonin Artaud a été obligé d'abord de contourner l'énumération qui suit, puis d'écrire de part et d'autre de la colonne qu'elle formait.

Page 114 :   *Alors on était dans mon corps...*

1. *intentionnels* remplace *voulus,* biffé.

2. Paragraphe ajouté obliquement dans la marge, en face des deux précédents.

3. Ici se termine la cinquième page du texte, écrit à l'encre noire, qui est une page impaire. Viennent ensuite neuf pages qui sont occupées par des textes écrits au crayon que nous transcrivons ensuite. Ce texte-ci se

poursuit, toujours à l'encre noire, sur la page impaire venant après ces neuf pages.

4. *...que je désire le pas fait.*

5. Ce paragraphe, lui aussi écrit à l'encre noire, est ajouté transversalement dans la marge de cette dernière page impaire.

Page 116 :   *Ce ne sont pas des hommes...*

1. *... dans la peur,*

2. À la ligne suivante, Antonin Artaud a noté cette adresse : *4 rue Wilfrid Laurier.*

Page 118 :   *À force de me coincer...*

1. Cf. note 1, p. 478.

2. C'est-à-dire *les Védas, les Puramas, le Ramayana.*

3. *et ensuite me les opposant* constituait la première ligne d'une page impaire. C'est sur cette page impaire qu'Antonin Artaud a écrit la dernière page du texte écrit à l'encre noire (cf. note 3, p. 487). En l'utilisant, il a pris la précaution de récrire à l'encre noire ces quelques mots obliquement dans la marge de la dernière page intercalaire écrite au crayon.

Page 119 :   *Il n'y a pas à répondre...*

1. *est un corps*
La disposition est conforme au manuscrit. Elle indique clairement que chacun des termes de gauche peut être tour à tour sujet.

2. Difficile de savoir si c'est l'indication d'une ligne de métro qu'Antonin Artaud devait prendre pour se rendre à un rendez-vous fixé à Saint-Ouen, ou s'il s'agit de lieux appartenant à la géographie des envoûtements.

3. Féminin conforme à l'autographe.

4. Fin d'une ligne. Au niveau de l'interligne qui la sépare de la suivante, Antonin Artaud a inscrit ce mot dans la marge : *rasoir.*

Page 122 :   *J'ai été vaincu plusieurs fois.*

1. Suit, occupant la moitié inférieure d'une page, une série de rendez-vous que nous reproduisons ensuite (cf. p. 125).

2. Antonin Artaud avait commencé par écrire *se*[*c*]. Puis il a écrit un *c* en surcharge sur les deux lettres déjà tracées : *se*.

3. *Ce que je suis est vivant, il...*

4. Cf. note 3, p. 458.

Page 126 :   *Caviar,...*

1. Au-dessous de cette énumération de mets dans l'ensemble orientaux, ce début de phrase, non biffé : *Mâche ta c*[...]. La phrase sera reprise deux pages plus loin dans le cahier (cf. ci-dessous).

Page 126 :   *Mâche ta chaussette...*

1. Orthographe conforme au manuscrit. Même si Antonin Artaud a écorché ce nom involontairement, l'erreur ne saurait se corriger sans détruire le jeu de mots.

Page 127 :   *Morale : ...*

1. Le crayon avait dû casser car il n'a pas marqué pour la négation que l'on ne parvient à distinguer qu'en faisant jouer la lumière sur la page. Alors on aperçoit la trace laissée, comme gravée dans le papier.

Page 127 :   *Henriette Gomès,...*

1. Numéro de téléphone et adresse d'Iya Abdy lors de son passage à Paris.

Page 128 :   *C'est l'être qui fait les choses,...*

1. *et qui est* moi

Page 128 :   *La guerre, la paix,...*

1. Ce thème sera repris dans le texte qui figure à la fin de ce cahier et se poursuit dans les premières pages du cahier 115 (cf. p. 133, 5ᵉ § et suivants).

Page 129 :   *Toxicomanies cruelles,...*

1. Ces trois lignes font référence aux *Treuils du sang* (cf. *in* tome XIV *, p. 38, 1ᵉʳ, 6ᵉ et 7ᵉ §), texte qu'Antonin Artaud devait alors revoir pour en

remettre une copie à Henri Parisot (cf. *in* tome XIV *, note 1, p. 247) car il a été publié dans le même numéro des *Quatre Vents* que *les Malades et les médecins* (cf. note 1, p. 470).

Suit cette adresse : *146 rue de Grenelle.*

Page 129 :   *Des singes,...*

1. Le possessif a été répété par mégarde.

Page 131 :   *Je ne supporte pas l'anatomie humaine...*

1. Ce paragraphe sera repris dans un des textes qui serviront à l'élaboration d'*Aliénation et magie noire* (cf. *in* tome XIII, texte IV du dossier, p. 214).

2. *qui a surexcité ma charité h[umaine]...*

3. Suivent ces deux paragraphes, biffés :
Pourquoi l'homme se bat-il? ainsi?
Parce qu'il est fou et affolé.

4. *... de l'épilepsie, de l'électro-choc,...*

5. *... à Attila,*
depuis combien de cercueils enterrés ou combien au milieu de combien,
etc., etc.,

6. Suivent ces trois paragraphes, biffés, qui seront d'ailleurs repris avec quelques légères transformations :
et qui la lui fera?
Tout le monde, et personne,
le hasard, le mauvais esprit,

7. La valeur d'une page environ venait d'être écrite à l'encre noire. Celle-ci a dû manquer car la plume n'a plus marqué et l'on distingue à peine la conjonction *et.* Une loupe est nécessaire. L'encre est d'ailleurs abandonnée pour le crayon.

8. *de puissance* est ajouté dans un second temps dans l'interligne inférieur.

9. *... je ne sais quels milliardaires de la puissance...*

10. Premier mot du cahier 115. Le cahier 114 se terminait de la sorte :
... sur 30 deniers —
et guerre, paix, néant, durée, poésie, liberté, ordre, désordre, anarchie, rébellion,
soumission, lâcheté,

sont et furent toujours des états, des notions, des idées, des abandons, des convictions et des conventions qui ne valurent jamais que par la langue qui la première les a bêlées, ou léchées, prises, surprises, attaquées ou abandonnées, défendues et énoncées.
On remarque que le raccord est parfaitement indiqué.

11. Nous avons déjà signalé qu'Antonin Artaud ne redouble pas le *d* de *boudha* et des termes qui en dérivent (cf. *in* tome XV, note 1, p. 385).

12. ... *Prométhée et Mahomet.*

Page 135 :   *Ne pas être mis au pied du mur,...*

1. La graphie d'Antonin Artaud est devenue si rapide qu'il n'a qu'esquissé ses prénom et nom. Lecture incertaine du dernier mot.

Page 136 :   *Il y a sur vous un double...*

1. Cf. note 1, p. 458.

Page 136 :   *ta rake o*

1. *Je n'exige rien le tout.*

2. Déformation délibérée, Antonin Artaud ayant commencé par écrire normalement *scep*[*tres*], qu'il a biffé.

3. Date de naissance d'Antonin Artaud.

Page 141 :   *La terre est remplie...*

1. Cahier 116. Couverture forte bleue. Dos renforcé noir. Pages de garde jaunes. Papier réglé, coins arrondis. Crayon, encre noire, encre noire virant au bleu-noir. Cent soixante-six pages. Le cahier, dans lequel on relève les dates des 26 et 27 juin 1946, contenait un morceau de papier détaché d'un bloc type sténo où étaient notées, vraisemblablement par le peintre lui-même, les adresses où le joindre à Paris et à New York : *Enrico DONATI / chez Drouant David / 52 Faub. St-Honoré / Paris / à New York city / 200 West 57.*
Sur la première page de couverture, Antonin Artaud a noté de nouveau ces deux numéros de téléphone : *Suffren 51-93 / Opéra 51-79,* qui étaient respectivement ceux de Pierre Souvtchinsky, et d'Iya Abdy pendant son séjour à Paris (cf. p. 81).

Page 141 :   *Le piltiscri d'Yvonne...*

1. Yvonne Allendy (cf. *in* tome XV, note 6, p. 364).

2. Au-dessous un dessin où l'on distingue un portrait dans un médaillon touchant l'extrémité d'un morceau d'os.

Page 141 :   *Mon délire c'est moi.*

1. *... avec mes rares perceptions...*

2. la *conscience – leur conscience...*

3. Le terme paraît insolite, mais il est conforme à la graphie.

4. Mot de lecture difficile. Nous aurions eu tendance à lire *immortel* s'il n'y avait nettement un accent aigu sur ce qui pourrait paraître la moitié d'un *o* et un point sur ce qui pourrait être pris pour une *r*.

5. Mot lui aussi de lecture difficile.

Page 145 :   *Il pense que c'est l'esprit...*

1. *... de l'allongement du temps souffrance.*

Page 145 :   *Ainsi donc pourvu qu'il le croit...*

1. Nous avons déjà signalé la faute d'usage constante chez Antonin Artaud qui écrit *anté*, sans doute par contamination de *hanté* (cf. *in* tome XVII, note 1, p. 304).

Page 146 :   *Personne n'a jamais dit son dernier mot,...*

1. Peut-être s'agit-il là d'une ébauche de lettre, mais ce n'est pas certain. Antonin Artaud a très bien pu écrire dans son cahier ce qu'il aurait souhaité dire et ne disait sans doute pas à une personne présente devant lui et qu'il supposait susceptible de lui fournir plus de *truffes*, c'est-à-dire, vraisemblablement, d'opium, qu'elle ne l'avait fait jusqu'alors.

Page 147 :   *Il ne faut jamais laisser le vide,...*

1. Rappel d'une inscription figurant dans un dessin exécuté à Rodez et dans son commentaire : *Je me souviens dans une existence perdue...* (cf. *in* tome XVIII, pp. 73-74).

2. L'intention de renouer avec le public par une conférence continue à s'affirmer (cf. note 1, p. 478).

Les deux paragraphes précédents occupent la moitié supérieure d'une page paire; la phrase se poursuit, sans aucun doute possible, dans la partie inférieure de la page impaire en regard, qui porte les quatre paragraphes suivants. Elle contourne deux paragraphes écrits dans la moitié inférieure de la page paire et un autre paragraphe qui se trouve dans la partie supérieure de la page impaire. Nous avons dû reporter ces trois paragraphes à la fin du texte. En outre, dans le haut de la page impaire, Antonin Artaud a noté cette adresse : *J. Prevel / 3 bis rue des Beaux-Arts / 3ᵐᵉ étage.*

De plus en plus, nous allons rencontrer des difficultés de ce genre concernant l'articulation des textes, Antonin Artaud utilisant des espaces vides de son cahier sans toujours se préoccuper de ce qu'il avait précédemment écrit sur les mêmes pages.

Page 148 :   *Je dis...*

1. Fin d'une page paire. La phrase se poursuit dans la moitié inférieure de la page impaire en regard, la partie supérieure étant occupée par le projet de dédicace que nous transcrivons ensuite.

Page 150 :   *À Anie...*

1. Anie Besnard (cf. *in* tome XV, note 13, p. 374). Projet de dédicace, vraisemblablement pour un exemplaire d'*Héliogabale ou l'Anarchiste couronné.* Un certain nombre avaient été mis en vente lors de la vente du 13 juin 1946 (cf. note 1, p. 478) et Anie Besnard avait pu en acquérir un.

Page 150 :   *Avec plus de force...*

1. Ces trois mots sont tracés dans la marge, en face du paragraphe précédent.

Page 151 :   *Je ne tiendrai jamais compte...*

1. Paragraphe écrit à l'encre noire dans le haut d'une page impaire.

Page 151 :   *À propos d'une affiche...*

1. Ce qui précède est écrit au crayon, en regard, sur la page paire précédente; ce qui suit, toujours au crayon, sur la page impaire, au-dessous du paragraphe à l'encre noire.

2. Conforme à l'autographe.

494 ÆUVRES COMPLÈTES D'ANTONIN ARTAUD

Page 152 :　　　　　*Idée du sommeil désintéressement.*

　1. Cf. p. 101, 3ᵉ §, et note 1, p. 485.

Page 153 :　　　　　*Dès que l'on entre dans les anti-tés...*

　1. Disposition conforme à l'autographe.

Page 155 :　　　　　*C'est vrai qu'il faut en refaire,...*

　1. Transversalement, dans la marge de la page qui s'achève ici, Antonin Artaud a noté ce rendez-vous :
　Mercredi 7 heures, Léna Leclercq, Reine Blanche.
　Pour Léna Leclercq, cf. note 2, p. 487. La Reine blanche, café du boulevard Saint-Germain, situé en face du Flore.

　2. *... un grief de me reprocher d'avoir osé.*

Page 158 :　　　　　*J'ai horreur des petits branleurs...*

　1. Au-dessous de ce paragraphe Antonin Artaud a noté cette adresse : *Pierre Latour | 3 rue Manuel | Paris IXᵉ.*

　2. Et au-dessous de celui-ci, celle-ci : *Henri Thomas | Hôtel des Bains | Locquirec.*

　3. Enfin, transversalement dans la marge de la page qui porte ce qui précède, celle-ci : *Pierre Jean Jouve | 7 rue Antoine Chantin.*

Page 158 :　　　　　*L'anatomie d'abord.*

　1. *Sur la yoga* (cf. *in* tome XXI, pp. 121-125). Nous avons déjà signalé qu'Antonin Artaud emploie toujours le féminin pour ce terme (cf. *in* tome XXI, note 1, p. 499).

　2. Ici, la phrase contourne celle-ci, précédemment écrite sur la page, isolée du reste du texte par un trait de crayon, et reprise presque identiquement plus loin (cf. p. 159, 1ᵉʳ §) :
　Car c'est d'une erreur constitutionnelle de structure que souffre son entendement.

　3. C'est évidemment le docteur Ferdière qui est visé.

Page 159 :   *Il n'y a pas de possibilité,...*

1. Cf. note 1, p. 464.

2. Dans la marge de la page qui porte ce qui précède un dessin représentant un coin pénétrant dans une sorte de bloc. Au-dessus du coin, le mot *gris;* à gauche du bloc, encore le mot *gris;* à l'intérieur du bloc, le mot *lilacé.*

3. Paragraphe écrit transversalement dans la marge de la même page.

Page 160 :   *Bloc contre bloc...*

1. L'apocope est voulue : *dou* est écrit en surcharge sur *doux.*

Page 161 :   *L'ignoble double Antonin Nalpas...*

1. Pour Antonin Nalpas, cf. *in* tome XV, note 5, p. 387.

2. Ces quatre lignes sont écrites transversalement dans la marge d'une page paire qui porte les cinq derniers paragraphes du texte précédent. Elles semblent plutôt en relation avec le texte écrit en regard sur la page impaire qui porte les neuf paragraphes suivants.

3. La graphie indique qu'il ne s'agit pas d'un mot incomplètement tracé mais d'une apocope voulue.

4. Cf. note 3, p. 486.

5. Ces quatre lignes sont ajoutées transversalement dans les marges gauche et droite de la page qui porte les trois paragraphes qui les précèdent.
En outre, horizontalement, dans la marge gauche, au-dessus d'un dessin en forme de cube, Antonin Artaud a inscrit ceci : *katrefti.*

6. Juste au-dessous de cette ligne, il a noté ce rendez-vous : *J. Dubuffet, 7 hres 1/2.*

7. Lecture difficile de ce mot.

Page 164 :   *Où sont-elles tes idées maintenant ?*

1. C'est bien *les* ici, semble-t-il, et non *des.*

2. Conforme au manuscrit. La graphie est bonne.

Page 166 :   *Yvonne fait la beurrée...*

1. *perpétuelle* remplace *pérennelle,* biffé.

2. Ces deux paragraphes sont écrits transversalement dans la marge d'une des pages du texte précédent avec lequel ils ne sont pas en relation évidente.

Page 166 :   *Merde opium,...*

1. Conforme à l'autographe.

2. L'accent circonflexe est très net.

3. Terme déjà rencontré (cf. *in* tome XX, note 4, p. 490).

4. Terme de néo-grec, signifiant boîte, déjà employé par Antonin Artaud à plusieurs reprises, notamment dans le commentaire d'un dessin (cf. *in* tome XVII, p. 74, 1er §).

5. La date du mercredi 26 juin 1946 étant inscrite quatre pages plus loin dans le cahier (cf. note 3, ci-dessous), il doit s'agir du mardi 25 juin.

Page 171 :   *C'est* moi, *moi...*

1. Ce mot est le premier d'une page dans la marge supérieure de laquelle Antonin Artaud a noté cette heure de rendez-vous : *Mercredi 7 hres 1/4.*

2. Ce paragraphe est ajouté transversalement dans la marge de la page.

3. Au-dessous de ce paragraphe, Antonin Artaud a renoté le même rendez-vous : *Mercredi 26 juin 1946 / 7 hres 1/4.*

Page 172 :   *Pour satisfaire l'esprit critique...*

1. Lecture incertaine du dernier mot, autant suggérée par le contexte que par la graphie.

2. Cf. note 2, p. 458.

Page 176 :   *Il y en a qui ont la tête dure,...*

1. Pour madame Régis, cf. *in* tome XV, note 2, p. 356.

2. Répétition conforme à l'autographe.

3. Vraisemblablement une galerie de l'un des hôpitaux psychiatriques dans lesquels Antonin Artaud a séjourné. D'après les renseignements fournis par madame Régis, il faut exclure celui de Rodez.

Page 177 :   *Moi rejeté d'Orient en Occident,...*

1. *... me l'a enlevée.*

Page 179 :   *Les anges sont ces êtres...*

1. Pour Solange Sicard, cf. *in* tome XV, note 5, p. 390.

Page 179 :   *C'est l'opium qui me paralyse...*

1. La date du mercredi 26 juin 1946 étant inscrite un peu plus haut dans le cahier (cf. note 3, p. 496) il doit s'agir du jeudi 27 juin 1946.

Page 180 :   *Si mon corps tient si bien...*

1. Conforme à l'autographe.

Page 180 :   *Conférence.*

1. Cf. note 1, p. 478. Les notes qui suivent sont très probablement une esquisse de ce qu'Antonin Artaud aurait aimé dire publiquement.

2. *... pour que leur conscience...*

Page 181 :   *Henri et Colette Thomas...*

1. Paragraphe écrit transversalement dans la marge de la page qui porte les six derniers paragraphes du texte précédent. Sans aucun rapport avec lui.

Page 181 :   *Moi je suis celui...*

1. Toujours les *six filles de cœur à naître* (cf. note 1, p. 464) avec, une fois de plus, Élah Catto (cf. *in* tome XV, note 24, p. 398) à la place de Neneka.

2. À la séance du Théâtre Sarah-Bernhardt (cf. note 2, p. 458), Colette Thomas avait lu des extraits de *Fragmentations* (cf. *in* tome XIV*, pp. 13-22) qui s'intitulait alors *Fragments* (cf. *in* tome XIV*, note 1, p. 236). Antonin Artaud souhaitait donc qu'Anie Besnard, à une autre occasion, en lût d'autres passages.

Page 183 :   *Bois brûlé.*

1. Tout ce qui précède est noté sur une page impaire, entremêlé à des dessins et, vraisemblablement, en relation avec eux.

2. Les deux derniers paragraphes sont écrits transversalement dans la marge de la page paire en regard qui porte la fin du texte précédent. Le paragraphe suivant est écrit, lui aussi transversalement, dans la marge de la page impaire elle-même. Nous avons cru pouvoir les intercaler à cet endroit dans la mesure où il y est question et de *Satan* et de *la machine*, et où cette *machine* se trouve ensuite associée à *Satan* (cf. p. 184, 9ᵉ §).

3. ... *dont les êtres...*

Page 184 :   *Non, mon esprit...*

1. Suit ce mot, biffé : *certains.*

Page 186 :   *Le cafouillis,...*

1. Énumération vraisemblablement en relation avec la proposition faite par Gaston Gallimard à Antonin Artaud de publier ses œuvres complètes (cf. p. 189).

2. Nous l'avons maintes fois signalé, Antonin Artaud pose très irrégulièrement les accents. L'absence d'accent ici ne permet pas de décider avec certitude s'il faut entendre *je n'ai cesse* ou *je n'ai cessé.* Nous avons opté pour cette dernière lecture comme étant la plus logique.

3. En ce qui concerne le Tarakyan, cf. *in* tome XIX, note 2, p. 345.

Page 187 :   *Les anges, oui,...*

1. Ce paragraphe et les deux suivants sont ajoutés transversalement dans la marge de la page. L'articulation avec le précédent est évidente.

Page 188 :   *Des gens ont bien mangé...*

1. Paragraphe ajouté transversalement dans la marge de la page impaire qui porte les sept précédents.

2. Paragraphe ajouté transversalement dans la marge de la page paire en regard qui porte le début de ce texte.

Page 189 :   *M. Gaston Gallimard m'a proposé...*

1. Cahier 117. Marque UNIVERS, mot inscrit dans un globe terrestre flottant au milieu de nuages et d'étoiles. Couverture bleue. Papier réglé. Crayon, encre bleu-noir, encre bleue. Quarante-quatre pages. On relève dans le cahier la date du 29 juin 1946.

Alors que tout le début du cahier est écrit au crayon, on trouve, dans la marge supérieure de la première page, ces deux mots écrits à l'encre bleue : *ce Gaulois*, suivis de deux gribouillages. On a l'impression qu'Antonin Artaud a essayé un stylo.

Page 189 :   [...] *mais en faisant craquer...*

1. Fragment de phrase noté transversalement dans la marge de la page qui porte le texte précédent. Vraisemblablement destiné à être intercalé dans un texte.

Page 189 :   *Notre conscience est endormie...*

1. Premier mot d'une page. Dans la marge supérieure, Antonin Artaud a inscrit ceci : *Euphrasie Artaud/Antonin Artaud.*

Page 191 :   *Mon devoir le plus strict...*

1. Ce paragraphe et les suivants sont écrits transversalement dans les marges des pages qui portent le texte précédent, et sans relation apparente avec lui.

Page 192 :   *J'ai rêvé que j'étais toujours...*

1. Pour Iya Abdy, cf. *in* tome XVII, note 3, p. 295.

Page 193 :   *Ce n'est pas ce que dieu forme...*

1. Accord conforme à l'autographe. Nous avons déjà signalé cette particularité de l'accord au singulier avec un sujet double (cf. *in* tome XVI, note 12, page 345).

2. Ligne ajoutée transversalement dans la marge de la page impaire qui porte ce qui précède, puis répétée au verso.

3. Il s'agit du 29 juin 1946, qui, effectivement, tombait un samedi.

4. Cf. note 1, p. 464.

Page 195 :   *Le rêve du train d'Yvonne,...*

1. Accordé par étourderie au masculin. Il est bien évident que la phrase est mise dans la bouche d'Anie.

Page 198 :   *Personne ne sait...*

1. *la position,*

2. Très probablement, transcription du grec ἄτρεπτος : immobile, immuable.

3. En face, dans la marge, au-dessus d'un dessin, le mot *pitris* a été répété.

4. Féminin conforme à l'autographe.

5. Paragraphe écrit transversalement dans la marge de la page qui commence par les mots : *en elles-mêmes.* Doit avoir fonction d'apposition qui élucide le féminin pluriel *elles-mêmes / frisures.*

6. Ces deux lignes sont ajoutées transversalement dans la marge de la page qui porte les neuf paragraphes précédents.

7. Fin de la dernière page du cahier. Le texte se poursuit sur la dernière page de couverture, au recto.

8. Cf. note 1, p. 480. Les derniers paragraphes du texte ont très probablement été écrits, Maurice Biclet étant présent, et doivent s'adresser à lui.

Page 201 :   *Les médecins veulent m'imposer...*

1. Ce paragraphe et les deux lignes qui le suivent sont écrits au verso de la première page de couverture. Ils sont en relation évidente avec *les Malades et les médecins* (cf. pp. 67-69). Ils ont très probablement été notés au moment où Antonin Artaud recopiait le texte pour Henri Parisot (cf. note 1, p. 470).

Page 202 :   *C'est le gi li gi li...*

1. Cahier 118. Couverture rose. Papier réglé. Encre noire, crayon. Pas de date dans ce cahier mais il doit être contemporain du cahier 117 et avoir été rédigé fin juin ou début juillet 1946. En effet, c'est peu après son retour à Paris que les éditions Gallimard proposent à Antonin Artaud de publier ses œuvres complètes. Il en fait état dans le cahier 117 (cf. p. 189). Il forme tout de suite le projet d'ajouter à ses textes parus en volumes ou plaquettes ceux qu'il a publiés dans diverses revues, notamment dans *la Révolution*

Surréaliste. Il pense plus spécialement, pour le premier tome, aux lettres et adresses contenues dans le numéro 3 de cette revue qui avait été composé sous sa direction. Mais il trouve qu'elles ne correspondent plus tout à fait à sa pensée actuelle et décide de récrire non seulement celles qu'il avait autrefois rédigées lui-même mais aussi celles qui l'avaient été par l'ensemble du groupe ou dont la rédaction avait été confiée par lui à d'autres surréalistes. Or, dans ce cahier, trois de ces projets sont mentionnés (cf. p. 209).

2. La lecture ne fait pas de doute. Pour plus de clarté, d'ailleurs, Antonin Artaud a pris la précaution de retracer très soigneusement l'*f* sur une première scription. C'est, bien sûr, un terme composite dont le formant est *interproduction* dans lequel est introduit l'*f* de *formulée* et de *Lucifer*, l'*f* qui est une fricative et intervient comme élément de frottement, de frôlement, de friction.

3. Suit ce numéro de téléphone : *Auteuil 37-68.* C'était le numéro d'appel de Colette Allendy.

4. Comme Marguerite, nous avons rencontré la tante par alliance d'Antonin Artaud, Marguerite Artaud, née Chopard (cf. *in* tome XV, note 5, p. 392), et il semblerait que l'une de ses cousines germaines ait porté ce prénom (cf. *in* tome XVI, note 1, p. 343). Signalons aussi que, dans les cahiers écrits les mois suivants, apparaîtra une madame Margueritte ou Marguerite que nous n'avons pas réussi à identifier.

Page 204 :   *Et j'aurai encore entendu...*

1. Conforme à l'autographe. La graphie est très claire. Composite dont les formants probables sont *poissonne* + *personne*.

2. Il est très difficile de savoir s'il faut lire *le* ou *de*. Il semble qu'il s'agit d'un *d* dont le tracé a été modifié pour obtenir une *l*.

Page 206 :   *Aller se promener,...*

1. Paragraphe écrit transversalement dans la marge qui porte les cinq premiers paragraphes du texte suivant, sans rapport apparent avec lui.

Page 206 :   *La grammaire doit être encore...*

1. *tenir à ma place* remplace *prendre*, biffé.

Page 207 :   *Il y a en moi un homme de cinquante ans...*

1. Toujours les *six filles de cœur à naître* (cf. note 1, p. 464).

2. Suit ce paragraphe, biffé :
et ils n'ont pas craint d'insulter un malade

3. *... de manger pendant...*

Page 208 :   *Moi, Antonin Artaud,...*

1. Il n'est pas impossible que les cinq derniers paragraphes soient en relation avec le projet de récrire la *Lettre aux écoles du Boudha.*

Page 209 :   *Adresse au dalaï,...*

1. Cf. note 11, p. 491.

2. Première indication concernant le projet de récrire les lettres et adresses parues en 1925 dans le numéro 3 de *la Révolution Surréaliste* (cf. note 1, p. 500). Toutes décidées par Antonin Artaud, elles étaient au nombre de cinq : *Lettre aux recteurs des universités européennes, Adresse au pape, Adresse au dalaï-lama, Lettre aux écoles du Bouddha* et *Lettre aux médecins-chefs des asiles de fous.* La rédaction de la première est due pour moitié à Michel Leiris, pour moitié à Antonin Artaud, l'ensemble ayant été revu au cours d'une séance corrective à la Centrale. Les trois suivantes sont conformes à la rédaction primitive qui était d'Antonin Artaud. La dernière avait été rédigée par Robert Desnos, assisté de Théodore Frænkel. Toutes ces adresses ont été reproduites dans le tome I**.

Page 211 :   *La tombe de tumulus noir,...*

1. Dernier mot de la dernière page.

2. Ces trois lignes sont écrites transversalement dans la marge de cette dernière page. Le texte se poursuit sur la dernière page de couverture, au recto.

Page 211 :   *Je payerai une cuisinière.*

1. Phrase notée transversalement dans la marge de cette dernière page de couverture. À son retour de Rodez, Antonin Artaud avait envisagé pendant un moment de louer un appartement à Paris, d'où cette indication d'organisation domestique.

Page 211 :   *D'accord avec les jeunes gens,...*

1. Texte écrit au verso de la première page de couverture. Beaucoup de gens jeunes venaient à Ivry pour rencontrer Antonin Artaud, on en a déjà

trouvé trace dans de précédents cahiers (cf., entre autres, p. 151 : *À propos d'une affiche*...).

2. Nous n'avons pas identifié mademoiselle Grey.

Page 212 :   *L'arbre de la forêt confuse,*...

1. Cahier 119. Couverture forte verte. Dos renforcé noir. Papier réglé, coins arrondis. Crayon, encre bleue, encre noire. Quatre-vingt-huit pages. Le cahier, dans lequel on relève les dates du 30 juin et du 8 juillet 1946, contient en outre :

1° Un feuillet double et un feuillet simple détachés d'un autre cahier, papier réglé, portant le début d'une lettre à Henri Parisot datant vraisemblablement de décembre 1945, qui a été reproduite avec les *Lettres complémentaires à Henri Parisot* (cf. *in* tome IX, pp. 206-208);

2° Un second feuillet simple détaché d'un cahier identique, dont les pages sont numérotées 5 et 6 par Antonin Artaud et portent la version initiale des pages 5 et 6 de *l'Évêque de Rodez* (cf. *in* tome IX, note 6, p. 280);

3° Deux feuillets doubles détachés d'un autre cahier, certainement le cahier 110, papier à petits carreaux, coins arrondis, portant la première version des *Malades et les médecins*, texte probablement écrit le 7 juin 1946 (cf. note 1, p. 470);

4° Un pneumatique adressé à Antonin Artaud par Michel Hincker, émis le 8 juillet 1946, lui demandant pour *la Rue* un texte sur le théâtre.

2. Pour Solange Sicard, cf. *in* tome XV, note 5, p. 390.

3. Yvonne Allendy (cf. *in* tome XV, note 6, p. 364).

4. Suit une ébauche de lettre vraisemblablement destinée au docteur Dequeker.

Page 214 :   *Je suis, moi, le maître absolu,*...

1. Cette graphie très particulière remplace le même mot, écrit normalement, biffé.

Page 214 :   *Car / il n'y a ni tombe ni mort,*...

1. Le quantième n'a pas été indiqué. Mais nous avons signalé la présence dans le cahier du pneumatique de Michel Hincker émis le 8 juillet 1946 (cf. note 1, ci-dessus). Le texte qu'Antonin Artaud écrivit à sa demande est *le Théâtre et l'anatomie* (cf. pp. 277-278) qui parut dans *la Rue* le 12 juillet. Or, on trouve vers la fin du cahier des notes prises en vue de ce texte (cf. p. 270, 1er-2e § et p. 271, 7e-12e §), très certainement dès réception du pneu-

504 ŒUVRES COMPLÈTES D'ANTONIN ARTAUD

matique. Le dimanche de juin doit donc être celui qui précède le dimanche 7 juillet, c'est-à-dire le dimanche 30 juin 1946.

2. Antonin Artaud a par mégarde écrit ici *5°*. Il est vrai qu'une page avait été tournée depuis la précédente indication numérique.

Page 216 : *Une petite fois,...*

1. Tournure conforme à l'autographe.

2. Pas de quantièmes indiqués (cf. note 1 du texte précédent). Sans doute Antonin Artaud n'en était-il pas sûr, et se proposait-il de l'inscrire ultérieurement car il avait ménagé pour cela des espaces blancs.

3. Anie Besnard (cf. *in* tome XV, note 13, p. 374).

4. Cf. note 3, p. 486.

5. *... apparaîtra* mérité *dans l'inaliénable.*

6. Vraisemblablement le nom d'une brasserie que nous n'avons pas réussi à identifier. Il pourrait s'agir d'un établissement de Marseille ou de Berlin.

7. Fin d'une page impaire. Au verso, dans le haut de la page suivante, Antonin Artaud a noté cette adresse : *Hôtel Saint-Romain* / *rue Saint-Roch,* puis ce rendez-vous : *Balthus, jeudi 2 hres 1/2, 2 Magots.*

Page 222 : *Qu'est-ce que c'est que la nourriture ?*

1. Après la page paire qui s'achève ici, on trouve quatre pages qui portent le texte que nous reproduisons ensuite (cf. p. 224). Celui-ci se poursuit après ces quatre pages : non seulement c'est le même crayon (les quatre pages sont écrites avec un crayon plus sec, en tout cas plus mal taillé), la même graphie, mais la correspondance entre *ni tel qu'il se veut* (p. 223, 5e §) et *ni tel qu'il est* (p. 223, 10e §) est évidente.

2. Cf. Arthur Rimbaud : *Le Poëte se fait* voyant *par un long, immense et* raisonné dérèglement *de* tous les sens (lettre du 15 mai 1871 à Paul Demeny).

Page 224 : *C'est moi,...*

1. *... fait naître des consciences...*

2. Antonin Artaud a ensuite noté cette adresse : *M. Peter Watson* / *44 rue du Bac* / *Paris.*

Page 226 :   *Vous êtes, Maurice Biclet,...*

1. Cahier 120. Couverture cartonnée ocre jaune. Dos renforcé noir. Pages de garde roses. Papier réglé, coins arrondis. Crayon mine de plomb, encre noire, encre bleu-noir, crayon rouge, crayon vert, crayon orange. On relève dans le cahier les dates des 30 juin et 3 juillet 1946. Cent quatre-vingts pages dont un feuillet double détaché du cahier, glissé entre les deux dernières pages de garde, qui porte le début d'une lettre à Colette Thomas. Le cahier contient en outre :

1° Une lettre d'Arthur Adamov datée du 20 juin 1946, glissée entre les deux premières pages de garde ;

2° Une lettre de Jean Ballard du 1er février 1946 ;

3° Une lettre de Michel Hincker du 9 août 1946 ; ces deux lettres étant glissées entre les deux dernières pages de garde.

La lettre d'Arthur Adamov est écrite sur la première page d'un feuillet double de papier à lettres. Ce texte occupe les trois pages qu'il n'a pas utilisées.

2. Cf. note 1, p. 480.

Page 227 :   *Déjà vu,...*

1. Début du cahier lui-même.

2. Mot à la graphie ambiguë. Antonin Artaud avait, semble-t-il, écrit tout d'abord *mois* (à entendre évidemment comme un pluriel de *moi*). Puis il a écrit une *l* en surcharge sur les lettres finales *is*, mais il n'a pas transformé le *o*, pensant sans doute qu'il ferait office de *a*. Il est vrai que chez lui le tracé des *o* et des *a* est très semblable.

3. Conforme à l'autographe.

4. Le 29 juin 1946, qui tombait un samedi.

5. Ici aussi, Antonin Artaud a utilisé les particularités de son écriture pour transformer par surcharge *cuisse* en *pine*.

6. Les *six filles de cœur à naître* (cf. note 1, p. 464).

Page 229 :   *Il faut que ce corps...*

1. Cf. note 3, p. 486.

2. Les deux derniers paragraphes sont écrits transversalement dans la marge de la page qui porte ce qui précède.

Page 230 :   *En forçant la dose...*

1. *vu* est écrit en surcharge sur *connu*.

Page 231 :   *Mais dites-vous bien surtout...*

1. Dernier mot d'une page. Dans la marge, en face du début de ce paragraphe, Antonin Artaud a dessiné une paire de ciseaux sur une plaque. Au-dessus du dessin, il a écrit : *bois jaune*, et au-dessous : *ciseau intérieur*.

2. Laurence Albaret (cf. note 1, p. 458).

3. L'écriture d'Antonin Artaud est devenue de plus en plus rapide et de nombreux jambages manquent. Mais ici ce sont deux lettres qui manquent, et notre lecture est conjecturale.

4. *si bons fussent...*

Page 234 :   *Des finikias sur la scène de l'Odéon...*

1. *ma* est écrit en surcharge sur *la* et suivi d'une lettre isolée, non biffée, une *n*, qui correspond sans doute à une première formulation envisagée, peut-être *n[ouvelle]*, abandonnée pour *dernière*.

Page 234 :   *Il ne m'a pas été possible...*

1. Ces deux éléments glossolaliques sont écrits dans la marge, en face des deux derniers paragraphes.

Page 235 :   *J'ai un corps,...*

1. Au milieu de la ligne suivante, une lettre isolée, non biffée : un *e*.

Page 236 :   *Un signe indicateur,...*

1. Le texte précédent occupe deux pages du cahier. Ces deux paragraphes, sans rapport avec lui, sont écrits transversalement dans la marge de la première de ces deux pages.
Pour madame Régis, cf. *in* tome XV, note 2, p. 356 ; pour Ana Corbin, cf. *in* tome XV, note 1, p. 361 ; pour Caterine Seguin, cf. *in* tome XVIII, note 3, p. 351.

Page 236 :   *Iris,...*

1. Féminin conforme à l'autographe.

Page 237 :   *Désespéré depuis hier d'être né,...*

1. Toute l'écriture de ce cahier est extrêmement rapide, et par moments difficile à lire : c'est en particulier le cas pour ce mot.

Page 237 :   *Le crime d'être né.*

1. Ce titre est très probablement la ligne qui précède : *Le crime d'être né,* et il est toujours question du projet de conférence formé par Antonin Artaud dès son arrivée à Paris (cf. note 1, p. 478).

2. C'est bien un Z. Il ne s'agit donc pas de *D'un voyage au pays des Tarahumaras,* mais probablement d'un livre mythique comme celui dont il est question dans *Lettres de Rodez* (cf. *in* tome IX, pp. 171-172, à la fin de la lettre du 22 septembre 1945).

3. Cf. note 1, p. 466.

4. Ces deux mots sont notés dans la marge, en face du paragraphe précédent.

Page 239 :   *Rien ne fut jamais valable...*

1. D'abord écrit *vitl*; l'*l* finale a été biffée et récrite avant le *t.*

Page 240 :   *Les secrets qui sont des secrets...*

1. Paragraphe écrit transversalement dans la marge de la page qui porte les six précédents.

Page 241 :   *On peut attaquer ce petit article...*

1. *Sur la yoga* (cf. *in* tome XXI, pp. 121-125).

2. Antonin Artaud avait primitivement écrit : *Car je ne pense pas que...* Il a biffé *ne* mais a oublié de supprimer le second terme de la négation.

3. *... qui vaut mieux que tout et...*

4. Ces deux paragraphes ont été repris dans une lettre à Jean Paulhan datée du 2 juillet 1946.

5. Fin d'une page paire. Au début de la page suivante, Antonin Artaud a noté cette adresse : *Roger Vitrac | 84 rue du faubourg.* En 1946, Roger Vitrac demeurait effectivement 84, rue du Faubourg-Saint-Honoré.

Page 241 :   *L'esprit | est un calice ouvert...*

   1. *mais je ne suis pas...*

Page 242 :   *Quand je me taille un doigt...*

   1. *l'aboutissement* remplace *la cessation,* biffé, mais repris ensuite en apposition.

   2. Disposition conforme au manuscrit. Suit ce début du paragraphe, biffé :
c'est mal placer le [...]

   3. Mot écrit en retrait, dans la marge. Orthographe conforme au manuscrit.

Page 245 :   *Préparer la conférence...*

   1. Indique que très tôt le Théâtre du Vieux-Colombier avait été choisi pour y prononcer la conférence envisagée (cf. note 1, p. 478).

Page 247 :   *1°...*

   1. À ce premier signe numérique est affecté un dessin, une sorte de coffre.

   2. Il ne semble pas, d'après la graphie, qu'il s'agisse d'un mot dont la finale n'a pas été tracée, mais d'une apocope voulue.

Page 249 :   *Je ne me battrai pas...*

   1. La lettre d'Adamov qui avait été glissée dans ce cahier (cf. note 1, p. 505), envoyée de Concarneau le 20 juin 1946, indiquait justement qu'un passage qu'Antonin Artaud voulait ajouter à *Centre-Nœuds* ne l'avait pas été (cf. *in* tome XIV *, pp. 25-27, et note 1, p. 241).

Page 249 :   *Assez avec la pensée et le moi,...*

   1. On trouve *travail* dans l'autographe. Mais c'est très probablement un lapsus et il doit falloir entendre *travailleur.*

   2. Lecture donnée sous toutes réserves, la fin de la phrase étant particulièrement difficile à lire en raison de l'extrême rapidité de l'écriture.

Page 251 :   *Je veux ma main.*

1. Ce paragraphe est écrit transversalement dans la marge d'une page paire qui porte la dernière du texte précédent. Le suivant est écrit transversalement dans la marge de la page impaire en regard qui porte le texte que nous transcrivons ensuite.

Page 251 :   *Pas trouvé son axe...*

1. Inversion conforme à l'autographe; elle doit être voulue.

2. Les deux dernières lignes sont écrites dans la marge, à peu près à mi-page.

Page 253 :   *rotandon*

1. Les trois derniers mots ont été ajoutés secondairement : la conjonction après *accomplissement,* mais plus haut; les mots en petites capitales au-dessous, sur la même ligne que l'adjectif *immédiat,* mais après un espace blanc relativement important.

2. La ligne de glossolalies et ce paragraphe sont écrits transversalement dans la marge de la page qui porte les dix paragraphes précédents.

3. Antonin Artaud a commis un lapsus et écrit *la main à la patte.*

4. D'abord écrit : ... *de traiter directement l'héroïne de* [...]; puis *ses* a été écrit en surcharge sur *l'héroïne* et *hémorroïdes* en surcharge sur *de.*

5. Conforme à l'autographe.

6. L'encre n'est pas venue et les trois lettres finales ne sont pas visibles à première vue, mais la plume a laissé sa trace sur le papier qu'elle a griffé et on les distingue parfaitement en faisant jouer la lumière sur la page.

7. À la suite, Antonin Artaud a noté une série de projets que nous reproduisons après la fin de ce texte.

8. Lapsus inverse de celui que nous avons signalé à la note 3. Le manuscrit porte ici *des pâtes d'araignée.*

9. Ce paragraphe a été ajouté transversalement dans la marge de la page qui porte les cinq précédents.

Page 257 :   *Écrire à Jean Paulhan,...*

1. Nous avons vu qu'Antonin Artaud avait rencontré Charles Estienne (1908-1966), écrivain et critique d'art, dès les premiers temps de son retour

à Paris puisque la carte de visite de celui-ci se trouve dans un cahier du début de juin (cf. note 1, p. 465). Charles Estienne, qui écrivait dans *Combat*, s'intéressait au surréalisme. Il avait signalé dans ce journal la séance du Théâtre Sarah-Bernhardt. Par la suite il ne manquera pas d'y saluer Antonin Artaud à plusieurs reprises, notamment à l'occasion de l'exposition « Portraits et dessins » à la Galerie Pierre et de la parution de *Van Gogh le suicidé de la société*.

2. Cf. note 2, p. 468.

Page 259 :   *S'il me plaît de me peindre en jeune homme...*

1. Les trois dernières lignes sont écrites dans la marge de la page qui porte les cinq paragraphes précédents.

2. Ligne écrite dans la marge de la page qui porte les quatre paragraphes précédents.

3. Paragraphe occupant une page dans le bas de laquelle est dessiné un énorme clou.

4. Paragraphe écrit dans la marge de la même page, en face du précédent.

5. *... le jour où les...*

Page 261 :   *Là cette haute interne...*

1. Au-dessous, Antonin Artaud a noté ce numéro de téléphone : *3 à La Hauteville*.

Page 263 :   *Les boîtes violettes,...*

1. Cf. note 11, p. 491.

Page 264 :   *Je ne suis pas un arbre à sève,...*

1. Très exceptionnellement orthographié de la sorte (cf. *in* tome XV, note 3, p. 350).

Page 266 :   *Ana Corbin à la place...*

1. Pour renforcer encore la dénégation qui suit, Antonin Artaud a barré ce paragraphe de deux traits obliques croisés.

Page 266 :   *La question est une ombelle...*

1. Le crayon a dû casser et n'a pas marqué, mais il a laissé sa trace comme gravée dans le papier et on parvient néanmoins à lire très bien *est-il.*

Page 267 :   *Moi, Antonin Artaud,...*

1. Les trois derniers paragraphes sont écrits transversalement dans la marge de la page qui porte ce qui précède.

2. *... de contentement éternel, infini*
La suppression des deux adjectifs a dû être effectuée au moment où Antonin Artaud les employait, un peu plus loin (cf. p. 268, 7ᵉ §).

3. Mot incomplètement tracé. Notre proposition, qui se réfère à *la vieille brute*, plus haut, est conjecturale.

Page 268 :   *Vieux monsieur très entendu,...*

1. Suit un court texte contenant un des thèmes d'*Aliénation et magie noire*, qui a déjà été reproduit dans le *Dossier d'Artaud le Mômo* (cf. *in* tome XII, texte I, p. 211).

Page 269 :   *Xoni,...*

1. Transcription du grec κονια = la poussière. La lettre initiale a l'aspect d'une *x*, mais nous avons déjà remarqué qu'Antonin Artaud, en transcrivant des termes grecs, donnait au kappa le tracé d'une *x*. Ainsi, dans le manuscrit d'*Héliogabale ou l'Anarchiste couronné,* c'est le cas pour le kappa de κτεις (cf. *in* tome VII, p. 49, ligne 2). Concernant le mot qu'il utilise ici, comme en grec moderne on trouve κόνις = poudre, poussière, mais aussi le terme beaucoup plus usité de σκόνη qui a le même sens, et que, dans sa graphie, on peut confondre *x* et *sc*, nous nous sommes demandé s'il fallait transcrire *koni, xoni* ou *sconi*. Nous avons opté pour *xoni* car nous avons rencontré dans un cahier ultérieur ce mot affecté d'une majuscule très nettement tracée qui, sans nul doute possible, est une X. Il doit falloir toutefois, dans la prononciation du mot, faire sonner le *k*.

2. Suit un double feuillet détaché du cahier portant un début de lettre à Colette Thomas que nous reproduirons dans la correspondance.

Page 271 :   *Dans Eschyle...*

1. Suite du cahier 119 (cf. note 1, p. 503) à partir d'une page qui a sûrement été écrite le 8 juillet 1946. En effet, les deux premiers paragraphes

de ces notes ont été repris dans *le Théâtre et l'anatomie* (cf. p. 277, 6ᵉ §). Or, le pneumatique de Michel Hincker, daté du samedi, donc du 6 juillet 1946, resté glissé dans ce cahier, a dû être posté le lendemain, mais trop tard pour être émis le dimanche matin ; il ne l'a été que le 8 au matin et est parvenu peu après à Antonin Artaud à qui il était précisé que l'article sollicité devait arriver au siège de *la Rue* dans la journée du lundi 8 ; aussi il s'est certainement mis au travail dès réception du pneumatique.

Page 270 :   *La nausée des uns...*

1. Ces trois mots sont écrits dans la marge de la page qui porte ce qui précède, au-dessus et au-dessous d'un dessin qui en occupe presque toute la hauteur. Le paragraphe suivant est écrit transversalement le long de ce même dessin, à droite de lui.

Page 271 :   *Je ne supporte pas l'anatomie humaine.*

1. Texte certainement en corrélation lui aussi avec *le Théâtre et l'anatomie* (cf. pp. 277-278), bien qu'aucun passage n'y ait été repris. Cette affirmation avait déjà été formulée dans un précédent cahier (cf. p. 131, 1ᵉʳ §).

2. Dans la marge, en face des dernières lignes de ce paragraphe, Antonin Artaud a tracé un trait ondulé devant lequel il a écrit le mot *merde*, souligné trois fois, peut-être pour marquer son insatisfaction.

Page 273 :   *Guy Lévis Mano,...*

1. Les éditions Gallimard avaient proposé à Antonin Artaud de publier *les Cenci*, pièce restée inédite depuis 1935, et un contrat allait être signé le 1ᵉʳ août 1946. Il avait dû alors se préoccuper d'en retrouver le texte et désirait sans doute rencontrer Jean-Louis Barrault dans ce but, celui-ci ayant lu une partie des *Cenci* à la séance du Théâtre Sarah-Bernhardt (cf. note 2, p. 458). Signalons à ce propos que la copie remise à Gaston Gallimard et celle que lut Jean-Louis Barrault étaient toutes les deux identiquement incomplètes.

Page 273 :   *J'ai toujours été seul.*

1. Fin d'une page paire. Dans le haut de la page suivante, Antonin Artaud a noté cette adresse : *Jean Maquet / 8 rue Sainte-Isaure,* et ce numéro de téléphone : *Marthe Robert / Danton 99-85.*

Page 274 :   *Je dis strophe...*

1. Fait référence à la *Lettre sur Lautréamont* (cf. *in* tome XIV *, pp. 32-37), plus précisément à la phrase : *Nous ne l'entendons pas de cette oreille...* (cf. *in* tome XIV *, p. 33, 1ᵉʳ §). Il est probable qu'Antonin Artaud devait avoir reçu, le jour même où il écrivait cela, le numéro des *Cahiers du Sud* (n° 275, 1ᵉʳ semestre 1946) contenant la *Lettre sur Lautréamont.*

2. Début d'un paragraphe du même texte, légèrement modifié (cf. *in* tome XIV *, p. 32, 3ᵉ §).

3. Fait référence à un autre passage du même texte (cf. *in* tome XIV *, p. 32, 4ᵉ §, lignes 5-9).

Page 274 :   *C'est moi, Antonin Artaud,...*

1. Au-dessus, à la première ligne de la page, Antonin Artaud a noté ce nom : Mʳ *Roger Forestier.*

2. Ces deux lignes de glossolalies sont écrites transversalement dans la marge de la page qui porte le paragraphe précédent.

3. *écrire* est écrit en surcharge sur *exister.*

4. Paragraphe ajouté transversalement dans la marge de la page qui porte les cinq précédents.

Page 275 :   *Je suis cette Ana Corbin...*

1. *... en 1939 assassinée par...*

2. Pour Ana Corbin, cf. *in* tome XV, note 1, p. 361 ; pour Caterine Artaud, cf. *in* tome XV, note 1, p. 364.

3. C'est, bien sûr, la rue de Rennes qu'il faut entendre.

Page 277 :   LE THÉÂTRE ET L'ANATOMIE

1. Texte paru dans *la Rue* (n° 6, 12 juillet 1946). Écrit spécialement le 8 juillet 1946 (cf. note 1, p. 511) à la demande de Michel Hincker qui souhaitait un article sur le théâtre pour le numéro prévu pour être mis en vente le 14 juillet. A été publié de nouveau, dans *Art press / international* (n° 18, mai 1978), sans que soient corrigées les erreurs de lecture de la première parution. Pour la présente édition, le texte a pu être collationné avec une photocopie du manuscrit aimablement communiquée par Michel Hincker. *Le Théâtre et l'anatomie* est écrit à l'encre foncée sur deux feuillets

doubles détachés d'un cahier, papier réglé, coins arrondis, vraisemblablement le cahier 119.

2. *j'avais parlé de la guerre moléculaire...*

Page 279 :   *Mâle et femelle,...*

1. Cahier 121, couverture orange sur laquelle s'étale en énormes caractères calligraphiques recouvrant toute la page l'inscription : *100 / Pages.* En bas, sur la droite la mention : Cahier, en caractères romains d'un corps inférieur, quoique encore important, et encore plus bas, à gauche, en italique, d'un corps tout à fait ordinaire, la mention : *Appartenant à.* Papier réglé. Encre noire, encre noire délavée, crayon, encre bleue. Trente-six pages. Pas de date dans ce cahier. Mais on peut le dater approximativement de juillet 1946 en raison de thèmes qu'il contient, notamment une définition de la *breloque* que nous avons pu rapprocher des premiers textes ayant servi à l'élaboration de *l'Exécration du père-mère* (cf. *in* tome XII, pp. 33-53). Or, le premier état du passage où il est question de *la breloque interne* (cf. *in* tome XII, p. 46) a été écrit vers le 21 juillet 1946 (cf. note 1, p. 528).

2. Le pronom écrit une première fois en fin de ligne a par mégarde été répété au début de la ligne suivante.

Page 279 :   *ya embar*

1. Conforme à l'autographe.

2. Le *t* final manque. Plutôt qu'un lapsus, ce doit être le crayon qui n'a pas marqué.

Page 283 :   *Vous n'avez eu vos bons sentiments...*

1. Paragraphe écrit transversalement dans la marge de la page qui porte les deux dernières séries glossolaliques du texte précédent.

Page 283 :   *C'est un très grand honneur...*

1. Au moment du retour d'Antonin Artaud à Paris, Colette Thomas habitait chez sa mère et sa tante à Saint-Germain-en-Laye. L'allusion au train fait penser à un épisode qui se serait situé lors d'un voyage d'Antonin Artaud à Saint-Germain-en-Laye, soit en compagnie de Colette Thomas, soit seul pour se rendre chez elle. Comme à la fin du mois de juillet 1946, elle viendra en convalescence chez nous à la suite d'une opération aux pieds au cours de laquelle le chirurgien les avait rapetissés, ce détail atteste que le cahier doit dater de juillet 1946.

Page 283 :   *On pète,...*

1. L'allusion aux pets d'aliénés, qui sera reprise et développée dans une nouvelle version de la *Lettre aux médecins-chefs des asiles de fous* (cf. p. 304, 13e-15e § et p. 305, 1er-3e §), a déjà été formulée dans de précédents cahiers, (cf. p. 101, 3e §, et p. 152, 7e §).

Ces trois lignes sont écrites transversalement dans la marge de la page qui porte le texte précédent.

Page 283 :   *ruladel*

1. Mot surchargé, de sorte qu'il est difficile de savoir s'il faut lire *de* ou *et*. C'est encore *et* qui se lit le mieux.

2. *pour être* remplace *à être*, biffé.

3. Cette ligne commençait par *Péter* qui a été biffé, puis récrit à la fin.

4. *de tout...*

5. Un peu plus bas, un mot isolé, non biffé : *le*. Il est d'ailleurs possible que cet article désigne un dessin à la plume exécuté à cet endroit.

Page 286 :   *Clou sempiternel,...*

1. Yvonne Allendy (cf. *in* tome XV, note 6, p. 364).

2. Marthe Robert, à moins qu'il ne s'agisse de Marthe Jacob (cf. note 1, p. 458).

3. Tous ces groupes de mots sont dispersés, comme des notations, sur une seule page, entremêlés à des dessins auxquels certains se rapportent sans doute.

Page 289 :   *Moi, Antonin Artaud,...*

1. L'adverbe a été ajouté dans un second temps. En effet, c'est après *dit* que, dans l'autographe, sont posés les deux points.

2. Antonin Artaud a d'abord écrit les éléments glossolaliques de droite, puis, en face, dans la marge, ceux de gauche : le crayon est différent, plus sec. Ils semblent avoir été ajoutés en complément de la première série, non pour en constituer une seconde.

3. Le texte, à partir d'ici, paraît avoir été conçu pour la scène. En tant que texte dialogué, il est une exception. Faut-il supposer qu'Antonin Artaud, en même temps qu'il projetait une conférence (cf. note 1, p. 478, et note 1, p. 508), envisageait de l'illustrer par une courte mise en scène ?

4. La fin de cette réplique est écrite au début d'une page impaire dont elle n'occupe que trois lignes. Le reste de la page et les quatre pages suivantes portent les trois textes que nous reproduisons après. C'est à leur suite dans le cahier, sur deux pages, paire et impaire, que se poursuit ce texte-ci.

Page 292 :   *Le goût de la nourriture...*

1. Cette énumération, notée dans la marge, n'est pas sans relation avec le texte. Elle a été reproduite comme telle, faute de pouvoir trouver une place logique où l'insérer.

2. Le Cyrnos, café qui servait de lieu de réunion au groupe surréaliste en 1925.

Transversalement, dans la marge de la dernière page de ce texte, a été notée une définition de la *breloque* qui a été reproduite dans le *Dossier d'Artaud le Mômo* (cf. *in* tome XII, texte I, p. 169).

Page 296 :   *Il faut faire le cu...*

1. Cahier 122. Couverture rose. Papier réglé. Crayon, encre noire. Trente-deux pages. Aucune date, mais le cahier contenant deux fragments et un texte plus élaboré en vue de la *Lettre aux médecins-chefs des asiles de fous,* ainsi qu'une ébauche de la *Lettre aux recteurs des universités européennes,* peut être lui aussi approximativement daté de juillet 1946.

Sur la première page de couverture, au recto, Antonin Artaud a noté cette adresse : *92 B^d Murat / Gibert / Auteuil 42-45,* et sur la dernière, au verso, ce numéro de téléphone : *Auteuil 06-51 / M. Oudot.* Vraisemblablement deux adresses de médecins fournies par Colette Allendy.

Page 296 :   *Pas de délire de fou...*

1. Fragment écrit en vue d'une nouvelle version de la *Lettre aux médecins-chefs des asiles de fous* (cf. note 2, p. 502).

2. Le dernier paragraphe est écrit transversalement dans la marge de la page qui porte ce qui précède.

Page 297 :   *Pas de délire...*

1. Deuxième fragment en vue d'une nouvelle version de la *Lettre aux médecins-chefs des asiles de fous* (cf. note 2, p. 502).

2. *... et en définitive* solennel.

3. Deux états antérieurs : 1° *... de la vie, car c'est le fil pérennel...;* 2° *... de la vie donc assez grand pour t'en donner la peine sous le fil pérennel...*

4. *... beaucoup plus outre que son chapeau,*

Page 297 :   *La matière n'est pas éternelle,...*

1. Ce qui précède occupe une page impaire du cahier ; les trois paragraphes suivants la page paire précédente, le dernier de ces paragraphes s'articulant parfaitement avec celui qui figure en premier sur la page paire, au verso. C'est donc que cette page impaire a été écrite avant les deux pages paires.

2. *... la délice malice d'enfanter comme...*

3. Paragraphe écrit transversalement dans la marge de la page impaire.

Page 299 :   LETTRE AUX RECTEURS
                    DES UNIVERSITÉS EUROPÉENNES

1. Projet d'une nouvelle version de la *Lettre aux recteurs des universités européennes* (cf. note 2, p. 502).

2. *... de la conscience, une vieille dictature des pères.*

3. *... et l'honnêteté de l'interroger.*

Page 300 :   *Nul automatisme...*

1. L'intention primitive d'Antonin Artaud devait être d'employer un substantif féminin car on trouve *Nulle* dans l'autographe.

2. *... aux lèvres de goût pourri...*

3. *... par une ignoble carne ?*

4. Alors que tous les verbes sont parfaitement accordés au pluriel, ici et à la ligne suivante Antonin Artaud a par mégarde écrit *ce*.

Page 304 :   *J'ai passé 10 ans avec des aliénés,...*

1. Texte beaucoup plus élaboré que les deux précédents (cf. pp. 296 et 297) de la nouvelle version de la *Lettre aux médecins-chefs des asiles de fous* (cf. note 2, p. 502).

2. *mangé avec eux,*

3. Cf. p. 101, 3e §, p. 152, 7e §, et p. 283, 6e-8e §.

4. *parfaits* remplace *mauvais*, biffé, mais alors que *mauvais* se trouve à l'intérieur de la parenthèse, *parfaits* a été écrit après le signe de fermeture.

5. Le crayon avait été employé jusqu'ici. C'est maintenant l'encre noire qui va être utilisée. D'autre part, les deux derniers paragraphes occupent la moitié supérieure d'une page impaire. Ce texte-ci se poursuit, quatre pages et demie plus loin, sur les trois dernières pages du cahier, d'abord à l'encre noire, pour s'achever au crayon. Nous reproduisons ensuite le texte porté par les quatre pages et demie intercalaires à l'encre noire.

6. *Pas de psychiatre en effet qui n'ait eu...*

7. Cf. note 1, p. 511. Le sens de poussière est ici explicite. Même remarque concernant le tracé de la lettre initiale dont l'identification au kappa et la prononciation *k* nous paraissent ici clairement indiquées par l'allitération *Cone / Kone / xoni.*

8. Conforme à l'autographe.

9. Toute la fin de ce texte a été écrite dans un mouvement très rapide. Certains jambages ou même des lettres manquent, et parfois le crayon a à peine marqué. C'est le cas pour les mots : *leurs toux, leurs,* qui figurent au début d'une ligne. Ce qui a fait que, par inadvertance, Antonin Artaud a écrit *et les chiées,* qu'il va récrire à la ligne suivante, d'abord par-dessus ces trois mots.

Page 306 :   *La tête en transparence lilas...*

1. Répétition conforme à l'autographe.

2. Cf. note 3, p. 486.

3. Pour les patronymes Nalpas, Salem, Vian, cf. respectivement, *in* tome XV, note 1, p. 375, note 8, p. 382, et note 62, p. 402.

Page 308 :   *Chiote particulière de douleur...*

1. Cahier 123. Couverture bleue. Papier réglé. Crayon. Trente-deux pages. Aucune date, mais on trouve dans le cahier un texte qui n'est pas sans relation avec la *Lettre aux médecins-chefs des asiles de fous* et qui en même temps contient le thème de départ d'*Aliénation et magie noire* (cf. *in* tome XII, pp. 55-65) qu'Antonin Artaud enregistrera au Club d'essai le 16 juillet 1946 (cf. note 1, p. 470); il peut donc être approximativement daté de la première quinzaine de juillet 1946.

Page 308 :   *Je suis la terre et de la terre...*

1. *... c'est moi qui prends les choses...*

2. Suit ce paragraphe, biffé, que remplacent les deux suivants :
c'est moi,

3. *Si tu vois cela...*

4. Les deux pages suivantes du cahier sont occupées par un texte où l'électro-choc est mis en accusation, texte qui contient donc une première idée d'*Aliénation et magie noire* et, pour cette raison, a été reproduit dans le *Dossier d'Artaud le Mômo* (cf. *in* tome XII, texte II, p. 212). Nous avons signalé que ce texte n'était pas non plus sans relation avec le projet de récrire la *Lettre aux médecins-chefs des asiles de fous*. Il est en effet tout à fait possible qu'Antonin Artaud ait utilisé des notes prises dans ce but pour *Aliénation et magie noire* qui traite aussi des rapports du patient avec la médecine psychiatrique.

Page 310 :   *Il est plus intelligent...*

1. *... que les choses sont pures*

2. Dans la marge, en face de la ligne constituée par les deux derniers mots, Antonin Artaud a écrit ceci : *glaçade.*

3. Féminin conforme à l'autographe.

4. Dans la marge, en face de la ligne constituée par les deux derniers mots, Antonin Artaud a inscrit ceci à l'intérieur d'un dessin : *comprom*[is].

5. Les deux dernières lignes de glossolalies sont écrites transversalement dans la marge de la page qui porte les deux séries et les trois paragraphes précédents.

6. Paragraphe ajouté transversalement dans la marge de la page qui porte les huit précédents.

7. Cf. dans *Héliogabale ou l'Anarchiste couronné*, l'appendice I, intitulé *le Schisme d'Irshu* (*in* tome VII, pp. 111-112) où il est justement question de *Yoni (le Vagin).*

8. Le texte que nous transcrivons à la suite a sûrement été écrit dans un autre moment : crayon et graphie diffèrent de façon notable. Cependant, il n'est pas sans relation avec celui-ci.

Page 314 :   *Or tous ces gens...*

1. *... je ne sais quel rhume a ramené,*

2. Locution ajoutée secondairement dans un interligne.

3. Fin de la dernière page du cahier. Le texte se poursuit sur la dernière page de couverture, au recto.

Page 318 :   *dazun azam a e tirbi*

1. Cahier 124. Couverture forte verte. Dos renforcé noir. Papier réglé, coins arrondis. Encre noire, crayon. Quatre-vingts pages. On relève dans le cahier, qui est entièrement décousu, les dates des 13 (hier 12), 14 (hier 13) et 16 juillet, l'année étant certainement 1946.

2. Les deux derniers paragraphes sont écrits dans la marge, le premier au niveau de la dernière ligne de glossolalies, le second au niveau du paragraphe suivant.

3. Pour Sonia Mossé, cf. *in* tome XV, note 1, p. 369.

Page 319 :   *Et surtout le cachou,...*

1. Caterine Artaud (cf. *in* tome XV, note 1, p. 364).

2. Pour la famille Pickering, cf. *in* tome XV, note 19, p. 393, et *in* tome XVII, note 9, p. 281.

3. Suivent deux pages portant une première ébauche d'*Aliénation et magie noire* qui a été reproduite dans le *Dossier d'Artaud le Mômo* (cf. *in* tome XII, texte III, p. 213).

Page 319 :   *Car le jour où quelque chose...*

1. Une *s* finale semble avoir été esquissée ici, alors qu'on trouve le singulier à la ligne précédente et à la ligne suivante.

2. *d'* a été recouvert par un dessin à l'encre fait dans la marge, mais se distingue cependant assez facilement.

3. Quatre des *six filles de cœur* (cf. note 1, p. 464).

4. *... toujours renouvelée des choses de quoi toujours...*

5. *... à être éternels.*

6. Pour Marguerite Artaud, cf. *in* tome XV, note 5, p. 392 ; pour Louise Artaud, cf. *in* tome XV, note 1, p. 375.

7. Juste au-dessous de cet adjectif, une lettre isolée, non biffée : une *m*, lettre initiale d'un mot auquel Antonin Artaud a dû vouloir renoncer.

Page 324 :   *lo tanger a gadi*

1. Ces deux paragraphes sont écrits transversalement dans la marge de la page qui porte ce qui précède.

Page 325 :   *Les poteaux colères...*

1. Les trois dernières lignes sont notées obliquement dans la marge, en face des deux derniers paragraphes.

2. Ce mot est écrit à droite du paragraphe commençant par le mot *lamas*, mais dans la marge de la page impaire suivante.

Page 326 :   *tai un*

1. Par mégarde Antonin Artaud a indiqué ici *2°*. Or c'est bien *1°* qu'il faut entendre puisque l'on trouve *2°* quelques lignes plus bas.

2. Masculin conforme à l'autographe.

3. La graphie d'Antonin Artaud dans ce cahier est très souvent excessivement rapide. C'est le cas pour l'expression *l'arbre à fibre* qui présente un tracé tel que l'on pourrait faire une tout autre lecture, mais la nôtre est attestée par le journal de Prevel : *En compagnie d'Antonin Artaud* (Flammarion, 1974). En effet, à la date du 30 juillet 1946, il note ce passage, précisant qu'il le recopie sur un cahier de Marthe Robert, celle-ci l'ayant transcrit quelques jours plus tôt pendant qu'Antonin Artaud le leur lisait.

4. Paragraphe écrit transversalement dans la marge de la page qui porte les neuf précédents.

5. Cf. note 5, p. 461.

Page 333 :   *Le coït fatigue...*

1. Les trois dernières lignes sont écrites dans la marge, en face des quatre paragraphes qui les précèdent.

Page 334 :   *Le néant est un corps...*

1. Suivent cette adresse et ce numéro de téléphone : *18 avenue du Président Wilson / XVI / Kléber 87-19,* qui étaient alors ceux de Jean-Louis Barrault.

Page 335 :   *Il y a dans la nourriture...*

1. Tournure conforme à l'autographe.

2. *... en croix en moi*

3. Le docteur Menuau était chef de service à Ville-Évrard à l'époque où Antonin Artaud y avait été hospitalisé.

Page 336 :   *La parole, les êtres...*

1. *et ce sont ses réserves...*

2. Gâteau oriental très apprécié d'Antonin Artaud dont la pâte est feuilletée et qui se présente comme une série de feuilles enduites de miel superposées.

3. Antonin Artaud avait d'abord écrit *fineau*. Le mot a été transformé par surcharge d'une *s* sur l'*n*.

Page 337 :   *Je suis mort...*

1. Dans la marge, en face de *son jusant*, Antonin Artaud a écrit ceci : *anti*.
Suit une page portant un court texte qui contient l'un des thèmes de *Centre-Mère et Patron-Minet* et qui a été reproduit dans le *Dossier d'Artaud le Mômo* (cf. *in* tome XII, texte I, p. 137).

Page 339 :   *L'esprit est cet état envahissant obscène...*

1. Cahier 125. Couverture bleue. Papier réglé. Crayon. Vingt-huit pages. En outre, entre la dernière page et la couverture, on trouve, dans l'ordre, un feuillet simple, papier réglé, détaché d'un autre cahier (papier plus jaune), un feuillet double détaché du cahier, et un feuillet double détaché encore d'un autre cahier, papier réglé (réglures d'un gris-bleu plus foncé que celles du cahier). Aucune date, mais le cahier contenant un court texte à rapprocher de *Centre-Mère et Patron-Minet* et une ébauche d'un passage de l'*Exécration du père-mère* peut-être approximativement daté de juillet 1946.

2. *ayant eu ma taille.*

3. Fin d'une page paire. Dans le haut de la page impaire qui suit, ce numéro de téléphone : *Lit.-53-91.*

4. La page suivante porte un court texte en relation évidente avec l'élaboration de *Centre-Mère et Patron-Minet*, reproduit dans le *Dossier d'Artaud le Mômo* (cf. *in* tome XII, texte II, p. 138), et transversalement, dans la marge, une première ébauche de l'un des fragments qui constituent l'*Exécration du père-mère*, reproduite elle aussi dans le même dossier (cf. *in* tome XII, texte II, p. 169).

Page 340 :   *Jésus-christ l'empétardé...*

1. Ces deux paragraphes sont écrits transversalement dans la marge de l'une des pages portant le texte précédent, et sans relation avec lui. En

revanche, on les trouvera refondus dans un texte écrit sur l'un des feuillets détachés glissés à la fin du cahier (cf. p. 348, 2ᵉ §).

Page 341 :   *Je suis toujours Artaud.*

1. *... en lippant avec sa mounoume d'enfoutré,*

2. *... et de sperme par l'occelet...*

3. *... les pendeloques de mon lait,
le primesautier,*

4. *le jouvenceau...*

5. *... dans la conscience d'un être,*

6. *... à l'intelligence que je n'ai pas,*

Page 344 :   *L'esprit n'est qu'une indiscrétion,...*

1. *... mais non un acte.*

2. Les deux derniers paragraphes sont écrits transversalement dans la marge de la dernière page du cahier, laquelle porte les quatre précédents.

Page 347 :   *varuza*

1. Texte écrit au verso du feuillet simple détaché d'un autre cahier (cf. note 1, p. 522). C'est d'abord le verso qui a été utilisé : en effet, le texte écrit au recto se poursuit sur le feuillet double détaché du cahier.

2. *... par fesse gauche.*

Page 347 :   *Tu boiras ta pleine bouilloire de merde,...*

1. D'abord écrit *sfasfa;* le *i* a été intercalé dans un second temps.

2. D'abord écrit *benu;* transformé en *benou* par surcharge.
Fin du recto du feuillet simple. Ce qui suit est écrit sur le feuillet double détaché du cahier.

3. Refonte des deux paragraphes notés plus haut dans le cahier (cf. p. 340, 14ᵉ-15ᵉ §).

4. Cf. note 1, p. 486.

5. *... dans la coupante agressivité,...*

6. Le texte s'arrête brusquement à la troisième page du feuillet double. Le tiers inférieur de cette troisième page et la quatrième sont occupés par le texte suivant.

Page 349 :   *Le mal blanc du vierge...*

1. Ce qui précède occupe la première page du feuillet double détaché d'un autre cahier (cf. note 1, p. 522).

2. Ces deux paragraphes sont écrits dans la marge de la même page, à gauche d'un dessin.

Page 350 :   *Non d'une bête sortis,...*

1. Fin de la deuxième page du feuillet double détaché d'un autre cahier. Le texte se poursuit dans les deux tiers inférieurs de la troisième page, dont le tiers supérieur est occupé par un court texte que nous reproduisons ensuite.

2. *... qui donne de plus le filoché,*

3. D'abord écrit *koungoisdu*, puis transformé par surcharge de la deuxième syllabe.

Page 351 :   *Laisse-nous faire,...*

1. Ce court texte a très certainement été écrit avant que le feuillet ne soit détaché du cahier dont il provient. En effet, alors que l'on peut distinguer, comme en creux, dans les deux tiers inférieurs de la dernière page de couverture, les traces du crayon qui correspondent au texte précédent, le tiers supérieur ne porte pas celles de ce texte-ci.

2. *Moi je crée...*

Page 352 :   *gear taver*

1. Cahier 126, du même type que le cahier 117, marque UNIVERS. Couverture violette ornée d'une identique vignette (cf. note 1, p. 499). Papier réglé. Encre noire, crayon, encre bleue, encre bleu-noir. Huit pages. Le cahier contient en outre, dans l'ordre, entre la dernière page et la couverture : deux feuillets simples détachés du cahier ; un feuillet double détaché d'un autre cahier, papier réglé, plus blanc, coins arrondis ; un feuillet double détaché du cahier ; un second feuillet double détaché du cahier aux coins arrondis ; un feuillet simple détaché encore d'un autre cahier, papier réglé, mais d'un blanc crème plus foncé que celui du cahier, réglures d'un gris-

bleu plus foncé. Le cahier, qui ne comporte aucune date, doit être contemporain des cahiers 124 et 125. Il contient en effet, écrit sur certains des feuillets détachés, une première version à peu près complète d'*Aliénation et magie noire*, texte enregistré par Antonin Artaud au Club d'essai le mardi 16 juillet 1946, enregistrement diffusé le lendemain 17 juillet (cf. note 1, p. 470). Ces feuillets étaient donc écrits le 15 juillet au plus tard.

Les trois premières pages du cahier sont occupées par un projet pour le début d'*Aliénation et magie noire* qui a été reproduit dans le *Dossier d'Artaud le Mômo* (cf. in tome XII, texte IV, pp. 214-215), dont les premiers mots sont repris du deuxième paragraphe d'un texte sur l'anatomie humaine contenu dans le cahier 114 (cf. p. 131, 2e §).

2. Paragraphe écrit transversalement dans la marge de la page qui porte ce qui précède.

3. Cf. note 3, p. 486.

4. Yvonne Allendy (cf. in tome XV, note 6, p. 364).

5. Fin du cahier proprement dit dont la plupart des pages ont été arrachées. Les deux feuillets simples détachés du cahier, le feuillet double détaché du cahier aux coins arrondis, et les première et troisième pages du feuillet double détaché du cahier portent un premier état d'*Aliénation et magie noire* qui a été reproduit dans le *Dossier d'Artaud le Mômo* (cf. in tome XII, texte V, pp. 216-218). La deuxième page porte une variante pour un passage d'*Aliénation et magie noire*, reproduit lui aussi dans le dossier (cf. in tome XII, fragment VII, p. 220). À la quatrième page on trouve un court texte en relation avec l'élaboration de *Centre-Mère et Patron-Minet*, reproduit dans le même dossier (cf. in tome XII, texte III, p. 139). Deux pages et demie du second feuillet double détaché du cahier aux coins arrondis portent la fin primitive du premier état d'*Aliénation et magie noire* (cf. in tome XII, texte VI, pp. 219-220).

Page 354 :   *Deux Indiens...*

1. Paragraphe écrit transversalement dans la marge de l'une des pages du texte précédent, et sans relation avec lui.

Page 354 :   *La question de la yoga...*

1. Ce texte, qui occupe la moitié inférieure de la troisième page et la quatrième page du second feuillet double détaché du cahier aux coins arrondis, a sûrement été écrit au moment où Antonin Artaud était sur le point d'envoyer à *Combat* le texte *Sur la yoga* (cf. in tome XXI, pp. 121-125 et note 1, p. 506). Cette note est peut-être une tentative pour le *Post-scriptum*

qu'il y ajoutera alors. Rappelons que nous avons choisi de publier cette version définitive envoyée à *Combat* dans le tome XXI.

2. Cf. note 1, p. 494.

Page 354 :   *Et ils se cachèrent...*

1. Paragraphe écrit transversalement dans la dernière page du texte précédent, sans relation avec lui.

Page 354 :   *[...] n'a pas abouti...*

1. Fragment de texte écrit sur le dernier feuillet simple détaché d'un autre cahier, probablement du même cahier que le feuillet double aux réglures d'un gris-bleu plus foncé glissé dans le cahier 125 (cf. note 1, p. 522). Les réglures de ce feuillet-ci sont en effet de ce même gris-bleu plus foncé. Antonin Artaud a d'abord utilisé le verso, puis le recto, les deux fois en retournant la page. Nous nous sommes demandé si ce fragment ne serait pas la suite du texte inachevé qui se trouve dans le cahier 125 : *Tu boiras ta pleine bouilloire de merde,...* (cf. pp. 347-349). L'articulation apparemment se fait bien. Cependant, dans le texte du cahier 125, on ne trouve dans la dernière phrase aucun référent pour le pronom *eux.*

2. Paragraphe écrit transversalement dans la marge du recto qui porte les trois paragraphes précédents.

3. Paragraphe écrit transversalement dans la marge du verso.

Page 356 :   *Il y a d'abord mon corps,...*

1. Cahier 127. Couverture violette dont la première page manque. Papier réglé. Crayon mine de plomb, crayon vert, encre bleue. Quarante-huit pages. Pas de date dans le cahier qui a dû approximativement être rédigé en juillet 1946 : on y trouve mention de la *Lettre au pape* et un nouvel état de la *Lettre aux recteurs.*

Page 357 :   *Rétablissement réel,...*

1. Orthographe conforme au manuscrit.

2. Fin d'une page impaire. Suit, au verso, dans le haut de la page, cette adresse : *le Dr Henri Libaude / Gobelins 32-56 / 8 rue Adolphe Focillon / Alésia.* Henri Libaude, gastro-entérologue, était de nos amis. Plus tard, c'est lui qui décèlera la tumeur dont Antonin Artaud était atteint et le dirigera vers le service du professeur Mondor où il était assistant.

3. À la ligne suivante, cette adresse : *14 rue Monsieur le Prince.*

4. Noté dans la marge, en face de cette ligne de glossolalies dont on peut supposer qu'elles évoquent le tam-tam.

5. À la ligne suivante, Antonin Artaud a noté le titre de l'un des textes de *la Révolution Surréaliste* qu'il avait l'intention de récrire (cf. note 2, p. 502) : *Lettre au pape.*

Page 363 : LETTRE AUX RECTEURS

1. Nouvelle tentative de récrire la *Lettre aux recteurs des universités européennes*, la précédente figurant dans le cahier 112 (cf. p. 299). Texte paru dans *l'Internationale de l'imaginaire* (nouvelle série, n° 1, mars 1985).

2. Ce paragraphe n'est pas à proprement dire biffé, mais barré d'un très léger trait oblique. En face dans la marge, Antonin Artaud a inscrit ce mot : *non.*

3. Avant cette ligne, ce début de phrase, biffé : *Pour détourner* [...]
En outre, à partir d'ici et jusqu'à : ... *il est trop tard* (5ᵉ §, p. 365), sur près de trois pages du cahier, Antonin Artaud a tracé dans les marges un trait ondulé de plus en plus léger. À gauche de ce trait, et en face de ce paragraphe, il a aussi inscrit le mot : *non.*

4. On trouve bien cette seule majuscule et non, comme on pourrait s'y attendre, la conjonction *Or.*

Page 366 : *Jamais plus un cœur ne me parlera...*

1. À droite et à gauche de ce paragraphe, Antonin Artaud a tracé un trait vertical, puis un trait horizontal au-dessous. Peut-être est-ce pour l'isoler du reste du texte.

2. Fin d'une page paire. Dans le haut, à gauche de la page impaire suivante, Antonin Artaud a noté une adresse et deux numéros de téléphone : *50 rue d'Auteuil / Danton 42-65 / Odéon 46-07.* L'adresse était alors celle de la sœur d'Antonin Artaud : Marie-Ange Malausséna.

Page 367 : *fra fra*

1. La seconde série de glossolalies est écrite sur deux pages du cahier, les glossolalies étant mêlées à des dessins, représentant pour la plupart des

sortes de clous. Des chiffres sont inscrits à gauche des dessins. Ce sont, de
haut en bas, et en allant de la gauche vers la droite :

```
1    3
     4
2    5    1
          2
6    7
9    8
```

Le mot transcrit ensuite se trouve au-dessous de la dernière ligne de
glossolalies.

2. Ces deux mots sont écrits tout près du chiffre 9, sur sa droite. Le
paragraphe suivant, à gauche d'un dessin représentant un clou à la gauche
duquel est inscrit le chiffre 7.

Page 367 :   *Mort sous l'électro-choc...*

1. Incident dramatique au cours d'une séance d'électro-choc déjà évoqué
(cf. *in* tome XVI, p. 107, 3e §, et note 28, p. 352).

2. Antonin Artaud a commis un lapsus et écrit *la descellé.*

Page 369 :   *surtia barbado*

1. Mot de lecture incertaine du fait de nombreux jambages manquants.

2. Dans la marge, en face, au-dessus d'un dessin, Antonin Artaud a noté
ceci : *manque / haine,* termes repris dans l'énumération qui suit.

Page 373 :   *B^d Saint-Germain,...*

1. Suite du cahier 113 (cf. note 1, p. 482), à partir d'une page qui porte
la date du 21 juillet, l'année 1946 étant indiquée quelques pages plus loin
(cf. p. 374, 6e §).

2. Au-dessous trois dessins, trois blocs. À l'intérieur du bloc de gauche,
Antonin Artaud a inscrit ce mot : *interne.*

3. Ces deux mots sont écrits par-dessus un dessin exécuté au milieu de
la page représentant une plaque qui semble projeter une plaque plus petite.
Bien que se trouvant en partie à l'intérieur du dessin, ils semblent avoir
été tracés après son exécution.

Page 375 :   *fountsin*

1. Cette série isolée de glossolalies occupe le centre d'une page paire. À
la page suivante on trouve l'un des textes ayant servi à l'élaboration de

l'Exécration du père-mère, texte relatif à *la breloque interne* reproduit dans le *Dossier d'Artaud le Mômo* (cf. *in* tome XII, texte III, p. 170). Ce texte est repris sur un feuillet détaché glissé entre les pages de garde dans ce qui sera sa forme définitive (cf. *in* tome XII, note 1, p. 321).

Page 375 :   *Jeudi,...*

1. Notes prises en vue de la composition du premier tome des œuvres complètes dont le principe de publication était admis depuis la fin du mois de juin 1946 (cf. note 1, p. 500). Bien avant que le contrat ne soit signé (il le sera le 6 septembre), Antonin Artaud se préoccupe de composer ce premier tome. Dès juillet, on le voit, il a décidé de l'ouvrir par un *Préambule* (cf. *in* tome I *, pp. 9-12) et d'y faire figurer, avec les lettres et adresses de *la Révolution Surréaliste,* qu'il veut récrire pour la circonstance (cf. note 2, p. 502), *l'Activité du Bureau de recherches surréalistes* qui avait paru dans le même numéro. Il demande alors à Colette Thomas de lui procurer un secrétaire à qui il pourra dicter, comme il a toujours aimé le faire, les textes qu'il veut insérer dans ce premier tome. Celle-ci lui envoie Chris Marker dont la collaboration sera épisodique et avec qui Antonin Artaud devait avoir rendez-vous le jeudi suivant. Ce jour-là, et au cours de séances ultérieures, il lui dictera le début de l'*Adresse au pape* (cf. pp. 381-382) à partir de la version qui se trouve dans ce cahier, le début du *Préambule,* et l'*Activité du Bureau de recherches surréalistes,* texte pour lequel il demandera au copiste de ménager des blancs en vue de transformations qu'il se proposait d'apporter au texte (cf. *in* tome I **, notes 1-16, pp. 237-239). Chris Marker nous a aussi indiqué qu'il avait établi à ce moment-là, à partir de feuillets manuscrits, la copie d'une partie des *Cenci* dont Antonin Artaud avait manifesté l'intention de modifier certains passages.

Page 374 :   *C'était déjà vous en 1926...*

1. Première tentative pour récrire le début de l'*Adresse au pape.*

2. Allusion à la parution de l'*Adresse au pape* dans *la Révolution Surréaliste,* mais sa date exacte est le 15 avril 1925.

Page 375 :   LETTRE OUVERTE À PIE XII
                              pour remplacer
                              L'ADRESSE AU PAPE

1. Première version de l'*Adresse au pape* récrite en vue des œuvres complètes. Très différente de celle qu'Antonin Artaud enverra aux éditions Gallimard le 1ᵉʳ octobre 1946 (cf. *in* tome I *, pp. 13-15), elle est apparemment inachevée.

2. ... *par lequel le pape à introniser s'assure...*

3. *Et n'est-il pas...*

4. *Pour la bonne raison que je ne crois pas aux principes, et que...*

5. *les originelles souillures infanticides* remplace *le chrême*, biffé.

6. ... *que j'ai été sciemment baptisé...*

7. ... *de l'empreinte ignominieuse du baptême,*

8. D'abord écrit *cavata*, puis transformé en surchargeant la lettre initiale par un *g.*

9. ... *l'imprégnation débile,*

10. ... *fluidique des purs esprits,*

11. ... *une circulation faussement extra-terrestre,*

12. *dans son sperme, ses humeurs, sa morve, son sang,* a visiblement été ajouté dans un second temps à l'extrémité d'une ligne puis dans l'interligne inférieur.

13. Le début de ce paragraphe est ajouté transversalement dans la marge gauche de la dernière page du texte ; la fin et les deux paragraphes suivants sont écrits transversalement dans la marge droite.

Page 380 :   *Lama perdu,...*

1. Notes prises vraisemblablement en vue de compléter la *Lettre ouverte à Pie XII* : esquisse d'un parallèle entre le dalaï-lama et le pape.

Page 381 :   LETTRE OUVERTE À PIE XII
                        C'était vous.

1. D'après une copie dactylographiée de deux pages, portant quelques corrections au crayon d'Antonin Artaud, établie par Chris Marker (cf. note 1, p. 529). Le texte avait dû lui être dicté à partir du manuscrit contenu dans le cahier dit *Lutèce* (cf. pp. 375-380), Antonin Artaud, selon son habitude, le modifiant en le dictant.
Le sous-titre a été ajouté de la main d'Antonin Artaud.

2. Même chose pour l'adverbe *maintenant.*

3. Paragraphe ajouté au crayon transversalement dans la marge de la première page.

4. On remarquera la transformation des glossolalies par rapport au manuscrit (cf. p. 376). Il est difficile de savoir si elle a été voulue par Antonin

Artaud lors de la dictée pour des raisons d'euphonie ou si elle est le fait du copiste.

5. La copie s'arrête brusquement alors qu'il reste plus d'un tiers de feuillet inutilisé. Il est plus que probable qu'Antonin Artaud s'était interrompu dans sa dictée du texte. Le fait qu'il ait renoncé à la compléter pourrait indiquer qu'il n'en était pas tout à fait satisfait. Il entreprendra d'ailleurs peu après une nouvelle rédaction de l'*Adresse au pape* (cf. notamment pp. 424-427), la version définitive étant datée du 1ᵉʳ octobre 1946 (cf. *in* tome I *, pp. 13-15).

Page 383 : *Qui a déjà prétendu être là.*

1. Deux feuillets doubles, placés l'un dans l'autre, et glissés entre la couverture et la première page du cahier 129 (cf. note 1, p. 533), mais détachés d'un autre cahier, papier réglé, coins arrondis. On y relève la date du 21 juillet 1946. Ils ont dû être rédigés antérieurement au cahier lui-même, et ont dû y être glissés par la suite de manière toute fortuite. Crayon, encre noire.

2. Cette ligne est écrite au crayon, immédiatement abandonné pour l'encre noire, et elle peut être envisagée comme la fin d'une phrase écrite dans un autre cahier qui pourrait être le cahier 124 (cf. note 1, p. 520), au papier réglé, coins arrondis, entièrement décousu : même couleur du papier et du filet de marge, même emplacement pour les trous où passait le fil de couture. Cependant, nous n'avons trouvé aucun texte se raccordant à cette ligne. Il ne faut pas écarter l'hypothèse que d'autres pages de ce cahier ont pu aussi être déplacées.

Page 383 : *Lundi 21 juillet 1946.*

1. Il y a erreur soit sur le jour soit sur le quantième, le 21 juillet 1946 tombant un dimanche.

2. Cf. note 1, p. 486.

Page 385 : *Les panneaux électriques russes,...*

1. Cahier 128. Couverture bleue ornée d'un cadre garni de fleurs et feuilles de fuchsia traversé en haut par un cartouche dans lequel s'inscrit la mention : ÉCOLE de... / Dirigée par... ; et recouvert en bas à droite par un cadre rectangulaire plus petit dans lequel s'inscrit cette autre mention : CAHIER / de... / APPARTENANT / À... Papier réglé. Crayon. Quarante-huit pages. On relève dans le cahier des dates les 21 et 22 juillet 1946.

2. Il y a erreur soit sur le jour soit sur le quantième, le 21 juillet 1946 tombant un dimanche.

Page 385 :   *Nous en revenons donc...*

1. Cf. note 3, p. 486.

2. *... et non physique.*

3. Suivent quatre pages qui portent un texte ayant servi à l'élaboration de *Centre-Mère et Patron-Minet* et qui a été reproduit dans le *Dossier d'Artaud le Mômo* (cf. *in* tome XII, texte IV, pp. 140-141).

Page 387 :   *Mon âme c'est l'engueulade...*

1. Encore une erreur soit de jour soit de quantième puisque le 22 juillet 1946 tombait un lundi.

2. Cf. note 5, p. 461, et pour *les filles de cœur à naître*, cf. note 1, p. 464.

3. Singulier ici et à la ligne précédente conforme à l'autographe.

4. Singulier conforme à l'autographe.

5. Suivent deux pages et demie qui portent un texte ayant servi à l'élaboration de *Centre-Mère et Patron-Minet* et qui a été reproduit dans le *Dossier d'Artaud le Mômo* (cf. *in* tome XII, texte V, pp. 141-142).

Page 389 :   *Ne pas oublier les croix...*

1. Antoine Roi, double prénom du père d'Antonin Artaud. Nous avons déjà indiqué que nos recherches ne nous avaient pas jusqu'à présent permis d'identifier Louis Artaud, dont le nom revient pourtant à plusieurs reprises dans les cahiers de Rodez (cf. *in* tome XV, note 1, p. 364).
Fin d'une page impaire. Le paragraphe suivant est écrit transversalement dans la marge de la page paire précédente, en regard, page qui porte la fin du texte en relation avec *Centre-Mère et Patron-Minet* (cf. note 5, ci-dessus) et les trois premiers paragraphes de ce texte-ci. Nous avons cru pouvoir l'insérer ici en raison du contexte familial.

2. Pour le patronyme Nalpas, cf. *in* tome XV, note 1, p. 375.

3. Suivent deux pages et demie portant un texte qui a servi à l'élaboration de *Centre-Mère et Patron-Minet* et qui a été reproduit dans le *Dossier d'Artaud le Mômo* (cf. *in* tome XII, texte VI, pp. 143-144).

Page 391 :   *En quoi consiste le mal ?*

1. Ce court texte est écrit dans les deux tiers inférieurs d'une page paire dont les premières lignes sont occupées par la fin de celui qui est reproduit dans le *Dossier d'Artaud le Mômo* (cf. note 3, p. 532) avec lequel il n'a apparemment aucun rapport, alors qu'il en présente avec le texte qui commence à la page impaire suivante. Cependant, dans la marge supérieure de cette page impaire, Antonin Artaud a tracé un trait horizontal comme pour indiquer le départ d'un nouveau texte.

2. Les trois dernières lignes de glossolalies sont écrites transversalement dans la marge de la page paire.

Page 391 :   *manich zadigs*

1. Le crayon n'a pas du tout marqué pour l'*s* finale mais on en distingue parfaitement la trace comme gravée dans le papier.

2. Même chose pour le pronom *Je*.

3. Même chose pour l'article *le*.

4. Ici, c'est pour le *e* du pronom que le crayon n'a pas marqué du tout, mais pour voir la trace laissée dans le papier il faut le secours d'une loupe et faire jouer la lumière sur la page.

Page 395 :   *Toutes mes œuvres écrites...*

1. Cahiers 129 et 130. Ils sont en effet tout à fait contemporains puisqu'un texte écrit à propos de Coleridge, commencé dans le cahier 129, se poursuit sur certains des feuillets détachés glissés dans le cahier 130 (cf. note 5, p. 535).
Cahier 129, du même type que les cahiers 117 et 126, marque UNIVERS. Couverture violette ornée d'une identique vignette (cf. note 1, p. 499). Papier réglé. Crayon, encre bleu-noir. Trente-six pages. Le cahier contient en outre les deux feuillets doubles détachés d'un autre cahier, papier réglé, coins arrondis, sur lesquels on relève la date du 21 juillet 1946 (cf. note 1, p. 531). Les textes qu'ils portent ont été reproduits plus haut (cf. pp. 383-384). Aucune date n'est indiquée dans le cahier lui-même.
Cahier 130, lui aussi de marque UNIVERS. Couverture verte. Papier réglé. Encre bleu-noir légèrement délavée, encre bleu-noir, encre noire, crayon, fusain. Quarante pages. Le cahier contient en outre, glissés entre la couverture et la première page, un feuillet simple détaché d'un autre cahier et trois feuillets doubles détachés du cahier ou d'un cahier identique. On y relève la date du 28 juillet 1946.
Nous avons déjà indiqué qu'Henri Parisot avait demandé à Antonin

Artaud un texte sur Samuel Taylor Coleridge (cf. note 1, p. 485). Dès le mois de juin, celui-ci avait pris quelques notes dans ce sens (cf. p. 100, 1er §). Sans doute relancé par Henri Parisot, il semble s'être mis plus sérieusement au travail à la fin de juillet, puisque les feuillets détachés ainsi que les premières pages du cahier 130 portent plusieurs textes relatifs à Coleridge, textes qui ont été publiés dans l'*Éphémère* (n° 17, printemps-été 1971). C'est très probablement en vue d'une refonte qu'Antonin Artaud avait pris soin de les rassembler.

Nous transcrivons d'abord les textes du cahier 129, à l'exception de celui qui a trait à Coleridge ; puis tous les textes ayant trait à Coleridge ; enfin les textes restants du cahier 130.

2. Ce thème sera repris dans le *Préambule* (cf. *in* tome I *, p. 7, 1er §).

3. Suivent cinq pages portant le début d'un texte sur Coleridge, reproduit plus loin (cf. p. 406, ligne 1, à p. 407, 10e § inclus).

Page 398 :   *Tu es tout petit...*

1. *déclenche* est écrit en surcharge sur *détache*.

2. À la ligne suivante, Antonin Artaud a noté ceci : *chambre 430,* vraisemblablement le numéro d'une chambre d'hôtel où il devait rencontrer un ami.

3. On écrit plus généralement *strophanthine*, qui est un glucoside, très toxique, ayant les mêmes propriétés tonicardiaques que le strophanthus dont il est extrait.

Page 400 :   *Cenci,...*

1. Cf. note 1, p. 512.

2. Cf. note 3, p. 485.

3. Cf. note 1, p. 466, et note 5, p. 482.

Page 400 :   *Ce n'est pas le milieu.*

1. Au-dessous, cette adresse notée transversalement : *Jean Sylveire / 5 rue Lacaze / XIVe.* Le patronyme, écorché, est écrit *Sylvère.*

Page 400 :   *– Correspondance...*

1. Premier plan en vue des œuvres complètes.

2. Nous ignorons si le hasard a fait que cette adresse est notée ici ou si c'est celle d'un correspondant à qui Antonin Artaud aurait écrit de Rodez une lettre qu'il désirait insérer dans un des tomes de ses œuvres complètes.

Page 401 :   *Ramener à soi la visière du casque...*

1. Antonin Artaud avait d'abord voulu écrire un article après *avoir* dont il n'a tracé que l'*l*, puis il a écrit par-dessus *fait tenir*, mais la lettre déjà tracée n'a été recouverte par aucun de ces deux mots de sorte que l'on trouve *faitltenir*.

2. Mot de lecture incertaine.

Page 402 :   *Voyons à partir de quand...*

1. Fin du cahier 129.

Page 405:   *En un mot comme en quatre...*

1. Texte écrit à l'encre bleu-noir légèrement délavée sur un feuillet simple glissé dans le cahier 130, mais détaché d'un autre cahier. Le texte à l'encre recouvre en partie quelques lignes qui avaient été précédemment tracées au crayon dans le haut de la page et que nous reproduisons, après les textes ayant trait à Coleridge, avec la suite du cahier 130.

Page 406 :   *main*

1. Nous reproduisons maintenant les pages sur Coleridge écrites dans le cahier 129 (cf. note 3, p. 534).

2. Le texte était jusqu'ici écrit au crayon qu'Antonin Artaud abandonne pour l'encre bleu-noir. La plume qu'il emploie crache : nombreuses taches. Les deux paragraphes qui suivent recouvrent d'ailleurs cette première formulation au crayon du premier d'entre eux :
ce pet râpé sur l'hémorroïde de l'être né un jour, ce renvoi intestinal de nourritures,

3. ... *dans le monde...*

4. Ici une tache d'encre recouvre un mot dont on n'aperçoit que les boucles inférieures qui ne peut être qu'un mot très court. C'est conjecturalement que nous avons supposé qu'il était la conjonction *car*.

5. Ce paragraphe est ajouté transversalement dans la cinquième page du texte qui est la dernière figurant dans le cahier 129. On trouve la suite dans les deux premiers feuillets doubles glissés dans le cahier 130 (cf. note 1, p. 533). Elle occupe la totalité du premier feuillet et trois pages du deuxième.

C'est la même encre bleu-noir, la même plume qui crache, les taches sont aussi nombreuses, et c'est la même graphie. D'autre part, les correspondances sont nombreuses entre ce qui précède et ce qui va suivre, entre autres *Qui voulut être trompé par l'esprit...* (p. 407, 9ᵉ §) trouve un rappel immédiat dans *Rien qu'une trompe de néant,...* (p. 407, 11ᵉ §). On peut encore rapprocher *cette reine triste dont les yeux mentirent au temps* (p. 407, 10ᵉ §) de l'évocation de *la reine blanche comme un lys* (p. 407, 15ᵉ §) comme du *temps qui ment* (p. 408, dernier §).

6. Le *d'* semble manquer. En fait, l'encre n'est pas bien venue dans la plume, dont on peut, en faisant jouer la lumière sur la page, apercevoir la trace comme gravée dans le papier.

7. Cf. François Villon, *Ballade des dames du temps jadis*, strophe 1, vers 2, et strophe 3, vers 1.

8. *... me reviennent*
hors des tempêtes du chaos.

9. *... entre la hune du vaisseau ballotté, et le mascaret.*

10. Ce paragraphe, que nous avons cru pouvoir interpoler à cet endroit, est ajouté transversalement dans la marge de la page qui commence par : *... parler. Mais Samuel...* (p. 408, 1ᵉʳ §) et se termine par : *Les idiots, je veux dire...* (p. 408, 9ᵉ §).

11. *... de lumière lunaire...*

12. Féminin conforme à l'autographe. Il renvoie très certainement à *la pauvre âme*, introduisant la dualité entre elle et Coleridge qui perpètre le crime.

13. *... mais ce reflux de Léviathan...*
(La correction a été effectuée au crayon secondairement, la solution de remplacement étant notée transversalement dans la marge de la page. L'état primitif n'a pas été biffé.)

14. *... et qu'une dépouille, ce cadavre...*
(Correction elle aussi effectuée secondairement au crayon, l'ajout se trouvant à la place qu'il doit occuper.)

15. *(sic détaché...*
(Correction secondaire au crayon par surcharge de *sic* par *bruit*.)

16. Ici s'achève la troisième page du deuxième feuillet double détaché du cahier ou d'un cahier identique. Le texte que nous transcrivons ensuite occupe la quatrième page et se poursuit sur la première page du troisième feuillet double détaché. Il est d'une encre noire, un peu jaunâtre, et semble avoir été écrit à un autre moment. Antonin Artaud y reprend sous une autre forme certains thèmes de ce texte-ci.

Page 409 :   *Mais qui m'a dit que S. T. Coleridge...*

1. Suit ceci, biffé : *mais il m'a paru entendre bien souvent le mutisme refermé de son âme.* Le paragraphe a ensuite été récrit au-dessous dans sa totalité, Antonin Artaud prenant la peine d'en retracer la première proposition : *Je ne l'ai pas connu de son vivant,* qu'il n'avait pourtant pas biffée.

2. La série de glossolalies qui termine la première page du troisième feuillet double détaché a été écrite au crayon. Les trois autres pages sont occupées par un texte qui n'a rien à voir avec Coleridge et que nous transcrivons plus loin.

Page 410 :   *Sommes à un tournant...*

1. Début du cahier 130. Il semble bien que ce soit un départ de texte : la majuscule est très nettement affectée au verbe. Le texte concernant Coleridge occupe les trois premières pages du cahier.

2. Orthographe conforme au manuscrit, très certainement délibérée.

3. Suit ceci, biffé : *Je ne crois pas que Coleridge* [...]

4. Viennent ensuite quatre pages occupées par un texte qui a servi à l'élaboration de *Centre-Mère et Patron-Minet* et qui a été reproduit dans le *Dossier d'Artaud le Mômo* (cf. *in* tome XII, texte VII, pp. 145-146), puis onze pages occupées par une première version d'*Histoire entre la groume et dieu* qui a été reproduite dans le *Dossier de Suppôts et Suppliciations* (cf. *in* tome XIV *, texte I, pp. 197-199).

Page 411 :   *Liturgie,...*

1. Notes précédemment écrites sur le feuillet simple détaché d'un autre cahier et recouvertes par le premier des textes à propos de Coleridge (cf. note 1, p. 535).

Page 411 :   *Je suis le roi des saligauds...*

1. Texte occupant les trois dernières pages du troisième feuillet double détaché (cf. note 2, ci-dessus).

2. Pour Caterine, Ana, Yvonne, Cécile, Anie, cf. note 1, p. 464. Elah Catto (cf. *in* tome XV, note 24, p. 398) est une fois de plus comptée parmi les *six filles de cœur* à la place de Neneka. Pour Sonia Mossé, cf. *in* tome XV, note 1, p. 369. Lydia est le prénom d'une tante par alliance d'Antonin Artaud, Lydia Nalpas (cf. *in* tome XIX, note 1, p. 312). Il serait aussi celui de l'une de ses petites-filles (cf. *in* tome XIX, note 1, p. 314).

3. Ces deux mots sont écrits obliquement. Ils concernent sans doute le jour et le lieu d'un rendez-vous.

4. Le 28 juillet 1946 tombait effectivement un dimanche.

5. Ce mot semble partiellement barré par un trait horizontal. En fait, un examen attentif à la loupe indique que le trait a été tracé antérieurement.

Page 412 :   *Ils ont râpé le vide de mes jambes,...*

1. Suite du cahier 130.

2. *... un chieur pour eux,*

Page 412 :   *Peter Watson,...*

1. Note concernant des textes qu'Antonin Artaud devait remettre en vue de leur publication : une note autobiographique à Peter Watson pour la revue *Horizon*, commencée le 27 juillet 1946 sous forme de lettre qui ne sera achevée que le 13 septembre (cf. cette lettre *in* tome XII, pp. 230-239); le texte sur Coleridge à Henri Parisot (cf. note 1, p. 485); *les Cenci* aux éditions Gallimard (cf. note 1, p. 512); il avait dû aussi promettre un texte à Guy Lévis Mano et il ne serait pas impossible qu'il ait songé à lui proposer *Pour le pauvre Popocatepel la charité ésse vé pé.*

Page 412 :   *Le bâton de la science,...*

1. Fin d'une page paire. Dans la marge un dessin. Inscrit dans la partie supérieure du dessin, ce mot : *rate.* Dans le haut de la page impaire suivante, ceci : *rue Hélène Boucher / porte d'Italie.* Vient ensuite, occupant deux pages et deux lignes, un texte ayant servi à l'élaboration de *Centre-Mère et Patron-Minet* qui a été reproduit dans le *Dossier d'Artaud le Mômo* (cf. *in* tome XII, texte VIII, p. 147).

Page 412 :   *Ana m'a souri un jour...*

1. Paragraphe écrit de part et d'autre d'un dessin de forme rectangulaire. Sur ce rectangle sont posés trois objets, l'un en forme de poignée de malle, les deux autres en forme de bobine. Bien qu'il n'y ait pas de majuscule, l'on sait qu'Antonin Artaud les met de façon très irrégulière, il est permis de se demander s'il n'y a pas dans les derniers mots une indication du lieu où se serait produit l'événement rapporté et s'il ne faut pas entendre la palette comme le nom de la brasserie-restaurant du boulevard du Mont-parnasse.

2. Ces deux lignes sont écrites au-dessus et au-dessous d'un dessin en forme de rectangle qui se trouve à la page suivante. À l'intérieur de ce rectangle, deux rectangles de dimensions différentes. Dans chacun de ces rectangles est encore inscrit le prénom *Caterine*. Dans la marge, en face, un autre dessin de forme phallique. Au-dessous deux dessins, l'un en forme de boîte, l'autre en forme de coin.

Page 413 :   *Ce sont des êtres qui ont créé la mort...*

1. D'abord écrit *gazdo*, transformé par surcharge du *o* par un *i*. La série de glossolalies est écrite au fusain.

Page 414 :   *Ce qui m'a définitivement détourné...*

1. Antonin Artaud a dû poser les chiffres *1*, *2* et *3* avant d'écrire ce qui correspondait à cette numérotation, d'où un certain décalage sur la page entre le chiffre *2* et surtout le chiffre *3* et les phrases qu'ils numérotent.

Page 415 :   *maizum goin*

1. En signant cette série de glossolalies et en faisant suivre sa signature d'une ligne complémentaire, Antonin Artaud indique clairement qu'il s'agit d'un texte et de son *post-scriptum* écrit dans une langue qui lui est propre, mais tout autant porteuse de significations que les langues reconnues comme telles. Il s'en explique d'ailleurs dans le commentaire qui suit.

Ce texte a été reproduit en mai 1986 dans *Polyphonix 10*, catalogue du dixième Festival Polyphonix qui s'est déroulé à Paris du 15 mai au 18 juin 1986.

Page 417 :   *J.-C. est tout ce qui n'a pas voulu souffrir,...*

1. Mot de lecture difficile. La lecture du premier composant *chymo* nous a été suggérée par le rapport qui peut exister entre le *chyme* et *l'excrément*.

Page 419 :   *ro ne ma do cabina*

1. Cahier 131, du même type que le cahier 128. Couverture orange, dont la dernière page manque, ornée de la même décoration en fleurs et feuilles de fuchsia (cf. note 1, p. 531). Papier réglé. Crayon, encre noire, encre bleu-noir. Trente-six pages. Le cahier, qui ne porte aucune date, a dû être rédigé à la fin de juillet 1946, peu après le cahier 130. Il commence en effet par un fragment d'*Histoire entre la groume et dieu* qui reprend le début

de la version contenue dans le cahier 130 (cf. note 4, p. 537), plus proche de ce qui sera l'état définitif, et contient une première version complète de *Centre-Mère et Patron-Minet*, poème qu'Antonin Artaud mettra au net peu après et dont il enverra une copie à Maurice Saillet avant le 31 juillet 1946.

2. Cette série de glossolalies est notée au verso de la première page de couverture. La première page du cahier est occupée par le fragment d'*Histoire entre la groume et dieu*, reproduit dans le *Dossier de Suppôts et Suppliciations* (cf. *in* tome XIV *, fragment II, p. 199).

Page 419 :   *Je ne peux pas avoir ouvert...*

1. Pour Neneka, Yvonne, Ana Corbin et Cécile, cf. note 1, p. 464 ; pour Germaine Artaud, cf. *in* tome XV, note 2, p. 356.

2. Le début de ce paragraphe est écrit, comme tout ce texte, à l'encre noire dans le haut d'une page impaire, au-dessus et au-dessous d'une ébauche de phrase au crayon : *Ce qui explique la gravitation* [...] qu'il recouvre en partie.

3. Suivent quatre pages occupées par une première version complète de *Centre-Mère et Patron-Minet*, version reproduite dans le *Dossier d'Artaud le Mômo* (cf. *in* tome XII, texte IX, pp. 148-149) ; dans la marge supérieure de l'une de ces pages, Antonin Artaud a noté cette adresse : *10 villa d'Alésia / Paris XIVᵉ* ; viennent ensuite vingt et une pages qui portent deux textes ayant servi de matrice à *l'Exécration du père-mère* et qui ont été tous les deux reproduits dans le *Dossier d'Artaud le Mômo* (cf. *in* tome XII, textes IV et V, pp. 171-178).

Page 420 :   *Des marins...*

1. Ce paragraphe et le suivant sont notés dans le haut d'une page du premier texte en relation avec *l'Exécration du père-mère* (cf. note 3, ci-dessus), dont ils sont très clairement écartés.

2. Au-dessous, Antonin Artaud a noté cette adresse : *Arts et lettres / 83 rue Notre-Dame-des-Champs*. Or c'est à la revue *Arts et lettres* qu'était destinée *Histoire entre la groume et dieu* (cf. *in* tome XIV *, note 1, p. 253) dont on trouve précisément un fragment dans ce cahier.

Page 420 :   *Moi, me dévouer, cela non.*

1. *... le sentiment de mon moi...*

Page 421 :   *Lundi prochain,...*

1. René Bertelé (1908-1973) avait fondé vers 1945 les Éditions du Point du jour dont la dénomination même fait clairement référence au surréalisme, et qui ont publié Michaux, Prévert, Soupault, Tzara. L'équilibre financier de la maison fut compromis par l'échec commercial de l'édition de *Peintures et dessins* d'Henri Michaux, et de la réédition du roman populaire de Gaboriau : *Monsieur Lecoq*, et, en 1949, les Éditions du Point du jour sont absorbées par les éditions Gallimard dont elles deviennent une collection. René Bertelé en assurera la direction jusqu'à sa mort.

Page 421 :   *Je veux au maximum...*

1. *... pour les profiteurs le repos de la souffrance.*

Page 423 :   *Voir...*

1. Document 131*bis.* Feuillet simple isolé de papier à lettres rayé de 13,5 × 21 cm, utilisé par Antonin Artaud pour y jeter rapidement des notes en vue du *Préambule* aux œuvres complètes qui a été entrepris fin juillet 1946 (cf. note 1, ci-dessous).

2. Écrit par mégarde *Tatiana*, mais il est bien évident que ce doit être le personnage féminin du *Songe d'une nuit d'été*, de Shakespeare, auquel Antonin Artaud va faire référence dans la toute première version du *Préambule* (cf. p. 431, 3ᵉ §).

3. Tout ce qui précède se retrouvera dans la toute première version du *Préambule* (cf. pp. 429-432) comme dans la version définitive (cf. *in* tome I *, pp. 7-12) où seront évoquées les ombres de Germaine Artaud (cf. *in* tome XV, note 2, p. 356) et d'Yvonne Allendy (cf. *in* tome XV, note 6, p. 364).

4. Doit concerner *Pour le pauvre Popocatepel la charité ésse vé pé* dont Antonin Artaud envisageait toujours la publication séparée (cf. note 5, p. 482).

5. Spécialités pharmaceutiques de l'époque ayant des effets psychotoniques.

Page 424 :   ADRESSE AU PAPE

1. Cahier 132. Couverture rose. Papier réglé. Crayon bleu, crayon mine de plomb, encre noire. Quarante-huit pages. Aucune date, mais le cahier a dû être rédigé à la fin du mois de juillet 1946. En effet, le texte intitulé

Installer le bonhomme est une toute première version du *Préambule*, dont la version définitive (cf. *in* tome I *, pp. 7-12) sera achevée à la mi-août 1946. On peut donc raisonnablement penser qu'Antonin Artaud a entrepris sa rédaction dans les derniers jours de juillet.

Cette nouvelle version de l'*Adresse au pape*, bien que beaucoup plus élaborée que celle du cahier 113 (cf. pp. 375-380), ne satisfera sans doute pas totalement Antonin Artaud puisque, le 1ᵉʳ octobre 1946, il en récrira encore une autre (cf. *in* tome I*, pp. 13-15). Celle-ci se présente comme suit :

Un premier texte écrit au crayon bleu qui occupait les onze premières pages du cahier, et qui sera dit *(A)*.

Ce texte a été corrigé dans un premier temps au crayon mine de plomb : certains passages ont été biffés, des mots ont été récrits au crayon mine de plomb sur la première scription. Dans un second temps, à l'encre noire cette fois, des passages entiers ont été récrits sur la scription initiale au crayon bleu, des mots et des membres de phrase ajoutés. On aboutit ainsi à un texte dit *(B)*, largement récrit, mais utilisant parfois de longs passages du texte initial au crayon bleu, corrigé au crayon mine de plomb. Ce texte semble apparemment achevé.

Pourtant, Antonin Artaud n'a pas dû trouver la fin suffisamment explicite puisqu'il a encore écrit un texte complémentaire à l'encre noire, texte dit *(C)* qui occupe trois pages et quart du cahier. Le raccord avec le texte *(B)* se fait aisément. Aussi, il nous est possible de reproduire le texte *(B)* complété par le texte *(C)*.

Il n'en va pas de même d'un quatrième texte écrit au crayon, dit *(D)*, qui se présente comme un projet de nouvelles formulations pour les premiers paragraphes du texte *(B)*. Nous ne pouvons que le reproduire à la suite de *(B)* complété par *(C)*.

Les variantes offertes par *(A)* seront indiquées, suivies de *(A)*. Les premiers états propres aux textes *(A)* et *(B)* seront aussi indiqués ; ils seront suivis de *(A1)* et *(B1)*.

Le titre a été inscrit dans le haut de la première page au moment où le texte a été récrit à l'encre noire.

2. *baptisé le 8 septembre, même mois, à l'église des Chartreux, (A).*

3. *2° qu'il ne me suffit pas de le renier en paroles mais encore que je le renie en fait. (A).*

Primitivement, dans *(A)*, ce paragraphe était suivi de celui-ci, inachevé :

Les eaux séminales du Baptême sont sur moi depuis trop longtemps une imprégnation de la vieille fétidité chrétienne pour que je n'aie pas retrouvé de force le plan [...] (A1).

Il n'a pas été biffé, mais a été immédiatement remplacé par trois paragraphes repris sans aucun changement dans *(B)* : les 7ᵉ-9ᵉ §, p. 424.

4. Ce paragraphe n'existe pas dans *(A)*. Il a été ajouté à l'encre noire dans la marge supérieure de la deuxième page du cahier. Antonin Artaud

a par mégarde écrit *2°* en place de *3°*. Son erreur s'explique par le fait que le début de l'énumération se trouve au recto.

5. *... j'aurais pu oublier ce fait, (A1).*

6. Nous reprenons *grotesque* au texte *(A)*, Antonin Artaud ayant oublié de récrire ce mot à l'encre noire.

7. *... plus joints mais écartelés comme un bourre tombe de sa place, un... (A).*
... plus rejoints mais écartelés comme un bourre d'être tombe, un... (B1).

8. *... d'être pape, comme je reproche au dalaï-lama, d'être le premier et le plus haut des lamas, mais je vous reproche aussi d'être un assassin. (A).*

9. *... ne fait pas une ombre seulement mais un corps. (A).*

10. *... le dernier squelette volé à la ronde pédérastique des anges, car chaque prêtre est un ange peut-être, mais ce qu'on appelle au paradis un ange n'est sur terre qu'une lope rentrée.*
Et quoi de plus boutis-homo-sexuel qu'un curé.
Le baptême... (A).

11. Ce paragraphe n'existe pas dans *(A)*. Il a été ajouté à l'encre noire dans le tiers inférieur d'une page qu'Antonin Artaud avait laissé en blanc en vue de compléter le paragraphe précédent du texte initial.

12. *... sur le christ, c'est le contraire de mon génie, (A).*

13. Adjectif non trouvé lors de la rédaction de *(A)*; écrit à l'encre noire dans un espace laissé en blanc.

14. *dans une espèce d'improbable non-lieu (A).*

15. *... une de ces lopes célestes, (A).*

16. *... à la place que vous savez,... (A).*

17. *... réelle de l'homme, ô rondibé des chimpanzés, et je connais une certaine place entre les cuisses de l'homme dont en la pétrissant vous vous pourléchiez. (A).*
... réelle de l'homme,
et je connais une certaine place entre les cuisses de l'homme créé, et un os à cette même place dans l'antre appelé du pêle-mère dont en le pétrissant vous et les anges vous pourléchiez et jouissiez. (B1).

18. *... l'homme de l'histoire présente... (B1).*

19. Dans *(A)*, ce paragraphe n'existe qu'à l'état d'esquisse :
Et ce ne fut
non histoire Satan,
votre satanisé. (A).

20. Nous cessons maintenant de transcrire *(B)* et suivons le texte *(C)*. L'on peut constater que l'articulation se fait parfaitement.

(B) présente encore ce paragraphe, qui se retrouve d'ailleurs à la fin de *(C)*;

et je crois bien que c'est avec vos charpies que j'achèverai de renier mon baptême depuis 10 ans que je me mouche de lui non dans un mouchoir mais par un geste qui élimine vos liturgies. (B).

(A) se poursuit de façon identique, mais s'achève sur le substantif *geste*.

21. Deux états antérieurs : 1° *... que vous n'étiez pas nés, et que vous payerez le péché entier.* 2° *... que vous n'étiez pas encore nés mais que vous préméditiez de naître en fignolant votre parfait.*

Page 426 : *Je tiens à vous faire savoir...*

1. Texte *(D)* (cf. note 1, p. 541).

2. Le début de ces notes occupe une page paire du cahier; elles se poursuivent à la page paire suivante dans le haut de laquelle on trouve ce paragraphe, biffé :

Car ce n'est pas la naissance qui m'a fait entrer en ce monde mais le baptême qui m'y était préparé.

3. *pressurée sur...*

Page 428 : *Je ne suis pas un grain.*

1. Ce paragraphe et le suivant sont écrits transversalement dans la marge de la première page du texte *(C)*.

Page 428 : *Je me réveillerai...*

1. Ce paragraphe et le suivant sont écrits au crayon à la suite du texte *(C)* dont ils sont séparés par un trait horizontal.

Page 428 : *Prendre du dehors au dedans...*

1. Ce court texte occupe la page impaire intercalaire du texte *(D)*. Il est écrit de part et d'autre d'un important dessin médian qui représente une colonne vertébrale.

Page 429 : INSTALLER LE BONHOMME

1. Ce texte est une première version du *Préambule*, très différente de celle qui ouvrira le premier tome des *Œuvres complètes* (cf. *in* tome I *, pp. 7-12). Le titre ne figure pas en tête du texte. Nous l'avons trouvé plus loin

dans le cahier, noté obliquement par Antonin Artaud en face d'un fragment ayant lui aussi trait au *Préambule* (cf. note 1, p. 546).

2. Ce paragraphe est signalé par Antonin Artaud dans la marge par un large trait recourbé en forme d'ouverture de parenthèse. Ce signe peut s'entendre comme une mise en évidence de paragraphe, mais il pourrait aussi indiquer qu'il s'agit là d'une solution de remplacement pour la fin du paragraphe précédent.

3. Le crayon, mal taillé, n'a pas marqué les deux premiers mots du paragraphe, mais on distingue la trace qu'il a laissée comme gravée dans le papier.

4. Nous avons déjà rencontré plus d'une fois le verbe *sumer* (cf. *in* tome XV, note 4, p. 366).

5. Antonin Artaud avait certainement l'intention d'ajouter par la suite un ou deux adjectifs après celui-ci car il a posé une virgule et laissé une ligne en blanc.

6. Même remarque que note 3, ci-dessus, concernant le début du paragraphe.

7. Même remarque. Le crayon était mal taillé ou a dû casser car, pour apercevoir la conjonction, il faut faire jouer la lumière sur la page.

8. *... dans le vide des syphilis...*

9. Le crayon n'a pas marqué non plus pour les quatre derniers mots, écrits dans le haut d'une page paire; au-dessous Antonin Artaud a tracé plusieurs traits de séparation. Le reste de la page et les neuf pages suivantes portent des notes dont certaines ne semblent pas en relation avec ce projet de *Préambule*. D'autres paraissent s'y rapporter, mais sous une forme qui est loin d'être élaborée comme ce qui précède. En revanche, les neuf dernières pages du cahier portent un texte qui se présente comme la suite de cette première version du *Préambule* et dont, d'ailleurs, certains passages seront repris dans la version définitive. C'est ce texte que nous suivons maintenant. Nous transcrirons ensuite les notes portées par les pages intermédiaires.

10. *... Béatrice, Morella...*

11. Dans cette liste, Shakespeare est présent par Titania, Ophélie, Hamlet et Macbeth, Dante par Béatrice, Edgar Poe par Morella, Ligeia et Metzengerstein, l'antiquité grecque par Eschyle comme par Sibylle, Ulysse et Penthésilée, cette dernière pouvant aussi évoquer Kleist.

12. Pour Sonia Mossé, cf. *in* tome XV, note 1, p. 369.

13. Germaine Artaud, en réalité, est née et morte en 1905 (cf. *in* tome XV, note 2, p. 356).

14. *... quand la police l'autorisa à crever.*

15. Antonin Artaud commet aussi une erreur sur la date de la mort d'Yvonne Allendy, survenue le 23 août 1935 (cf. *in* tome XV, note 6, p. 364).

16. Les trois dernières lignes du cahier se présentent de la sorte : / *agonisait* / *ballonné flatulence* / *montra d'étranges* /. Il est plus que probable que les termes de *ballonné* et de *flatulence* ont été inscrits par Antonin Artaud sur une ligne à l'instant même où ils lui venaient à l'esprit, afin de ne pas les perdre, et qu'il les a employés, en place, immédiatement après. Nous n'avons pas jugé utile de les transcrire là où ils ont été notés pour mémoire.

17. Cette citation, faite de mémoire, est extraite de la *Préface* du *Théâtre et son Double*. Le texte exact est : *Toutes nos idées sur la vie sont à reprendre à une époque où rien n'adhère plus à la vie* (cf. *in* tome IV, p. 10, dernier §). Cette *Préface* a été écrite non quinze mais onze ans auparavant puisqu'elle a paru dans *la Bête noire* (n° 5, 1er octobre [1935]), juste avant le départ d'Antonin Artaud pour le Mexique.

18. Toujours cité de mémoire à partir de cette *Préface*. Le texte exact est : *... et la poésie qui n'est plus en nous et que nous ne parvenons plus à retrouver dans les choses ressort, tout à coup, par le mauvais côté des choses* (cf. *in* tome IV, p. 10, dernier §). Le remplacement de *poésie* par *cruauté* est particulièrement significatif.

19. Cité de mémoire à partir des *Nouvelles Révélations de l'Être*. Le texte complet est : *Tout ce qui ne sera pas brûlé par Nous Tous, et qui ne fera pas de Nous Tous des* Désespérés *et des* Solitaires, / *c'est la* TERRE *qui va le brûler* (cf. *in* tome VII, p. 143, avant-dernier et dernier §).

Page 433 :   *Un esprit d'éternité,...*

1. Nous transcrivons maintenant les textes écrits sur les pages intermédiaires (cf. note 9, p. 545). Ces notes-ci ne sont pas sans quelque relation avec les derniers paragraphes du texte que nous venons de transcrire.

Page 434 :   *Ce n'est pas la perdurabilité,...*

1. Orthographe conforme au manuscrit. Antonin Artaud plus généralement écrit *êtreté*.

Page 435 :   *Il y a encore...*

1. C'est en face de ces quelques notes, qui ont très nettement trait au projet de *Préambule*, qu'Antonin Artaud a écrit obliquement : *Installer* le

bonhomme, expression reprise de ce qu'il vient tout juste d'écrire (cf. ci-dessus, 5ᵉ §) et qui peut d'ailleurs se lire sur la page en regard. C'est la façon même dont il a écrit ces mots qui nous a inclinés à penser qu'il les envisageait comme titre pour ce qu'il intitulera en définitive *Préambule*.

Page 437 : *On ne quitte jamais un être.*

1. Cahier 133. Couverture bleue. Papier réglé. Crayon. Quarante-huit pages. Aucune date, mais le cahier a été rédigé à une époque à laquelle Antonin Artaud était encore à la recherche d'un exemplaire de *l'Art et la Mort* (cf. p. 443, 11ᵉ §), ouvrage qui devait figurer dans le premier tome de ses *Œuvres complètes*. Or, le 12 août 1946, il écrira une lettre à Gaston Gallimard où il lui annoncera l'envoi de ce texte. On peut donc raisonnablement penser que ce cahier date de la fin du mois de juillet 1946.

2. Au-dessous de ce passage, dans le tiers inférieur de la page, Antonin Artaud a dessiné trois énormes clous. C'est de part et d'autre du clou le plus à droite qu'est écrite la série de glossolalies qui suit.

Page 439 : *4 mamelles, 5 yeux.*

1. Cette indication (qui sera répétée au début de la page suivante) est notée dans la marge supérieure d'une page paire dont la moitié gauche est occupée par un dessin représentant un corps humain muni d'un pénis en érection et possédant aussi quatre mamelles. Au-dessus des deux yeux, deux yeux frontaux. Le cinquième œil est au centre du thorax entre les deux paires de mamelles. Au niveau des cuisses, à gauche du dessin, Antonin Artaud a écrit le prénom *Caterine*, et à droite, à peu près au même niveau, ces deux autres prénoms : *Neneka* et *Ana*.

2. *Ce qui veut dire que cet à la longue...*

3. *... non un savant comme le créateur dieu mais...*

Page 441 : *Tu n'es qu'une très antique cone,...*

1. Caterine Artaud (cf. *in* tome XV, note 1, p. 364).

Page 441 : *phosphore upo*

1. Conforme à l'autographe. La graphie est très nette.

2. Ce paragraphe occupe les trois premières lignes d'une page paire. Tout de suite après vient le passage : *C'est à propos... su un jour* (6ᵉ-10ᵉ §, p. 443). Cette phrase avait donc été laissée d'abord en suspens. Les deux

paragraphes qui la complètent se trouvent en regard, dans le haut de la page impaire suivante.

Page 443 :   *Je n'ai pas de texte...*

1. Cf. note 1, p. 547.

Page 444 :   *On a ouvert...*

1. Les trois derniers mots étant écrits de façon presque illisible à l'extrémité d'une ligne, Antonin Artaud a pris soin de les récrire dans l'interligne inférieur.

2. Ce paragraphe est écrit transversalement dans la marge de la page qui porte les notes précédentes.

Page 444 :   *Pourquoi l'épouvantable prolongation...*

1. Conforme au manuscrit. Tout se passe comme si *tel* renvoyait à *homme* et *elle* à *voix*.

2. Le mot est presque calligraphié. La suppression du *e* final doit être voulue. À la ligne suivante, au contraire, la finale du mot a été esquissée.

Page 445 :   *naiza mazed*

1. Café alors situé au coin du boulevard Saint-Germain et de la rue de Rennes, en face des Deux Magots.

2. *... et qu'il n'existera pas.*

3. *sur son propre jacquot...*

Page 449 :   *sta dana*

1. Grand'mère maternelle d'Antonin Artaud (cf. *in* tome XV, note 1, p. 375).

Cette ligne et la précédente sont notées dans le haut d'une page occupée par deux dessins : à gauche, un arbre ; à droite, un tronc ligneux qui doit représenter le mât de Cocagne. Le paragraphe qui suit est écrit en lignes très courtes entre ces deux dessins.

Page 451 :   *Mes écrits représentent déjà...*

1. *... par qui trouve le principe...*

TABLE

TABLE 553

TABLE 555

TABLE   557

TABLE 559

TABLE 561

Composé et achevé d'imprimer
par l'Imprimerie Floch
à Mayenne, le 6 octobre 1986.
Dépôt légal : octobre 1986.
Numéro d'imprimeur : 24418.
ISBN 2-07-070768-7 / Imprimé en France

35.8 . 30 -.- /12